destruidores de lares

Outras obras de Mary Kay Andrews:

The Santa Suit

The Newcomer

Hello, Summer

Sunset Beach

The High Tide Club

The Beach House Cookbook

The Weekenders

Beach Town

Save the Date

Christmas Bliss

Ladies' Night

Spring Fever

Summer Rental

The Fixer Upper

Deep Dish

Savannah Breeze

Blue Christmas

Hissy Fit

Little Bitty Lies

Savannah Blues

destruidores de lares

mary kay andrews

Tradução de Wendy Campos

ALTA BOOKS
GRUPO EDITORIAL
Rio de Janeiro, 2024

Destruidores de Lares

Copyright © **2024** ALTA NOVEL
ALTA NOVEL é um selo da EDITORA ALTA BOOKS do Grupo Editorial Alta Books (Starlin Alta e Consultoria Ltda.)
Copyright © **2022** MARY KAY ANDREWS
ISBN: 978-85-508-2065-1

Translated from original The Homewreckers. Copyright © 2022 by Mary Kay Andrews. ISBN 9781250278364. This translation is published and sold by permission of St. Martin's Press., the owner of all rights to publish and sell the same. PORTUGUESE language edition published by Starlin Alta Editora e Consultoria Ltda., Copyright © 2024 by Starlin Alta Editora e Consultoria Ltda.

Impresso no Brasil — 1ª Edição, 2024 — Edição revisada conforme o Acordo Ortográfico da Língua Portuguesa de 2009.

Dados Internacionais de Catalogação na Publicação (CIP) de acordo com ISBD

A565d   Andrews, Mary Kay
           Destruidores de Lares / Mary Kay Andrews ; traduzido por Wendy Campos. - Rio de Janeiro : Alta Books, 2024.
           384 p. ; 13,7cm x 21cm.

           Tradução de: The Homewreckers
           ISBN: 978-85-508-2065-1

           1. Literatura americana. 2. Romance. I. Campos, Wendy. II. Título.

                                             CDD 869.89923
2023-1530   CDU 821.134.3(81)-31

           Elaborado por Vagner Rodolfo da Silva - CRB-8/9410

           Índice para catálogo sistemático:
           1. Literatura americana : Romance 869.89923
           2. Literatura americana : Romance 821.134.3(81)-31

Todos os direitos estão reservados e protegidos por Lei. Nenhuma parte deste livro, sem autorização prévia por escrito da editora, poderá ser reproduzida ou transmitida. A violação dos Direitos Autorais é crime estabelecido na Lei nº 9.610/98 e com punição de acordo com o artigo 184 do Código Penal.

O conteúdo desta obra fora formulado exclusivamente pelo(s) autor(es).

Marcas Registradas: Todos os termos mencionados e reconhecidos como Marca Registrada e/ou Comercial são de responsabilidade de seus proprietários. A editora informa não estar associada a nenhum produto e/ou fornecedor apresentado no livro.

Material de apoio e erratas: Se parte integrante da obra e/ou por real necessidade, no site da editora o leitor encontrará os materiais de apoio (download), errata e/ou quaisquer outros conteúdos aplicáveis a obra. Acesse o site www.altabooks.com.br e procure pelo título do livro desejado para ter acesso ao conteúdo.

Suporte Técnico: A obra é comercializada na forma em que está, sem direito a suporte técnico ou orientação pessoal/exclusiva ao leitor.

A editora não se responsabiliza pela manutenção, atualização e idioma dos sites, programas, materiais complementares ou similares referidos pelos autores nesta obra.

Alta Novel é um selo do Grupo Editorial Alta Books

Produção Editorial: Grupo Editorial Alta Books
Diretor Editorial: Anderson Vieira
Vendas Governamentais: Cristiane Mutüs
Gerência Comercial: Claudio Lima
Gerência Marketing: Andréa Guatiello

Coordenadora Editorial: Illysabelle Trajano
Produtoras Editoriais: Beatriz de Assis & Milena Soares
Tradução: Wendy Campos
Copidesque: Andresa Vidal
Revisão: Denise Himpel & Natália Pacheco
Diagramação: Joyce Matos

Rua Viúva Cláudio, 291 – Bairro Industrial do Jacaré
CEP: 20.970-031 – Rio de Janeiro (RJ)
Tels.: (21) 3278-8069 / 3278-8519
www.altabooks.com.br — altabooks@altabooks.com.br
Ouvidoria: ouvidoria@altabooks.com.br

ALTA BOOKS
GRUPO EDITORIAL

Editora afiliada à:

Em memória de Katie, Minha Princesa Guerreira,
com um coração repleto de amor

PRÓLOGO

Uma Noite Escura
e Tempestuosa

O vento uivava e guinchava, e as ondas açoitavam furiosamente o quebra-mar. Enormes e imponentes nuvens carregadas encobriam quase totalmente a lua crescente em tons amarelo-claros. Agora, a chuva também soprava, como cacos afiados cortando suas pernas despidas.

— Era uma noite escura e tempestuosa. — Ela desceu o dique de concreto. Era engraçado, mas não *tão* engraçado. Dissera às meninas em sua aula de inglês avançado que isso era um clichê. No entanto, ali estava ela, de muitas maneiras, um clichê vivo.

A última vez. Foi o que ela disse a si mesma há quase uma hora, quando saiu de casa sem olhar para trás.

Naquela semana, no confessionário — a primeira vez que se confessara em muitos anos —, prometeu ao padre que acabaria com essa loucura.

— É adultério. Você sabe disso — dissera ele bruscamente. — E sabe que isso tem que acabar.

Seu rosto ainda queimava de vergonha das palavras do padre. Ela chorou e prometeu terminar o caso. Ser o tipo de mulher que todos acreditavam que ela fosse; sua família, seus amigos e, sim, todas aquelas garotas impressionáveis que a admiravam, que a adoravam por ser "a professora legal".

Ela tinha sido tão cuidadosa. Nunca havia deixado escapar qualquer pista. Ninguém poderia saber. Enfatizara isso para ele uma centena de vezes. Havia tanto em jogo. Eles haviam tomado todas as precauções. E ainda assim...

O cabelo molhado chicoteou em seu rosto. Ela pareceria um rato encharcado quando chegasse lá. Mas sabia que ele não se importaria. Um minuto depois de sua chegada, ele estaria rasgando suas roupas com a ferocidade que a divertia e aterrorizava.

Mas esta noite seria diferente, ela prometeu a si mesma. Esta noite era um adeus.

Mais à frente, a uns 60 metros de distância, ela avistou a luz bruxuleante no píer, a única luz no horizonte escurecido pela tempestade. Todas as casas de veraneio estavam vazias nesta época do ano, esperando silenciosamente que seus proprietários ausentes retornassem na primavera. Distraída, ela tropeçou em uma fenda profunda no concreto e quase foi lançada em direção às ondas, mas de alguma forma conseguiu se equilibrar. Sua respiração estava acelerada e ruidosa, e seu coração martelava no peito quando ela parou para se reorientar. E se tivesse caído? O que significaria? Uma cruel ironia do destino, não? Depois do acordo que fez com Deus? Que consertaria as coisas em casa, pararia de dizer tantos palavrões, seria mais legal com seus colegas de trabalho, pegaria mais leve com sua mãe, voltaria a frequentar a igreja? Morrer a caminho de terminar o caso com o amante, estatelada nas rochas, provavelmente afogada, ou pior, com seu corpo ensanguentado devorado por tubarões? Seria um sinal divino às avessas. O universo mandando que ela se danasse.

Esqueça tudo isso, disse a si mesma com uma risada dissonante. Pare de ser a rainha do drama. Este último trecho do dique era traiçoeiro, castigado pelo último furacão que atingiu a costa. Ela pisou com cuidado no aterro coberto de ervas daninhas, seus sapatos escorregando na grama molhada. À frente, a luz piscava, intermitente. Código semafórico. Ele aprendeu sozinho com um velho manual da Marinha que havia encontrado em algum lugar e adorava sinalizar para ela todos os tipos de palavrões quando chegava cedo e sabia que ela estaria se aproximando. Ela pensava nisso como a versão dele de preliminares.

Ah, Deus, ela sentiria falta dele. Sentiria falta da diversão, da espontaneidade e, sim, da pura excitação, do terror, da emoção de cruzar a linha e abandonar a fachada de boa garota que passou a vida inteira construindo. Mas não do sexo. Na verdade, ele não era um amante habilidoso, mas nunca foi por isso. Foi?

Logo à frente, ela viu o familiar aglomerado de arbustos de oleandro que demarcava a divisa da propriedade e se projetava no dique. Não havia como contornar aquele matagal. Ela abaixou a cabeça e estendeu a mão para afastar um galho de seu caminho. Sua mão escorregou, e o galho voltou, batendo com força em seu rosto. Ela gritou, mais de surpresa do que de dor, mas o grito morreu em sua garganta quando um braço apertou sua traqueia.

A última coisa que ela viu, logo antes de desmaiar, foi a luz piscando no final do píer, soletrando uma palavra. D-E-P-R-E-S-S-A.

1

Uma Visita
Inesperada

Enquanto deslizava de costas sob as fundações apodrecidas da casa na rua Tattnall, Hattie Kavanaugh questionava suas decisões. A insistência em inspecionar ela mesma os canos de ferro fundido corroídos, em vez de aceitar a palavra do encanador. Todo o dinheiro que a Kavanaugh & Filho já havia investido nesta magnífica ruína de 157 anos. Não ter uma daquelas geringonças que os mecânicos usam — como era o nome daquilo? Esteira? Mas, principalmente, questionava a segunda xícara de café que havia engolido pouco antes de ser chamada para a casa que estavam restaurando no distrito histórico de Savannah.

A ligação tinha vindo de um de seus empreiteiros, com a infeliz notícia de que ladrões de sucata atacaram durante a noite, roubando a tubulação de cobre de três compressores de ar-condicionado novinhos em folha. Um prejuízo de 11 mil dólares em seu orçamento já totalmente estourado. E agora mais essa.

— Ehhh, Hattie? Temos problemas. — Ronnie Sewell, o encanador, estava encostado no para-choque de sua caminhonete quando ela e Cassidy Pelletier, melhor amiga e mestre de obras, chegaram à casa na rua Tattnall naquela manhã quente de sábado.

Cass e ela seguiram o encanador até os fundos da casa, onde ela encontrou uma vala recém-cavada que levava até a fundação de tijolos da propriedade.

— Achei que tinha algo errado — disse Ronnie, apontando para a vala. — Decidi entrar debaixo da casa e dar uma olhada.

Hattie engoliu em seco.

— Me diga logo, Ronnie. Qual é o problema?

— O problema é que todos os canos estão velhos e enferrujados. E você sabe como inunda nesta rua plana, não é? E tudo escoa para o fundo deste terreno. A água está se acumulando lá embaixo sabe-se lá há quanto tempo. Bem, está tudo em ruínas. Enferrujado, quebrado, arruinado.

— Oh, Deus — lamentou Hattie. Ela olhou para o encanador. Ele tinha 50 e tantos anos e era robusto como um hidrante, com uma barriga protuberante pendendo sobre o cinto. — Tem certeza? Quero dizer, você olhou lá embaixo?

Ronnie deu de ombros.

— Entrei o máximo que consegui. Não é preciso ser um gênio.

Sem dizer uma palavra, Hattie saiu. Quando voltou, estava fechando o zíper de um macacão branco e folgado. Tirou uma bandana do bolso e a amarrou no cabelo, depois colocou os óculos de proteção no rosto.

— O quê? — esbravejou Ronnie, o rosto corando de indignação. — Está me chamando de mentiroso? Hattie Kavanaugh, eu trabalho com seu sogro desde antes de você nascer.

— Calma, Ronnie — disparou Hattie. — Mandei inspecionar esta casa antes de fazermos uma oferta. Ninguém disse nada sobre o encanamento estar podre. Não estou chamando você de mentiroso, mas preciso ver com meus próprios olhos. Tug diria a mesma coisa se estivesse aqui.

— Veja por si mesma, então. — Ele se virou e, resmungando, partiu em direção à sua caminhonete. — Malditas garotas sabe-tudo.

Cass se abaixou e analisou a vala sob a fundação, a poça de lama e os escombros de tijolos, então olhou para a amiga.

— Sério? Você vai rastejar naquele pântano?

— Quer ir no meu lugar?

— Quem, eu? Nem morta! — Cass estremeceu. — Não curto lama.

Hattie foi até uma pilha de madeira coberta de lona, pegou um par de tábuas e as apoiou no ombro. Deslizou-as no chão sob a casa, pensou um pouco e voltou para pegar outro par, colocando-as ao lado das duas primeiras.

Cass entregou a lanterna à Hattie.

— Reze por mim — pediu Hattie, deitando-se sobre as tábuas. — Lá vou eu.

Mo Lopez pedalava devagar pela ciclovia. O bairro pelo qual passava estava claramente em transição. De um lado da rua, casas de tijolo ou madeira da era vitoriana ostentavam sinais de restauração recente, com novas pinturas cintilantes e jardins bem-cuidados. Também havia propriedades menores, modestas casas de artesãos com bicicletas acorrentadas a cercas de ferro forjado, varandas repletas de cestos de samambaias e vasos de plantas e quintais tomados por ervas daninhas. Enquanto pedalava, uma ideia começou a se formar em sua cabeça.

Savannah, ele refletiu, *foi uma agradável surpresa*. Ele aceitara o convite para palestrar para estudantes de cinema e televisão na Faculdade de Artes e Design de Savannah estritamente como um favor à Rebecca Sanzone, a chefe adjunta de programação da emissora. Uma de suas ex-colegas de classe agora trabalhava no escritório de admissões da faculdade. Becca, é claro, estava muito ocupada para fazer a viagem e repassou o convite para Mo.

— Você deveria ir — insistiu ela. — Por que ficar na cidade esperando que os idiotas da emissora se decidam?

Os idiotas em questão eram os chefes imediatos de Rebecca na Home Place Television. O ex-presidente de programação havia sido demitido abruptamente 2 meses antes, e havia um boato de que o novo chefe, Tony Antinori, estava reavaliando a programação da HPTV.

Mo estava compreensivelmente ansioso. A primeira temporada de *Garagem Animal* havia sido considerada um sucesso para um novo programa, mas, nesta segunda temporada, os espectadores não ficaram muito empolgados em assistir a fanáticos por motores gastando quantias obscenas para construir garagens equipadas com todo tipo de parafernália, desde consoles de videogame a elevadores e cozinhas completas. Os números, Rebecca havia apontado, não eram terríveis, mas não eram *bons* o bastante.

Ele precisava de uma ideia nova, e rápido. Seus pensamentos voltaram para o que Tasha, a administradora da Faculdade de Artes e Design de Savannah, dissera a ele; que Savannah tinha a distinção de ser o maior tesouro contíguo intacto da arquitetura original do século XIX nos Estados Unidos. A cidade fervilhava com atividades de restauração e renovação.

Sua mente se agitava tão furiosamente quanto suas pernas. Em uma rua chamada Tattnall, ele avistou um trio de veículos estacionados em frente a uma imponente construção de três andares com a arquitetura em estilo vitoriano Queen Anne. Ao se aproximar, viu duas caminhonetes com os dizeres KAVANA-UGH & FILHO, EMPREITEIRA estampados na porta.

Mo parou no meio-fio e observou a casa. Obviamente, uma grande restauração estava em andamento. Andaimes foram erguidos no lado leste da casa, onde alguns dos velhos revestimentos de madeira foram substituídos, e outras partes haviam sido lixadas, em preparação para a pintura. Vigas de madeira estavam empilhadas ao redor do pátio, e paletes carregados de telhas estavam armazenados na varanda.

O telhado e o anexo da varanda estavam cobertos com lonas azuis. Os beirais e a varanda da casa eram adornados com frisos de madeira entalhada.

Ele encostou a bicicleta em um cavalete e subiu os degraus temporários de madeira que levavam à varanda. A porta da frente, um magnífico exemplar da época, com detalhes esculpidos à mão e um vitral, estava entreaberta.

Mo parou diante da porta, abrindo-a com a ponta do sapato.

— Olá?

Sua voz ecoou no vestíbulo de pé-direito alto. Nenhuma resposta. Ele deu de ombros e entrou. O interior da casa era a própria opulência vitoriana. Décadas de camadas de papel de parede estavam em processo de remoção até atingir o gesso. Acima, um enorme lustre com gotas de cristais empoeirados e globos de vidro fosco pendia de um teto decorado com intricados ornamentos de gesso, agora em ruínas.

— Este lugar é um desperdício de dinheiro — murmurou Mo, mas o contraste entre o antes e o depois podia ser impressionante. Ele caminhou em direção aos fundos da casa. Olhando para cima, a visão era do teto esburacado; sob os pés havia pisos de taco de carvalho dispostos em padrão de espinha de peixe, quase escondidos por décadas de verniz escurecido.

— Lindo. — Ele continuou andando, passando pelo que obviamente tinha sido um banheiro. O velho piso de ladrilho estava imundo, e o único utensílio que restava era uma banheira vitoriana cheia de fragmentos de gesso caídos. Canos expostos brotavam do chão.

No final do corredor, ele espiou a ampla abertura para o que obviamente seria a cozinha. Ficou na porta, analisando o ambiente. Tinha o teto alto e com manchas de umidade e paredes com vigas expostas. O piso continha camadas e mais camadas de linóleo, algumas das quais haviam sido arrancadas até revelar o subsolo.

Mo deu alguns passos para a cozinha e, de repente, o mundo pareceu desmoronar sob seus pés. Ele ouviu madeira se estilhaçando e esticou a mão em uma tentativa vã de amortecer a queda. Então, tudo escureceu.

A última coisa de que ele se lembrava de ter ouvido era uma voz indignada gritando bem no seu ouvido:

— Mas que diabos?!

Hattie se arrastou para baixo da casa o máximo que conseguiu, procurando a origem do cano quebrado. Imaginou que, naquele trecho, estava logo abaixo da cozinha, mas o local estava abafado e úmido, e o facho de luz de sua lanterna iluminou um labirinto de tubulação de ferro fundido corroída que havia sido escavada para expor o sistema hidráulico.

Ela ouviu passos no alto.

— Cass? — Mas os passos eram pesados demais para serem de Cass. Talvez Ronnie tenha mudado de ideia? Certamente ele saberia que não deveria entrar na cozinha, onde os cupins haviam destruído as vigas do piso.

Tump. Pedaços de madeira apodrecida e linóleo e mais de um século de detritos repulsivos desabaram em seu rosto. Seguidos por um corpo. Um corpo grande e vivo, que pousou diretamente em cima dela.

— Mas que diabos?! — gritou.

Na penumbra, ela podia ver que o corpo era de um homem.

— Uuuhhhh — gemeu o homem. Seu rosto estava colado ao dela, e ele parecia atordoado.

— Sai de cima de mim — protestou Hattie, com os dentes cerrados. Com esforço, ela conseguiu empurrá-lo para o lado, até que ele estivesse deitado de costas na lama, sob a casa.

Ela ouviu passos novamente.

— Hattie? — A cabeça de Cass surgiu pelo buraco no chão da cozinha. Ela apontou o facho da lanterna para a amiga e depois para o intruso caído, que gemia e também tentava se sentar. — Quem é esse cara? E o que diabos está acontecendo aí embaixo?

— Merda, e eu lá sei — respondeu Hattie. Ela estendeu a mão para a melhor amiga. — Vamos. Me tire daqui. Ronnie tem razão. A tubulação já era. — Ela apontou para o estranho. — E esse cara também. Chama a polícia. Parece que nós prendemos um ladrão de sucata.

2

A
Proposta

Hattie olhou para o homem estatelado no chão da cozinha. Algumas mulheres poderiam achá-lo atraente. Ele usava jeans preto de grife e uma camisa preta com o colarinho aberto, que lhe diziam que o homem não era da cidade, porque ninguém com juízo usava roupas pretas no calor e na umidade sufocantes do verão em Savannah. No momento, ele estava coberto de lama e encarava Hattie como se *ela* fosse a intrusa, e não o contrário.

Cass cutucou a perna de Mo com o bico da bota e olhou para Hattie, que limpava pedaços de sujeira do cabelo.

— Não se encaixa na minha ideia de ladrão de sucata.

— Tem razão — disse Hattie. — Para início de conversa, parece que ele tem todos os dentes. Além disso, está muito bem-vestido. — Ela tocou nos tênis arruinados de Mo com a lanterna. — Caraca. Olha isso. Esses Nikes custam uns 600 dólares.

— Talvez sejam roubados — ponderou Cass.

— Muito bom — disse Mo, suprimindo um gemido enquanto se levantava. — Hilário. Vocês duas devem ser um sucesso nos clubes de comédia por aqui.

Ele olhou para baixo e examinou seu estado. Ambos os braços estavam ralados, com arranhões ensanguentados. As roupas estavam imundas, e os Nikes, cobertos de lama. Ou algo parecido. Ele tateou a parte de trás da cabeça com as pontas dos dedos e sentiu um galo brotando. Talvez tenha sofrido uma concussão? O dia não tinha como piorar.

— A porta da frente estava escancarada — mentiu. — Como eu deveria saber que este lugar é uma armadilha mortal? Eu poderia processá-la por negligência criminosa.

— E poderíamos chamar a polícia e prendê-lo por invasão — revidou Cass. — Certo, Hattie?

Mas a melhor amiga de Cass estudava o rosto do sujeito. Ela definitivamente já o vira antes, o cabelo escuro roçando a gola da camisa, a pele oliva que combinava com o cabelo e os olhos, as sobrancelhas agressivamente grossas e a barba rala que estava na moda. Ele olhava para o celular, mas ela tinha certeza de que estava ouvindo sua conversa com Tug.

Hattie estalou os dedos.

— Ei. Você estava sentado na mesa ao lado da nossa no Foxy Loxy, hoje de manhã. E obviamente bisbilhotando minha conversa.

— Bisbilhotando, não — insistiu Mo. — Estava cuidando da minha vida, tomando café da manhã. Não é minha culpa se você fala tão alto que todos conseguem ouvir.

— Hmm. E então você aparece aqui, menos de uma hora depois. Nesta casa, sobre a qual estávamos falando. Obviamente uma coincidência.

Mo tomou outra decisão rápida.

— Ok, não foi uma coincidência — admitiu ele. — Ouvi você e... era seu pai? Conversando naquele café. Fiquei intrigado. — Ele enfiou a mão no bolso da calça e pegou uma carteira fininha de couro. Retirou um cartão de visita e entregou para ela.

Hattie franziu as sobrancelhas ao ler o cartão.

— Mauricio Lopez. Presidente, produtor executivo, Toolbox Productions. — Ela entregou o cartão para Cass. — Ainda não entendi por que você me seguiu até aqui e invadiu a minha obra.

— A Toolbox é uma empresa de produção televisiva. Eu faço reality shows originais, atualmente para a Home Place Television. Enquanto eu andava de bicicleta pelo bairro histórico esta manhã, tive uma ideia para o que eu acho que poderia, potencialmente, ser um novo reality show. Você e seu pai estão reformando esta casa para vender? Percebi que as coisas não estão indo muito bem.

Ele olhou em volta e apontou para a cozinha em ruínas, depois para o enorme buraco no piso.

Cass e Hattie se entreolharam.

Hattie jogou o cartão na direção do peito de Mo, e o pedaço de papel flutuou lentamente até o chão.

— Primeiro, Tug é meu sogro, não meu pai. Em segundo lugar, não que seja da sua conta, mas a casa está indo muito bem.

Mo deu de ombros.

— Ah, então você não estourou o orçamento? Os bancos *estão* dispostos a emprestar dinheiro suficiente para terminar a obra? E você estava rastejando embaixo da casa só por diversão quando esse chão podre desabou sob meus pés?

O rosto de Hattie ficou vermelho.

— É melhor você ir embora, antes que eu me irrite de verdade.

— Você *não* quer irritá-la — avisou Cass. — Sério, cara, vai embora.

— Não quer nem ouvir minha ideia? — rebateu Mo. — Um reality show original não roteirizado. Você e sua equipe seriam as estrelas. Reformar uma casa velha para revenda.

— Oh! — Cass fez uma expressão dramática, cutucando Hattie com o cotovelo. — Ele quer nos colocar no cinema. Hollywood, aqui vamos nós.

— No cinema, não. Televisão. E não é Hollywood — explicou Mo. — É o seguinte. Savannah é o cenário perfeito para um reality show. Toda essa história, essas casas antigas. Além disso, os custos de mão de obra e material devem ser muito mais baratos por aqui. Quanto pagou pela casa, afinal?

— Não é da sua conta — rosnou Hattie.

— Oitenta e dois mil dólares — revelou Cass. — Havia invasores vivendo aqui. Foi uma execução hipotecária. Mas e daí? Você compraria esta casa para o programa?

— Cass! — repreendeu Hattie, com um olhar de censura.

— Não. Não é assim que funciona. Você investe seu próprio dinheiro na propriedade e fica com todo o lucro da venda da casa. Claro, negociamos uma remuneração para você e sua equipe e angariamos alguns patrocinadores para fornecer material em troca de exposição no programa. Quanto você já gastou neste sorvedouro de dinheiro? — perguntou.

— Chega de papo — respondeu Hattie. Ela apontou para a porta dos fundos. — Vá. Embora. Agora.

Mo balançou a cabeça, incrédulo.

— Você sabe quantas pessoas venderiam a alma por uma oportunidade como essa? De estrelar um novo reality show? Passei por meia dúzia de casas históricas em restauração enquanto pedalava até aqui.

— Vá invadir essas obras, então — disse Hattie. — Desabe pelos pisos delas.

— Ela pegou o cotovelo dele e empurrou sem muita gentileza. — Dá o fora.

Ao chegar à sua bicicleta, Mauricio Lopez se virou, sacou o celular, mirou e fez uma série de fotos. As duas mulheres ficaram na frente da casa, observando-o partir na bicicleta.

— Você acha que aquele cara tá falando sério? — perguntou Cass.

— Não sei e não me importo — disse Hattie. Ela abriu o zíper do macacão, despiu-o e pegou seu celular. — Tenho que ser gentil com Ronnie, pedir desculpas e trazê-lo de volta para cá, para começar a substituir todos aqueles canos de ferro fundido.

Hattie olhou para a casa. Ela ficou tão empolgada quando viu o endereço na lista de execuções hipotecárias do avaliador imobiliário do condado. Ela estava de olho nesta rua há 2 anos, passando por esta casa específica quase diariamente, espreitando-a como um amante ciumento. Seu nome secreto para a casa era Gertrude, em homenagem à Gertrude Showalter, uma mulher idosa que vivia na casa em frente à que Hattie crescera.

Ela tinha visto as janelas quebradas, as pilhas de garrafas de bebida vazias e o lixo espalhado ao redor da varanda de Gertrude, testemunhou com pesar quando uma tempestade de verão derrubou um enorme galho de árvore sobre o telhado, sabendo que a chuva deterioraria ainda mais a estrutura.

Quando a lista de execução hipotecária foi finalmente publicada, ela foi a primeira a chegar ao fórum, 2 horas antes do início do leilão, determinada a comprá-la a qualquer custo, para salvar a elegante anciã, restaurá-la e vendê-la com um belo lucro.

Tug tentou avisá-la sobre a compra de uma casa sem a visitação prévia, mas ela estava determinada a provar que ele estava errado.

Ela dirigiu diretamente do fórum para sua nova velha casa na rua Tattnall, agarrando as chaves com força nas mãos.

Nada em Gertrude a intimidava. Nem mesmo os pombos que habitavam o sótão ou a carcaça de gambá petrificada que encontrou sob um armário da cozinha podre a fizeram desistir.

Não era apenas dinheiro e o patrimônio suado que Hattie havia investido em Gertrude. Ela se dedicou de corpo e alma àquela casa. Mas, agora, droga, ela enxergava a situação pelos olhos do petulante cara da televisão.

A percepção surgiu de repente, como uma mão fria agarrando sua garganta. Ela quebrou o primeiro mandamento do investimento imobiliário de Tug Kavanaugh, aquele que o sogro pregava desde que ela havia pagado a entrada para seu primeiro empreendimento. *"Uma casa é apenas um monte de madeira e pregos, Hattie. É só uma coisa. Nunca se apaixone por nada que não possa retribuir seu amor."*

Ela teve um grande amor em sua vida e o perdeu em um piscar de olhos. Quando aprenderia? Tug tinha razão, ela sabia. Amor, criatividade ou boas vibrações não transformariam Gertrude no tesouro que ela imaginara. Seus ombros murcharam enquanto vasculhava os contatos em seu telefone.

Encontrou o número do encanador, clicou e esperou. O telefone tocou uma, duas, três vezes. Ele atendeu depois do quarto toque.

— Sim? — Ele ainda estava bravo.

— Ronnie! Olha, me desculpe. Você estava certo, mas eu tinha que ver com meus próprios olhos. Todo o encanamento debaixo da casa está destruído. Quanto vai custar para substituir tudo?

— No mínimo? — O orçamento estava muito além do que Hattie imaginou.
— Hattie? Está aí?
— Estou — disse ela rispidamente. — Deixa pra lá.

Os passos de Tug ecoavam pelos cômodos de pé-direito alto. Era de madrugada, e uma leve brisa soprava pelas janelas abertas. Hattie o seguia, decidida a segurar o rojão.

Ele murmurava números enquanto caminhava, balançava a cabeça, revirava os olhos. Quando ele chegou à cozinha, olhou para o buraco irregular no chão antes de encarar a nora.

— Conheci uns caras no depósito de madeira no mês passado. São investidores. Compram casas em Midtown. Conversamos enquanto eu esperava que carregassem o material. Falei sobre esta casa com o rapaz mais novo. Ele disse que estava observando nosso progresso. Gosta desta rua. Acha que tem um grande potencial. Me deu o cartão dele. Seu nome é Keith. Disse que se estivéssemos interessados em vender...

— Nós estamos. — Hattie soltou.

— É venda por atacado. Não é varejo. Perderemos muito dinheiro com isso. Você sabe disso, não sabe, querida?

Ela assentiu, incapaz de falar.

Tug continuou:

— Você está fazendo a coisa certa. Dói, eu sei, mas, diabos, todos cometemos erros. Não é o fim do mundo.

Hattie engoliu em seco.

— E o banco?

Ele deu um tapinha no ombro dela.

— Vou falar com o banco. Fazemos negócios com esses filhos da mãe há quase 40 anos. Eles nunca perderam dinheiro comigo. Vai ficar tudo bem!

Hattie tocou sua mão. A pele de Tug era áspera, enrugada, marcada de ferimentos e cicatrizes.

— Sinto muito. Você tentou me avisar, mas eu não quis ouvir.

— Não se desculpe, querida — disse ele, com a voz rouca. — Seja esperta. Aprenda a lição e siga em frente, sabendo que fez o seu melhor. Mas, desta vez, não foi o suficiente.

3

A Bicicleta em que Você Passeava

Mo retornou ao hotel, tomou banho e trocou de roupa, depois voltou para a bicicleta, para continuar seu passeio pelo bairro histórico. Mas não conseguia tirar Hattie Kavanaugh da cabeça.

Se fosse sincero, admitiria que havia reparado nela assim que se sentou na mesa ao lado da dela no café, naquela manhã. Com 30 e poucos anos, ele supunha, e um ar jovial de garota comum, o cabelo em um rabo de cavalo descuidado. Esbelta, mas curvilínea.

Na casa, a personalidade dela havia sido beligerante, até mesmo desagradável. Ele gostou do fato de ela não se intimidar com um homem estranho subitamente caindo em cima dela. Gostou de ela não ter recuado facilmente. Mesmo com as botas de trabalho enlameadas, o macacão sujo e uma bandana amarrada na cabeça, era uma mulher de presença. E a julgar pelos olhos castanhos e a boca carnuda, com uma leve cicatriz no lábio superior, ele sabia que a câmera a adoraria. O cabelo precisaria ser mais loiro, isso era fato.

Às 16h, Mo estava exausto e encharcado de suor. O céu escurecia, e o ar estava tão carregado de umidade que era quase palpável.

Mas, por razões que não conseguia explicar, ele se viu pedalando em frente à casa da rua Tattnall novamente. O único veículo presente era a caminhonete da Kavanaugh & Filho, ainda estacionada ao lado da calçada. Ele avistou a garota que conhecera mais cedo sentada na escada da varanda, segurando a cabeça nas mãos, os ombros tremendo.

Uma placa de venda direto com o proprietário havia sido fincada no quintal sem grama.

Aquilo era novidade.

Ele se aproximou dela lentamente. A alguns metros da varanda, soltou um pigarro discreto.

A garota ergueu a cabeça. Seu rosto estava vermelho e banhado em lágrimas. Ela havia tirado o macacão e estava vestida com o mesmo par de jeans desbotados e camiseta azul-clara que usara naquela manhã, no café.

— O que foi?

— Oi — disse Mo. — E então? Vai vender a casa? Antes de terminar a obra?

— Por que quer saber? — Ela usou o dorso da mão para enxugar o nariz.

Ele nunca foi bom em lidar com mulheres que estavam chorando. Ele deveria ir embora, mas algo, a súbita vulnerabilidade dela, talvez, o atraiu para mais perto.

Mo se sentou no degrau ao lado da jovem mulher, deixando um espaço banhado de sol entre eles.

— Sinto muito.

Ela fungou e desviou o olhar.

— Tug tem razão. Esta casa é um desperdício de dinheiro. Dei um passo maior do que a perna. Ele tem investidores interessados, mas pensamos em tentar encontrar um comprador direto. Talvez algum outro otário como eu se interesse.

Hattie apoiou o queixo nos joelhos.

— Você vai perder dinheiro? — indagou ele.

— Sim. Dinheiro que não temos. Eu não tenho. Fui idiota e gastei todas as minhas economias neste empreendimento.

— O que você vai fazer depois de vender a casa?

Ela deu de ombros.

— Temos uma reforma de cozinha em Wilmington Island, um deque na cobertura de uma casa na rua Jones. O que Tug chama de nosso ganha-pão.

— Desistiu de reformar para revender?

— Sim, a menos que eu ganhe na loteria — disse ela. — Nenhum banco vai querer saber de nós depois desse fiasco.

— Que pena — disse Mo. — Aquele programa que eu estava te falando...

— Não! — Ela balançou a cabeça com veemência. — Eu já te disse. Não estou interessada. Vá procurar outra loira burra. Savannah está cheia delas. Todo mundo quer ser uma celebridade. Todo mundo, menos eu.

— Não estou procurando alguém que queira ser uma celebridade. Quero alguém que tenha paixão pelo que faz. Alguém que tenha visão. Alguém destemido.

— Você não me conhece — disse Hattie. — No fundo, sou uma covarde. Tenho medo de altura. E de morrer falida e sozinha. O que parece cada vez mais provável.

— Sozinha? — Mo ergueu uma sobrancelha. — Você disse que esse Tug é seu sogro. Onde está seu marido?

— Ele morreu.

Mo estremeceu.

— Oh! Meu Deus, eu sinto muito.

— Tudo bem — disse Hattie. Ela exalou lentamente. — Ninguém espera que alguém da minha idade seja viúva. As pessoas não sabem lidar com esse tipo de informação.

— Posso perguntar...

— Não — interrompeu ela, subitamente de pé. — Chega de sentir pena de mim mesma. Vou para casa, tomar um banho e afogar minhas mágoas em uma garrafa de cerveja. Normalmente não sou tão rude, Mauricio...

— Pode me chamar de Mo. Ninguém me conhece por Mauricio.

— Ok, Mo. Tenho que trancar tudo, então vou ter que pedir que vá embora.

— Você não me disse seu nome — protestou ele. — Vamos começar de novo? — Ele estendeu a mão. — Oi. Eu sou Mo Lopez. Um intruso intrépido. Admirador de casas antigas, em busca de um reality show de sucesso.

O lábio superior dela se contraiu levemente. Ele queria estender a mão e tocar naquela cicatriz, perguntar o que havia acontecido, mas não se atreveu. Ela olhou para as próprias mãos. Estavam sujas, as unhas curtas cobertas de lama, mas ela limpou as palmas na calça jeans e apertou a mão dele.

— Hattie Kavanaugh. Amante de cães, empreiteira licenciada e falida. Sem nenhum interesse em uma carreira no show business.

— Prazer em conhecê-la — disse Mo. — Me fale da sua amiga.

— Cass? Somos melhores amigas desde a escola paroquial e trabalhamos para Tug. Ela é o que se pode chamar de mestre de obras. Quer dizer, mestra? Não somos muito fãs de títulos na Kavanaugh & Filho.

— Então seu marido era o filho no nome na empresa?

— Na verdade, meu marido, Thomas Henry, era a terceira geração a trabalhar no negócio da família. O pai de Tug fundou a empresa, então ele é o filho original da Kavanaugh & Filho. — A expressão dela se suavizou. — Foi assim que Hank e eu nos conhecemos. Consegui um emprego limpando canteiros de obras para o pai dele enquanto eu estava no colegial e mais tarde convenci Tug a me deixar aprender o ofício. Comecei como aprendiz de carpinteira.

— É um trabalho meio incomum para uma jovem — disse Mo. — Você não foi para a faculdade?

— Comecei a frequentar a Georgia Southern, tem um curso de gerenciamento de obras lá, mas, depois de um tempo, não vi sentido em pagar para me sentar em uma sala e assistir a aulas sobre coisas que eu já sabia fazer — explicou Hattie.

Mo hesitou, mas decidiu arriscar mais uma tentativa de fazê-la mudar de ideia.

— Olha, você seria perfeita para este reality show que estou criando. É um conceito totalmente novo. Se a emissora comprar a ideia, e não vejo por que não o faria, filmaremos em locações, bem aqui, em Savannah.

— Obrigada, mas a resposta ainda é não. Estraguei tudo com esta casa. Chega de restauração para revenda. De agora em diante, vou baixar a bola e ficar com o que sei fazer. — Hattie foi até a porta da frente, tirou um molho de chaves do bolso e trancou a porta. Ela passou a mão ansiosamente pela intrincada moldura esculpida da porta, como se estivesse se despedindo de uma velha amiga.

— Te vejo por aí, Mo — disse ela.

Depois que ela partiu, ele caminhou até a placa de venda, sacou o celular e tirou uma foto do número impresso na parte inferior. Ouviu o estrondo de um trovão, olhou para cima e viu um raio prateado perfurando as nuvens carregadas fervilhando acima. Ele correu para a bicicleta. Estava a meia quadra da casa vitoriana na rua Tattnall quando o céu desabou, enormes e quentes gotas de chuva o atingiam enquanto pedalava freneticamente de volta para o hotel.

4

Salvando
Savannah

Mo telefonou para Rebecca durante sua escala em Atlanta, no caminho de volta para Los Angeles.

— Tenho algo para você — disse ele, tentando parecer casual, apesar da empolgação crescente que havia sentido enquanto ensaiava a proposta no quarto de hotel em Savannah. — O conceito para o meu próximo programa. Algo realmente diferente.

— Que bom — disse ela em um tom indiferente.

— Quando podemos nos encontrar? Amanhã?

— Eu tenho uma reunião importante com a equipe da Krystee e do Will amanhã de manhã e depois vou receber o agente deles à tarde, nada extravagante, apenas drinks e sushi para que possamos resolver alguns problemas...

Ele engoliu a decepção.

— Ok, então um jantar.

— São reuniões ininterruptas. O dia inteiro. Por que não liga para a Asha amanhã e diz que preciso que ela marque um café da manhã para nós? Não, esquece... tenho uma reunião no café da manhã na quarta. Poderia ser um café apenas, no meio da manhã. Você pode?

Mo suspirou. Asha Singh era a assistente de longa data de Rebecca. Conseguir passar pela Asha era como invadir uma fortaleza.

— Sim. Vou ligar para ela.

— Ótimo. Te vejo na quarta, então.

Ele cochilou de forma intermitente no voo de Atlanta para Los Angeles. Após 2 horas de voo, desistiu, pegou o notebook no bolso do assento da frente e retomou a proposta do programa.

Esfregou o rosto cansado, alongou um ombro e depois o outro. Ele adorava trabalhar em aviões, gostava do confinamento solitário e forçado. Colocou seus fones de ouvido com cancelamento de ruído e leu de novo o que havia escrito.

Salvando Savannah. É isso. Um conceito sólido. Ele baixou uma dezena das melhores fotos que havia tirado no distrito histórico de Savannah e as anexou como uma apresentação de slides no início do documento. Os vívidos carvalhos arqueados cobertos de musgo espanhol, as fileiras de casas do século XIX da cidade, as varandas e as floreiras nas janelas explodindo em uma profusão de flores coloridas e, claro, a casa da rua Tattnall, além de uma série de fotos de Hattie Kavanaugh e sua mestre de obras, Cass.

Ele visitou a casa pela manhã e esperou, com dois copos de café gelado, até que a mestre de obras chegou.

O tempo era curto. Ele entregou um café para ela.

— Cass, não é?

Cassidy Pelletier olhou para o café, em um copo Foxy Loxy. Ela deu um gole. Seu favorito. Mocaccino gelado com canela extra.

Ela olhou para Mo, desconfiada.

— Como sabia?

— Palpite de sorte. Podemos conversar? Meu voo parte em algumas horas. Sua amiga recusou minha oferta para participar do meu novo programa, mas acho que talvez você possa convencê-la a mudar de ideia.

— Você acha isso porque realmente não conhece Hattie — respondeu ela.

— Ela está com problemas financeiros, certo? — insistiu Mo.

— Sim.

— Esse programa pode mudar tudo isso. Ela receberia um salário regular. Você também. E, assim que o programa for ao ar, a Kavanaugh & Filho ganhará notoriedade, o negócio decolará. Você terá mais trabalho do que conseguirá dar conta e poderá cobrar o preço que quiser. Chega de reformas de banheiro de merda, desculpe o trocadilho.

Cassidy Pelletier não pareceu impressionada.

— É o que você diz.

— Vai gerar empregos — continuou Mo. — Contratamos pelo menos vinte pessoas durante um ciclo de gravação normal. Operadores de câmera, engenheiros de áudio, assistentes, motoristas, cabeleireiros e maquiadores, figurinistas, *catering*. Um bom impulso para a economia da cidade.

— Parece bom para mim, mas, quando Hattie diz não, é não mesmo.

— Talvez você possa me ajudar a convencê-la — argumentou Mo.

— E por que eu faria isso?

— Vocês são melhores amigas, não?

— Aham.

Ele gesticulou para a casa vitoriana.

Destruidores de Lares 17

— Ela está perdendo dinheiro neste lugar, a empresa também. Ela leva isso para o lado pessoal, certo?

— Você não tem ideia. Tug e Nancy não são apenas os donos da empresa em que ela trabalha. São a família dela. Ela se sente responsável. Tug está quase na idade de se aposentar. Já teve um leve ataque cardíaco. Isso está acabando com Hattie.

— Eles são os sogros dela, não são? E a família dela? Onde está?

— Mora na Flórida. A mãe dela, pelo menos. Não sei sobre o pai. Os pais dela se separaram quando estávamos no ensino médio. A mãe fez as malas e foi embora, mas Hattie quis ficar e terminar o ano no Colégio St. Mary. Ela foi morar com meus pais, era para ser só até o verão, mas acabou ficando 2 anos. Depois da formatura, foi morar sozinha num pequeno apartamento de porão. Ela trabalhou para o Tug e frequentou o curso noturno na Georgia Southern, pagou tudo sozinha. Essa é a Hattie. Ela é obstinada.

— E o marido? Como ele morreu?

Cass lançou um olhar inquisitivo para Mo.

— Ela te contou sobre Hank?

— Só que ele havia morrido.

— Ele morreu em um acidente de moto há quase 7 anos.

Um caminhão parou diante da casa e buzinou. Cass olhou para o telefone.

— Minha equipe chegou. Não posso ficar aqui conversando o dia todo.

Ele entregou a ela outro cartão de visita.

— Estou voltando para Los Angeles e vou propor esse novo conceito de programa para a emissora. Mas não vai funcionar sem a Hattie. E sem você. Pode tentar falar com ela? Fazê-la entender que esta é uma maneira de mudar as coisas? Se não por ela, por Tug?

— Você nem me disse de que tipo de programa está falando — disse Cass.

— Vai se chamar *Salvando Savannah* — explicou Mo. — Vamos nos concentrar na preservação histórica e em como é importante para uma comunidade, e para sua história, recuperar essas casas antigas. Acompanharemos enquanto Hattie, você e sua equipe restauram uma velha ruína como esta e a levam de volta à vida.

Cass se virou e apontou para a casa vitoriana.

— Mas não será esta casa?

— Não — respondeu Mo, de forma sucinta. — O formato inclui encontrar a casa, restaurá-la e vendê-la. Esta casa já está muito adiantada nesse ciclo. E, francamente, ao que parece, erros foram cometidos aqui.

— Eu nunca gostei deste lugar — murmurou Cass.

— Por quê?

— Grande demais. Não é nosso estilo de trabalho. Sempre trabalhamos em casas menores. — Ela acenou com desdém. — Essa velharia era uma aposta muito alta. Minha ideia de jogo de azar é comprar uma raspadinha de cinco dólares. Eu mal pude acreditar quando Hattie insistiu em comprá-la. Tug também não gostou da ideia.

— Então por que concordou com o negócio?

— Ela estava decidida a fazer isso — disse Cass. — No final, ela convenceu Tug de que era um bom negócio. Ela conseguiu um bom preço, tenho que admitir, mas agora sabemos o porquê. Telhado ruim, infiltração, encanamento podre. Tudo que conseguir imaginar de problema, essa espelunca tem.

Mo processou as informações. Se, ou melhor, quando eles começarem a gravar, a casa precisaria ser menor, mais relacionável para espectadores como Cass Pelletier. Ter alguns problemas na casa era bom, até desejável, na verdade, porque mostrava aos espectadores que até os especialistas podem errar diante de desafios. Mas, para a primeira temporada, eles precisariam de uma casa que fosse certeira.

Ele verificou o relógio. O carro que o levaria para o aeroporto sairia em 15 minutos.

— Você vai falar com Hattie? Convencê-la de que vocês precisam fazer esse reality?

— Posso tentar.

Asha estava ao telefone quando Mo entrou na minúscula recepção, mas seus olhos se voltaram para a porta fechada do escritório de Rebecca. Ela cobriu o bocal do telefone com a mão.

— Cuidado. Ela está de mau humor.

— O que aconteceu?

Asha balançou a cabeça.

— Devo dizer que ela só tem 15 minutos. Na verdade, eu deveria cancelar sua reunião, mas eu a convenci a te encaixar. Não faça eu me arrepender.

— Obrigado pelo aviso.

Rebecca estava andando pelo escritório, gritando com alguém no viva-voz.

— Não, você escute aqui. Isso é inaceitável. Não dou a mínima para uma porcaria de embargo de obra em zona de inundação. Ligue para alguém no governo estadual, pelo amor de Deus. Diga a eles que, se você não conseguir essa licença, terá que cancelar o projeto. Permanentemente.

Lembre a eles o que está em jogo. Faça isso, Byron. Ou vou encontrar alguém que faça.

Mo puxou uma cadeira até a mesa de Rebecca, um elegante exemplar Art Deco branco laqueado cuja superfície estava estranhamente cheia de pastas, papéis, garrafas vazias de água com gás Pellegrino e embalagens de comida pela metade.

Rebecca desligou o telefone, mas continuou andando pela sala.

— Idiotas — murmurou ela, caminhando até a mesa e se sentando. — Estou cercada de idiotas e incompetentes.

— Qual é o problema?

— Toda a minha programação de quarta-feira à noite está indo por água abaixo.

A porta do escritório se abriu, e Asha entrou, carregando uma bandeja de acrílico Lucite com duas xícaras de café expresso. Ela colocou a bandeja no aparador atrás da mesa e saiu apressada, lançando a Mo um olhar empático antes de fechar a porta novamente.

— Quarta-feira? — Ele franziu a testa, confuso. — Mas é o dia de *Construindo Bridgehampton* e *Comprador Arrependido*, não? E *Partiu Praia*. Pensei que teria uma reunião com a equipe da Krystee e do Will ontem. Drinks e sushi?

— Era Byron, do *Bridgehampton*, ao telefone, agora mesmo. Ele disse que o município não vai emitir uma licença para a área do spa. *Alguém* na vizinhança o denunciou para os tiranos das normas urbanísticas, e eles embargaram totalmente a obra.

— Que droga — disse Mo, fingindo empatia.

Byron Atkinson da B-Reel Productions era o criador de *Construindo Bridgehampton*, o homem parecia ter alguma habilidade mágica para criar reality shows que Rebecca adorava.

— Você nem ouviu a pior parte — respondeu Rebecca. Ela tomou um gole do expresso e fez uma pausa para um efeito dramático. — Krystee está grávida. De gêmeos!

— Mas isso é ótimo, certo? Depois de todo aquele drama de infertilidade da última temporada? Gêmeos devem alavancar muito a audiência. Não que eles precisem.

— Seria um sucesso de audiência. Exceto que o médico idiota colocou Krystee em repouso obrigatório imediato. Ela está com menos de 3 meses! Alan e Shayla queriam me dar a notícia pessoalmente. Eles suspenderam o programa.

— Sério? Isso é péssimo. Eles não podem deixar Will assumir o resto da temporada e fazer algumas imagens de Krystee pelo celular, discutindo os detalhes da casa com ele?

— Quem me dera — disse Rebecca. — Vamos ser honestos. Will tem a personalidade de uma couve-de-bruxelas cozida. Todos sabemos que Krystee é quem dá brilho a *Partiu Praia*. Nossos espectadores não querem assisti-la olhando para os tornozelos inchados, entupindo-se de vitaminas do pré-natal e tricotando sapatinhos de bebê.

— E o que você vai fazer? — perguntou Mo. — Apresentar reprises?

— Não se eu puder evitar — disse Rebecca. — Precisamos de conteúdo novo e precisamos já. Estive repassando alguns projetos em desenvolvimento...

— E a minha nova ideia? — interrompeu Mo. — Becca, eu juro, você vai adorar. Deixa eu te mostrar.

— Recebi seu e-mail. *Salvando Savannah*? — Ela torceu o nariz. — Não parece muito atraente. Na verdade, parece coisa de vovozinha.

Mo pegou o telefone e passou as fotos até chegar às de Hattie Kavanaugh que havia tirado secretamente na cafeteria, além das que tirou de Hattie e Cass em frente à casa da rua Tattnall. Ele passou o celular para Rebecca.

— Ela parece uma avó para você?

Ele capturara Hattie no meio de uma frase. O cabelo preso com uma bandana, as bochechas salpicadas de sardas. Pelo que Mo era capaz de inferir, ela não usava maquiagem, mas algum tipo de luz parecia emanar daqueles olhos castanhos. Ela não tinha o glamour de uma Krystee Brandstetter, que conseguia parecer sexy mesmo de capacete e óculos de solda, ou o apelo exótico de Hayden Horowitz, o glamoroso anfitrião imobiliário de *Construindo Bridgehampton*, mas, para Mo, esse era o grande lance.

— Bonitinha — disse Rebecca, devolvendo o celular.

— Olhe de novo, Becca — disse Mo, passando para a próxima foto de Hattie, tirada enquanto ela entrava em sua caminhonete. — Essa garota realmente tem algo. Ela tem frescor, nada nela soa falso. E ela é audaz. Não vai recuar diante de um desafio. Os telespectadores vão devorá-la. As mulheres desejarão ser como ela, e os homens sonharão em dormir com ela. E ela tem aquele sotaque sulista, não aquele arrastado e meloso, um mais parecido com guia turístico de museu sulista. É refinado. Elegante.

Rebecca analisou o restante das fotos, parando em uma da casa da rua Tattnall.

— Esta é a casa que ela está restaurando? É horrenda.

— Esse é o projeto que ela está prestes a terminar — disse Mo, pegando o celular. — Claro, começaríamos o programa com uma casa nova. Algo menor, mais relacionável para o público.

— Qual é a história dela? — indagou Rebecca. — Quero dizer, quem é ela? Como você a encontrou?

— Eu estava tomando café da manhã em um lugar na rua do meu hotel e ouvi ela e o sogro conversando sobre essa casa em que estavam trabalhando. Fiquei intrigado, então rodei pela cidade até encontrar a casa. E ela.

Ele deliberadamente omitiu todo o episódio de despencar pelo chão da cozinha.

Rebecca franziu o nariz novamente.

— Essa garota é casada? Não quero nada parecido com o programa de Krystee e Will.

— Não é casada. É viúva — explicou Mo. — De acordo com a melhor amiga, ela se casou com o namorado do ensino médio, mas ele morreu em um acidente de moto alguns anos atrás.

— Uma viúva. *Hmm*. Até que gosto do potencial. Jovem viúva corajosa... restaurando casas antigas. É uma bela narrativa com a qual nossos espectadores poderiam simpatizar.

— Não é?

Rebecca tocou a foto no celular.

— Quem é essa mulher com quem ela está falando na frente da casa?

— A melhor amiga, que também é a mestre de obras.

— Gostei disso — pensou Rebecca. — Ela é negra, então agregamos diversidade. Tony vai adorar, tá bom.

Mo tirou o iPad da bolsa transversal, abriu o documento de apresentação de *Salvando Savannah* e o entregou a Rebecca.

— A verdadeira estrela do show seria a cidade, Savannah — explicou ele. — O lugar transmite uma certa atmosfera. E tem grande energia criativa por causa da Faculdade de Arte e Design de Savannah. Há muitos talentos na cidade, e, para todo lugar que você olha, há uma equipe de filmagem trabalhando em um projeto de cinema ou televisão.

— A Geórgia também é um estado com leis trabalhistas flexíveis — disse Rebecca, batendo o lápis na mesa. — Então, os custos de mão de obra são superbaratos, além dos incentivos fiscais que o estado oferece aos cineastas.

— Esse era meu próximo argumento — disse Mo. Ele podia sentir o humor de Rebecca se animar. Ela tinha comprado a ideia, estava totalmente envolvida.

Examinava a foto de Hattie agora, tamborilando o lápis em um ritmo acelerado.

— E então?

— Preciso de um vídeo promocional, obviamente, para que possamos ver se essa garota consegue andar e mascar chiclete. E a casa que você pretende restaurar na primeira temporada.

— Isso não é problema — mentiu Mo. — Para quando?

— Já. — Ela entregou o iPad para ele.

— *Partiu Praia* vai fazer uma pausa. Então seu novo programa em Savannah, se você conseguir arranjar tudo, pode ser nosso substituto em setembro.

Mo sentiu a boca ficar seca.

— Mas... estamos em maio.

— Estou ciente — disse Rebecca. Ela pegou uma pasta e folheou os papéis.

— Byron enviou isso ontem à noite. De alguma forma, ele já sabia de Krystee e Will. É estranho como ele sempre parece saber o que está acontecendo nesta cidade. E, obviamente, já está desenvolvendo um novo programa.

— Ah, claro — respondeu Mo. — Só por curiosidade, que tipo de porcaria de baixo orçamento ele está tentando te vender agora?

Rebecca arqueou uma sobrancelha.

— A inveja não combina com você, Mo. Na verdade, é muito interessante. A cada semana ele combina um designer promissor com um cliente que acabou de sair de um divórcio difícil para uma repaginação completa da suíte principal. *Lua de Fel*. Não é demais?

— É, parece interessante — admitiu Mo.

Ela jogou a pasta na mesa.

— Eu disse a ele que pensaria a respeito. Então? E meu vídeo promocional, quando fica pronto? Tony está me cobrando um substituto para Krystee e Will.

Ele respirou fundo.

— Vou precisar de algumas semanas.

A porta se abriu, e Asha entrou.

— Rebecca? Seu carro chegou.

Rebecca se levantou e pegou a jaqueta.

— Nos falamos em breve. *Ciao*, Mo.

5

Hattie
Decide Ouvir

Ribsy a recebeu na porta de casa. Hattie desabou em uma das cadeiras Adirondack na varanda da frente. Hank fez a cadeira como um presente de aniversário para ela, copiando modelos do Pinterest.

Era só uma cadeira. Ele tinha as peças para o par cortadas e preparadas em sua bancada de trabalho na garagem. E então, em uma noite de agosto, logo após o jantar, ele decidiu dar um passeio em sua Kawasaki vintage, depois de um longo dia trabalhando em uma restauração em Isle of Hope. O cliente era um advogado rico, e, todas as manhãs, a esposa do cliente o recebia na obra com uma longa e frustrante lista de pedidos de alteração no projeto.

Hattie estava na pia da cozinha, lavando os pratos do jantar, quando Hank entrou com o capacete debaixo do braço.

— Só vou dar uma volta até Tybee — disse ele. — Talvez ver o pôr do sol e o rio Back.

— Vamos de carro — sugeriu Hattie. — Espere eu terminar os pratos e vou...

— Não. Só quero sentir o vento no meu rosto. Volto daqui uma hora. — Ele a beijou na bochecha. E nunca mais voltou. Os pedaços da segunda cadeira Adirondack ainda estavam na bancada de trabalho, assim como ele os deixara, mas agora cobertos de teias de aranha.

Hattie tirou as botas e as meias. O silêncio noturno se instalou sobre a rua. Ela esticou a mão, soltou o sutiã e deslizou os braços pelas alças, tirando-o sob a camiseta suja. Jogou o sutiã no assoalho desgastado, sentou-se na cadeira e esticou as pernas.

Ribsy se sentou ao lado dela, apoiando o focinho em seu colo. Ela coçou as orelhas macias dele e ouviu a cauda peluda bater com entusiasmo no chão de madeira. Naqueles meses terríveis e intermináveis após a morte de Hank, Cass insistiu que ela precisava de algo na vida com o que se preocupar. Um dia, ela apareceu na porta de Hattie com uma pequena bola de pelo marrom e branco nos braços. Uma companhia, segundo ela.

— Ele é seu agora — disse Cass, sem rodeios. — Foi uma adoção. Eu já paguei as vacinas, então você não pode devolvê-lo.

Hattie fechou os olhos e desejou que a tensão se dissipasse de seu corpo. Mas parecia que todos os seus músculos estavam contraídos. Ela olhou para o cachorro esparramado no chão, alheio à situação em que ela os colocara.

— Oh, Ribsy. — As palavras saíram como um longo lamento, uma mistura de expiração e um suspiro. — Estamos tão ferrados.

Os investidores que Tug conhecera fizeram uma oferta na casa da rua Tattnall. Ainda assim ficariam no vermelho, mas seu sogro estava certo de que conseguiriam se recuperar do buraco financeiro. Hattie implorou que ele esperasse. Apenas uma semana. Deixasse-a terminar de pintar a parte externa, terminar o telhado, arrumar a casa o suficiente para atrair um comprador tão ingênuo quanto ela, que pagasse um valor mais próximo a uma venda direta.

— Não vamos gastar nem mais um centavo — decidira Tug. — Vendemos como está e nos consideramos sortudos.

"Sorte" não era uma palavra que Hattie usaria para descrever sua atual situação financeira. Sem o conhecimento de Tug, ela apostou tudo na rua Tattnall. E não só as próprias economias.

O nó em seu estômago parecia uma pedra agora. Ela pode perder a casa. Esta casa, o chalé de madeira em Thunderbolt, uma antiga vila de pescadores a leste dos limites da cidade de Savannah, comprada por ela e Hank em execução hipotecária por 32 mil dólares, pouco antes de se casarem. Eles a reformaram por mais de 2 anos, usando sobras de madeira e materiais garimpados das obras da empresa, trabalhando à noite e nos fins de semana, dormindo em paletes no chão. O financiamento foi quitado com o seguro do acidente de Hank.

Era o que ele desejaria, ela sabia. Mas ela não teve tempo, ou era isso que Hattie dizia a si mesma, de terminar qualquer dos projetos que haviam começado juntos. As telhas de madeira na frente da casa ainda tinham uma dezena de amostras diferentes de tinta, porque ela não conseguia decidir qual cor era a certa. As bancadas da cozinha ainda eram de compensado de madeira, embora os tampos de granito estivessem bem ali, em seu quintal. E a madeira para o segundo banheiro que planejavam construir ainda estava empilhada ao lado da garagem, no mesmo local em que esteve pelos últimos 7 anos.

Hattie olhou para a rua, as lágrimas embaçando sua visão. Nos últimos anos, uma a uma, as demais casas do quarteirão haviam sido compradas e restauradas. Ela ficou aterrorizada quando Hank encontrou a casa abandonada na estrada Bonaventure, escondida atrás de enormes arbustos de azaleias. O vendedor montara um estúdio de tatuagens sem alvará na casa e alugava quartos por semana.

O que Hank pensaria da encrenca em que ela se meteu? Da possibilidade muito real de perder essa casa porque ela "deu um passo maior do que a perna", como ele teria dito. As luzes da rua estavam piscando agora. Ela devia entrar, tomar banho e comer alguma coisa. Talvez, na banheira vitoriana, resgatada de um despejo no quintal, deixando a água fria escorrer pelo seu corpo, ela encontrasse uma solução realista para a situação. Ou talvez devesse apenas lavar o cabelo, vestir roupas limpas e cair na cama. Talvez finalmente conseguisse dormir um pouco.

Ela olhou para o cachorro e afagou as orelhas dele novamente.

— Vamos, amigo — disse ela com a voz suave. — Vamos para dentro.

— Hattie? — Cass pigarreou.

Elas estavam em sua mesa habitual na Foxy Loxy.

— *Hmm*? — Hattie estava anotando e rabiscando números em um bloco, checando o celular e lendo as mensagens de texto.

Cass tirou o telefone da mão de Hattie gentilmente.

— Ei! Estou ocupada. Acho que consegui um comprador para aqueles malditos armários da cozinha.

— Ótimo. Isso pode esperar um minuto. Preciso falar com você sobre uma coisa. E preciso de toda a sua atenção.

— Por favor, não me venha com mais notícias ruins. Não consigo lidar com mais nada agora.

— Não são más notícias. Na verdade, acho que é uma maneira de sairmos dessa enrascada da rua Tattnall numa boa. Mas você tem que prometer me ouvir.

— Ah, ok. — Hattie se ajeitou na cadeira. — Fala.

— É sobre aquele produtor de televisão. Aquele que desabou pelo piso.

— Mauricio. — Hattie enrolou a língua. — Mo-ri-*sssio*? Por favor. Como se eu fosse acreditar em um cara que surge do nada e me diz que quer me transformar em uma estrela.

— Não, escute. — Cass empurrou o prato para o lado com os restos de seu muffin e colocou o celular na mesa. — Eu pesquisei. Existe um site, o IMDb, que significa Internet Movie Data-base. Tem tudo sobre qualquer pessoa remotamente ligada ao mundo do show business. Mauricio Lopez é de verdade. A empresa dele, Toolbox Productions, já criou um monte de programas de televisão. Olha aqui. — Ela tocou na tela do telefone e leu os nomes.

— *Reforma em Fresno. Casas de Praia dos Sonhos*, e este outro sobre garagens, eu já assisti esse.

— Eu me lembro de *Casas de Praia dos Sonhos* — disse Hattie. — Não dá pra acreditar nos preços insanos que as pessoas pagam por casas à beira-mar na Costa Oeste. De qualquer forma, não importa se ele é real. Eu já recusei. A casa da rua Tattnall está vendida. Como Tug disse, tenho que seguir em frente.

— Mo Lopez veio me ver na segunda-feira, e acho que você deveria ouvir a ideia dele.

— Não. — Hattie cruzou os braços sobre o peito.

— Mas você prometeu me ouvir — argumentou Cass.

— Então eu menti.

— Você não pode mentir para mim. Sou sua melhor amiga. Nós prometemos no oitavo ano, lembra? Nunca mentiríamos uma para a outra.

— Você mentiu quando me disse que ainda era virgem — acusou Hattie. — No último ano.

— Era diferente. Além disso, você mentiu quando me disse que achava que aquelas calças amarelas e vermelhas que usei no jogo do time do Colégio Cardinal Mooney não deixavam minha bunda enorme. Você me deixou sair de casa parecendo uma maldita tenda de circo.

— Eu não queria ferir seus sentimentos — explicou Hattie.

— Chega de histórias antigas. Você vai me ouvir mesmo que eu tenha que te amarrar na cadeira — disparou Cass. — Ele quer fazer um programa chamado *Salvando Savannah*. Sobre restauração de casas antigas e preservação da história de Savannah, uma casa de cada vez.

— Minha resposta ainda é não.

— Pode pelo menos me escutar? Compraríamos outra casa menor e mais manejável. Começaríamos do zero. O programa é sobre isso. E seríamos pagas para estrelar o programa. Seria uma publicidade incrível para a Kavanaugh & Filho. Mo disse que significaria empregos para a cidade, e não só para empreiteiros. Operadores de câmera, equipes de som, todo esse tipo de coisa.

— Mo?

Hattie lhe lançou um olhar inquisitivo, devidamente ignorado por Cass.

— Ele está voltando para cá hoje. Vamos nos encontrar com ele...

— Não vou me encontrar com ninguém — interrompeu Hattie. — Exceto com o construtor de Hilton Head que marcou comigo no armazém esta tarde.

— Ótimo. Mas enquanto isso...

— Senhoras?

Hattie ergueu os olhos. Mauricio Lopez estava parado ao lado da mesa. Ele tinha dois cafés gelados nas mãos e apontava para uma cadeira vazia próxima.

— Este lugar está ocupado?

Hattie Kavanaugh era risivelmente transparente, pensou Mo. A expressão antes animada dela desapareceu no minuto em que ele se sentou à mesa, substituída por lábios franzidos e uma mandíbula travada em um ângulo entre o desgosto e a fúria. Enquanto ele lhe entregava o copo de isopor com uma montanha trêmula de chantilly, ela o examinava como se ele fosse um grande roedor morto na estrada.

— Você pode se sentar, mas eu acabei de dizer à Cass que não tenho intenção de fazer parte de nenhum "suposto" programa de televisão — disse Hattie.

— Suposto? — Mo colocou a mão no peito. — Assim você me magoa.

Cass riu, e Hattie revirou os olhos.

— Olha — continuou ela —, eu vi alguns desses programas da HPTV. Eles são ridículos. Aquele em que largam dois estranhos em uma ilha e os desafiam a construir uma casa juntos, com folhas de palmeira e madeira à deriva?

— *Náufragos*? Esse não era meu, mas foi um grande sucesso de audiência. E se aquele tsunami não tivesse surgido do nada, ainda estaria no ar.

— Eu não li em algum lugar que a mulher, Penny, acho que era esse o nome, acabou processando a emissora de TV?

— O processo foi indeferido. O contrato com a produtora declarava especificamente que eles não eram responsáveis por quaisquer problemas de relacionamento decorrentes do programa.

Cass estalou os dedos.

— Eu me lembro desse programa. Axel? Não era esse o nome do cara? Todo garanhão, mas mais burro que uma porta. E pensei que ele era secretamente gay.

— Não tão secretamente — disse Mo. — Exceto para Penny. Mas podemos voltar à razão pela qual eu queria me encontrar com vocês duas? Em primeiro lugar, *Salvando Savannah* não é um "suposto" programa. Tenho um compromisso da emissora e um prazo incrivelmente apertado. E então, topam?

— Obrigada pelo café, mas minha resposta ainda é não — disse Hattie.

— Posso perguntar por que está tão relutante com minha proposta?

— Não estou interessada. Sou empreiteira, não uma personagem inventada de um reality show. Levo meu trabalho a sério, mesmo que para você não seja.

Acredito em restaurar casas antigas, desvendar suas almas, fazê-las brilhar novamente e lhes dar uma nova vida.

— Estou te dando a oportunidade de fazer isso e muito mais — disse Mo.

— Esta é uma chance de recuperar seus prejuízos, não apenas os seus, mas do seu sogro também. Suponho que ele também tenha investido uma soma considerável naquela casa, certo?

— Sim. E estou determinada a recompensá-lo por isso.

— Esse programa pode ajudá-la a fazer exatamente isso. Você terá uma remuneração, e a Kavanaugh & Filho receberia uma publicidade inestimável. Os clientes farão fila para contratar a empresa. É sucesso garantido.

Hattie ainda parecia em dúvida.

— Sucesso garantido? De verdade?

— Sim — disse Mo. — Se gravarmos o vídeo promocional, tipo, agora mesmo, e a emissora nos der sinal verde.

Cass bateu na mão de Hattie.

— Agora você vai ouvir?

— O que é um vídeo promocional? — perguntou Hattie.

Mo sorriu.

— Pensei que nunca fosse perguntar.

6

Quando
Hattie Brilha

— O que estamos fazendo hoje não é bem um vídeo promocional, é mais como um vídeo de apresentação — explicou Mo. — Eu vou te filmar, apenas com meu celular, e vou fazer algumas perguntas sobre você, sua experiência no negócio, esse tipo de coisa. Bem informal. É só para a emissora ter uma ideia de quem você é. Como pessoa.

— Como uma audição? — Hattie não gostou do que ouviu. Não gostou de nada daquilo. Parecia bizarro. — Isso é muito pessoal — resmungou ela. Eles estavam sentados na sala de estar de seu chalé em Thunderbolt. Foi ideia de Mauricio Lopez. — Por que não podemos gravar no escritório?

— Não estamos promovendo apenas você — explicou ele. — Estamos promovendo sua personalidade, sua estética. Você reformou esta casa, não? Então ela transmite a sua personalidade. Seu senso estético.

Ele teve dúvidas ao chegar à casa. A parede ripada continha amostras de cores de tinta, havia pilhas de madeira e materiais de construção na garagem, e o quintal parecia desleixado e abandonado.

Hattie lhe mostrou o chalé, observando a sobrancelha erguida de Mo diante do estado inacabado da cozinha.

— Sabe como é — disse Hattie. — Casa de ferreiro...

A sala de estar era uma história diferente. As paredes de gesso foram pintadas em um tom quente de branco, e toda a madeira de nogueira original brilhava ao sol do final da tarde. Havia uma incomum lareira em arco, mas, em vez de lenha, estava cheia até o topo com conchas grandes e branqueadas. Estantes embutidas em cada lateral da lareira estavam repletas de livros, principalmente livros de bolso, intercalados com ninhos de pássaros, chifres de veado, pedaços de coral, ilustrações de pássaros emolduradas e mais conchas. Aquilo era um crânio de vaca?

Mo se sentou na poltrona coberta com uma capa branca e de braços puídos. Uma velha colcha azul e branca havia sido jogada sobre o assento. Olhando melhor, o sofá também era branco, e as almofadas estavam amassadas, quase deformadas pelo uso. Havia pinturas penduradas nas paredes, e todas eram de paisagens marinhas.

— Você pode dizer muito sobre uma pessoa pelas coisas com as quais ela se cerca — disse Mo. — É isso o que a emissora quer ver. Sua personalidade autêntica.

— Não tenho certeza se quero que eles saibam tanto sobre mim — respondeu Hattie. — Por que não posso simplesmente fazer o que faço? Arrumar casas velhas? Por que isso precisa ser sobre mim?

Mo suspirou. Ele estava tentando fazer Hattie relaxar e se abrir pelos últimos 40 minutos. Francamente, ele nunca havia trabalhado com um talento tão pouco entusiasmado. A maioria das pessoas que encontrava em seu trabalho estava ávida por entrar no show business, fazendo de tudo para se tornar estrelas de televisão. Mais de uma mulher chegou a se oferecer para dormir com ele. Homens, também. Hattie Kavanaugh era o oposto.

— Eu poderia ir a qualquer canteiro de obras na cidade e encontrar um troglodita qualquer com um cinto de ferramentas e uma licença de empreiteiro para me mostrar como consertar uma casa — disse Mo. — Eu te escolhi porque você tem algo a mais. Você tem paixão. Inteligência. Você tem atitude. Muita atitude. Sem falar que é incrivelmente atraente. A câmera vai te amar.

— Eu? — Hattie pareceu surpresa.

— Você fez algo diferente com seu cabelo hoje, não?

Ela corou. Cass a intimou a fazer uma escova modeladora no salão perto do escritório. Agora, seu cabelo liso estava macio e sedoso e caía em ondas sobre seus ombros. Durante toda a manhã, ela lutou contra o desejo de prendê-lo em um rabo de cavalo. Estava usando maquiagem também. Não muita. Só um pouco de blush, máscara de cílios e batom.

— Fiz uma escova — admitiu.

Ela não era apenas atraente, pensou Mo. *Era adorável.* Talvez o que a tornasse tão adorável fosse o fato de que, ao contrário da maioria das mulheres bonitas que ele conheceu, ela parecia alheia ou até indiferente à própria aparência.

Hattie havia se livrado das calças cargo largas, da camiseta desbotada e das botinas. Usava jeans que realçavam seu corpo esbelto, uma bata floral de algodão com um cordão que insinuava um decote e tênis All Star brancos de cano alto, razoavelmente novos.

— Ok, vamos começar — disse ele, desviando seus pensamentos para o trabalho com certa relutância. — Pronta?

— Tão pronta quanto possível.

Ele prendeu o iPhone em um tripé com um acionador remoto e o posicionou atrás da poltrona em que estava sentado, pois achou que ela ficaria menos constrangida se ele não estivesse apontando o celular para ela enquanto conversavam.

— Vou contar até três e acenar com a cabeça. Então começamos.

Hattie assentiu, e ele pôde sentir a tensão que emanava dela. Sentada, dura como uma tábua, com a coluna pressionada no encosto do sofá e a boca distorcida em um sorriso estranho e nada lisonjeiro.

— Tente relaxar — disse ele. — Isso não é um tribunal. Somos só eu e você, conversando sobre reformar casas antigas. Certo?

— Acho que sim.

Mo levantou as mãos, exasperado.

— Você quer fazer isso ou não?

— Eu disse que faria. — Hattie olhou para as próprias mãos. Pela primeira vez, ele notou a fina aliança de ouro na mão esquerda.

— Por que aceitou? Quero dizer, ok, você vai ganhar dinheiro, mas não vai ficar rica com esse programa, então se topou apenas pelo dinheiro...

— Não é apenas pelo dinheiro. Tá certo, em parte é por isso.

— Então por que concordou em participar do programa? Sério, Hattie. Eu preciso saber.

Ela saltou do sofá, andando pela sala, gesticulando descontroladamente com as mãos. Mo clicou no controle remoto para começar a gravar, mas Hattie não pareceu notar.

— Talvez eu precise provar algo a mim mesma. Sou boa no que faço. — Ela olhou para Mo. — Sou muito boa no que faço. Sei que você provavelmente não pensa assim, pois estraguei tudo na casa da rua Tattnall. Mas eu sou. Sou uma mulher em um canteiro de obras. Sou a chefe, mas ninguém quer acreditar nisso. Sabe como é? Toda vez que um novo empreiteiro entra na obra, toda vez que um inspetor aparece, eles olham para mim e pedem que eu chame o chefe. Toda maldita vez. Eles me veem e só pensam: *Uau, quem é a garota bonita usando capacete?* Dão em cima de mim, mas nunca acreditam no que eu digo. Quando temos a reforma de uma cozinha ou a construção de um banheiro ou deque, é o Tug quem sai para encontrar com o cliente e fazer o orçamento, porque eles não acreditam que uma garota saiba do que está falando. Então não é o suficiente que eu seja tão boa quanto um homem. Tenho que ser melhor do que eles. E tenho que provar isso. Todo maldito dia. Então talvez seja por isso que eu esteja participando do seu maldito programa.

Ele ignorou o olhar dela.

— Viu só? É isso o que eu quero de você. A câmera precisa ver isso. Me mostre um pouco dessa atitude de "dane-se" todo mundo.

Ela piscou.

— Você filmou isso?

— Pode apostar que sim. — Mo sorriu. — Eu diria que você já se aqueceu. Agora, sente-se e responda minhas perguntas.

— Meu nome é Harriet Kavanaugh, mas todos me chamam de Hattie. Moro em Savannah, na Geórgia. Vivi minha vida toda aqui. Reformo casas antigas. Às vezes eu as compro, reformo e vendo, mas, neste mercado imobiliário atual, nós as reformamos diretamente para clientes. Nossa empresa se chama Kavanaugh & Filho. O pai do meu sogro, Thomas Senior, abriu a empresa, e então Tug, que é o meu sogro, apelido para Thomas Junior, assumiu, e meu marido, quero dizer, meu falecido marido, Hank, entrou na empresa, assim como eu.

Mo interrompeu:

— Há quanto tempo você reforma casas antigas?

— A maior parte da minha vida, eu acho. Comecei a trabalhar para o Tug, limpando as obras, quando estava no ensino médio. Com o tempo, comecei a incomodar os caras para me mostrar como fazer as coisas. E foi assim que aprendi todo o ofício. Sei fazer estruturação, acabamento de carpintaria, elétrica e encanamento básico, se necessário.

— Você me disse que fez faculdade e estudou gerenciamento de obras, certo?

— Eu frequentei as aulas por um ano, mais ou menos, mas era um curso caro. Achei que poderia aprender mais no trabalho do que numa sala de aula. Depois fiz a prova para ter a minha licença como empreiteira profissional. Passei de primeira. — Hattie sorriu com a lembrança.

Mo assentiu com aprovação.

— Qual é a sua parte favorita do que você faz?

— Honestamente, o que eu mais amo no meu trabalho é andar por uma casa antiga. Tocá-la, imaginar seu passado, ouvi-la, depois descobrir como trazê-la de volta à vida para uma nova família.

Mo assentiu e fez um sinal de positivo.

— Qual é a sensação, quando você termina de restaurar uma casa velha?

O rosto dela se iluminou de entusiasmo.

— É simplesmente indescritível. Às vezes, trabalhamos meses e meses em uma casa, consertando tudo o que está podre, substituindo canos velhos, arrancando painéis de pinus dos anos 1960 e demolindo banheiros nojentos, e parece que nunca vamos conseguir fazer tudo. Então, um dia, o gesso é aplicado e pintado, acendemos um lustre de cristal que encontrei em uma loja de segunda mão e pronto! É como se eu tivesse ganhado na loteria. Esqueço de todo o suor, lágrimas e cocô de rato. Talvez seja como um parto? Assim que vê o bebê, você se apaixona e nem se importa com o que foi preciso para trazer aquela criança ao mundo.

Mo fez sinais de positivo com as duas mãos.

— Fale mais — murmurou.

— O que mais eu posso dizer? — perguntou Hattie. — Não sou muito interessante.

Ele revirou os olhos.

— O que você faz quando não está trabalhando? — provocou Mo. — Hobbies? Interesses?

Ela riu.

— Estou sempre trabalhando. Quando não estou no trabalho, estou pensando no trabalho. Ultimamente tenho procurado outra casa antiga para restaurar. Dirijo por toda a cidade. Verifico os avisos mensais de execução hipotecária, converso com corretores imobiliários sobre quais casas podem entrar no mercado. E, então, observo as próprias casas. Estou sempre à procura de materiais de construção de demolições. Sou conhecida por mergulhar em pilhas de lixo se vir uma velha lareira de boa aparência.

— Onde você guarda todas essas coisas?

— Eu tenho um galpão lá atrás.

— Nenhum hobby? — Mo pareceu duvidar.

— Eu saio com amigos. Costumava ler muito. — Ela gesticulou para as prateleiras de livros. — Gosto desses livros antigos de mistério.

— Então, você realmente gosta de assassinatos? — indagou Mo.

— Não os sangrentos. Tenho curiosidade para entender por que pessoas aparentemente decentes perdem o controle.

— O que mais você gosta de fazer?

Hattie precisou pensar.

— Levo Ribsy para passear. Ele é meu guarda-costas quando estou procurando casas para reformar.

— Ribsy?

— Meu cachorro. — Ela assobiou, e, depois de alguns arranhões em uma porta no final do corredor, o cachorro, um borrão peludo marrom e branco, entrou na sala de estar, quase derrubando o tripé com o celular de Mo. Ele pulou em Hattie, que riu e envolveu os braços no pescoço do cão, que lambia seu rosto.

— Este é o homem da minha vida.

— Conversamos um pouco sobre isso antes do início da entrevista, mas me diga por que você está interessada em participar desse programa — pediu Mo. — *Salvando Savannah*.

Ela franziu o rosto enquanto pensava, escolhendo as palavras sem pressa.

— Todos os dias, passo por casas antigas que estão abandonadas, lentamente se deteriorando. Quando uma casa está vazia ou abandonada, ninguém está cuidando dela. O telhado estraga, há infiltrações, mofo, cupins. Invasores se apossam. Eles fazem fogueiras no inverno para se aquecer, removem tudo o que podem vender para conseguir dinheiro para bebida ou drogas. Em algum momento, é tarde demais para salvar a casa. E isso me deixa triste. É um desperdício. — Ela colocou a palma da mão no peito. — Assistir a isso parte meu coração. É a nossa história, sabe? A história da nossa comunidade.

— E? — incitou ele.

— Talvez, com um programa como esse, eu possa inspirar as pessoas a fazer o que eu faço. Olhar para sua comunidade, encontrar uma casa que precisa de um pouco de amor e restaurá-la. Ou apenas valorizar mais a casa em que vivem. Eu gostaria de participar de um programa em que eu pudesse mostrar às pessoas a maneira adequada de restaurar e pintar madeira. De azulejar um banheiro, ou trocar o vidro de uma janela velha. E talvez falar da maneira errada de fazer as coisas. Eu gostaria de ser... acessível? É essa a palavra para isso?

— E relacionável. — Mo agora a orientava. — O que mais? Você quer dizer algo sobre Savannah?

— Como o quê?

— Talvez que queira mostrar a beleza de sua cidade natal, retribuir a uma cidade que lhe deu tanto? Preservar uma parte da comunidade que está se extinguindo.

Agora era a vez de Hattie revirar os olhos.

— Eu já não disse isso? Quando falei sobre como isso parte meu coração?

Mo clicou no controle remoto para pausar a gravação.

— Ok, tudo bem. Você disse isso mais ou menos. Agora vamos tentar o seguinte. Quero que você olhe para mim, sorria, e diga algo assim: "Eu sou Hattie Kavanaugh e estou salvando Savannah. Uma casa antiga de cada vez."

Ela balançou a cabeça.

— Que idiotice. Sou uma garota só. Como vou salvar Savannah?

— Você tem que questionar tudo o que eu digo? Apenas faça isso, ok? É uma espécie de metáfora. O que chamamos de slogan. Os executivos da emissora buscam por personalidade mais do que tudo. Pode parecer exagerado, mas o espectador precisa sentir sua energia. Seu entusiasmo. Você tem que vender a ideia, garota.

Hattie deu um longo suspiro. Ela se postou em frente à lareira, afofou o cabelo e umedeceu os lábios.

— Vai — disse ela.

Ele clicou no controle remoto e depois fez a contagem regressiva com os dedos. *Três. Dois. Um.*

— Sou Hattie Kavanaugh e estou ajudando a salvar minha cidade natal, Savannah. Uma casa antiga de cada vez.

— Perfeito! — disse Mo. — Viu? Você é muito boa nisso quando quer.

Hattie desabou na cadeira mais próxima.

— Preciso de uma cerveja gelada.

7

A Vez de
Tybee

— É impossível — disse Hattie a Cass, fechando o notebook. — Não há nada à venda nesta cidade em nossa faixa de preço. Nada que se qualifique como remotamente histórico com um preço dentro do orçamento.

Cass sentou-se à mesa, de frente para Hattie, no escritório bagunçado e despretensioso da Kavanaugh & Filho. Era um espaço pequeno e abarrotado, com menos de 100 metros quadrados e uma vitrine voltada para a rua Bull. No escritório principal havia três mesas surradas de metal remanescentes do exército, uma para Cass, uma para Hattie e outra para a gerente, Zenobia, que também era a mãe de Cass. Tug tinha sua própria sala.

— Onde está procurando? — perguntou Cass.

— Nos lugares habituais, no Zillow e em todos os sites das imobiliárias locais.

Zenobia Pelletier ergueu os olhos do computador.

— Você verificou a lista de execuções hipotecárias no site do condado? Talvez a gente encontre uma casinha fofa para reformar em Parkside ou Live Oak.

— Sim, senhora — disse Hattie. — Já verifiquei. Há poucas opções. A única coisa que se encaixa no nosso orçamento são alguns sobrados pequenos dos anos 1960 no lado sul e algumas casas térreas dos anos 1970 na periferia do condado. Nada que Mo Lopez considere remotamente histórico ou... qual é a palavra?

— Telegênico — completou Cass, prestativa. — E quanto a Thunderbolt?

— Tá brincando? Minha pequena aldeia de pescadores de camarão está em voga. Assim que um imóvel entra no mercado, é vendido. Um dos meus vizinhos tem um chalé minúsculo dos anos 1930. Totalmente original, sem ar-condicionado central. Colocou uma placa de venda direta com o proprietário no quintal, na semana passada, e antes do final do dia já tinha seis compradores em uma guerra de ofertas.

Zenobia tirou os óculos de leitura de armação vermelha e apertou a ponte do nariz. Ela estava na casa dos 50 anos, com cabelo loiro curto e cuidadosamente penteado, bochechas em um tom acastanhado salpicadas de sardas e unhas postiças longas e perfeitamente esmaltadas.

— E Tybee?

— O que tem Tybee? — perguntou a filha. — Se não podemos pagar por um imóvel na cidade, com certeza não podemos pagar por uma casa na praia.

— Sabe, quando eu estava saindo da igreja no domingo, ouvi a velha Mavis Creedmore pedir ao padre Mike para orar por ela, porque ela e seus primos estão prestes a perder a casa de praia na avenida Chatham.

Hattie parou de escrutinar a lista de imóveis e se empertigou.

— É a avó de Katie Creedmore? Ela se formou no St. Mary um ano depois de nós. E Holland Creedmore Junior jogou no time de futebol do Cardinal Mooney alguns anos à nossa frente. Ele era um garanhão, se bem me lembro.

Cass revirou os olhos, mas não disse nada.

— Mavis nunca se casou. Acho que esses devem ser os netos do irmão dela — disse Zenobia. — Havia muitos Creedmores na cidade quando eu era menina. Enfim, Mavis é a mais velha, e vou te dizer, é ela quem manda por lá. Dois de seus irmãos morreram jovens, algum tipo de câncer. Ela sobreviveu a todos, então agora ela é, tipo, a matriarca.

— Mas na avenida Chatham? — desdenhou Hattie. — Fala sério, Zen. Essas casas são todas na praia do rio Back, com docas e ancoradouros. Mesmo uma pequena cabana estaria fora do orçamento.

— Talvez não — disse Zenobia. — Espera um minuto. Vou verificar os registros do condado. — Suas longas unhas postiças voaram pelo teclado do notebook, estalando a cada toque de tecla. — *Hmmm*. Aqui está. Avenida Chatham, 1523. Os proprietários estão listados como Mavis Creedmore, Reeves Creedmore e Holland Farrell Creedmore. Esta não é uma daquelas casas de praia que está imaginando, Hattie. Foi construída em 1922. Só tem 167 metros quadrados. Dois andares, estrutura de madeira. Quatro quartos. Um banheiro.

— Devem ser quartos para hobbits — observou Cass. — Um banheiro só para quatro quartos?

— É uma casa de praia, querida — disse Zenobia. — Na minha época, quando do você ia à praia, ficava na praia. Tudo de que precisava em seu quarto era uma cama, talvez uma mesa de cabeceira e alguns ganchos para pendurar as roupas.

— O que mais sobre a casa dos Creedmores, Zen? — perguntou Hattie.

— *Humm*. Vejo uma penhora tributária. Ahh. Eles realmente estão prestes a perder a casa. A última avaliação é de 425 mil dólares. O valor é praticamente pelo terreno, não pela casa. Aqui está a inspeção. Parece que há algum tipo de construção externa. Talvez uma casa de barcos, algo assim?

Hattie brincou com um clipe de papel, retorcendo-o enquanto pensava.

— Não posso acreditar que um terreno em Tybee valha só isso. Zen, você é amiga de Mavis Creedmore?

Zenobia deu de ombros.

— Fizemos trabalho voluntário juntas na paróquia Santíssimo Sacramento por um longo tempo. Não somos amigas, mas nos conhecemos há anos.

— Como ela é?

— Deve ter uns 80 anos. É mal-humorada e autoritária. Você conhece essa geração. Eles sempre pensam que o jeito deles é o único correto.

— Ora — disse Cass, sorrindo para a mãe. — Parece alguém que eu conheço.

Zenobia pegou um mata-moscas de plástico com propaganda da Kavanaugh & Filho e bateu na filha.

— Lembre-se de quem faz os pagamentos por aqui, mocinha.

Hattie afastou a cadeira da mesa, fazendo um barulho estridente contra os ladrilhos gastos de linóleo.

— Vamos, Cass. Vamos até Tybee para checar.

— Mas a casa nem está à venda — protestou Cass.

— Ainda — disse Hattie. — De qualquer forma, podemos andar por aí e verificar se há novos anúncios ou placas de venda que ainda não estejam no radar do Zillow.

Hattie permaneceu calada durante a longa viagem até Tybee Island. A maré estava baixa, e o trânsito, tranquilo. Era final da primavera, e as gramíneas do pântano de ambos os lados da Rodovia US-80 eram de um tom cintilante de verde-limão. Cass olhou para ela.

A temperatura estava amena para os padrões de Savannah, por volta dos 30 graus, mas o rosto de Hattie estava pálido e ensopado de suor, e ela parecia agarrar o volante como se sua vida dependesse disso.

O acidente de Hank aconteceu neste trecho da estrada, onde os moradores chamavam de rodovia Tybee. A rodovia se transformava em pista única após sair de Whitemarsh Island, e, sempre que havia um acidente, especialmente em uma das quatro pontes de acesso à Tybee, o tráfego podia ficar parado por horas.

— Ei — disse Cass suavemente. — Você está bem?

Hattie assentiu.

— Não precisamos fazer isso — apontou Cass.

— Eu preciso — disse Hattie. Uma mancha rosada floresceu em suas bochechas. — Isso é tolice. Quer dizer, é só uma ponte idiota. Não foi a ponte que matou Hank.

Ela tinha razão. Um motorista bêbado, vindo de uma farra de um dia inteiro em um dos inúmeros bares da ilha, foi a causa da morte de Hank Kavanaugh. O bêbado, um adolescente, entrou na pista contrária para evitar bater em algo na estrada e acertou a moto de frente. Assim que percebeu o que havia acontecido, o garoto fugiu, abandonando o carro — e Hank mortalmente ferido — no meio da ponte do rio Lazaretto.

Uma médica assistente que passava pelo local logo após o acidente ligou para o serviço de emergência, depois saiu do carro para tentar ajudar. Segundo ela contou à polícia, Hank ainda estava respirando. Mas levou mais de uma hora para que os socorristas vindos de Savannah vencessem o congestionamento para chegar ao local do acidente.

E então, Hank Kavanaugh, aos 29 anos, sucumbiu aos enormes ferimentos na cabeça e no peito.

— Eu posso dirigir se você quiser — ofereceu Cass, mas Hattie balançou a cabeça. — Como de repente você está tão empolgada com esse lance de *Salvando Savannah*? Achei que tinha odiado a ideia — continuou.

Hattie tamborilou os dedos no volante da caminhonete.

— Sim. E ainda odeio. Mas fui eu que, com a casa da rua Tattnall, coloquei a empresa, e Tug, no vermelho. Então, cabe a mim consertar isso, e não tenho outra ideia para tentar recuperar os prejuízos.

Elas estavam quase no topo da ponte arqueada do rio Lazaretto. Se olhassem para a direita, veriam as embarcações, em sua maioria barcos de pesca de camarão e de passeios com golfinhos, atracadas nas docas. Se olhassem para a esquerda, poderiam ter a sorte de avistar um dos enormes navios porta-contêineres, alguns mais longos do que um quarteirão, deslizando pelas águas indo ou vindo do porto de Savannah.

Hattie involuntariamente prendeu a respiração.

— Controle-se — murmurou para si mesma.

Ela desacelerou o veículo enquanto passavam pela placa dos limites de Tybee Island, rindo da visão de uma família de quatro pessoas tirando uma foto diante da enorme réplica de tartaruga-marinha em resina, e seguiu pela estrada que desenhava uma curva na beira do oceano e tomava a direção leste, tornando-se a avenida Butler, a principal atração da cidade.

— Qual o número da casa que estamos procurando? — perguntou Hattie.

— Mil quinhentos e vinte e três — disse Cass, olhando para o telefone.

Hattie baixou as janelas da caminhonete e inspirou a maresia. Olhou ao redor, para a paisagem que passava, para as casas e lojas que se alinhavam dos dois lados da avenida Butler.

— Uau, está muito mais arrumado do que eu me lembrava.

Cass fungou.

— Se por "arrumado" você quer dizer que adicionaram algumas novas lojas de camisetas e mudaram o nome do hotel, acho que tem razão. Tybee não é Hilton Head. E não é a St. Simon Island, com certeza.

— Você é tão pretensiosa, Cassidy Pelletier — disse Hattie, rindo. — Gosto de Tybee. Parece a última cidade praiana intocada. Sem shoppings, sem torres de apartamentos, sem fast-food... bem, exceto o Arby's. Ainda existe o Arby's aqui, certo?

— Quando foi a última vez que esteve aqui? — indagou Cass.

A risada de Hattie cessou.

— Sabe... agora que mencionou, acho que já faz algum tempo.

— Isso é uma perda de tempo — murmurou Cass.

— Sei que acha que não terá sorte em Midtown, mas aposto que, se ligarmos para alguns corretores imobiliários, encontraremos um imóvel que ainda não está no mercado. Um que ainda não foi anunciado na internet.

— Talvez. Mas já que estamos aqui, vamos dar uma olhada.

Elas passaram pela rua Tybrisa, com seu quarteirão de bares, lojas de suvenires e sorveterias, seguindo pela avenida Butler até que desembocasse na avenida Chatham, no extremo sul da ilha.

Hattie olhou pela janela enquanto dirigia lentamente pela rua. Apontou para uma placa afixada no portão de uma destoante casa de madeira.

— Droga. Olha o tamanho deste lugar. Cass, pode pesquisar?

— Deixa comigo — respondeu Cass, percorrendo as listagens de imóveis de Tybee Island em seu celular. Ela riu. — Esta custa meros 2,3 milhões. O terreno tem mais de 4 mil metros quadrados e aqui diz que pode ser subdividido em quatro lotes.

— Obviamente não é a casa dos Creedmores — constatou Hattie.

A meio quarteirão de distância, Cass apontou para uma placa de madeira desgastada pelo tempo, quase obscurecida por um grupo de palmeiras.

— Você consegue entender o que diz a placa?

Hattie conduziu a caminhonete para o acostamento.

— Hum... Acho que parece algo com um *C* e um *M*?

— Tem que ser essa — disse Cass. — A casa do outro lado da rua é a número 1524. Acho que aqui era o que costumava ser a garagem?

Mal dava para ver o estreito caminho arenoso através da fileira de pinheiros, palmeiras e louros-bravos que cresceram desordenados. Hattie pulou um galho de árvore podre e entrou em um túnel verde. Por cima do ombro, olhou para Cass, que estava de pé, imóvel, com as duas mãos nos quadris.

— Você vai ficar parada aí?

— Quem, eu? Pareço uma garota que quer andar em uma selva esquecida por Deus e infestada de cobras como esta?

Hattie deu de ombros.

— Ok, eu vou sozinha. — Ela partiu em meio à vegetação rasteira, chutando vinhas de glória-da-manhã esparramadas pelo caminho e empurrando galhos baixos.

— Droga — ela ouviu Cass murmurar. — Espera aí. Me deixa pegar o apanhador de cobra.

8

O Imóvel
Condenado

Hattie também pegou um apanhador de cobra, e as duas se moveram lentamente pela vegetação densa, usando o longo bastão para abrir caminho.

— Deve haver uma casa aqui, em algum lugar, não? — perguntou Hattie, tirando uma teia de aranha do rosto.

— Acho que sim, a menos que mamãe tenha nos dado o endereço errado. Quem diria que um terreno poderia ser tão comprido? — argumentou Cass.

Quando estavam a 100 metros de onde haviam estacionado o carro, elas emergiram em uma clareira. A casa, ou o que restava, surgiu diante delas.

— Puta merda — ofegou Hattie.

A casa já tinha sido branca, mas, ao longo dos anos, o vento, a maresia e o próprio tempo haviam arrancado quase toda a tinta, restando apenas tênues vestígios. Eram dois andares, como anunciado, mas o telhado do segundo andar estava coberto com uma lona de plástico azul desbotada. Uma varanda telada circundava o segundo andar, mas as telas estavam rasgadas e balançavam suavemente na brisa da tarde.

— É como aquela história de Edgar Allan Poe que nos fizeram ler no ensino médio — disse Cass. — *A Queda da Casa de Usher*. Acho que esta é *A Queda da Casa dos Creedmore*.

— Está mais para *Credo*more — disse Hattie. Ela deu alguns passos em direção à casa, parou de repente e apontou. — Ah, não.

Uma robusta viga de madeira tinha sido pregada, cruzando os frágeis degraus da varanda da frente. Fixada na viga havia uma placa com letras pretas em um fundo amarelo.

Entrada proibida, propriedade condenada, cidade de Tybee Island.

Cass tocou o braço dela.

— Para mim, já chega. Esta casa não precisa de uma reforma, precisa ser demolida. Vamos. Vi uma gelateria na rua Tybrisa. *Seaside Sweets*. Eu pago.

Hattie não se abalou.

— Tem um certo charme decadente. Não acha?

— Não — disse Cass. — Definitivamente não. Cair aos pedaços não é charmoso. Já passamos por isso. *Alô?* Rua Tattnall te lembra alguma coisa?

— Foi diferente. Deveríamos saber que gastar tanto dinheiro em uma casa tão grande era furada. Eu deveria saber. Esta casa tem apenas um quarto do tamanho daquela da rua Tattnall. E não pode estar tão ruim assim...

— Ruim? Tá vendo aquela lona no que sobrou do telhado? Merda, não tem nem porta da frente. Só Deus sabe que tipo de criaturas se instalaram aí. Ou pessoas. Podem ser assassinos sanguinários.

Hattie continuou caminhando em direção à casa, mas Cass permaneceu imóvel.

— Harriet Kavanaugh, não se atreva a entrar nessa casa — avisou Cass.

— Não faça isso. Não vou te seguir por esse show de horrores. Não, senhora. Pare onde está!

Hattie já estava se abaixando para desviar da viga.

— Não seja um gatinho assustado. Vamos. Uma espiadinha não vai fazer mal.

As tábuas do assoalho da varanda rangiam a cada passo de Hattie.

— Não desabe — sussurrou Hattie. Uma folha de compensado havia sido pregada no lugar da porta da frente.

Ela olhou através de uma janela recoberta de sal à esquerda da porta e teve um vislumbre de uma sala de estar amontoada de móveis.

Por cima do ombro, ela gritou para Cass:

— Mal dá pra ver alguma coisa daqui. Vou dar a volta pela lateral da casa.

Cass se aproximou até a beirada da varanda.

— Não tô gostando desse lugar.

Hattie caminhou com cuidado pelo lado oeste da varanda, passando por cima do esqueleto enferrujado de uma bicicleta.

Desse lado da casa, um galho velho e retorcido de glicínia rompeu o corrimão de madeira em ruínas e serpenteou pelo chão e pelo tapume da tábua. Panículas de flores roxas pálidas escorriam artisticamente pela parede.

— Glicínia. Ai, Deus. — Hattie tinha visto o dano que a trepadeira invasora poderia causar em árvores e construções em seu próprio quintal, em Thunderbolt. Ela continuou caminhando ao redor da parte de trás da casa, mantendo os olhos focados nas tábuas bambas do chão da varanda.

— Imagino como estão os pilares da fundação — murmurou para si mesma. Hattie olhou para trás e viu Cass escalando os galhos de glicínias. — Aí está você. Pensei que uma cobra tivesse te engolido.

Cass mostrou o dedo do meio.

— O que acha daqui de trás?

— Não pode ser pior do que a frente, não é?

— Acho que definitivamente há problemas de fundação — disse Hattie, apontando para o chão.

— O rio está aqui em algum lugar — disse Cass, gesticulando. Mas um espesso bosque de bambus, palmeiras e pinheiros bloqueava completamente qualquer visão da água.

Cass caminhou até a extremidade da varanda, testando cada passo com a ponta do tênis, e parou quando chegou a uma porta com uma janela.

— Ei — gritou, pressionando o rosto contra o vidro empoeirado. — Vem cá. Se isso não te convencer de que esta casa é um lixo, então eu desisto.

A primeira coisa que Hattie notou foi o teto da cozinha. A maior parte do gesso estava agora esparramada nas bancadas e no chão.

— Oh-oh — disse ela.

— Quanto você quer apostar que há um banheiro com vazamento no andar superior, logo acima desta cozinha?

— Não aposto para perder — disse Cass. — Já viu o resto deste show de horrores?

A sala estava repleta de armários de pinho. A maioria das portas dos armários empenados estava aberta, expondo prateleiras cheias de pratos, copos e enlatados. As bancadas eram laminadas em um tom de amarelo-ouro. O chão de vinil tinha um padrão xadrez de verde-abacate e amarelo-ouro. O fogão e a geladeira eram verde-abacate e estavam manchados de ferrugem.

— Se tivesse um concurso para a cozinha mais horrenda, esta ganharia em primeiro lugar — disse Hattie.

— Já perdemos tempo suficiente aqui — respondeu Cass. — Você viu a placa. Está condenada. Vamos voltar para a cidade e ver se mamãe conseguiu alguma candidata viável.

Hattie seguiu Cass com relutância até a frente da casa. Deu uma última olhada por cima do ombro antes de começar a caminhar pelo acesso de carros em direção à caminhonete.

— Tem algo especial nesta casa, Cass. É centenária e está implorando para ser salva.
— Não por nós — respondeu Cass.

O telefone de Cass tocou quando elas estavam prestes a entrar na caminhonete de Hattie.
— É a mamãe. — Ela atendeu e clicou no viva-voz.
— Ei, mãe. E aí?
— Vocês ainda estão em Tybee?
— Estamos quase saindo — disse Hattie.
— Encontraram a casa?
— O que sobrou dela — disse Cass. — Está em ruínas. A cidade condenou, e está tudo interditado. Acho melhor voltarmos a ligar para os corretores imobiliários.
— Talvez não. Estive bisbilhotando por aí. Falei com uma senhora que conhece Mavis Creedmore há anos. Essa casa foi deixada para Mavis e seus dois primos mais novos pela avó deles. Um primo mora no norte e não vem para casa há anos, e o outro, Holland Senior, mora em Ardsley Park. Acho que o filho dele é o garoto que jogou futebol no Cardinal Mooney. Holland Senior era uma espécie de corretor da bolsa, mas ele está aposentado agora. Mavis afirma que não tinha ideia sobre a penhora ou que a casa havia sido condenada, até que um dos vizinhos de Tybee ligou para ela recentemente e perguntou por que a família havia abandonado a casa daquele jeito. Ela está furiosa com tudo isso.
— Estou surpresa que ninguém da família que more na cidade tenha perguntado a ela a mesma coisa — acrescentou Hattie.
— Os Creedmore vivem em pé de guerra. Vocês entraram na casa?
— Há uma placa enorme de entrada proibida na varanda — protestou Cass. — Mas olhamos pelas janelas. Droga. O lugar está um caos.
— Espere — disse Zenobia. — Liguei para a prefeitura de Tybee. Falei com uma senhora chamada Carol Branch. A cidade condenou a propriedade porque os vizinhos começaram a reclamar que a casa havia se tornado um mausoléu horroroso e um incômodo público.
— Ok, mas o que isso interessa pra gente? — perguntou Cass.
— Interessa que a prefeitura acaba de receber uma verba federal para incentivar o investimento privado em propriedades históricas em dificuldades — disse Zenobia. — Eles vão vender aquela casa em um leilão selado. O

preço inicial é de 28 mil dólares e uns quebrados, que é o valor da dívida de impostos atrasados e multas.

— O quê? — Hattie gritou ao telefone. — Isso é loucura! Uma casa de frente para a praia em Tybee por menos de 30 mil?

— Só tem um problema — advertiu Zenobia. — Mais de um, na verdade. O comprador tem que obedecer a todos os regulamentos históricos de preservação. A casa tem que manter o mesmo tamanho, o que significa que não pode haver acréscimo. Todas as mudanças no exterior da casa devem ser "sensíveis à natureza histórica da casa original", seja lá o que isso signifique.

— Já reformamos casas no distrito histórico de Savannah e lidamos com esse tipo de regra antes — disse Hattie. — São um pé no saco, mas não são impossíveis.

— Toda a obra tem que passar por inspeções da prefeitura. E o trabalho deve ser concluído em 12 meses — continuou Zenobia.

— O que mais essa Carol Branch disse, Zen?

— O governo federal exige que a cidade anuncie a casa em seu site por um mês, e o tempo se esgota esta semana. Os compradores têm que enviar uma oferta selada para a prefeitura, com um cheque administrativo, até o meio-dia desta quinta-feira.

— Mas é depois de amanhã — disse Cass. Ela olhou para Hattie. — Mesmo que você estivesse interessada, onde conseguiria o dinheiro tão rápido?

Hattie sacudiu as chaves da caminhonete, um tique nervoso que pegou de Hank.

— Zen, quando podemos entrar na casa para dar uma olhada?

— Não dá. A casa está sendo vendida no estado em que está.

Cass acenou com o dedo na cara de Hattie.

— Não. Não faça isso. Sei que acha que tem algo a provar, mas esta casa não é a certa. Tem más vibrações.

— Não existem más vibrações. — Hattie ligou a ignição da caminhonete.

9

A Outra
Rebecca

Mo perambulava pela pequena sala de estar da casa que havia alugado na rua Charlton. Ele encontrou o imóvel online, atraído principalmente pela localização, que ficava no bairro histórico no centro da cidade; pelo preço, porque era barata para os padrões de Los Angeles; e pelo fato de ter uma vaga de garagem.

Ele ficou alarmado quando Rebecca ligou na noite anterior para dizer que chegaria a Savannah hoje.

— Não se preocupe. É uma boa notícia — ela lhe assegurou. — Tony adorou sua ideia. Na verdade, ele amou tanto que queremos acelerar tudo. Pode marcar para eu conhecer a sua estrela? Amanhã? Ela não tem agente, tem?

— Ah, que ótimo — disse ele, assustado demais para fazer mais perguntas. — Eu posso marcar um encontro com Hattie. E não, tenho certeza de que ela não tem um agente.

— Perfeito — disse Rebecca. — Me dê o endereço de onde você está hospedado. Eu mando uma mensagem quando meu avião pousar. Não se preocupe em ir me buscar. Vou pegar um táxi.

Ele ouviu um carro encostar na rua atrás da casa, foi até a porta dos fundos e a abriu.

Rebecca parecia incrivelmente revigorada para alguém que tinha acabado de sair de um voo noturno de Los Angeles com uma parada em Atlanta a caminho de Savannah. Estava usando uma versão descontraída marrom-chocolate de seu habitual terno e gigantescos óculos de sol de aro de tartaruga ao estilo Jackie O.

— Veja só este lugar — exclamou ela, admirando o minúsculo jardim murado. — Parece ter saído de um livro de histórias.

— Isso é um pouco de Savannah para você — disse ele. — Entre. Aceita uma bebida? Tenho água Pellegrino na geladeira.

— Perfeito — disse ela, seguindo-o pela cozinha até sala de estar. — *Oh. Que casa fofa.* Talvez sua Hattie possa reformar uma casa e deixá-la assim?

— Duvido — disse Mo. — Esta casa, sem restauração, foi vendida por 1,2 milhão de dólares há 3 anos. E meu palpite é que os proprietários provavelmente investiram mais meio milhão nela.

— Então está fora do orçamento da nossa garota — disse Rebecca.

— Não apenas isso. Obras em propriedades históricas como esta, que foi construída em 1848, estão sujeitas a aprovação da comissão de preservação histórica. Você não pode trocar uma campainha no bairro histórico sem a aprovação deles. O que pode levar meses.

— Certamente não temos tempo ou orçamento para isso — lembrou Rebecca. — Essa é uma das razões pelas quais vim para cá. Tony quer que você comece as gravações imediatamente.

— Isso é impossível. Você sabe que tipo de cronograma de pré-produção eu preciso, Becca. Seis semanas é o mínimo, e ainda não tenho certeza se conseguiria fazê-lo tão rápido.

— Você terá que fazer isso se quiser estar na grade de programação de quarta-feira à noite — disse Rebecca, ignorando alegremente o protesto dele. — Outra coisa. Vamos fazer uns ajustes no seu conceito. Só uns detalhes.

— Ajustes?

Ela tomou um gole de Pellegrino.

— Primeiro, Tony não gostou do nome *Salvando Savannah*.

— Mas é disso que se trata o programa — protestou Mo.

— Não fique na defensiva comigo — disse Rebecca. — Você ainda pode salvar ou preservar uma casa velha. Isso não muda. Mas precisamos que o programa em si seja mais emocionante, mais conceitual, com mais risco, mais drama.

Ele suspirou, esperando o inevitável.

— Então... — disse ela efusiva. — Tive uma ideia. Por que não fazer algo realmente ousado? E original? Até... provocativo.

— Você não está falando em pessoas peladas reformando casas ou algo louco assim, não é?

— Pessoas peladas reformando casas! — Ela gargalhou. — Seria engraçado, Mo. Não. Ok. Prepare-se. Eu acho que você vai adorar. *Destruidores de Lares!*

— *Destruidores de Lares?* O que isso quer dizer? — perguntou Mo. Sentiu uma pontada no estômago, porque sabia o que estava por vir. Algo diabolicamente horrível.

— Imagine isso: temos sua garota Hattie. Ela é linda, saudável e com charmosas sardas ao estilo sulista. E então a juntamos com um lindo designer de Los Angeles. Um cara cosmopolita, loiro e lindo, com toneladas de projetos publicados em revistas. O nome dele é Trae Bartholomew, a propósito, e os telespectadores vão ficar enlouquecidos. Ele já fez televisão também.

Mo pegou seu iPad e tocou na guia IMDb, digitou o nome que Becca tinha acabado de mencionar e olhou para a foto.

— Ele parece um modelo — disse Mo. — E, de acordo com a biografia, é o grande perdedor em uma das competições de design da sua emissora.

— Ele ficou em segundo — disse Rebecca. — Mas isso não importa. Trae é talentoso, experiente e, o melhor de tudo, é ótimo com nosso público-alvo.

— Ainda não estou entendendo esse conceito, Becca. E, se eu não conseguir entender, nossos telespectadores também não entenderão.

Ela lhe lançou um olhar irritado.

— Você está se fazendo de burro. Ok, eu vou simplificar para você. *Destruidores de Lares* é algo entre um programa de namoro e um reality de reforma. Pense em uma mistura de *Casamento às Cegas* e *Irmãos à Obra*. Entendeu?

— Então... Hattie compra uma casa para reformar, e a unimos com um designer para dizer a ela como fazer isso? E o quê? Eles se apaixonam e caem na cama? Essa merda só pode ser brincadeira. Isso é sério, Becca?

— Você me conhece muito bem, Mo. Eu nunca brinco.

Isso, refletiu Mo ironicamente, possivelmente foi a coisa mais verdadeira que ela já disse. Ele nunca viu Rebecca contar uma piada, ou mesmo uma anedota vagamente engraçada.

— Estou falando sério — continuou ela. — E Tony também. *Destruidores de Lares*, ou o que você chama de "merda", é o programa que ele quer. E, se quiser vendê-lo para a HPTV, esse é o programa que você vai produzir.

Mo olhou para Rebecca do outro lado da mesa, e ela o encarou de volta. A campainha interrompeu o jogo de intimidação.

— Deve ser a Hattie, não? — perguntou ela. — Mal posso esperar para conhecê-la pessoalmente. E, Mo? Vamos garantir que nos entendemos quanto ao programa. O tempo está passando. Não temos tempo para erros.

Enquanto os olhos de Rebecca a escrutinavam, Hattie sentia suas bochechas arderem, pareceu que estava encolhendo dentro das próprias roupas, o jeans de grife que Cass insistiu para lhe emprestar, uma blusa cuidadosamente passada no início da manhã e botas de camurça de salto alto, porque a faziam se sentir mais alta e mais poderosa.

Mas, sob o olhar microscópico da executiva da emissora, que usava uma roupa que provavelmente custava tanto quanto sua primeira caminhonete, Hattie já estava reavaliando sua aparência. Ela deveria ter usado mais maquiagem, brincos, uma blusa melhor. Deveria ter ido à manicure, arrumado o cabelo, feito um tratamento facial. Deveria ter nascido mais loira, mais alta, com uma bunda menor e maçãs do rosto mais proeminentes.

— Hattie — cumprimentou Rebecca com a voz melodiosa. — A mais nova estrela da HPTV. Prazer em conhecê-la. Mo tem me falado tudo sobre você!

— Prazer em conhecê-la também — respondeu Hattie. Ela olhou para Mo, sem ter certeza do que fazer em seguida.

— Vamos nos sentar — disse Mo, apontando para a mesa da sala de jantar. Ele colocou blocos de anotação amarelos diante das três cadeiras, e seu notebook estava aberto.

— Hattie, Rebecca acabou de me contar sobre algumas, hum, modificações do conceito original de *Salvando Savannah*.

Rebecca pigarreou e sinalizou a Mo de um jeito quase imperceptível.

— Acabei de dizer a Mo que vim até aqui hoje para agilizar e acelerar todo esse processo de pré-produção. Como você deve ter ouvido, tivemos um imprevisto inesperado em nossa programação.

— Um imprevisto? — repetiu Hattie.

— Krystee Brandstetter está grávida de gêmeos, mas há complicações, e o médico dela a colocou em repouso absoluto. Estávamos no meio das filmagens da quarta temporada, mas agora *Partiu Praia* será suspenso por pelo menos seis meses, talvez sete. Ou mais.

Hattie quebrava a cabeça. Deveria conhecer essa tal de Krystee?

Mo deve ter percebido que ela estava tentando se situar.

— *Partiu Praia* é o programa de maior sucesso da emissora. Krystee e seu marido, Will, restauram casas antigas na Carolina do Norte. Krystee começou com um blog sobre a reforma de uma antiga fazenda que eles compraram perto de Wilmington, e viralizou. O programa deles é a estrela da programação de quarta-feira à noite. E é aí que você entra.

— E que sorte a nossa por Mo ter te encontrado — disse Rebecca alegremente. — Todos na HPTV estão muito animados com o potencial desse programa.

Rebecca Sanzone estava no modo profissional. Abriu uma fina pasta de couro e entregou à Hattie um maço de papéis e uma caneta.

— Este é o nosso contrato padrão para talentos, com o cronograma de remuneração em anexo. Você verá o valor que receberá por episódio aqui. — Ela apontou para um pequeno adesivo de seta amarela no documento. — E aqui — continuou Rebecca, apontando para um adesivo laranja fluorescente — é a sua declaração de que o imóvel em que vai trabalhar é de sua propriedade, ou de sua empresa, que você e sua empresa assumem toda a responsabilidade pelas dívidas incorridas pelo seu projeto, que são exclusivamente responsáveis por quaisquer danos ou acidentes decorrentes dessa reforma e que, no caso de tais danos ou acidentes, a emissora será considerada isenta.

Hattie assentiu, entorpecida, examinando o contrato. Embora Mo já tivesse explicado antes, a remuneração ainda parecia uma quantia ridiculamente insignificante para algo que envolvia tanto investimento e risco de sua parte.

Ela hesitou.

— Mo não disse nada sobre assinar contratos hoje. Achei que seria mais uma reunião de apresentação. Eu não deveria pedir a um advogado para analisar isso?

— Fica a seu critério — disse Rebecca. — Sinto muito que Mo não tenha esclarecido a natureza desta reunião para você. Mais uma vez, tempo é essencial, mas se você realmente sente a necessidade de que um advogado analise um mero contrato padrão...

Hattie olhou para Mo, que silenciosamente rangia os molares, tanto pela indignidade de ser casualmente jogado em uma fria quanto pelo comprometimento ético em que Rebecca acabara de colocá-lo. Ela nunca tinha sequer sugerido que a emissora estava pronta para assinar um contrato com Hattie, e, ainda que tivesse, ele aconselharia Hattie a pedir que um advogado analisasse a papelada.

Agora, porém, era tarde demais para voltar atrás. Ele assentiu para Hattie.

— Acho que está tudo certo — garantiu.

— Presumo que você já tenha comprado a casa em que trabalhará no programa, não é? — continuou Rebecca. — Eu adoraria ver algumas fotos da parte externa e interna e enviar ao meu chefe uma ideia do escopo da obra.

— Não — disse Hattie, surpresa. — Quero dizer, não tive tempo. Concordei em participar do programa apenas dois dias atrás. O mercado imobiliário aqui é incrivelmente apertado. Encontrar a casa vai levar algum tempo.

— Tempo é um luxo que não temos — disse Rebecca com severidade. Ela apontou para a janela da sala de estar da casa, em direção à rua Charlton, com sua fileira de sobrados elegantes. — Esta cidade está abarrotada de casas antigas. Vi montes de possibilidades da janela do meu táxi essa manhã. Você certamente consegue encontrar pelo menos uma casa velha por uma pechincha.

— Você pode ter visto muitas casas antigas, mas o que não viu foram placas de venda — retrucou Hattie. — Sem ofensa, mas esse é o meu trabalho. Encontrar a propriedade certa pelo preço certo... é como procurar uma agulha em um palheiro. E não sou a única procurando. Assim que algo chega ao mercado, há meia dúzia de ofertas de investidores, em dinheiro vivo e acima do valor pedido em questão de horas, se não minutos.

Rebecca lhe deu um sorriso condescendente.

— Esse também é o meu trabalho. Deixa eu te dar uma dica. Savannah tem uma comissão de cinema e televisão, ou algo assim. Ligue para essas pessoas e diga que assinou um contrato para fazer um programa de TV que potencialmente trará milhões de dólares em empregos, além de prestígio para Savannah. Tenho certeza de que eles se desdobrarão para ajudá-la a encontrar a propriedade certa.

— Vou pensar nisso — disse Hattie. — Mas o que acontece se eu não conseguir conjurar magicamente uma casa até... quando você disse que era o prazo?

— O prazo é já — respondeu Rebecca. — Ou o mais tardar até o final desta semana. E, para ser franca, se não temos uma casa para reformar, não temos um programa. O que seria lamentável, porque, Hattie, nós realmente gostamos de você. Gostamos do visual de Savannah, da ideia para *Destruidores de Lares*...

Hattie piscou.

— *Destruidores de Lares*? Pensei que o programa se chamaria *Salvando Savannah*.

— Mudança de planos — disse Rebecca. — Mo vai te explicar. — Ela deslizou pela mesa mais dois pedaços de papel para Hattie. — Mas, nesse meio tempo, aqui estão os dois últimos documentos que você precisará assinar. — Ela tocou uma seta rosa-fluorescente em uma página e uma verde-fluorescente na página seguinte. — Aqui... e aqui.

Hattie pegou a primeira página e leu em silêncio até chegar ao que parecia ser a frase mais importante em uma página cheia de juridiquês maçante.

Ela leu o parágrafo em voz alta.

— A emissora terá o direito unilateral de rescindir o presente contrato ou tomar medidas punitivas contra o contratado supramencionado no caso da parte se envolver em comportamento ou conduta repreensível que possa afetar negativamente sua imagem pública e, por associação, a imagem pública da empresa contratante.

Ela olhou para a executiva da emissora.

— Comportamento condenável? Tipo, eu me comprometo a não ser presa? Ou engravidar?

— É uma cláusula moral — argumentou Rebecca, deixando de lado suas preocupações. — Cláusulas de praxe para proteger a emissora de possíveis constrangimentos. Diz apenas que você é quem e o que alega ser. Ninguém gosta de uma surpresa do tipo esqueleto no armário.

Hattie sentiu o sangue se esvair do rosto. Certamente a emissora não se importaria com a condenação de seu pai por apropriação indébita e o escândalo resultante. Era história antiga. Seu nome legal era Harriet Laing Kavanaugh. Ela passou a usar o nome de solteira da mãe depois da separação dos pais e, claro, o nome de Hank quando se casaram.

— Aham. — Hattie rabiscou seu nome ao lado da flecha fluorescente e virou para a próxima página.

Rebecca antecipou sua próxima pergunta.

— E isso é um acordo de confidencialidade. Também é padrão no meio. Apenas diz que quaisquer negócios que você tenha com a emissora ou seus funcionários devem permanecer estritamente confidenciais. Então, nada de vazamentos sobre qualquer drama no set, nada de contar histórias nos tabloides.

Hattie assinou na linha ao lado da flecha e entregou os documentos de volta para Rebecca.

Mo exalou lentamente.

— Ótimo! O que você acha de eu levar vocês duas para almoçar, para comemorar o início de um belo relacionamento?

— Obrigada, mas é melhor não — disse Hattie, levantando-se. — Tug está percorrendo os bairros à procura de casas para reformar, e Zenobia e Cass estão vasculhando as listagens de imóveis, tentando encontrar algumas possibilidades.

— Também não posso — respondeu Rebecca, reunindo todos os documentos em sua pasta. — Meu carro deve chegar a qualquer momento.

— Carro? — disse Mo, perplexo. — Você não vai ficar?

— Bem que eu gostaria — argumentou Rebecca. — Tenho que voltar para Los Angeles. Muitas reuniões, como sempre. Mas conheci e assinei o contrato com nossa nova estrela, então meu trabalho aqui está feito.

O celular de Rebecca apitou.

— Droga. Meu carro chegou.

Ela deu um rápido abraço em Hattie.

— Mal posso esperar para começar a trabalhar em *Destruidores de Lares*. Você vai ser incrível.

10

Com
Este Anel

Davis Hoffman levantou a tampa da caixa de veludo e segurou a lupa de joalheiro para analisar o grande solitário de diamante, montado entre um par de safiras idênticas.

— Muito bom — disse ele em voz baixa. — Belo corte e clareza. — Ele passou o dedo indicador sobre a delicada faixa de platina entalhada e gravada. — Excelente trabalho aqui também. É muito requintado.

Hattie tentou engolir o nó na garganta e enxugou as palmas das mãos suadas em seus jeans.

— Davis? Eu... não quero vendê-lo de verdade.

— Hank te deu isso?

Davis e Hank foram amigos durante todo o ensino médio, na Escola Católica Cardeal Mooney. Depois que se formaram, Davis foi para a faculdade no Norte, para estudar arquitetura em Princeton. Mas, após a morte do pai, a mãe o convenceu a voltar para casa e trabalhar no negócio da família, a Heritage Jewelers, cuja loja na rua Broughton era um ponto de referência de Savannah desde que Hattie se lembrava.

Ela assentiu, as lágrimas ardendo em seus olhos.

— O anel era da avó dele. Pelo que Tug me disse, foi o avô quem fez.

— Eu deveria ter reconhecido esse padrão espiralado de magnólia — asseverou Davis, passando a ponta do dedo sobre o elegante entalhe. — Era o design de assinatura do vovô. Este tipo de arte do velho mundo não existe mais.

— Eu sei — sussurrou Hattie. — É só...

— Você precisa de dinheiro. — Davis lhe ofereceu um sorriso gentil. Sem pena, apenas compreensão.

— Sim. — As bochechas dela coraram de vergonha.

Ela contou para ele sobre o programa da HPTV e o dilema que enfrentava.

— Estou precisando de dinheiro. Nossa última reforma não deu certo e tivemos que vender o imóvel com prejuízo. A única maneira de eu sair deste buraco em que me meti é participando de um programa de TV. Mas não posso reformar uma casa que não seja de minha propriedade.

— Você encontrou uma casa para comprar?

— Estamos trabalhando nisso. Eu não quero comentar para não azarar o negócio.

Davis girou o anel em seu dedo.

— As joias de segunda mão estão em alta agora. As noivas millenials adoram a ideia de ter uma joia carregada de história. Elas têm até um termo para esse estilo: *grand millenial*. Eu conseguiria cerca de 75 mil dólares por este anel, com o cliente certo.

Hattie ofegou.

— Tanto assim? Eu não fazia ideia. Não uso o anel desde que Hank morreu. Meu trabalho me obriga a rastejar debaixo de casas o tempo todo, e tenho medo de perder uma das pedras.

— Vamos fazer o seguinte — disse Davis, inclinando-se sobre o balcão com tampo de vidro. — Vou te emprestar 40 mil em dinheiro, e o anel fica como garantia. Pode ser?

Hattie engoliu em seco. Ela olhou para o anel de noivado, agora reluzindo em sua almofada de cetim, e pensou na noite em que Hank a pediu em casamento.

Eles trabalharam o dia todo na casa em Thunderbolt, azulejando o novo box. Ela estava com calor, faminta e exausta e só queria pedir uma pizza e desabar na cama, mas Hank insistiu que eles dirigissem para a praia e assistissem ao pôr do sol. Estacionaram a caminhonete e usaram a passagem da rua 18 para atravessar as dunas, levando um forro de pintura como toalha de piquenique.

Hattie conseguiu pisar em um pedaço de vidro e cortar o pé e estava de mau humor. Enquanto o sol deslizava em direção ao horizonte, ela ainda estava reclamando de idiotas que ignoravam as placas que proibiam vidro na praia quando Hank se inclinou e deu um beijo em seus lábios.

— Você poderia, por favor, calar a boca? Estou tentando fazer algo aqui.

— Então ele enfiou a mão no bolso da calça jeans e estendeu uma caixa de veludo para ela. Ela ofegou quando viu o anel. A mão tremia incontrolavelmente quando ele tirou o anel da caixa e o deslizou no dedo anelar da mão esquerda.

— E então?

— É de verdade? — Hattie nunca tinha visto nada mais bonito. As safiras eram mais azuis que os olhos de Hank Kavanaugh, que já eram muito, muito azuis. E o diamante era o maior que ela já havia visto.

— Sim, é de verdade. Você acha que eu te daria um anel falso? — respondeu, encenando uma expressão de mágoa.

Hattie se atirou no pescoço dele e balbuciou uma torrente de frases sem sentido.

— Oh, meu Deus! Hank, é maravilhoso. Onde você comprou? Podemos pagar? Vamos nos casar? — Eles ficaram na praia, rindo, bebendo vinho, se beijando, conversando e fazendo outras coisas que, embora não sejam especificamente proibidas pela lei da cidade, provavelmente não seriam aprovadas pelas autoridades locais.

Agora, parada no balcão da Heritage Jewelers, ela relembrava aquela noite, enquanto Davis Hoffman aguardava pacientemente a resposta à sua pergunta.

— Sim — disse ela finalmente. — Isso seria de grande ajuda. — Ela tocou a caixa do anel. — E... você promete não vender? Porque eu vou te pagar, Davis. Eu juro que vou te pagar.

— Não vou vender — prometeu ele. — Fique aqui enquanto eu cuido da papelada.

Ele deixou a caixa do anel na bancada e caminhou até os fundos da loja. Ela tocou o anel, depois fechou a tampa da caixa.

Cinco minutos depois, Davis voltou. Entregou a ela um formulário impresso e uma caneta.

— Essa é uma descrição detalhada do seu anel e minha avaliação. Sou um gemólogo certificado, caso esteja se perguntando. E aí estão os termos do nosso acordo.

Hattie ergueu os olhos.

— Eu confio em você, Davis. — Ela rabiscou seu nome na linha na parte inferior do documento e o devolveu. Ele pegou a cópia inferior do documento, dobrou-a e a colocou em um envelope.

— Seu cheque está aqui — disse ele.

— Então é isso. Tudo certo?

— Tudo certo. Vou guardar o anel no nosso cofre. O que anda fazendo? — perguntou casualmente. — Você tem saído com alguém desde... Hank?

— Não exatamente. Eu... hum... sinto muito sobre você e Elise.

Ele deu de ombros.

— Não tanto quanto minha mãe. Acho que Elise ficou com a guarda dela no divórcio.

Hattie riu.

— Espero que elas sejam muito felizes juntas.

— Duvido muito. Infelizmente, não acho que Elise seja capaz de ser feliz. Pensando bem, nem minha mãe.

— Vocês têm uma filha, não?

Seu rosto triste e sério se iluminou.

— Ally. Ela tem 4 anos, mas parece ter 40. — Ele sacou o celular do bolso, encontrou as fotos e mostrou para Hattie.

A menina estava sentada em uma cadeira de escritório, segurando um gatinho no colo. Ela tinha cabelos loiro-escuros e enormes olhos castanhos.

— Que adorável — disse Hattie. — Você a vê com frequência?

— Ela acabou de sair daqui. Adora brincar de "ajudar" na loja.

— Sorte sua. — Hattie pegou o envelope e o colocou dentro do livro de bolso. Ela estendeu a mão, e ele a pegou, envolvendo-a nas dele.

— Davis... — Ela fez uma pausa. — Muito obrigada.

— Fico feliz em poder ajudar. — Ele soltou a mão dela. — E se quiser sair para jantar ou tomar um drink, é só me chamar.

— Pode deixar — disse ela.

Davis pegou um cartão de visita de um recipiente dourado e ornamentado no balcão e rabiscou na parte de trás.

— Aqui está meu celular. Me liga. E me avisa se conseguir comprar a casa.

11

A Garotinha
do Papai

Ela sentiu a mandíbula se contrair quando saiu da estrada pavimentada e entrou na estrada de terra esburacada que levava à casa de seu pai. Percebendo sua ansiedade, Ribsy, sentado alegremente no banco do passageiro com a cabeça para fora da janela, esticou-se no banco inteiriço e apoiou o focinho no colo dela.

— Bom menino — murmurou Hattie, afagando as orelhas do cachorro, que abanou o rabo no estofamento de vinil. Pelo menos alguém estava entusiasmado com esta missão.

Ela ligou para Woodrow Bowers na noite anterior, depois de uma sessão agonizante de cálculos, quando percebeu que nem mesmo o dinheiro de seu anel de noivado penhorado seria suficiente para comprar e reformar a casa dos Creedmore.

O pai pareceu feliz, embora surpreso de ter notícias dela, e prontamente a convidou para almoçar na cabana, no dia seguinte.

— Você cozinha agora?

— Claro que eu cozinho. Como você acha que tenho comido todos esses anos?

— Você nunca cozinhou antes...

— Antes de eu ir para a cadeia. — Woody terminou a frase para ela. — Não tem problema em dizer isso, Hattie. Cadeia. Quando chegar, me ligue, e eu pego o carrinho de golfe para abrir o portão.

Hattie ensaiou a proposta durante a viagem de 30 minutos de Thunderbolt até o camping. Não tinha dormido muito na noite anterior, já questionando se deveria recorrer a Woody quando o assunto era dinheiro. Mas ela estava sem opções. O pai era o último recurso.

Ao chegar ao portão, estacionou a caminhonete diante da porteira e pegou o celular. Havia placas de proibida a entrada presas às árvores de ambos os lados do portão, e câmeras de segurança em um poste de serviço nas proximidades.

— Oi, pai. Cheguei — avisou assim que ele atendeu.

— Já estou indo.

Ela não ia ao antigo camping de pesca do avô há décadas. Costumava visitar muitas vezes enquanto o velho estava vivo. Foi PawPaw quem a presenteou com sua primeira caixa de ferramentas, para que ela pudesse martelar e serrar ao lado dele no celeiro enquanto ele trabalhava em projetos de carpintaria. Naquela época, Woody estava muito ocupado para passar muito tempo no camping do pai, sempre impaciente para voltar à cidade para reuniões, arrecadações de fundos ou trabalho.

PawPaw morreu quando ela tinha 14 anos, e as visitas ao camping de pesca terminaram abruptamente. Só depois da libertação de Woody da prisão é que ele anunciou o seu plano de restaurar o camping e viver lá em tempo integral.

Ela ouviu a aproximação quase silenciosa do carrinho de golfe pela estrada. Os cockers ingleses de Woody — Roux e Deuce — sentados ao lado do dono, no banco da frente, começaram a latir assim que a avistaram.

Ele estacionou o carrinho, acenou com a cabeça em saudação, depois abriu a porteira para que a filha entrasse. Assim que Hattie entrou, ele a fechou, testando para garantir que o trinco estava fechado.

Woody se tornou paranoico desde que saíra da prisão. Nunca explicou direito quem ou o que ele achava que o ameaçava, mas mudava o número do celular com frequência, e sua correspondência era enviada para uma caixa postal na cidade. Até onde Hattie sabia, exceto pelas vezes que se aventurava para buscar a correspondência, mantimentos e suprimentos, ele raramente deixava o camping de pesca.

Ela seguiu o carrinho de golfe, passando por cerca de 800 metros de floresta densa, depois por um pasto cercado onde um burro cinza e um cavalo castanho pastavam e, finalmente, pela estreita estrada de terra que leva ao camping.

O pai sinalizou para que ela estacionasse ao lado da cabana, e, quando Hattie desceu da caminhonete, ele deu um abraço rápido e desajeitado na filha. Ribsy saltou da caminhonete e foi cercado pelos cockers, que cheiravam o recém-chegado e abanavam os toquinhos de rabo em sinal de aprovação.

— A cabana parece legal, pai — comentou Hattie. Ela se lembrava da casa como uma rústica cabana de madeira, com um telhado inclinado sobre uma varanda coberta no qual dois gatos vira-latas costumavam descansar. Mas agora era um chalé confortável e tinha janelas de verdade com batentes e persianas pintadas de verde-escuro.

— Tenho feito melhorias — explicou o pai. — Me mantém ocupado. — Ele se inclinou e afagou a cabeça de Ribsy. — Arrumou um cachorro?

— Sim — respondeu ela. — Depois que Hank morreu, ficou meio solitário. Ribsy é uma boa companhia.

— Os cães são a melhor companhia que existe — disse Woody. — Vamos entrar. O almoço está pronto.

Eles almoçaram diante de uma janela com vista para o rio. O lugar era um paraíso para solteiros convictos. Não havia sinal de toque feminino.

Hattie refletiu sobre isso. O pai e ela tinham um pacto tácito. Ele nunca mencionou Amber — a mulher que havia recebido todos os ganhos ilícitos de Woody —, e Hattie nunca perguntou sobre ela.

Havia sanduíche de salada de presunto no pão de centeio, picles, batatas fritas e chá gelado.

Hattie deu uma mordida no sanduíche, mastigou e apontou para o pão, que parecia caseiro.

— Você também faz pães?

Ele deu de ombros.

— Não é tão difícil. Basta ler a receita e fazer o que diz para fazer. Sovar é minha parte favorita. Você desce a porrada na massa, e ela não reage.

Ele bateu no pote de picles na mesa.

— Também fiz isso.

— Nunca pensei que se tornaria padeiro, jardineiro e fabricante de picles, pai. Depois de todos esses anos trabalhando no banco. Mamãe costumava dizer que você conseguia arruinar o suco de pó.

Ele esboçou um sorriso. Seu rosto agora estava sulcado, marcado por rugas. O cabelo estava mais longo e salpicado de fios grisalhos. Woodrow Bowers sempre foi um homem bonito, mas, agora, aos 60 anos, parecia um modelo de equipamentos de trilha ou anfitrião de um daqueles programas ao ar livre em que todos usam camisas xadrez e coletes de pesca com mosca.

— Como vai sua mãe?

— Acho que tudo bem. Não nos falamos muito.

— Ela sabe sobre esse programa de televisão que você está planejando fazer?

Hattie havia contado sobre o *Destruidores de Lares* quando telefonou na noite anterior.

— Ainda não. Queria esperar até conseguir fechar negócio com a casa.

— Me fale da casa — perguntou o pai. — Parece que você vai precisar de muito dinheiro. E logo agora que perdeu tudo naquela da rua Tattnall. Tem certeza de que vai recuperar seu investimento?

O corpo dela estremeceu diante da pungente lembrança de seu mais recente fracasso, e Hattie percebeu que, aos olhos de Woody, ela ainda tinha a mesma idade de quando ele havia sido preso.

— Pai, eu trabalho com isso desde os 18 anos. Analisei todos os imóveis em frente à orla em Tybee que foram vendidos nos últimos 18 meses. Só o terreno, sem a casa, vale meio milhão de dólares, fácil.

— Ah, qual é. Em Tybee Island por meio milhão?

— Não é como costumava ser, pai.

— Ok, vamos falar de números.

Ela trouxe um bloco de notas com uma estimativa aproximada do que teria que gastar para comprar a casa e um número ainda mais aproximado para a reforma.

— Tudo isso com base apenas em uma olhada superficial — explicou ela, batendo no papel com a caneta. — Os Creedmore basicamente deixaram a casa apodrecer desde o último furacão.

— Difícil acreditar que Holland Creedmore vai assistir passivamente àquela casa ser comprada dele. Tome cuidado com ele. Antigamente, ele sempre tinha algum tipo de negócio escuso rolando.

Hattie encarou o pai.

— O quê? Acha que seu pai é o único homem que já cometeu um crime? Escute aqui, Hattie. A única diferença entre mim e Holland Creedmore e pelo menos metade dos poderosos e influentes de Savannah é que fui pego e fui para a cadeia pelo que fiz.

Ela rabiscou no bloco de notas. Esboços de casas, árvores, pássaros e coelhos. Qualquer coisa para evitar encarar o pai.

— Olhe para mim, mocinha — disse o pai com severidade, com o mesmo tom de voz que costumava usar quando ela era criança, repreendendo-a por uma nota menos do que perfeita na escola.

Ela ergueu o queixo e encarou o pai com frieza. Os olhos dele, antes castanhos profundos e penetrantes, agora estavam mais claros, quase verde-amendoados.

— Cometi erros há muito tempo. Mas devolvi o dinheiro. Sou um cidadão-modelo desde que saí e não gosto de ser julgado novamente por minha própria filha.

Ele realmente não tinha mudado, percebeu Hattie. Woody Bowers, em sua essência, sempre seria Woody Bowers. Ele sobreviveu à prisão e sobreviveria a tudo o que a vida lhe impusesse, porque a única pessoa com quem realmente se importava era ele mesmo.

— Vá em frente e diga o que está pensando — desafiou o pai.

— Você devolveu o dinheiro que roubou de órfãos, viúvas e crianças com câncer. Acha que ir para a cadeia apaga tudo isso. Mas e o que você roubou de mim e da mamãe? Você destruiu a nossa família e nunca admitiu, muito menos se desculpou por isso. A sujeira do que você fez ficou impregnada em mim e nela.

— Você não se deu tão mal — protestou Woody. — Pôde estudar naquela escola particular cara. Cuidei para que você tivesse dinheiro para o que precisava. E agora, quando me procurou porque precisa de dinheiro, por acaso eu recusei?

Ela se levantou e olhou pela janela, em direção ao rio, e mudou de assunto.

— Do que você tem medo, pai? Por que todas essas câmeras de segurança e portões trancados? Por que todo esse segredo?

— Há pessoas por aí que não gostam do fato de eu ter saído da cadeia e estar ganhando dinheiro novamente. Tenho que me cuidar.

Ele começou a retirar os pratos do almoço.

— Você quer algo mais para comer? Biscoitos?

— Não, obrigada. É melhor eu voltar para a cidade.

Ele pegou um talão de cheques e o colocou sobre a mesa, preenchendo com tanta fúria que a caneta perfurou o cheque em vários pontos. Ele destacou a folha e a estendeu para ela.

— Então é assim? Você aparece aqui, me pede um empréstimo, pega o cheque e vai embora?

Hattie não hesitou.

— O que você esperava? Uma emotiva reunião de família? Quer me controlar com chantagem emocional? Isso não vai mais funcionar comigo, pai. Finalmente entendi que para você tudo é uma transação comercial. Certo, tudo bem. Não preciso mais do seu amor nem da sua aprovação nem mesmo do seu respeito. Mas vou pedir um empréstimo. E vou te pagar. Porque, assim como você me ensinou, um nome limpo é a chave para a felicidade.

Ela pegou o cheque, dobrou-o e guardou no bolso. Abriu a porta dos fundos e assobiou para Ribsy.

— Vamos lá, rapaz. Hora de ir para casa.

12

O Despertar
de Mo

Mo despertou em um estado de semiconsciência, acordado pelo zunido persistente do celular. Ele havia adormecido na mesa da sala de jantar, debruçado sobre as planilhas orçamentárias que passou a noite elaborando e revisando. Uma poça de baba ainda úmida havia borrado a impressão.

Ele encontrou o celular soterrado sob uma caixa de pizza gordurosa.

— Jesus — murmurou. Eram 2h15 da manhã. Havia quatro mensagens recentes, todas de Rebecca.

O agente do Trae está me dando uma dor de cabeça, mas acho que ele topou. Me ligue assim que receber esta mensagem.

— Trae? — Ah, sim. A mistura de designer e modelo que Rebecca recrutara para o programa. O programa *dele*.

Mo estava muito cansado para subir as escadas até sua cama. Pegou o celular e desabou no sofá. Mais duas mensagens de Becca chegaram nos 5 minutos em que ele levou para fazer xixi, lavar as mãos e tirar os sapatos.

Quais as novidades sobre a casa? Já posso vê-la?

Ele segurou o telefone a centímetros do rosto, falando consigo mesmo e com Rebecca ao mesmo tempo.

— Não faço ideia. Não faz nem um dia. Jesus, me dá um tempo.

Tony não gostou do cabelo da garota. Ele achou muito sem graça. E eu concordo. Será que ela toparia clareá-lo? Ou escurecê-lo? Colocar apliques.

— O nome dela é Hattie. Hattie Kavanaugh — disse Mo. De qualquer modo, não havia nada de errado com o cabelo da Hattie. Para ele, era bonito. Mais do que bonito. Vasto e brilhante, emoldurando suavemente seu rosto.

Como está a equipe? Quem é o seu showrunner?

Ele bocejou e fechou os olhos novamente. A maioria de sua equipe regular de Los Angeles já havia sido contratada por outras produtoras, mas, como havia muitos trabalhos de cinema e televisão sendo feitos na Geórgia agora, ele conseguiu contratar o que achava ser uma equipe local muito confiável. O *showrunner* era outra questão.

Taleetha Carr, sua showrunner em *Garagem Animal*, seria perfeita para *Destruidores de Lares*. Era inteligente, engraçada, dedicada, entendia muito de reality shows. Todos amavam Taleetha. Todos, exceto Rebecca, que teve uma antipatia instantânea por ela.

— Não se preocupe, querido — disse Taleetha, dando um tapinha na bochecha de Mo depois da primeira vez que trocou farpas com Rebecca em uma reunião de pós-produção. — Sou igual a guacamole. Nem todo mundo me ama.

Taleetha foi seu primeiro telefonema depois de receber sinal verde para o que ele ainda insistia, por teimosia e insensatez, a chamar de *Salvando Savannah*.

— Momo! — exclamou ela, atendendo ao primeiro toque. — Quais as novidades?

Ele havia esquecido o quanto sentia falta da inabalável Taleetha Carr.

— Posso ter um trabalho para você, essa é a novidade.

Taleetha não hesitou.

— Não é para a HPTV, é? Você sabe que eu te amo, mas não vou trabalhar para Rebecca Sanzone novamente.

— Você estaria trabalhando para mim — protestou ele.

— E você trabalha para ela.

— Eu trabalho para mim — disse Mo. — De qualquer forma, podemos falar de negócios por um minuto? Estou numa corrida contra o tempo e preciso muito de você, Leetha. Apenas me escute antes de dizer não.

— Vou te ouvir, mas isso não vai me fazer mudar de ideia — cedeu ela.

Ele explicou sobre como conheceu Hattie Kavanaugh e como ele teve a ideia de um reality show ambientado em Savannah.

— Você já esteve aqui? — perguntou Mo. — É deslumbrante de lindo. A história, as incríveis casas do pré-guerra civil, as flores, as árvores e o musgo espanhol...

— E os caipiras agitando bandeiras dos confederados? Esqueceu deles?

— Não. Quer dizer, sim, admito que ainda há um pouco desse clima, mas Savannah é muito mais do que isso. De qualquer forma, precisamos começar a gravar no início da próxima semana. Preciso de você, Leetha.

— Semana que vem? Querido, pode parecer espantoso você, mas eu tenho um emprego.

— Taleetha Carr, você está me traindo?

— Pode apostar que sim. Uma garota tem que trabalhar, você sabe. Cole Ryder fechou um contrato de desenvolvimento para um programa que ele está chamando de *Divas do Lixão*, sobre um grupo de garotas de Los Angeles que ganha a vida catando lixo, reciclando e revendendo.

— Desenvolvimento? — disse Mo. — Alguma emissora já topou?

— Não com todas as letras — admitiu.

— Enquanto isso, tenho um projeto certo. Um contrato assinado com a HPTV e uma equipe, e estamos prontos para começar a filmar assim que você chegar aqui.

— Na-na-ni-na-não — retrucou Taleetha. — Nem por você.

— Vou te enviar o vídeo de apresentação por e-mail. Você vai adorar Hattie. Ela dirige uma caminhonete, administra uma construtora com o sogro. Ela é autêntica.

— A resposta ainda é não, Mo. Mas para que a pressa com este novo programa?

— Finalmente tive sorte — disse ele. — Krystee, do *Partiu Praia*, está grávida de gêmeos e em repouso absoluto, o que significa que o programa vai ser suspenso por pelo menos 6 meses.

— E a grade de quarta-feira à noite está disponível. Temporariamente — disse Taleetha, pensativa.

Mo percebeu uma oportunidade e a aproveitou.

— Você sabe que quer trabalhar comigo, Taleetha. Sente minha falta. Sente falta de nós dois juntos.

Ela não negou.

— E a Becca Meleca? O que ela vai dizer sobre você me contratar?

— Deixa ela comigo — disse Mo. — Quando você pode vir pra cá?

— Para Savannah? Nem tenho certeza se sei onde fica.

— Você vai para Atlanta, depois pega um voo para Savannah. Vou reservar o seu hoje à noite. Sexta-feira você estará aqui.

Ela soltou um longo suspiro.

— Ok, me mande o vídeo de apresentação e tudo mais que tiver.

O telefone zuniu novamente, como uma mosca furiosa presa na tela da janela. Mo suspirou.

Lidar com uma viciada em trabalho como Becca era exaustivo.

O celular zuniu mais uma vez.

ONDE VOCÊ ESTÁ? O QUE ESTÁ ACONTECENDO? POR QUE NÃO ME RESPONDEU?

Ele bocejou e digitou.

São 3h da manhã aqui. Tudo bem com o programa. Nos falamos amanhã.

Ele levantou o quadril, enfiou o celular debaixo da almofada do sofá e instantemente pegou no sono.

13

O Vencedor
Leva Tudo

— Hum... Oi. Estou aqui pela casa dos Creedmore?

Uma pesada janela de vidro a separava do funcionário sentado à mesa no saguão da prefeitura de Tybee. Era um homem mais velho, com uma camisa polo branca e um jeito mal-humorado. Ele olhou para Hattie por cima dos óculos de aro preto em meia-lua, aninhados na ponta do nariz.

— E o que é isso?

Hattie levantou a voz.

— A casa dos Creedmore! — Duas pessoas que estavam vagando por perto, analisando os avisos em um grande quadro, olharam para cima, assustadas.

— E o que tem ela?

— A prefeitura condenou a casa, eu fiz um lance selado para comprá-la esta manhã. Me falaram que os envelopes seriam abertos ao meio-dia — explicou Hattie.

— Lá no fundo. Na sala de reunião. — O homem apontou para uma porta no final do corredor.

Quando começou a descer o corredor, Hattie notou que as duas pessoas que estavam de pé no saguão a seguiram. Um deles era um homem grande e forte, de pouco menos de 40 anos, supôs ela, com cabelos loiros penteados para trás e um espesso bigode. Ele usava jeans e uma camisa oxford azul-clara e andava com um leve claudicar. O outro era bem mais velho, vestia o mesmo tipo de roupa que Hattie usava para trabalhar, uma camiseta desbotada, calças cargo cáqui e botinas com biqueira de aço.

Hoje, porém, Hattie vestia uma calça capri preta e uma blusa listrada de preto e branco. Passou até batom. Queria causar uma boa impressão, mostrar aos agentes municipais que cuidaria bem da casa em ruínas a alguns quarteirões de distância.

O homem mais novo passou apressado, chegou à porta da sala de reunião e entrou. Hattie irrompeu pela porta, e o homem mais velho a imitou.

Uma mulher de 50 e poucos anos se acomodou em uma cadeira giratória acolchoada com uma pilha de envelopes e uma prancheta na mesa à sua frente. Todas essas ofertas eram pela casa dos Creedmore? O coração de Hattie gelou.

— Sentem-se onde preferirem — disse a mulher, sem desviar os olhos do fichário que folheava. Hattie escolheu uma cadeira na extremidade direita da mesa. O homem loiro se sentou à sua frente, e o outro estranho se instalou mais perto da escrevente municipal.

— Ok — disse a mulher, olhando para o telefone.

— Sou Carol Branch. É meio-dia em ponto, e vou abrir os envelopes de lances. — Ela assentiu para as três pessoas na sala. — Presumo que todos os presentes fizeram lances?

— Isso mesmo — assentiu o homem loiro.

— Sim — respondeu o homem mais velho.

A escrevente pegou um abridor de cartas e lentamente cortou um envelope pardo, removeu uma folha de papel, assentiu, escreveu algo em sua prancheta e pegou o próximo envelope.

No final do procedimento, Hattie contou oito lances. A expressão da mulher permaneceu impassível. Ao abrir o último envelope, ela pegou o lápis e deslizou sobre a lista em sua prancheta.

A espera era agoniante. O homem loiro tamborilava os dedos na mesa sem parar, quase levando Hattie à loucura. O mais velho olhava para cima, aparentemente fascinado pela beleza e a simetria do teto de painéis acústicos.

O celular de Hattie apitou com uma mensagem de Cass.

Alguma novidade?

Hattie rapidamente silenciou o telefone, ao mesmo tempo que chegava mais uma mensagem, dessa vez de Mo Lopez.

Conseguiu a casa? Me liga o mais rápido possível.

Finalmente, a escrevente meneou a cabeça e olhou para frente, cumprimentando os três estranhos na sala com um breve aceno.

— Alguém aqui está representando Harriet Kavanaugh? — O coração de Hattie acelerou.

— Sou eu.

— Parabéns. Você ofereceu o lance mais alto e é a nova proprietária do lote 12, subdivisão 36, localizado na avenida Chatham, 1412.

— Merda! — O homem loiro bateu na mesa com a palma da mão. — De quanto foi o lance vencedor?

A mulher apertou os lábios e olhou para a prancheta.

— Ah, qual é! Essa informação é pública — insistiu o homem.

68 Mary Kay Andrews

— Vinte e nove mil, setecentos e vinte e oito dólares — disse a escrevente.

— Todas as informações pertinentes serão publicadas no site da prefeitura.

Ela se levantou.

— Senhorita Kavanaugh? Se puder me acompanhar ao meu escritório, daremos início à formalização da compra. — A mulher ofereceu um aceno breve e desdenhoso para os dois homens.

— Algo não está cheirando bem aqui — exclamou o loiro em voz alta, empurrando sua cadeira para longe da mesa. — Isso foi fraudado. Ela não pode tomar a casa da minha família assim.

— Quem é o senhor?

— Holland Creedmore — disse o homem. Ele deu um passo ameaçador em direção à escrevente, que não se intimidou. — A prefeitura não pode vender a propriedade da minha família desse jeito. Não está certo, e você sabe disso.

Hattie havia tentado descobrir por que esse homem lhe parecia tão familiar. Agora ela tinha sua resposta. No passado, Holland Creedmore Jr. tinha sido o orgulho do Colégio Cardeal Mooney. Era o Sr. Perfeito em tudo, do futebol americano ao beisebol. O rosto bonito com a mandíbula quadrada estampava a página de esportes do jornal de Savannah semanalmente.

Agora, o rosto estava mais redondo, as entradas no cabelo loiro ressaltavam a testa larga e o físico musculoso de sua juventude parecia mais flácido.

A voz da escrevente permaneceu calma.

— Sr. Creedmore, todos os procedimentos legais foram rigorosamente seguidos. Os proprietários foram notificados quando a ação de interdição foi iniciada e lhes foi concedido o prazo para mitigar o estado de deterioração do imóvel, que se tornou um incômodo público.

— Mentira. Vocês enviaram uma carta idiota para a minha prima senil que achou que era uma conta de luz vencida.

— Os proprietários que constam na escritura foram notificados, por carta registrada, de cada etapa do processo, e a prefeitura publicou o processo de interdição no periódico oficialmente designado pelo condado, que é o *Savannah Morning News*.

— Ninguém lê essa porcaria! — berrou Holland Creedmore. — Como diabos o resto da minha família poderia saber o que estava acontecendo nesta maldita república das bananas que vocês administram aqui?

A escrevente permaneceu inabalável.

— As placas de interdição foram colocadas, conforme exigido por lei, na propriedade de sua família há um ano. Se, a qualquer momento, alguém de sua família tivesse iniciado a manutenção da propriedade, ou pagado os impostos, a prefeitura teria suspendido o processo de interdição.

— Minha prima louca trocou as fechaduras — explicou Holland. — Ela e meu pai brigaram. Eles não se falam há anos.

— Por mais lamentável que seja, isso não muda a responsabilidade dos proprietários ou suas obrigações fiscais — asseverou a escrevente. — Sinto muito, Sr. Creedmore, mas não depende de mim.

Holland Creed praguejou e saiu da sala. Só então Hattie notou que o homem mais velho já havia escapulido.

— Me acompanhe, por favor. Vamos dar início aos procedimentos — orientou a mulher.

Ela assinou formulários e documentos pelo que pareceram horas, mas em tempo real foram só 40 minutos. Cada vez que ela assinava um documento, a escrevente o chancelava com o pesado carimbo notarial.

Quando acabou, a mulher enfiou cópias dos documentos em um envelope plástico cinza e o entregou à Hattie.

— Parabéns.

— Obrigada — disse Hattie, segurando o envelope contra o peito.

— Está ciente de que, a partir de hoje, o prazo está correndo. Ok? As condições desta verba federal são muito específicas. Você tem 12 meses para concluir a restauração da propriedade. Já lhe forneci as diretrizes de preservação histórica que seu projeto será obrigado a observar. Você precisa enviar os projetos de restauração dentro de uma semana, para que seu alvará de construção possa ser expedido, e, claro, depois disso, requisitar as inspeções em todas as fases da obra. O fiscal urbanístico vai monitorar seu progresso.

— Estou ciente — disse Hattie.

A escrevente lhe entregou uma chave.

— Boa sorte!

Hattie se sentou no banco do motorista da caminhonete. Seu coração batia descompassado.

Que diabos você acabou de fazer? Eu realmente empenhei meu anel de noivado para comprar uma casa condenada na qual nem sequer entrei? Acabei de prometer até minha alma e me comprometi a reconstruir uma casa sem a menor ideia de como vou fazer isso? Onde diabos vou conseguir o dinheiro?

O celular vibrou, e ela percebeu que havia esquecido de desligar o modo silencioso.

— Ah, meu Deus, Cass — exultou assim que atendeu. — Conseguimos. O meu lance foi o mais alto. Acabei de comprar uma casa de praia por menos de 30 mil dólares!

Ela ficou em silêncio por um momento.

— Que Jesus nos dê forças.

Hattie abriu o envelope que continha os documentos de compra.

— Vamos precisar. Você não acredita na quantidade de documentos que acabei de assinar. Eu não tinha ideia de que haveria tanta burocracia.

Houve uma batida educada na janela do lado do passageiro. Holland Creedmore Jr. deu a volta até o lado do motorista, com um sorriso constrangido.

— Oi? Posso falar com você um minuto?

— Já te ligo, Cass — avisou Hattie, encerrando a ligação.

— Oi — respondeu ela, hesitante. — O que foi?

— Olha, sei que fui, eh... um completo babaca... e só queria me desculpar.

— Tudo bem.

Ele franziu a testa enrubescida enquanto a observava.

— Ei... estudei com um cara chamado Hank Kavanaugh no ensino médio. Algum parentesco?

— Ele era meu marido.

— Ah, puxa. Acho que jogamos na Liga Infantil juntos. Nossa. Foi uma coisa horrível. O acidente, quero dizer. Sinto muito.

— Obrigada. — Hattie ligou a caminhonete. — Prazer em conhecê-lo.

— Espere — pediu ele, mantendo a mão na porta. — A questão é que aquela casa nunca deveria ter sido vendida. Foi um grande erro. Ela é de propriedade dos Creedmore desde sempre.

— Mas sua família não pagou os impostos — apontou Hattie. — O terreno está uma selva. Da rua, nem dá para ver a casa. E ela está desabando. Como disse a escrevente, sua família teve um ano para reverter o problema.

— Bem, sim, mas você não conhece minha família. É complicado. Quando meu avô morreu, deixou a casa para meu pai e seus dois primos, um dos quais eu nunca conheci. Desde que eu era criança, enquanto meus avós estavam vivos, toda a minha família, primos, tias e tios costumava passar o verão na casa de Tybee. Mas Mavis e meu pai nunca se deram bem, e ela detestava minha mãe. Houve uma briga horrenda sobre a casa, porque ela era sovina demais para gastar dinheiro para manter a propriedade. Por exemplo, ela não nos permitiu instalar um ar-condicionado central, mesmo meu pai se oferecendo para pagar. Então, quando o furacão Irma atingiu a casa e o telhado foi pelos ares, ela não tinha seguro. Um telhado novo custaria uns 40 mil. O outro primo que mora no norte se recusou a pagar, e Mavis e meu pai brigaram feio. Foi então que ela trocou as fechaduras, e a casa se deteriorou de vez.

Hattie estava sem palavras.

— Desculpe, mas isso não é problema meu. Sua família poderia ter salvado a casa se quisesse. Mas não salvaram. Você poderia ter oferecido mais dinheiro para comprá-la, mas não ofereceu.

Ela engatou a ré na caminhonete, mas Holland Creedmore não se moveu. As mãos grandes e carnudas se agarravam à janela.

— Você tem razão — respondeu. — Está inteiramente certa. Estou disposto a comprar a casa de volta. Agora mesmo. — Ele enfiou a mão no bolso de trás da calça jeans e pegou um talão de cheques. — Pode ser? Digamos, 40 mil? É um lucro bom e rápido de 10 mil dólares.

— Não, obrigada — disse Hattie. — Comprei a casa de forma justa e pretendo restaurá-la. Preciso ir agora. — Ela começou a manobrar lentamente da vaga de estacionamento. O homem afrouxou a mão da porta, mas continuou caminhado ao lado do carro.

— Ok, 50 mil. Vou preencher o cheque agora mesmo.

— Não estou interessada — repetiu Hattie. A caminhonete se juntou ao tráfego da avenida Butler. Ao olhar pelo retrovisor, ela viu Creedmore parado no meio da rua, gritando. E acelerou.

14

O Risco é
do Comprador

Pouco depois do meio-dia de quinta-feira, o telefone de Mo Lopez tocou. Ele olhou para a foto na mensagem.

Era uma casa. Uma enorme palmeira semimorta escondia a fachada da estrutura de madeira. Mas definitivamente havia uma varanda na frente. Dois andares e o remanescente de uma sacada no piso superior. As janelas e portas estavam fechadas com tapumes, e havia uma placa com os dizeres ENTRADA PROIBIDA, PROPRIEDADE CONDENADA.

A mensagem era de Hattie Kavanaugh.

Está destruída o suficiente para você? Espero que sim, porque acabei de comprá-la.

Os dedos de Mo voaram pelo teclado.

Incrível. Será um ANTES como nunca se viu. Onde é? Está na casa agora? Não toque em nada. Já entrou? Envie o endereço para mim.

Quinze minutos depois, ele estava na estrada para Tybee Island.

Hattie e Cass se sentaram na cabine da caminhonete, estacionada na entrada arenosa. A carroceria estava cheia de ferramentas. O veículo de Tug já estava estacionado no acostamento coberto de mato.

Ele tinha ficado horrorizado quando Hattie ligou para contar o que havia feito.

— Uma casa condenada? Você enlouqueceu de vez? Sem vistoriá-la?

— Era a única casa que eu podia pagar — explicou Hattie. — Por favor, não fique bravo comigo. — Sei que podemos transformá-la em algo especial. Pense bem: uma casa de 100 anos, na praia do rio Back. Quantas casas originais há naquele trecho da avenida Chatham? Pense na vista do pôr do sol. Nas varandas de frente para Little Tybee? Vai ser mágico, eu juro.

— Pense na vista? — respondeu Tug, bufando em descrença. — Pense nos cupins, no mofo, na deterioração. Na fiação ruim, no encanamento velho. Aposto que nem tem aquecimento, que dirá ar-condicionado. Deus do céu,

Hattie! Pense no dinheiro que isso vai custar. Trinta mil não é uma pechincha se tivermos que investir outros 500 mil só para deixá-la habitável. E nenhum banco vai aceitar financiar um projeto como este. Não vão querer nem ouvir falar.

Hattie havia previsto a reação do sogro.

— Mo disse que os anunciantes da emissora fornecerão material em troca de publicidade no programa. Então, todo o equipamento de climatização será doado pelos fabricantes. O mesmo acontecerá com os armários de cozinha e eletrodomésticos, o piso de madeira e o isolamento térmico. Além da tinta e do material do telhado...

— E nossos subempreiteiros? Acha que vão trabalhar de graça também?

— Acho que toparão ganhar menos porque será uma ótima publicidade para eles. E Mo diz que a emissora vai arcar com uma parte da mão de obra e dos materiais.

— Uma parte? Você realmente acredita que esse cara da televisão vai cumprir todas as promessas?

— Eu tenho que acreditar — concluiu Hattie com suavidade. — Você vem aqui para ver a casa ou não?

— Não gosto nada disso, mas estou indo — respondeu o sogro.

Hattie trocou de roupa na caminhonete, substituindo as calças elegantes por um par de jeans. Vestiu uma camiseta de manga comprida e calçou as botinas.

Cass, com uma expressão mal-humorada, já havia ligado a motosserra e atacava furiosamente um pinheiro caído, cujos galhos bloqueavam a entrada de carros. Hattie calçou as luvas de trabalho e começou a remover os galhos cortados do caminho, enquanto Tug desbastava a vegetação rasteira invasora com uma foice roçadeira e uma tesoura de poda.

Mo avistou a montanha oscilante de braços e galhos a meio quarteirão de distância. Entrou no acostamento e estacionou atrás das caminhonetes da Kavanaugh & Filho. Hattie e Cass arrastavam um enorme galho de carvalho pela entrada em direção à rua.

Ele saltou do carro, pegou a câmera e apontou.

— Parem aí mesmo — gritou para as mulheres, apontando a câmera.

— Nem ferrando! — gritou Cass. — Você não pode tirar uma foto minha desse jeito. Toda suada e horrorosa, cheia de folha e sujeira no cabelo.

— Essa é a aparência apropriada para o programa — respondeu Mo. Ele apontou a câmera para Hattie, que vestia uma camiseta suada e colada no corpo. Um boné prendia parte de seus cabelos, e seus antebraços estavam sujos e cobertos de pequenos cortes e arranhões.

— Olhe para a câmera e me diga o que está fazendo — instruiu ele.

— Estou tentando limpar a entrada da garagem. Está intransitável — explicou Hattie.

— Continue me dizendo o que está fazendo e por quê. Usaremos isso nas redes sociais. Dê ao público um gostinho do que verão quando *Destruidores de Lares* for ao ar.

Ela revirou os olhos.

— Basta dizer algo como: "Oi, sou Hattie Kavanaugh e sou uma destruidora de lares. Espere até ver a casa no final desta entrada de carros que estamos limpando. Mal posso esperar para começar."

— Eu odeio esse nome — disse Hattie. — Parece que estou tentando roubar o marido de outra mulher. Me faz parecer uma vagabunda.

— Supere isso — disse Mo. Ele olhou para Tug, que observava o diálogo, balançando a cabeça. — Vamos, Sr. Kavanaugh, participe também. Que tal?

— Quem, eu? Você não quer um velho gordo como eu nos seus vídeos. Filme essas lindas jovens aqui.

— É um reality show, Sr. Kavanaugh — argumentou Mo. — Se pudesse interagir com Cass e Hattie como se estivesse ajudando a mover o galho da árvore, seria ótimo.

— Se é realidade, por que você quer que a gente encene? — resmungou Hattie, enquanto mudava de posição para permitir que Tug apoiasse parte do peso do galho no ombro.

Eles formaram um pequeno semicírculo de frente para a casa dos Creedmore.

— Minha nossa senhora da reforma — exclamou Tug, enxugando a testa suada com um lenço. — Hattie, no que você nos meteu?

Mas a nora dele não estava ouvindo. Ela havia descarregado as ferramentas da carroceria da caminhonete e agora avançava para a varanda e para a porta da frente fechada com um tapume, empunhando um pé de cabra, enquanto Mo a observava com a câmera.

— Não faça nada ainda — pediu Mo. — Quero guardar a dramaticidade da cena para quando nossa equipe chegar aqui.

— Não vou esperar a equipe de filmagem para entrar nesta casa — disse Hattie.

— Poderíamos dar a volta na varanda e entrar pela porta da cozinha — sugeriu Cass. — Eles te deram alguma chave na prefeitura?

Hattie brandiu o pé de cabra.

— Esta é a chave de que preciso. Cuidado com essas tábuas podres no assoalho — orientou enquanto o grupo seguia pela lateral da casa.

Eles se aglomeraram ao redor dela enquanto Hattie examinava a porta dos fundos. A madeira estava apodrecida e estufada pela umidade. Hattie deu um chute na porta, e o painel inferior se estilhaçou ao meio. Outro chute, e o que restava da porta se abriu com um rangido das dobradiças enferrujadas.

— Vamos precisar de uma nova porta — disse Cass.

— Isso vai ser incrível — disse Mo, seguindo Hattie para dentro. Ele pretendia filmar a cozinha, mas foi atraído pela expressão de Hattie, seu rosto iluminado por uma emoção autêntica, sua vibração era algo palpável.

— Incrível uma ova — murmurou Tug.

Hattie não estava ouvindo. Ela sentiu a euforia familiar que sempre surgia no início de um novo projeto, a mistura de ansiedade, pavor e empolgação. Hank sempre disse que ela era viciada em adrenalina, e ele não estava errado.

Ele a conhecia melhor do que ninguém, melhor do que ela mesma. Hank sempre foi o mais quieto, o planejador, o idealizador. Hattie? Ela estava sempre pronta para chutar a porta de um novo projeto e mergulhar de cabeça. Por mais que adorasse começar um novo trabalho como este, sempre era lembrada de que era mais um projeto sem ele. Fazia quase 7 anos, e a falta dele ainda era uma presença constante.

Agora, não era mais a angústia aguda que sentira no primeiro ano, o desespero de acordar sem ele ao seu lado na cama, de fazer um sanduíche em vez de dois ou de ter de empurrar as roupas dele para o lado no pequeno closet para pegar a própria roupa.

Não era assim tão pungente. Era mais entorpecida, como a dor de uma ferida que nunca cicatrizou. Nunca deixaria de sentir falta de Thomas Henry Kavanaugh, mas, enquanto isso, essa velha casa precisava dela.

— Parece que os Creedmore simplesmente saíram, trancaram as portas e nunca mais voltaram — disse Cass, apontando para os armários da cozinha. — Deixaram até pratos sujos na pia.

Era verdade. A pia estava cheia de pratos engordurados cobertos com uma fina película de teias de aranha.

— Vocês conhecem a família que era dona desta casa? — perguntou Mo.

— Savannah é uma cidade pequena, filho — disse Tug. — Quase todo mundo se conhece.

— A matriarca da família, Mavis Creedmore, frequenta a mesma igreja que minha mãe — explicou Cass. — Foi assim que descobrimos que a casa poderia estar à venda.

Hattie continuou a história.

— Holland Creedmore era alguns anos mais velho e frequentava o Cardinal Mooney, a escola católica de ensino médio para meninos. Ele era bastante popular na época.

— Estava mais para um idiota bem popular — murmurou Cass.

— Você está falando de Holland Junior. O pai dele, Big Holl, estudava na minha turma — disse Tug.

— Holland Junior estava na prefeitura de Tybee hoje — contou Hattie. — Ficou muito irritado quando descobriu que minha oferta era maior do que a dele. Gritou com a escrevente municipal e ameaçou processar a prefeitura. Depois me seguiu até a caminhonete e fez uma oferta para comprar a casa por 50 mil.

— Você deveria ter aceitado o dinheiro e corrido até o banco — disse Tug.

— Esta cozinha tem um bom tamanho — avaliou Hattie, ignorando o sogro. Ela apontou para o teto baixo, com o gesso encharcado. — A primeira coisa a fazer aqui é arrancar esse teto que está desabando. Vamos torcer para que haja algumas vigas antigas em bom estado por trás dessa porcaria.

— Vamos torcer para que a coisa toda não caia em nossas cabeças — retrucou Tug.

— Isso é um banheiro? Na cozinha? — Cass enfiou a cabeça pelo vão da porta à direita da entrada da cozinha, depois recuou rapidamente, as duas mãos pressionadas no nariz. — Arrgh! Está puro mofo!

Hattie deu uma espiada. O cômodo em questão era comprido e estreito, estendendo-se por todo o fundo da casa. De alguma forma, haviam conseguido colocar uma lavadora e uma secadora de roupas, além de um vaso sanitário, uma pia e um box de fibra de vidro naquele pequeno espaço. O chão estava revestido com o que parecia ser grama artificial verde-escura.

— A boa notícia é que este banheiro não é original da casa. Provavelmente foi adicionado nos anos 1970 e, claro, sem alvará. — Ela se virou e apontou para Mo. — Tire uma foto, isso tudo sai no primeiro dia.

Eles se moveram em direção à frente da casa, e Mo continuou tirando fotos para documentar o "antes" da casa, enquanto Hattie ditava notas em seu telefone.

— Essa sala de jantar integrada com a sala de estar é bem espaçosa. A lareira é linda, mas o revestimento externo está todo errado. E vamos precisar de uma nova cornija.

Tug, grunhindo, ajoelhou-se em frente à lareira e acendeu a lanterna para examinar a chaminé.

— Não gosto do estado dessa chaminé. Está cheia de jornais velhos. E o que parece ser um velho ninho de esquilo.

— O que há de errado com a chaminé? — perguntou Mo.

O velho senhor se levantou.

— Estreita demais para fazer um fogo adequado sem queimar a junta, e é por isso que eles colocaram os jornais lá em cima, para evitar que a fumaça volte. Ou a arrancamos ou a deixamos apenas como decoração. Ou podemos gastar 5 mil para trocar o revestimento por um material resistente a fogo.

— Não podemos arrancá-la — disse Hattie. — Parte dos termos da venda é que tudo o que fazemos aqui tem que atender aos padrões históricos de preservação.

— Sério? — Cass balançou a cabeça. — Isso vai ser uma bela dor de cabeça.

— Guarde isso para depois — interrompeu Mo. — Quando fizermos a visita com o Trae, vocês podem discutir esses detalhes em frente à câmera. Será um bom ponto de discussão.

— Quem é Trae? — perguntou Cass.

— Ah, sim. Essa é outra mudança de formato que a emissora quer. Como parte do conceito para *Destruidores de Lares*, eles contrataram um designer, um cara supertalentoso chamado Trae Bartholomew. Ele será, tipo, seu parceiro na restauração desta casa. Você o conhecerá na semana que vem, junto com o resto da equipe que chegará até lá.

— Parceiro? Eu não preciso de um designer parceiro — reclamou Hattie. — Sou a designer de todos os nossos projetos.

— Exceto deste — disse Mo com firmeza.

Hattie virou de costas para a lareira, os braços cruzados sobre o peito.

— Não. Comprei esta casa com meu próprio dinheiro. Ninguém me disse nada sobre um parceiro ou um designer. Então, se é isso que a emissora quer, estou fora. O contrato está cancelado.

Mo suspirou.

— Você está ciente de que é contratualmente obrigada a fazer este programa, não é?

— Então me processe. — A mandíbula de Hattie estava tensa, os olhos, brilhando.

— Pode até ser — disse Mo. — Mas eis o detalhe. Se você desistir do contrato, também estará desistindo de todo o material de construção que nossos patrocinadores estavam programados a doar, além de seu salário, mais o dinheiro que a emissora orçou para a mão de obra.

— Ainda terei esta casa. E minha independência — revidou Hattie.

— Boa sorte com isso — retrucou Mo. Ele assentiu para Cass e depois para Tug. — Prazer em conhecê-los, pessoal. Gostaria que as coisas tivessem dado certo.

15

A
Desistência

Tug observou a partida do produtor.

— Tudo resolvido, então. Você vai ligar para o Holl Junior e vender a casa de volta para ele com um belo lucro. E vamos acabar com essa bobagem de televisão.

— Isso — concordou Cass. — Pense nisso, Hattie. É um lucro de 20 mil dólares. Podemos encontrar outra casa em um estado muito melhor.

Mas Hattie não estava ouvindo. Ela havia entrado na sala de estar e se empoleirado no braço de um sofá amarelo-ouro com os braços cobertos de queimaduras de cigarro. O pé-direito original da sala era alto, com pesadas vigas. Ela estava imaginando como a sala poderia ser, piso de madeira, cortinas nas janelas esvoaçando na brisa, talvez uma mesa de jogos perto das janelas, com um par de poltronas para um jogo de Scrabble ou de cartas.

Ela pegou o facão que havia abandonado na varanda e se dirigiu para o quintal. Tug e Cass ficaram na varanda dos fundos, conversando baixinho.

— Hattie? — chamou Tug.

Hattie abriu passagem através da vegetação rasteira, movendo o facão para abrir caminho. Ela sentiu o cheiro do rio antes de vê-lo, passando por uma casa de barcos em ruínas ao lado do que sobrara de um barquinho de pesca abandonado há muito tempo. Finalmente, ela avistou os vestígios de uma passarela de concreto toda rachada e a seguiu até avistar o brilho do sol refletindo sobre as ondas que oscilavam suavemente.

Ela ficou surpresa com a extensão da faixa de praia em frente ao terreno, tinha cerca de 60 metros. O rio é um braço de mar, e, agora, na maré baixa, degraus de madeira permitiam o acesso a uma faixa exposta de areia. Um píer se estendia até a água, e, na ponta, havia uma casa de barcos. As tábuas prateadas estavam desgastadas e quebradas em alguns pontos. Ela não ousaria caminhar pelo píer até que seus carpinteiros tivessem a chance de substituir algumas das tábuas.

— Droga. — Cass a seguiu até a beira da água e parou ao lado dela.

Hattie apontou para o outro lado do rio, em direção ao trecho arborizado de praia.

— Ótima vista de Little Tybee, hein?

— Se você gosta desse tipo de coisa.

Uma nadadeira curva e um dorso cinza-prateado emergiram da superfície da água, depois outra e mais um par de nadadeiras menores.

— Tubarões — disse Cass, esperançosa.

— São golfinhos, e você sabe disso — disse Hattie. — Um grupo inteiro.

— Você não vai vender esta casa para Holland Creedmore, vai?

— Não — disse Hattie, balançando a cabeça. — Esta casa é especial, Cass. Farei tudo que puder para ficar com ela. Mesmo que isso signifique fazer papel de boba na televisão.

Sua melhor amiga soltou um longo suspiro contrariado.

— Você vai ter que confiar em mim nisso — pediu Hattie, pegando o celular para ligar para Mo Lopez. — Podemos fazer dar certo.

Dois dias depois, Trae Bartholomew estava sentado no banco da frente do carro do produtor, observando a cena que se desenrolava diante dele.

Trailers com ar-condicionado haviam sido levados até o local, uma tenda havia sido erguida para o serviço de *catering* e caminhões alugados carregados de equipamentos de iluminação e câmeras se alinhavam ao longo da entrada de carros recoberta de conchas de ostras. Um trio de *motorhomes* estava estacionado no jardim da frente. Mas era a casa que chamava sua atenção.

Ele olhou para Mo Lopez.

— Você está brincando comigo, *né*? Vamos restaurar essa coisa? Pra quê? Já era horrenda quando foi construída e agora está horrenda *e* decrépita.

Mo forçou um sorriso.

— Pense no impacto do antes e depois. Pense no momento *UAU* da revelação no episódio seis. E o mais importante, Trae, pense no horário nobre da quarta-feira à noite. O *Gênios do Design* não foi ao ar nas manhãs de sábado?

Os óculos aviadores grandes e espelhados de Trae deslizaram por seu protuberante nariz enquanto ele reconsiderava.

— O terreno tem um bom tamanho.

— De frente para a orla — acrescentou Mo.

— E talvez seja bom que não tenham arruinado tudo com aquelas terríveis reformas típicas dos anos 1980. — Ele inclinou a cabeça para a direita. — *Tá*, acho que tem potencial. E estou louco para conhecer minha coapresentadora.

— Ela está louca para conhecê-lo também — mentiu Mo.

O "trailer" de Hattie era de fato um microtrailer alugado. Ela perambulava de um lado para o outro há uma hora, alternando entre irritação e nervosismo por ter que lidar com esse designer famoso. Ela pesquisara Trae Bartholomew no Google, viu o esplêndido layout do projeto de estação de esqui publicado na *Architectural Digest* e outros artigos de revistas sobre seus projetos menos conhecidos.

Finalmente, houve uma batida leve na porta do trailer.

— Hattie? Está vestida?

— Pode entrar — avisou ela.

Trae Bartholomew ocupou todo o vão da porta. Era mais alto do que ela esperava, provavelmente 1,90 m. Isoladamente, suas feições não eram extraordinárias. Tinha cabelos cor de caramelo, profundos e impressionantes olhos azuis, bronzeado dourado da Califórnia, um rosto alongado e uma pronunciada mandíbula quadrada recoberta com uma estilosa barba por fazer. Mas, em conjunto, tudo isso compunha um lindo rosto, capaz de chamar atenção por onde passasse.

Ele usava jeans brancos e uma camisa de seda apertada em um peito tão firme e musculoso que Hattie instintivamente murchou qualquer barriga que pudesse ter.

— Hattie! — exclamou ele, dando um passo à frente e segurando a mão dela com ambas as mãos. — Até que enfim nos conhecemos!

— Finalmente — murmurou ela. — É um prazer te conhecer.

— Mal posso esperar para ver essa casa — disse Trae. — Mo me disse que tem muito potencial.

— Sim, potencial ela tem — concordou Hattie. — Mas também tem muitos e muitos problemas.

Trae esfregou as palmas das mãos.

— Vamos lá.

Ele parou diante da casa, analisando-a.

— É um imóvel meio esquisito, não? Quero dizer, tem mesmo 180 metros quadrados? Acho estranho que ocupe tão pouco espaço no que é obviamente um terreno grande de frente para a orla. Já posso ver as novas alas, projetando-se de cada lado desta varanda, talvez com um revestimento de madeira com tábuas verticais. Então, no segundo andar, faremos algumas janelas...

— Não. — Hattie balançou a cabeça. — Definitivamente, não.

— Mas é tão pequena e acanhada. Tão... insignificante — protestou Trae.

— Está praticamente implorando por um grande gesto arquitetônico. — Ele sacou uma caneta e um caderno de esboços que estava enrolado e guardado no bolso de trás de sua calça jeans e começou a desenhar.

— Mo mencionou que estamos com um orçamento incrivelmente apertado? — perguntou Hattie, uma pitada de irritação emergindo em sua voz.

— Sim, mas...

— Grandes gestos custam caro, centenas de milhares de dólares, e não temos esse dinheiro. Além disso, estamos operando sob rígidas diretrizes de preservação histórica. Não podemos aumentar a área da casa. De jeito nenhum.

— Temos apenas seis semanas para gravar — acrescentou Mo.

— Diretrizes — disse Trae com desdém — são apenas isso. Uma orientação. Nunca encontrei um conjunto de regulamentos em que eu não conseguisse encontrar atalhos.

— Os fiscais urbanísticos estarão nos observando com olhos de águia... — disse Hattie, em tom enérgico. — Se nos pegarem tomando um "atalho" nas regras, eles podem interditar a obra.

— *Se* nos pegarem — disse Trae.

Ela o conduziu pela casa, tentando não levar as críticas para o lado pessoal.

— Bem — disse ele, parado na sala de estar —, pelo menos as proporções aqui são viáveis.

Trae enfiou a cabeça pelo vão da porta para espiar o quarto do piso inferior.

— Não vai caber uma cama king-size aqui. E pra que aquela pia minúscula no canto?

— Esta é uma típica arquitetura local dos chalés de praia dos anos 1920, época em que a casa foi construída. A pia servia para escovar os dentes e se lavar antes de dormir, pois só há um banheiro na casa — explicou Hattie.

Trae parecia atordoado.

— Você está me dizendo que não há banheiro privativo no quarto principal?

— Isso mesmo. — Hattie entrou no quarto e abriu a porta estreita do armário. — Este quarto fica atrás de uma espécie de vestíbulo na varanda dos fundos. Mas eu estava pensando que poderíamos roubar alguns metros quadrados de lá e remover este armário. O banheiro no piso superior é logo acima deste, então facilita. Espremermos um box, um vaso sanitário e uma pia e *voilá*, temos uma suíte principal.

— Sem armário?

— É uma casa de praia — disse Hattie. — Colocamos um cabideiro na parede. E, se for absolutamente necessário, aposto que podemos encontrar um armário antigo que caiba entre essas duas janelas.

— Acho que isso pode funcionar — disse Trae. — Vamos ver o outro banheiro.

Mo e Hattie se entreolharam com uma expressão que não passou despercebida pelo designer.

— O que foi?

— É que... tá bem ruim — adiantou Hattie. — Não diga que não te avisamos.

Trae recuou lentamente do banheiro, esbarrando em uma das bancadas da cozinha.

— Quem coloca um banheiro em uma cozinha? — esbravejou. — E, pior, pensa: *"Ah, por que não colocar uma lavadora e uma secadora também?"*

— Não se preocupe, tudo isso vai sair — assegurou Hattie. — Vamos levar os utensílios para uma nova lavanderia na varanda dos fundos e usar este espaço para ampliar a cozinha.

Mo sentiu a crescente impaciência de Hattie.

— Alguma ideia para a cozinha, Trae? Temos um anunciante que é fabricante de armários. Eles vão fornecer todos os armários em permuta, e os utensílios virão da Build-All. É uma grande cadeia de fornecedores de material de construção no sudeste. Então, temos um pouco de espaço para manobras no orçamento aqui.

— Assim, à primeira vista? — Trae deu um peteleco em um pedaço de gesso da bancada amarela de fórmica. — Um pouco de dinamite e um fósforo é a única coisa que pode ajudar.

— Já chega — bufou Hattie. — Mo, você pode mostrar o resto da casa para ele. Vocês dois não precisam de mim.

Ela estava se servindo de uma salada na tenda de *catering* quando um dos carpinteiros se aproximou.

— Ei, Hattie, tem um cara da prefeitura aqui querendo falar com você.

— Sobre o quê?

Joey, o carpinteiro, apontou para a frente da casa.

— Acho que ele é fiscal.

— Merda.

Ela saiu correndo da tenda. De fato, um homem branco mais velho andava de um lado para o outro diante da varanda da frente, uma prancheta enfiada sob um braço, visivelmente agitado.

— Oi — cumprimentou ela. — Meu nome é Hattie, sou a dona do imóvel. Algum problema?

— Howard Rice, fiscal urbanístico da prefeitura de Tybee Island. — Ele bateu no crachá preso à camisa engomada do uniforme. O homem ostentava um daqueles minúsculos bigodes ao estilo Charlie Chaplin. — Sim, temos um problema. Quem foi o responsável por derrubar todas aquelas árvores nativas?

— Árvores nativas? Eram palmeiras e pinheiros e um par de magnólias magricelas e resedás semimortos.

— Negativo. Vi com meus próprios olhos. As fotos mostram tudo claramente antes de vocês se livrarem das evidências, além do mais, vocês deixaram os tocos. Havia pelo menos três espécies de árvores protegidas que foram cortadas. Em clara violação ao código de arborização da cidade.

— Não nos livramos das "evidências" — protestou Hattie. — Nem sabíamos que a cidade tinha um código de arborização. A entrada de carros estava bloqueada por um monte de árvores daninhas. Tivemos que abrir caminho para conseguir chegar à casa.

— Ignorância não é desculpa — disse ele, sacudindo um dedo no rosto dela. — O código de arborização da cidade está disponível no site da prefeitura de Tybee Island. Sugiro que se familiarize com ele antes que eu tenha que autuá-la novamente.

Ele arrancou um pedaço de papel da prancheta e o estendeu para ela.

— Isso é uma multa de mil dólares. Pagável em dinheiro, cheque administrativo ou cartão de crédito na prefeitura.

— O quê?! — Hattie olhou para a notificação de autuação. — Isso é loucura! Vocês condenaram a propriedade porque os vizinhos reclamaram que estava tomada pela vegetação. Agora querem me multar por cortar o excesso de mato?

— Aquelas eram árvores maduras — repetiu ele. — Eu vi as fotos. Vi os tocos das árvores e eu mesmo os medi. E, você deve saber, se eu encontrar outra violação de código como esta, não vou hesitar em emitir uma ordem de interdição. Com ou sem programa de TV.

16

Hora da
Marreta

Hattie estava parada diante da parede do banheiro no térreo, com uma marreta apoiada no ombro, esperando a orientação de Mo.

— Ok, agora olhe para Trae, entregue a marreta e dê um passo para trás.

— Espere — protestou Trae. O cinegrafista olhou para Mo, que fez sinal para ele parar de filmar.

— Essa é a coisa mais estúpida que já ouvi — disse Trae. — Sou um designer, não um operário da construção civil. Ninguém vai acreditar que eu já empunhei uma marreta na vida.

— Então faça uma piada sobre isso — disse Mo bruscamente. — Uma pitada de humor, pelo amor de Deus. Diga a fala, marrete a parede e vamos seguir em frente. — Ele olhou para o relógio. — Nós só temos mais uma hora de luz natural, e eu preciso daquela parede derrubada para que o pessoal de Hattie comece a refazer o isolamento térmico e o drywall.

— A questão é que fingir usar uma marreta me faz parecer ridículo — disse Trae. — E estou farto de ser o alvo das suas piadas idiotas. — Ele arrancou o capacete da Kavanaugh & Filho que usava e o atirou para o lado, quase acertando o técnico-chefe de iluminação. — Dane-se. Por hoje chega. — Saiu da cozinha, dissipando o aglomerado de operários parados, que esperavam para entrar em ação.

Hattie revirou os olhos.

— Ei, Mo? Esta marreta não está ficando mais leve.

Mo se virou para ela.

— Vá em frente e acerte a parede. Finja que é a cabeça de Trae. — Ele apontou para o cinegrafista. — Ok, vamos filmar.

Hattie desceu a marreta, golpeando a parede com toda a frustração reprimida de um dia sentada esperando que algo acontecesse, e espalhou pedaços de gesso e madeira para todo lado.

Ela olhou para Mo, que silenciosamente sinalizou para ela repetir. Ela obedeceu, saboreando o som de madeira estilhaçada.

Quando finalmente largou a marreta, havia conseguido derrubar um pedaço de parede de menos de 50 centímetros quadrados. Com as mãos enluvadas, arrancou mais pedaços de ripa.

— Ah, merda — murmurou, cutucando a moldura do drywall. A madeira esfarelou como um bolo velho. — Isso não é bom. — Ela puxou mais pedaços de gesso e madeira e apontou. — Cupins.

Mo gesticulou para o cinegrafista dar um zoom para captar os detalhes.

— Agora explique por que isso é tão ruim — orientou ele.

Ela pegou uma chave de fenda do cinto de ferramentas e a enfiou na moldura danificada.

— Essa viga está parecendo queijo suíço. Há uma grande probabilidade de que o resto da moldura esteja na mesma condição. — Ela apontou para o ponto onde a parede encontrava a linha do teto. — Vê como está abaulado? Esperava que isso fosse apenas acomodação natural pela idade da casa, mas estava sendo otimista. Teremos que refazer a estrutura de toda esta parede externa. E, como são danos causados por cupins, teremos que arrancar pelo menos parte do chão aqui, porque isso pode significar que também temos problemas na fundação.

Ela olhou para Mo, que sinalizava para que ela concluísse a explicação.

Hattie arriou os ombros quando olhou diretamente para a câmera.

— Nós nos deparamos com esse tipo de problema o tempo todo aqui, na costa da Geórgia. Calor e umidade são como um parque de diversões para os cupins. Em uma casa antiga como esta, sem manutenção ou habitantes há anos, uma vez que a integridade estrutural foi comprometida, você está ferrado. — Ela fez um gesto na direção da parede atrás dela. — Só espero que as vigas do teto ainda estejam intactas. Porque senão...

Sua voz sumiu.

Mo sinalizou para que ela continuasse.

— Não tivemos o luxo de inspecionar esta casa antes de comprá-la. O imóvel tinha sido condenado pela prefeitura. Então foi um tiro no escuro. Pode haver problemas na fundação. Pode haver problemas nas vigas do teto. Nosso orçamento total para o projeto é de 150 mil, mas, se tivermos que refazer a fundação e reestruturar toda essa parede dos fundos e o teto, isso poderia nos deixar no vermelho em dezenas de milhares de dólares. E, na verdade, só saberemos a extensão dos danos depois que derrubarmos essas paredes e dermos uma olhada no que está por trás delas.

Ela pegou a marreta e golpeou novamente a parede.

— É hora da marreta.

— Ei, Hattie, dá uma olhada nisso. — Cass estendeu uma pequena carteira azul. O couro estava desbotado e enrijecido pelo tempo.

Hattie estava sentada na varanda dos fundos, bebendo água gelada de uma garrafa, enquanto a equipe se reposicionava para filmar a próxima sequência. Mo se sentou perto dela para ler e-mails.

Hattie pegou a carteira e a virou.

— Onde você encontrou isso?

— Donnie, um dos carpinteiros, encontrou dentro da parede do banheiro — explicou Cass, apontando para a parede, agora completamente aberta para a varanda dos fundos. — Atrás da fenda para lâminas de barbear, em cima de centenas de lâminas enferrujadas.

Mo olhou para cima.

— Fenda para lâminas de barbear?

— Sim, são comuns em casas antigas — explicou Hattie. — Geralmente ficam dentro daqueles armários metálicos antigos que são embutidos nas paredes do banheiro. Notei que a fenda era grande demais, mas não dei muita importância.

— Eu me pergunto como diabos uma carteira foi parar lá — disse Cass.

— Vamos ver se tem alguma coisa dentro.

Hattie abriu a carteira.

— Bem, não foi dessa vez que ficamos ricos. — Ela tirou três notas de um e duas notas de cinco dólares desbotadas, além de dois quadrados de tecido de lã minúsculos plastificados e presos por uma fita verde estreita. Dentro de cada um dos quadrados havia a imagem da Virgem Maria de um lado e um coração em chamas do outro.

— Isso é um escapulário? — perguntou Cass, inclinando-se para examiná-lo.

— Agora eu boiei — disse Mo. — O que é um escapulário?

— É um acessório com um símbolo religioso — explicou Cass. — Os católicos usam escapulários com imagens diferentes para coisas diferentes. São abençoados por um padre e servem para proteger do mal, eu acho. Ganhei um quando fiz a crisma. Zenobia guarda um, que ela ganhou da minha avó quando eu nasci, na carteira. É um costume bem antigo. O que mais tem aí, Hattie? Tem alguma identificação?

Hattie tirou uma carteira de motorista de uma das divisórias.

— Puta merda — sussurrou ela. Sem palavras, entregou a carteira para Cass.

— Oh, meu Deus — murmurou Cass. — Lanier Ragan. Deve ser a Lanier que a gente conheceu, não?

— Olha a foto — disse Hattie. — Com certeza é ela.

As duas mulheres se entreolharam e depois encararam a carteira de motorista.

— Acho que o escapulário não funcionou muito bem para a Sra. Ragan — constatou Cass. — Porque, se encontramos a carteira na parede do banheiro, com certeza algo ruim aconteceu com ela.

— Nunca acreditei que ela simplesmente abandonaria a filhinha assim — disse Hattie.

Hattie ainda examinava a carteira. Tirou uma pequena foto, um retrato de família feito em estúdio; a jovem mãe animada, o marido, um homem alto e de ombros largos, sorrindo para a esposa, uma mão descansando levemente no ombro de Lanier, a outra, no ombro de uma garotinha, talvez de 3 ou 4 anos, uma versão mais loira da mãe, vestida com uma blusa branca idêntica e um vestido-jardineira em xadrez vermelho.

— Olhe isso — disse Hattie, mostrando o retrato para Cass. — Não é triste demais?

— Espera aí — pediu Mo. — Quem é essa mulher? Sobre o que vocês estão falando?

— Lanier Ragan. Ela era nossa professora de inglês no Colégio St. Mary. Todo mundo a adorava. Nós queríamos ser como ela, sabe? Então, uma noite, ela simplesmente desapareceu — explicou Hattie.

Os olhos de Mo se arregalaram.

— Conta mais.

Cass encarava o retrato da família.

— Quando foi mesmo, no terceiro ano do ensino médio?

Hattie estalou os dedos.

— Primeiro. Lembro que era inverno. Fizemos uma vigília à luz de velas para ela, no pátio da escola, e estava tão frio que pensei que morreria congelada.

Mo pegou seu notebook e abriu o site de busca.

— Qual é mesmo o nome dela? Em que ano ela supostamente desapareceu?

— Lanier Ragan. — Hattie soletrou o sobrenome. — Não é uma suposição. Ela desapareceu mesmo. Acho que foi no início de 2005.

Os dedos de Mo voaram pelo teclado. Ele encontrou uma notícia publicada no *Savannah Morning News*, datada de 9 de fevereiro de 2005.

QUERIDA PROFESSORA LOCAL ESTÁ DESAPARECIDA

— Achei. — Ele leu o primeiro parágrafo da matéria em voz alta: — *"A polícia de Savannah está à procura de Lanier Pelham Ragan, de 25 anos, uma popular professora de inglês do Colégio St. Mary, que desapareceu na noite de 6 de fevereiro."*

Cass suspirou.

— Ela tinha apenas 25 anos na época?

Mo continuou lendo:

— *"A Sra. Ragan, uma jovem magra, de estatura baixa, cabelos loiros e mãe de uma garotinha, foi vista pela última vez, por seu marido, por volta da meia-noite de domingo.*

"Frank Ragan, marido da mulher desaparecida, disse que ele e sua esposa compareceram a uma festa do Super Bowl que ocorreu no bairro, no domingo à noite, e voltaram juntos para casa, por volta das 23h30. Ragan, que é o treinador principal de futebol no Colégio Cardinal Mooney, declarou às autoridades que, depois que a babá do casal foi embora, ele foi imediatamente para a cama, mas sua esposa ficou acordada para arrumar a cozinha e tirar a roupa da secadora.

"Quando ele acordou, às 6h de segunda-feira, a esposa havia desaparecido. A filha de 3 anos ainda dormia. O carro de Lanier Ragan, um Nissan prata, não estava na garagem. Ragan relata ter ligado para a esposa várias vezes, mas todas as ligações caíram imediatamente na caixa postal. Depois de vasculhar a casa e ligar para vizinhos, amigos e colegas de trabalho para perguntar sobre o paradeiro da esposa, ele deixou a filha com um vizinho e foi percorrer as ruas da vizinhança, tentando, sem sucesso, localizar o Nissan ou sua mulher.

"O porta-voz da polícia de Savannah, Carey Filocchio, disse que Ragan ligou para as autoridades por volta das 12h30 de segunda-feira para relatar o desaparecimento de Lanier.

"'Pedimos ao público que nos ajude na busca para trazermos essa amada esposa e mãe de volta para casa, para sua família', disse Filocchio. 'Ela tem 1,57m de altura, 41 quilos, cabelo loiro-escuro e olhos azuis. Foi vista pela última vez usando jeans, uma camisa de futebol americano do New England Patriots e tênis branco da Nike. Seu veículo, um Nissan Altima prata de 2001, placa da Geórgia PCH-678-3420, tem um amassado no para-choque traseiro do lado direito e um adesivo de autorização de estacionamento do Colégio St. Mary's no para-brisa dianteiro.

"Filocchio não quis responder se a polícia considera a hipótese de crime.

"Frank Ragan não foi encontrado para declarações.

"De acordo com um amigo próximo da família, Lanier Ragan se mudou para Savannah há 3 anos, vinda de Fairhope, no Alabama. Formada pela Universidade do Mississippi, ela conheceu o futuro marido na faculdade, onde era treinador esportivo. Os dois se casaram em 2001.

"'Isso não é do feitio de Lanier', declarou uma amiga. 'Ela nunca abandonaria o marido e a filhinha assim. Ela não faria isso. Estamos todos orando para que ela retorne em segurança.'"

Mo pensou por um momento.

— Então, essa Lanier nunca foi encontrada?

— Não — disse Cass. — Na época, ouvimos todo tipo de rumores. A filha deve ter cerca de 18 ou 19 anos agora. Você lembra o nome dela, Hattie?

— Emma — respondeu Hattie prontamente. — A Sra. Ragan era fanática por Jane Austen. Ela nos fez assistir ao filme e depois levou o DVD de *As Patricinhas de Beverly Hills* para a sala de aula. Lembra, Cass? Ela fazia tudo ficar divertido.

Mo bateu na testa com a palma da mão.

— Ok, espere um pouco. Cass, ponha a carteira de volta onde foi encontrada. Vou preparar as câmeras de novo e vamos reencenar. Hattie, você pega a carteira, a examina e fica chocada ao ver que pertence a Lanier Ragan, a professora desaparecida misteriosamente anos atrás. Conte a história de novo, você e Cass conversam sobre como ela era legal e tudo isso que acabaram de dizer.

— Não deveríamos chamar a polícia ou algo assim? — perguntou Cass.

— Só porque encontramos uma carteira velha? Pode não significar nada — argumentou Mo. — Ela desapareceu há quanto tempo? Mais de 17 anos?

— Ou pode significar muito, especialmente para a família dela — disse Hattie.

— Podemos filmar o segmento na cozinha, Mo, mas, assim que terminarmos, vou chamar a polícia. Sou a dona desta casa. Tem que haver uma razão para termos encontrado essa carteira na parede. É minha responsabilidade descobrir o que isso significa.

— Ótimo — murmurou Mo, afastando-se. — Chame a polícia. Provavelmente vão interditar meu *set*, o que significará complicações e atrasos. Tudo o que eu precisava agora.

17

Cozinheiros
Demais...

— Posso assistir? — perguntou Trae. Ele estava parado nos bastidores, observando com uma expressão confusa enquanto Hattie e Cass reencenavam a descoberta da carteira diante das câmeras. A filmagem foi paralisada para ajustes na iluminação.

Hattie hesitou.

— Acabou de me ocorrer que isso pode ser evidência em uma cena de crime. A polícia pode querer colher impressões digitais ou algo assim. — Ela ainda segurava a carteira, mas calçou uma luva de trabalho na mão direita.

— É incrível pensar que isso aí estava escondido naquela parede por... há quanto tempo? — perguntou Trae.

— Ela desapareceu em 2005, então provavelmente estava lá pelo menos desde essa época — disse Hattie.

— Talvez ela também esteja aqui desde então — disse Trae, baixando a voz. Ele olhou em volta da cozinha, agora quase demolida. — E se nós, literalmente, encontrássemos o esqueleto dela no armário? Muahahahahaha!

Hattie desviou o olhar e fez uma careta.

— Por favor, não faça piadas sobre isso, Trae. Lanier Ragan era uma excelente professora. Era esposa de alguém. Mãe.

Trae deu de ombros.

— Só estou tentando amenizar o clima por aqui. Não sabia que era um assunto delicado.

— Bem, mas é — revidou Cass. Ela sentia uma aversão pelo designer da Califórnia desde o primeiro dia.

— Pessoal? — Mo entrou com uma mulher negra muito alta e totalmente careca. — Quero que conheçam nossa showrunner: Taleetha Carr. Ela é a melhor do ramo. Leetha, conheça nossos destruidores de lares, Hattie Kavanaugh e Trae Bartholomew. — Mo acenou para Cass. — E esta é Cass Pelletier, braço direito de Hattie e mestre de obras.

Taleetha usava jeans desfiados e uma camisa gigante dos Lakers. Ela apertou as mãos de todos, e, ao cumprimentá-la, Hattie notou que a showrunner tinha uma cobra tatuada ao redor do antebraço direito e se sentiu instantaneamente intimidada. Mas apenas por uns 30 segundos.

— Oi, pessoal — cumprimentou Leetha. — Momo tem me enviado os vídeos para me manter informada sobre o progresso do programa. Desculpe ter demorado tanto para vir de Los Angeles, mas estou aqui agora, então vamos botar para quebrar, derrubar e consertar essa espelunca. Não é mesmo?

Ela cutucou a estrela do programa.

— Hattie Mae, tudo bem se eu te chamar assim? — Leetha não esperou por uma resposta. — Eu gosto deste lugar. Ok, agora está um lixo, mas é para isso que estamos aqui.

Leetha girou lentamente, absorvendo os detalhes da cozinha demolida.

— Uau. Está uma merda, hein? Ouvi dizer que o dia foi cheio de emoções.

— Sim, mas, se temos problemas estruturais, é melhor saber logo, não é? — disse Trae. — Espere até ver o que eu projetei para esta cozinha. Vai ficar fabulosa.

A risada de Leetha foi alta e rouca.

— Não, Treva, não estou falando dos cupins. Estou falando da carteira na parede.

Trae fez uma careta.

— Por favor, não me chame assim.

Ela deu um soco de brincadeira no braço dele.

— Own, não fique magoado, Treva. Coloco apelido em todo mundo. Mo, por exemplo? Para mim ele é Momo.

Leetha estudou Cass por um momento.

— Hmm. Acho que você será Cash. Como "dinheiro" em inglês, porque você parece mais preocupada com o lucro.

Cass riu.

— Sou tão óbvia assim?

— Tudo bem — disse Leetha, batendo palmas. — Mãos à obra. — Ela apontou para Trae. — Preciso que você abra as plantas naquela mesa ali, descreva os projetos para Hattie Mae, depois caminhe pela cozinha e mostre onde tudo vai ficar.

— Estou pronto, é só falar quando — disse Trae.

— Esperem, preciso tirar esse brilho das testas de vocês e aplicar um pouco de fixador no cabelo de Trae — disse Lisa, a cabeleireira e maquiadora, disparando do outro lado da sala com uma bolsa a tiracolo e um cinto de apetrechos que continha, em vez de martelos e chaves de fenda, escovas de cabelo, pentes, batons e blushes.

— Não os deixe bonitos demais — advertiu Leetha. — Estamos tentando passar um ar autêntico. E, falando de autenticidade, vocês não precisam ser muito educados. Hattie, sei que é uma boa garota do sul e tudo mais, mas tente revidar quando Trae sair da linha. Quero ver um pouco de drama, pessoal!

Trae caminhou pelos destroços da cozinha ao lado de Hattie.

— Bem aqui — disse ele, apontando para a parede dos fundos — colocaremos uma bancada de armários com uma pia dupla embaixo de uma janela oscilo-batente personalizada com vista para a água.

— Amei essa ideia — acrescentou Hattie. — Quem estiver lavando a louça terá a melhor vista da casa.

Seus pensamentos divagaram para o trecho da reportagem que havia lido no jornal, relatando como, na noite do desaparecimento, Lanier Ragan ficou acordada até tarde para arrumar a cozinha, depois que seu marido foi se deitar. Teria ela olhado pela própria janela da cozinha naquela noite? Se sim, o que tinha visto? Havia algum perigo à espreita na escuridão? Ou a Sra. Ragan, a professora de inglês divertida e inteligente, planejava o próprio desaparecimento?

— Hattie? — Trae a encarava, esperando que ela dissesse a próxima fala, conforme haviam combinado.

— Certo — disse Hattie, voltando para o presente. — Uma janela personalizada? Por que não usamos janelas padronizadas reformadas? Seria muito mais barato.

Trae franziu o lábio superior.

— Vai ficar com cara de coisa barata, com certeza. Não, eu já orcei uma janela personalizada para o espaço. E o fabricante vai fazer um ótimo preço.

— Pode ser. — Hattie pareceu hesitante. — Em que tipo de bancadas você está pensando? Nosso orçamento já sofreu um duro golpe com os danos causados pelos cupins.

— Granito — respondeu Trae prontamente. — Escolhi uma bela peça em uma loja de material de demolição aqui em Savannah — explicou ele, exibindo uma amostra. — Não é lindo? Me faz lembrar do interior de uma concha. Acho que vou usar um acabamento levemente fosco. Vai ficar deslumbrante.

Hattie balançou a cabeça.

Destruidores de Lares   93

— Granito cor-de-rosa? Está falando sério? Não estamos em Versalhes, Trae. É uma casa de praia simples, de época, em Tybee Island. De qualquer forma, não podemos bancar o granito.

— Isso não é cor-de-rosa — retrucou Trae. — Este granito vai ser a alma desta cozinha. Com armários brancos simples pré-fabricados e janelas sem criatividade, tenho que fazer algo para salvar meu design.

— Não vamos usar granito — protestou Hattie enfaticamente. Ela olhou para Cass, que estava parada nos bastidores. — Cass... você pode explicar para Trae como são as coisas?

— Com prazer. — Cass ainda se sentia estranha diante das câmeras. Não sabia o que fazer com as mãos. Mas Leetha lhe deu um empurrãozinho, e agora Cass estava em cena. — Veja bem, Trae — começou Cass. — Podemos usar um bom quartzo que parece granito e é bem mais barato. Você mesmo disse, a vista pela janela da cozinha é a verdadeira estrela aqui.

— Tudo bem. — Ele voltou para a mesa de trabalho, na verdade apenas uma folha de compensado apoiada sobre um par de cavaletes, e apontou para as plantas abertas. — Este é o layout dos armários.

Hattie fingiu estar fascinada. Ela já havia visto tudo antes, é claro.

— Adorei esta copa — declarou ela, tocando nos desenhos. — E gosto da sua ideia de pintar esses armários em um tom de azul-marinho contrastante.

Ele levantou uma porta de armário em miniatura.

— Escolhi armários bem simples. Portas e gavetas brancas lisas, com molduras em relevo.

— E para a ilha — explicou Hattie —, tenho um gaveteiro antigo que comprei em uma loja de antiguidade no centro de Savannah. Terá espaço para quatro bancos altos, como você desenhou aqui. Todo mundo gosta de ter um cantinho aconchegante em uma cozinha de praia. E espere até ver o que tenho guardado para pendurar acima da ilha.

Ela enfiou a mão em uma caixa de madeira e ergueu, triunfante, uma enorme lanterna náutica de latão. A corrente sacudiu e tilintou.

— São lanternas recuperadas de antigos navios da classe Liberty no porto. Tenho um par delas. O que acha?

— São fabulosas — reconheceu Trae. — E o visual náutico é perfeito para uma casa de praia. Agora, vamos falar dos azulejos. Eu pretendo ser afrontoso com o frontão da pia. — Ele riu de sua própria piada.

— Quão afrontoso? — perguntou ela.

Com um floreio dramático, ele ergueu um quadrado de azulejo em tons matizados de verde-petróleo.

94   Mary Kay Andrews

— Não é a coisa mais linda que você já viu? É importado, feito à mão e vai parecer o vidro marinho que é comum nas praias daqui.

Hattie examinou o azulejo, fingindo que era a primeira vez que o via.

— É lindo — admitiu. — Mas é durável? Usei azulejos de vidro duas vezes em cozinhas no passado, e basta uma batida para quebrarem. Além disso, quanto custam?

— Isso é irrelevante — retrucou ele. — Porque eles serão o toque principal da cozinha.

— Não, não, não. Não temos orçamento para isso. Trae, eu sei que você está acostumado a fazer cozinhas de um milhão de dólares na Califórnia, mas aqui é Tybee Island. Encontre algo mais barato.

Ele bateu o azulejo na mesa.

— Certo. Você venceu. Usaremos azulejos de metrô brancos, básicos, genéricos e sem graça, o tipo que você encontra em todas as cozinhas medíocres dos Estados Unidos.

— Que tal fazermos o seguinte? — retrucou Hattie, tentando um acordo.

— Você pode usar seu azulejo de vidro como um detalhe na parede acima do fogão. E, para o resto do espaço, um belo azulejo de metrô branco. Agora, o piso — continuou ela. — Por favor, me diga que não planeja usar mármore.

— Não — respondeu. — Há madeira debaixo desse velho piso vinílico. Quero pintar o chão em uma padronagem de diamantes grandes. Branco e um tom de verde-jade, com acabamento em poliéster fosco.

— Finalmente uma solução barata e relativamente fácil — aprovou Hattie.

— Finalmente concordamos em algo — disse Trae, revirando os olhos.

— Corta! — gritou Leetha. Ela bateu palmas e verificou o relógio. — Estamos quase sem luz natural. Amanhã precisamos resolver a questão da sala de estar e jantar. Então, Hattie Mae e Cash, preciso que removam os tapumes das janelas, retirem toda essa mobília velha e se livrem do carpete. Começamos às 8h.

— Até amanhã — disse Trae enquanto saía do set.

Hattie e Cass se entreolharam.

— Tem um caminhão de móveis para tirar daqui — disse Hattie.

— Aquela mesa de jantar de carvalho deve pesar uma tonelada — acrescentou Cass. — E aquele carpete dourado nojento que vai de parede a parede? Quem vai tirar aquilo?

— A equipe toda já foi para casa? — perguntou Hattie, caminhando até a varanda. — Tug? Ainda está aí?

Não houve resposta. As equipes técnicas estavam ocupadas carregando seus equipamentos. Trae acenou ao entrar em seu sedan alugado e partiu.

— Parece que sobramos só você e eu, irmãzinha — constatou Cass.

— Ficamos com todo o trabalho pesado. De novo. Ah, esqueci de te contar. O fiscal urbanístico da prefeitura de Tybee nos visitou mais cedo. Ele nos deu uma multa de mil dólares por cortar as árvores que estavam bloqueando a garagem.

— É sério? Como ele sabia? Mandei os caras levarem os restos para o aterro.

— Ele disse que tinha fotos. Acho que alguém deve ter denunciado a gente.

— Provavelmente um dos vizinhos que reclamou na prefeitura sobre o abandono do terreno — concluiu Cass. — Por que as pessoas andam tão irritadas?

— Não sei. — Hattie tirou o celular do bolso.

— Está ligando para uma empresa de mudança? — perguntou Cass.

— É uma boa ideia, mas não. Vou ligar para a polícia, para contar sobre a carteira de Lanier Ragan.

18

A Visita
da Polícia

Hattie estava em sua terceira viagem até a caçamba de lixo quando viu a viatura policial passando lentamente pela entrada de carros, com as luzes azuis piscando. Ela despejou a pilha de livros úmidos e estufados pela água na caçamba de lixo, limpou as mãos na calça jeans e esperou.

O policial estacionou ao lado da caminhonete, desceu da viatura e olhou lentamente ao redor — um homem branco, na casa dos 50, quase careca, exceto pelas laterais de cabelos grisalhos, com bigode e cavanhaque bem aparados. Ele usava o uniforme da polícia de Tybee, calças cáqui e uma camisa polo azul-marinho com o logotipo da cidade e um distintivo dourado preso ao cinto.

— Oi — disse Hattie, caminhando até ele. — Sou Hattie Kavanaugh.

— Al Makarowicz — respondeu o policial, sem tirar os óculos escuros modelo aviador. — Foi você quem ligou sobre a carteira?

— Isso mesmo.

— Pode me mostrar?

— Está lá dentro — respondeu ela.

Ele olhou ao redor e balançou a cabeça.

— Qual a idade da casa?

— Foi construída em 1922 e reformada algumas vezes. — Ela começou a andar em direção à casa, acompanhada de perto pelo policial.

— Há quanto tempo você é dona do imóvel?

— Apenas uma semana. Foi condenado, e eu o comprei da prefeitura. Começamos a trabalhar nele agora e estamos gravando um reality show sobre a reforma. — Os dois pararam diante da porta da frente.

— Fomos informados disso. Ouvi dizer que haverá muitos carros entrando e saindo daqui.

Cass entrou na sala de estar com um carrinho de mão cheio de pedaços de ripa e gesso.

— Essa é Cass Pelletier. Foi ela quem encontrou a carteira. Cass, este é o policial Mak...

Destruidores de Lares   97

— Detetive Makarowicz — disse ele. — Nem se preocupe em tentar pronunciar. As pessoas me chamam de Mak, Al Mak ou detetive Mak.

— Oi — cumprimentou Cass. — A carteira está na cozinha.

— Aqui está ainda pior — disse o policial, seguindo as mulheres pelo espaço eviscerado. — Vocês realmente acham que conseguem deixar este lugar habitável?

— É o nosso trabalho — asseverou Hattie. — Salvar casas antigas e trazê-las de volta à vida.

— Para mim essa aqui já morreu, se quiser minha opinião — disse Makarowicz.

— Aqui está a carteira. — Cass apontou para a mesa improvisada nos cavaletes.

— Quantas pessoas já tocaram nela desde que você a encontrou? — perguntou o policial, vestindo um par de luvas de látex.

— Só eu e a Hattie — afirmou Cass.

Ele pegou a carteira e começou a examiná-la.

— Fui informado de que vocês conheciam a dona da carteira. Lanier Ragan?

— Ela era nossa professora no Colégio St. Mary — disse Hattie. — Mas desapareceu em 2005.

Ele tirou a carteira de motorista e a estudou.

— Tão jovem — murmurou ele, guardando o documento na carteira e embalando tudo em um saco de evidências. — Me mostre onde você encontrou a carteira, por favor — pediu, dirigindo-se a Cass.

Cass caminhou até a parede dos fundos da cozinha. Ela havia prendido uma lona azul no exterior da parede.

— Aqui era um antigo banheiro que estávamos demolindo — explicou ela. — Havia uma pia bem aqui e um armário. Ao lado do armário, havia uma espécie de fenda na parede, onde as pessoas jogavam as lâminas de barbear usadas. Estávamos derrubando o drywall quando encontramos a carteira enfiada aqui atrás, entre as ripas da moldura.

— A casa da minha avó tinha uma dessas fendas no armarinho do banheiro — comentou o policial, ajoelhando-se no chão. — Alguma ideia de como a carteira pode ter ido parar lá atrás?

— A única maneira que posso imaginar é que alguém a enfiou pela fenda — disse Hattie.

Makarowicz se levantou lentamente.

— Devo perguntar o que aconteceu com a parede em que ficava a fenda?

— Já era — disse Hattie, desculpando-se. — Eu derrubei a parede a marretadas. O que resta dela está na caçamba.

98   Mary Kay Andrews

— Sob uma pilha de detritos — acrescentou Cass.

— Imaginei. — Ele apontou para a porta. — O que tem aí atrás?

Hattie abriu a porta, e os três saíram para a varanda dos fundos.

— Veja você mesmo. Não sei quando foi a última vez que alguém viveu nesta casa. Mas, depois dessa selva toda, há uma pequena praia e, claro, o rio Back. Há um velho píer e uma casa de barcos também, mas ainda não fui até lá, porque não sei se é seguro.

— Ah. Certo. Esqueci que aqui fica de frente para o rio. — Makarowicz sorriu, um tanto envergonhado. — Sou novo em Tybee. Ainda estou me situando.

— Sério? — perguntou Hattie.

— Mudei para cá há 6 meses, depois que me aposentei do Departamento de Polícia de Atlanta. Trabalhei lá por 27 anos, nos últimos 18 anos, como detetive, mas o estresse e o trânsito de Atlanta estavam me afetando. Comecei a ter problemas de pressão alta. Foi ideia da minha esposa mudar para Tybee em busca de um pouco de paz e tranquilidade.

— Você se aposentou e voltou a trabalhar como policial?

— De início, não. Foi uma coisa terrível. Nós nos mudamos para cá por causa da minha saúde, e, droga, se Jenny não tivesse...

Hattie viu o olhar atormentado nos olhos dele. Ela esperou.

Mak olhou para o rio.

— Morrido e me abandonado. Ataque cardíaco. — Ele estalou os dedos. — Assim, do nada. E, de repente, eu tinha tempo ocioso demais.

— Sei como é — solidarizou-se Hattie, tocando o braço do homem. — Perdi meu marido em um acidente de moto há 7 anos.

— Meu Deus! — exclamou ele. — Você é muito nova. Não tem nem 30, certo?

— Tenho 33 anos — disse ela. — Mas Tybee deve ser uma cidade muita chata depois de Atlanta.

— Ah, não, é bem agitada. Hoje eu já prendi um baderneiro por urinar no quintal de uma senhora na rua Jones, depois atendi uma ocorrência de bicicleta roubada de uma universitária que, ao que parece, estava tão bêbada que esqueceu que a empresa de locação tinha vindo buscá-la ontem à noite.

— Uma onda infindável de crimes — disse Hattie.

Makarowicz levantou o saco de evidências.

— Me diga uma coisa. Ela já foi encontrada?

— Não que a gente saiba — respondeu Cass. — E provavelmente ficaríamos sabendo.

— St. Mary é o colégio católico para meninas, não é? — perguntou ele.

— Sim — confirmou Hattie. — Minha mãe e minha avó se formaram lá.

— Minha mãe também — acrescentou Cass.

— Eu tenho uma filha da sua idade — disse Makarowicz. — Eu me lembro de quando Lorna estava no ensino médio. Muita fofoca. Muito drama. Na época, o que as meninas achavam que tinha acontecido com a Sra. Ragan?

— Algumas pessoas pensaram que ela tinha fugido com outro homem — disse Cass.

— Uma mulher casada que foge com outro cara. Não é uma ideia muito original.

— Nunca acreditei nisso — disse Hattie. — O marido dela era o cobiçado treinador de futebol americano do Cardinal Mooney, o colégio católico para meninos. Eles formavam um lindo casal.

— E ela tinha uma garotinha — acrescentou Cass. — Ela falava de Emma o tempo todo nas aulas.

Ele tirou um pequeno bloco do bolso e começou a fazer anotações.

— Ela tinha alguma ligação com esta casa, que vocês saibam?

— Talvez — disse Hattie. — Os filhos dos Creedmore, a antiga família dona desta casa, frequentaram o St. Mary e o Cardinal Mooney, e acho que Holland Junior jogou no time do treinador Ragan. Ele era alguns anos mais velho do que eu.

— Creedmore? Algum deles ainda mora por aqui?

— Sim — disse Cass. — Mavis, uma espécie de matriarca, frequenta a mesma igreja que a minha mãe.

— Holland Junior também mora na região — acrescentou Hattie. — Tive um breve encontro com ele na semana passada, na prefeitura.

— Sobre o que falaram? — perguntou Makarowicz, ainda tomando notas.

— Ele não ficou feliz por eu ter comprado a casa. Depois que a família basicamente a abandonou, a prefeitura condenou o imóvel e o levou à leilão, com lances selados. Foi tudo dentro da legalidade, mas ele estava furioso. Ameaçou processar a prefeitura, gritou comigo e depois ofereceu 50 mil pela casa.

— Por que a casa foi abandonada?

— De acordo com Holland, o telhado foi danificado após um furacão, e ninguém chegou a um acordo sobre quem deveria pagar pelos reparos, então a família simplesmente desistiu e parou de pagar os impostos.

Makarowicz pareceu cético.

— Parece que vai dar muito trabalho.

— Vamos terminar a restauração do térreo em seis semanas — comentou Hattie, parecendo mais confiante do que de fato se sentia.

— Se está dizendo... — Ele entregou o bloco para Hattie. — Anote suas informações de contato, por favor. E as dela. E o nome do cara que você encontrou na prefeitura de Tybee. Holland...

— Creedmore — disse Hattie.

Ela anotou o seu celular e o de Cass no bloco e o devolveu a ele.

— Ok, vou registrar a ocorrência na delegacia de Savannah. Alguém entrará em contato. Enquanto isso, se encontrarem mais algum pertence dela... — Ele retirou um cartão do bolso e entregou para Hattie. — Me ligue.

19

Alertem a Mídia

— Bem, com certeza esta é a minha primeira vez — declarou Molly Fowlkes. Eles estavam sentados em uma cabine de madeira desgastada no Pinkie Masters, um boteco no centro de Savannah. Ela bebia Pabst Blue Ribbon, e Al Makarowicz, água com gelo.

— Estar em um bar? — perguntou Mak.

A risada dela era grave, incoerente com a aparência de uma mulher de compleições delicadas, de 40 e poucos anos, com cabelo castanho-claro curto e uma franja que roçava a armação dos óculos de casco de tartaruga.

— Não. Eu sou repórter. Os bares são como a igreja para pessoas como nós. Quero dizer, um policial me ligar com uma história. Isso nunca acontece. Especialmente em Savannah.

— Para dizer a verdade, nunca liguei para um repórter, então é a minha primeira vez também — disse o detetive. Makarowicz encontrou o nome de Fowlkes em um recorte de jornal no arquivo do caso, que um detetive de Savannah havia lhe emprestado por tempo suficiente para ele fazer uma cópia às escondidas.

— Pesquisei sobre você. Foi uma carreira e tanto na polícia de Atlanta — disse ela. — Como acabou em Tybee Island?

— Cansei do crime e do trânsito de Atlanta — admitiu ele. — Um amigo me disse que havia uma vaga, eu me inscrevi, e agora aqui estou, vivendo o sonho.

— Então, detetive Makarowicz, você disse que tinha novidades sobre o caso da professora de inglês desaparecida?

— Pode me chamar de Mak. Sim. Lanier Ragan. Você a conhecia?

— Pessoalmente, não. Só estou no jornal há 12 anos.

— Só? — retrucou ele, enfaticamente.

— Em Savannah, isso faz de mim uma recém-chegada — disse ela. — Sabe como é, se você não é um cidadão nativo — continuou ela, desenhando aspas com os dedos —, é um estranho. Mas eu sou obcecada por essa história desde que cheguei aqui. Acabe logo com o suspense. Quais são as novidades?

— Encontramos a carteira de Lanier Ragan esta semana.

Ela se inclinou sobre a mesa, os olhos arregalados de empolgação.

— Onde?

— Em uma casa antiga que está sendo reformada, em Tybee. As empreiteiras a encontraram atrás dos painéis de gesso, presa na estrutura da parede.

— Alguma ideia de como foi parar lá?

O detetive sacudiu a cabeça.

— Elas disseram que havia uma velha fenda para lâminas de barbear, do tipo que havia nas casas antigas para descartar lâminas usadas, e acham que alguém a enfiou lá.

— Oh, meu Deus. — A repórter anotava tudo em um bloco que havia tirado da bolsa. — Quem encontrou a carteira?

— O nome de uma das mulheres é Hattie Kavanaugh. Ela comprou a casa na semana passada. Estão gravando algum tipo de programa de televisão do tipo "faça você mesmo". Um dos operários a encontrou. Essa garota, quer dizer, ela tem mais de 30 anos, então não é de fato uma garota... Essa mulher estudou no Colégio St. Mary e foi aluna de Lanier Ragan.

— Interessante — disse Molly Fowlkes. — Me conte mais sobre esse programa de televisão. Estão filmando em Tybee? Isso por si só já é estranho.

— Não sei muito sobre isso — admitiu Mak. — Elas disseram que se chama *Destruidores de Lares*. Minha esposa costumava assistir a esses programas. — O detetive esboçou um sorriso. — E não perdia sua coluna.

— Costumava? — perguntou Molly.

— Sim.

— Ah, sinto muito. *Destruidores de Lares*, você disse. Do que se trata exatamente?

Ele deu de ombros, e todo o seu corpo se moveu em conjunto.

— Reformar casas antigas. E tem mais uma coincidência. A família que foi dona da casa por, tipo, 60 anos tem um filho que jogou futebol americano no Colégio Cardinal Mooney, que tinha como treinador o marido de Lanier Ragan.

— Frank Ragan — completou Molly prontamente. — Um babaca. Ficou tão abalado com o desaparecimento da esposa que começou a transar com uma vizinha menos de um ano depois.

— Sério? Como soube disso?

Ela girou a lata de cerveja na mesa.

— Como eu te falei, fiquei obcecada. O que mais deseja saber? A última notícia que tenho é que Frank é corretor de imóveis em Orlando. Ele e a vizinha terminaram há algum tempo.

— E a filha?

— Emma! Essa é a parte triste da história. Ela abandonou o ensino médio, foi internada em uma clínica de reabilitação. Da última vez que tive notícias, ela estava trabalhando em um estúdio de tatuagem na cidade.

— Ela não se mudou para a Flórida com o pai? Por quê?

— Não sei. Ela não fala. Entrei em contato algumas vezes, mas não consegui nada.

— Você tem o nome do estúdio de tatuagem? — Agora era a vez de Makarowicz sacar um bloco de anotações.

— Inkstains — respondeu Molly. — Quer que eu mande o número por mensagem?

— Seria ótimo. O que mais você sabe?

Ela o encarou por um momento.

— Não é assim que funciona. Você deveria me contar detalhes para que eu possa escrever uma ótima coluna. Talvez ganhar um Pulitzer ou pelo menos um aumento.

— Juro por Deus. Não tenho mais nada para contar. A carteira foi encontrada e será enviada para o laboratório criminal estadual, mas, depois de ficar esquecida dentro de uma parede mofada por todos esses anos, você pode imaginar de quanta ajuda será.

A caneta da repórter estava apoiada sobre o bloco de notas.

— Qual é o nome do filho que jogou no time de Frank Ragan?

Ele pensou em guardar a informação, mas acabou cedendo.

— Holland Creedmore Junior. Acho que ele trabalha em algo relacionado a vendas.

— Creedmore. Soa familiar. — Ela digitou o nome no aplicativo de pesquisa do celular. — Ah, sim. Esta cidade está repleta de Creedmores. — Ela segurou o telefone para que ele pudesse ler os resultados da busca.

— O senhor Holland Creedmore foi presidente do Rotary Club, integrou a Câmara Municipal de Savannah...

Ela levantou uma sobrancelha.

— Presidente da Associação de Ex-alunos do Colégio Cardinal Mooney. — Molly riu. — E Mavis Creedmore. Foi daí que eu reconheci o sobrenome. Uma rabugenta profissional. Ela escreve cartas indignadas para o editor, reclamando de cães sem coleira que fazem cocô nas praças da cidade. Datilografada, em letras maiúsculas. Todo mês. Uma vez ela foi presa por perseguir um turista que deixou o chihuahua fazer cocô na frente da catedral. Agrediu o pobre coitado com a bengala.

— Parece uma família bastante peculiar — concluiu Mak. — Acho que preciso falar com Holland Junior. Talvez com o senhor Creedmore também.

104 Mary Kay Andrews

— Qual é a sua teoria sobre Lanier? Normalmente o culpado é o marido, não é?

— É muito cedo para eu ter uma teoria — disse Mak. Ele analisou suas anotações e a informação que copiara dos relatos da ocorrência no antigo arquivo da polícia.

> Frank Ragan afirma que, ao descobrir que sua esposa havia desaparecido, inicialmente ficou relutante em entrar em contato com a polícia, pois achou que ela poderia ter apenas saído "porque ela estava brava com ele por beber muito na festa do Super Bowl na noite anterior". Ragan disse que pediu a um vizinho para cuidar da filha, que ainda dormia, enquanto ele dirigia pelas redondezas, procurando pelo carro da esposa, um Nissan Altima 2001 prata. Depois que voltou para casa, ligou para os amigos mais próximos da esposa, bem como para a mãe dela, para perguntar se haviam visto Lanier. Em seguida, a sogra lhe pediu para chamar a polícia, pois não era do feitio da filha sair sem avisar.

— Eu ainda não tive a chance de falar com o marido — disse Mak.

— Veremos.

— Alguma chance de ela ainda estar viva? — perguntou Molly.

— Você diz que acompanha essa história há anos. Me diga o que acha.

— Com certeza não — afirmou Molly. — Conversei com algumas das ex-alunas do Colégio St. Mary, alguns professores que trabalharam com ela e até sua colega de quarto na Universidade do Mississippi. Todos concordaram que, mesmo que o casamento estivesse com problemas, ela nunca teria ido embora e deixado a filha pequena assim.

— E o casamento *estava* com problemas? A mãe de Lanier declarou em seu depoimento que Frank passava muito tempo com o time e que bebia demais, mas nunca foi violento.

— Acho que não era perfeito. Frank era do tipo machão, gostava de mandar. Lanier, pelo que ouvi, era uma sonhadora, adorava livros. Eram um casal improvável, e ela mal tinha completado 22 anos quando se casaram. — Molly começou a dizer algo, mas se calou.

— O que foi? — instigou Mak.

— Na última vez que escrevi uma matéria sobre o desaparecimento, acho que foi no décimo aniversário, recebi um telefonema no escritório. Isso foi antes dos nossos telefones terem identificador de chamada. Era uma mulher, não quis me dizer o nome. Falou que estava cansada de ouvir todos falando da Santa Lanier. Foi assim que ela a chamou. Sugeriu que Lanier estava traindo Frank. Perguntei com quem. Ela apenas riu e disse que eu não acreditaria, mas que era o namorado dela do *ensino médio*.

— Namorado de Lanier? — perguntou Mak, confuso.

— Não. O namorado da mulher anônima, que frequentava o ensino médio na época e jogava futebol americano no time de Frank Ragan.

— E você nunca contou isso para os policiais de Savannah? Ou escreveu sobre isso em suas matérias?

— Você pode achar isso difícil de acreditar, mas não escrevo matérias com base em rumores ou pistas anônimas — asseverou Molly. — Eu perguntei por aí, mas não consegui confirmar nada.

— Acha que pode ter sido verdade, mesmo considerando a fonte?

— Não dei muita importância para isso na época, mas quer saber? No início do ano, escrevi um artigo sobre uma montagem de *Adoráveis Mulheres* feita por um grupo de teatro local. Eu estava conversando com a diretora, uma mulher chamada Deborah Logenbuhl, que era a professora de teatro no St. Mary na época. Assim que ela me falou isso, meus ouvidos se aguçaram. Perguntei se conhecia Lanier, e ela pareceu prestes a chorar. Lanier e ela eram melhores amigas.

— E então?

— Ela estava muito cautelosa quando perguntei se o boato sobre Lanier poderia ser verdade. Falou que Lanier estava diferente nos últimos meses antes de desaparecer. Estava melancólica, misteriosa até. — Molly se inclinou para frente. — Elas costumavam se encontrar em um café todo sábado de manhã. Mas ela disse que, nessa mesma época, Lanier faltou a alguns desses encontros.

— Não há nenhuma informação desse tipo nos arquivos da polícia de Savannah — disse Makarowicz. — Por que ela não contou isso aos policiais que trabalhavam no caso?

— Ela estava de licença-maternidade na época, seu bebê era muito prematuro, passou seis semanas na UTI, e ninguém nunca a contatou para perguntar sobre Lanier.

— Que bela investigação — concluiu Makarowicz, balançando a cabeça. Ele bateu com a caneta no bloco de notas. — Você tem as informações de contato dessa professora de teatro?

— Deborah Logenbuhl — repetiu Molly, pegando novamente o celular. — Vou te mandar uma mensagem com o contato dela.

— Ótimo. Já tenho algo decente para começar. Conseguiu tudo de que precisa?

— Está brincando? A carteira de Lanier Ragan aparece em uma antiga casa de praia em Tybee, 17 anos após seu desaparecimento? Sim, isso é matéria de primeira página. Acho melhor eu voltar para a redação e começar a dar alguns telefonemas.

Ela colocou uma nota de cinco dólares na mesa e se levantou para sair.

— E... Mak? Obrigada.

— Não há de quê. Você vai me ligar se receber mais alguma dessas pistas anônimas, certo?

— Contanto que seja uma via de mão dupla, pode apostar.

20

Notícias
Fresquinhas

Ainda estava escuro quando Hattie deixou seu chalé em Thunderbolt, mas os primeiros raios rosa-arroxeados iluminaram o céu enquanto ela dirigia para o leste, em direção a Tybee Island.

Sua mente estava concentrada na tarefa do dia — reconstruir a escada na casa dos Creedmore. A original era estreita e íngreme demais e ficava a apenas alguns passos da porta da frente.

Foi ideia de Trae realocar a escada para o corredor em frente ao quarto do andar inferior e adicionar um pequeno lavabo no vão sob a escada. A mudança deixaria a sala de estar mais ampla, daria melhor acesso ao andar superior e adicionaria um segundo banheiro no piso inferior. Ela foi forçada a (secretamente) admitir que Trae tinha razão.

Ao atravessar a ponte de Lazaretto Creek, sentiu uma pontada familiar, uma lembrança sensorial, de Hank, em sua moto Kawasaki, afastando-se do chalé naquela noite, lançando apenas um olhar fugaz em sua direção. Ela tentou conter as lágrimas inevitáveis, forçando-se a pensar no desafio em questão.

A emissora lhes deu apenas mais cinco semanas para terminar o trabalho na casa. Parecia impossível. Ela, Cass e a equipe de estruturação haviam trabalhado na casa até as 11h da noite anterior, recortando o teto do corredor para que o trabalho de construção da nova escada pudesse começar esta manhã. Os pintores trabalhavam do nascer ao pôr do sol, raspando, lixando e remendando as velhas tábuas do revestimento externo, e, em algum momento desta semana, os encanadores começariam a substituir todo o antigo encanamento de ferro dúctil.

Até Trae tinha sido recrutado para ajudar com o trabalho braçal. Ele havia passado a primeira parte da semana descascando camada após camada de papel de parede velho do quarto no andar superior, enquanto divertia a equipe de Mo com seus comentários sobre qual papel de parede era o mais hediondo.

Destruidores de Lares 107

— Isso aqui — dizia ele, segurando uma tira amarfanhada de papel com uma estampa típica dos anos 1970, raios de sol cor de laranja fluorescente sobrepostos a listras roxas cintilantes — é um crime contra a humanidade. Espero que o designer dessa atrocidade tenha sido preso por agressão visual.

— Continue assim, Trae — incentivou Leetha. — Os telespectadores adoram esse tipo de hostilidade.

Hattie não conseguia decidir se tinha se tornado imune à personalidade agressiva de Trae Bartholomew ou se, de alguma forma, havia começado a gostar dele.

Ao se aproximar da casa, Hattie ficou assustada ao ver meia dúzia de veículos estacionados no acostamento em frente à entrada. Havia duas viaturas da polícia de Tybee e vans de todas as três afiliadas locais das emissoras de TV com antenas de satélite no teto.

Hattie conduziu a caminhonete pela entrada de veículos, ainda mais marcada pelo intenso tráfego de caminhões e máquinas no canteiro de obras. Ela teria que ser repavimentada, e logo. Ou seja, mais dinheiro.

O celular dela tocou. Era Cass.

— Cadê você? — exigiu Cass.

— Estou chegando. O que foi?

— Obviamente você não viu o jornal esta manhã — disse Cass. — Saiu uma matéria gigante na primeira página sobre a descoberta da carteira de Lanier Ragan. Aquele policial de Tybee com quem conversamos, Makarowicz, reabriu a investigação.

Hattie estava a alguns metros da casa quando avistou o pequeno aglomerado de pessoas de pé em frente à varanda.

— Já cheguei. Onde você está? — perguntou ela.

— Caminhando em sua direção. — Ela viu Cass com o celular em punho, aproximando-se da caminhonete.

Hattie estacionou e desceu do veículo. Cass caminhou apressada até ela.

— Bem-vinda ao circo. — Ela saudou Hattie e apontou para o aglomerado perto da varanda. — Mo está praticamente dando uma entrevista coletiva. Estávamos esperando você chegar.

— Eu?

— Você é a estrela de *Destruidores de Lares*. Todos esses repórteres querem te entrevistar.

Hattie deu um passo para trás.

— Ah, tenha dó. Nem fui eu quem encontrou a carteira. Não quero aparecer na TV. Só quero fazer meu trabalho e reformar esta casa antiga.

— Bom, Hattie, trago notícias fresquinhas: você já *está* na TV. É por isso que eles querem te entrevistar. Quanto mais cedo falar com eles, mais cedo eles irão embora e nos deixarão voltar ao trabalho.

— O que acha que aconteceu com Lanier Ragan? Ela poderia estar aqui? Nesta casa?

Hattie reconheceu o repórter da WTOC, a afiliada local da rede CBS. Era alto e esbelto, com cabelos escuros penteados para trás, e apontava uma câmera diretamente para ela. O nome dele era Aaron alguma coisa.

— Não sei. — Hattie começou a dizer.

— Esta casa é assombrada? — gritou outro repórter.

— O quê? Não! — berrou ela de volta. — Não há nada sinistro acontecendo aqui. É apenas uma casa antiga, e estamos tentando restaurá-la. Famílias viveram aqui, pessoas riram, dançaram, assistiram ao pôr do sol e apagaram velas de aniversário. Bebês deram seus primeiros passos na praia lá atrás, e casais se apaixonaram e ficaram noivos. Por quase 100 anos.

— Mas e quanto a Lanier Ragan? — insistiu Aaron alguma coisa. — Algo ruim poderia ter acontecido com ela aqui? Por qual outro motivo a carteira estaria aqui, escondida naquela parede, durante todos esses anos?

— Não tenho como responder a isso — disse Hattie, balançando a cabeça. — Mas espero que a polícia encontre algumas respostas. Tenho certeza de que é isso que a família dela também deseja.

— Você conhecia Lanier Ragan? — Desta vez, a pergunta veio de uma mulher negra e pequena com tranças embutidas que Hattie reconheceu como sendo do Nya Davies, da WSAV, a afiliada local da NBC.

Hattie sentiu o rosto corar.

— Sim, a Sra. Ragan era minha professora favorita no Colégio St. Mary. Ela era incrível. Todas as garotas a amavam.

Mo bateu palmas e abriu caminho entre a multidão de repórteres.

— Ok, pessoal, já chega. A polícia está investigando, e nós, é claro, vamos colaborar no que pudermos. Também queremos que esse mistério seja resolvido, mas, enquanto isso, temos um prazo muito curto para terminar o trabalho nesta casa. *Destruidores de Lares* estreará em breve na HPTV.

Ele colocou a mão nas costas de Hattie e a guiou, com firmeza e rapidez, para longe dos repórteres que ainda a bombardeavam com perguntas. Ele destrancou a porta da frente, e os dois entraram.

— Obrigada — disse ela com a voz trêmula. — Isso foi... intenso.

— Você se saiu muito bem — elogiou Mo. — Como uma profissional experiente. — Sua voz ecoou pela sala vazia e ampla. — Falou tudo que sabia e foi convincente.

— Os chefes da emissora... como a Rebecca... estão preocupados com esse lance da carteira? — perguntou Hattie. — Acho que é publicidade ruim, não?

— Você não sabe muito sobre a indústria do entretenimento, não é? A matéria do jornal mencionou *Destruidores de Lares* e a emissora. A história viralizou. Para a HPTV, não existe publicidade ruim.

— Que desumano — acusou Hattie, sem rodeios.

— É um negócio desumano — concordou Mo. — A propósito, a repórter do jornal quer falar com você.

— Espero que já a tenha dispensado. Eu literalmente já disse tudo o que sei sobre essa carteira. — Hattie gesticulou para o andaime que Cass e ela haviam erguido no corredor que levava ao quarto. — Temos que adiantar a nova escada hoje. E pensei que você quisesse gravar enquanto Trae e eu discutimos as cores das tintas.

— A equipe de filmagem está indo para o centro da cidade com Trae para filmar sua expedição para a escolha das tintas. Ele vai trazer as amostras para você pintar na varanda dos fundos, e filmaremos tudo. Enquanto isso, prometi à repórter que você lhe daria 10 minutos de seu valioso tempo.

— E quando vai ser isso?

— Não há hora melhor do que o agora — disse Mo. Ele apontou em direção aos fundos da casa. — Ela está esperando por você na cozinha. Seja gentil, ok?

21

Jogo de
Perguntas

Ela encontrou a repórter ajoelhada ao lado da parede da cozinha, deslizando os dedos sobre o drywall recém-instalado com o gesso ainda molhado, quase como se estivesse tentando adivinhar o que havia escondido sob aquela superfície.

— Hattie Kavanaugh, essa é Molly Fowlkes — apresentou Mo, recuando em direção à porta. — Vou deixar vocês duas a sós, mas, Hattie, vamos precisar de você na maquiagem em 15 minutos.

— Estarei lá — assegurou Hattie.

Molly bateu na parede.

— Foi aqui que você encontrou a carteira?

— Mais ou menos — disse Hattie. — Estava enfiada lá dentro, na estrutura do drywall.

— Tudo bem se eu tirar uma foto? — A repórter não esperou pela autorização. Sacou uma volumosa câmera preta da bolsa transversal e começou a fazer as fotos. — Você poderia ficar perto da parede?

Consciente da advertência de Mo para ser gentil, Hattie deu de ombros, passou os dedos pelos cabelos e posou obedientemente.

— Me fale sobre Lanier Ragan — pediu Molly. — Como ela era?

Hattie tentou ganhar tempo. Caminhou até a mesa de trabalho improvisada, abriu as plantas que haviam sido deixadas na mesa e se debruçou para examiná-las, enquanto compunha mentalmente uma resposta.

— Você sabe como é o ensino médio, a gente sempre acha que os professores são velhos demais, mas, hoje, olho para trás e percebo que a maioria tinha entre 30 e 40 anos. Mas a Sra. Ragan era diferente. Ela era como *nós*.

— Como assim?

— Ela se vestia e agia como jovem. Sempre usava roupas bonitas, nada de suéteres, saias e sapatos confortáveis como as outras senhoras, mas o tipo de roupa que gostaríamos de poder usar na escola, em vez daquelas saias de uniforme xadrez, meias sete oitavos e sapatos oxford. Ela ouvia o mesmo tipo de música que nós, conhecia as letras de todas as músicas pop. Ela era... divertida.

— Divertida, como?

Hattie não hesitou.

— Me lembro de que, na aula de inglês para a prova de admissão na faculdade, ela disse que, se todas da turma passassem na prova, ela iria para a escola vestida de Britney Spears e encenaria o clipe de *Baby One More Time*.

Molly pareceu impressionada.

— As escolas católicas devem ter mudado muito desde o meu tempo.

— Foi incrível — disse Hattie. — Ela apareceu com um uniforme escolar sensual e as trancinhas iguais ao clipe. Dublou a música, e, eu juro, dava para pensar que ela era de fato a Britney.

— Ela deve ter sido muito popular com as meninas.

Hattie soltou um suspiro longo e suave.

— Sim. Era o tipo de professora que nos ouvia de verdade. Que se interessava pelo que estava acontecendo com suas alunas. A gente podia contar qualquer coisa para ela com a certeza de que ela não julgaria. Era compassiva, sabe?

— Pode dar um exemplo? — pediu a repórter. Ela tentou decifrar a expressão de Hattie. — Não vou usar na matéria, se for muito pessoal. Só estou tentando ter uma ideia de quem ela era e o que significava para as alunas.

Hattie sentiu o sangue fluir para as bochechas.

— Não sei.

— Eu juro.

— Ok — disse Hattie, inspirando fundo e expirando lentamente. — No meu primeiro ano do ensino médio, meus pais se separaram, e houve um escândalo. Minha mãe se mudou para a Flórida, mas eu queria ficar em Savannah. Então fui morar com a família da minha amiga Cass. Foi um momento incrivelmente doloroso para mim.

— Tenho certeza que sim.

— Eu passei por uma fase difícil. Algumas garotas que eu achava que eram minhas amigas, não a Cass, mas algumas outras, simplesmente viraram as costas para mim. E a Sra. Ragan entendeu o que eu estava passando. Eu a encontrava na sala de aula depois da escola, e, enquanto ela corrigia os deveres, nós conversávamos. Algumas vezes, caminhávamos até a loja de conveniência na rua Drayton, comprávamos Cocas e nos sentávamos na praça para conversar.

— E isso ajudou?

Hattie assentiu.

— Ela me disse que todo mundo passa por momentos difíceis. Toda família tem segredos, segredos terríveis. E me explicava que não era minha culpa. Tem

112 Mary Kay Andrews

algo que ela me disse que eu nunca esqueci: "Não olhe para trás. Passado é passado. Apenas tente superar e tenha compaixão de si mesma."

Molly tamborilou a caneta, pensativa.

— Eu me pergunto que tipo de segredos Lanier escondia.

— Me pergunto a mesma coisa. Na época, era egocêntrica demais para pensar nisso. Talvez achasse que ela era tão descolada que devia saber exatamente o que estava fazendo.

Molly assentiu e escreveu algo em seu caderno.

— Ela conversava com vocês sobre a vida pessoal?

— Ela tinha uma foto do marido e da filha na mesa. Costumava nos contar histórias fofas sobre coisas que Emma dizia.

— E o marido dela? O treinador de futebol. Ela falava muito dele?

Hattie alisou as plantas com as mãos.

— Às vezes. Suponho que tenha ouvido histórias sobre ela ter um namorado secreto? Houve todo tipo de rumor naquela época... que ela havia fugido com outro homem, que o treinador estava tendo um caso e ela descobriu, então ele a matou e jogou o corpo dela no pântano. Você não acreditaria nas histórias horríveis que meninas reprimidas de escolas católicas são capazes de inventar.

— Sei bem o que quer dizer. Frequentei uma escola paroquial só de meninas em Baltimore e depois fiz faculdade na Holy Cross. — Molly mordeu a tampa da caneta. — Sou bem versada em repressão sexual. Posso te perguntar uma coisa? Você já ouviu algum boato de que Lanier estava tendo um caso com um garoto do ensino médio?

— O quê? — Hattie sacudiu a mão e derrubou um copo de isopor com café pela metade, derramando o líquido morno sobre as plantas. Ela pegou um trapo de pintura e começou a limpar a sujeira. — Onde ouviu isso?

— Em 2015 escrevi uma matéria para o jornal no décimo aniversário do desaparecimento e recebi um telefonema anônimo de uma mulher que alegou que, quando desapareceu, Lanier estava tendo um caso com o namorado de ensino médio dessa mulher, um garoto que jogava no time de futebol americano de Frank.

— Oh, meu Deus — chocou-se Hattie. — Isso é tão... nojento. Tudo bem, é perfeitamente crível que ela pudesse estar dormindo com outro homem, mas um aluno do ensino médio? Não. A Sra. Ragan nunca me pareceu o tipo de mulher fatal que gosta de seduzir garotos. Não. Definitivamente não. Credo.

Molly riu.

— Agora você realmente parece uma garota da escola católica. Mas pense um pouco. Lanier Ragan tinha apenas 25 anos. Se estivesse tendo um caso com um garoto do ensino médio, não teria sido uma grande diferença de idade.

Talvez só 6 ou 7 anos, se o cara fosse do último ano. Eu pesquisei. Frank Ragan era 10 anos mais velho que a esposa. Eles se conheceram e começaram a namorar quando ela estava no terceiro ano, na Universidade do Mississippi, e ele já era o treinador esportivo.

— Eu nunca soube disso — admitiu Hattie. — Na época, todas nós o achávamos muito atraente. Eles formavam um casal lindo.

— E ele era casado quando se conheceram — revelou Molly. — Frank e Lanier se casaram uma semana depois que ela se formou na Universidade do Mississippi.

— Lá se vai a imagem de casal perfeito — lamentou Hattie com um suspiro. — Não sei por quê, mas isso me deixa triste de novo.

— Pode não ser verdade — advertiu Molly. — A pessoa que telefonou não me disse o nome dela nem o do namorado. Fiz algumas investigações discretas na época, mas não saiu disso, e acabei deixando pra lá. Mas agora...

— Hattie? — Lisa espiou pelo vão da porta. — Precisamos de você na maquiagem.

— Beleza. Estou indo. — Ela lançou um sorriso constrangido para a repórter. — Desculpe. Espero que descubra o que aconteceu com Lanier Ragan. E meu lado egoísta espera que não esteja conectado a esta casa.

— Sobre a casa... — completou Molly apressadamente. — Sei que a família de Holland Creedmore era a dona até algumas semanas atrás. E que ele jogou futebol americano no time do Colégio Cardinal Mooney treinado por Frank Ragan. Poderia haver alguma conexão?

— Talvez... Holland era mais velho do que eu e andava com outro tipo de galera.

— Que tipo de galera? — indagou a repórter.

— Você sabe. Garotos ricos, atletas, maconheiros.

— E com quem você andava? — perguntou Molly, sorrindo.

— Praticamente só com a Cassidy Pelletier, talvez você a tenha conhecido. Ela trabalha comigo, e somos melhores amigas desde a escola paroquial. Além de umas poucas garotas.

— Hattie! — gritou Mo do lado de fora da porta dos fundos. — Agora!

— Tenho que ir. — Hattie saiu apressada.

22

Agora
Mais Essa

Hattie estava sentada na cadeira de maquiagem enquanto Lisa mexia em seu cabelo.

— Acho que devíamos fazer uma trança francesa ou algo diferente. Os mandachuvas da emissora assistiram ao vídeo do início da semana e querem que você pareça mais feminina.

— Mais feminina? — Hattie olhou no espelho. Lisa já havia passado 30 minutos aplicando quilos de base e pó compacto e redesenhando os contornos do rosto de Hattie. Ela mal se reconheceu sob o espesso tufo de cílios postiços que Lisa colou meticulosamente sobre seus cílios já volumosos. — O que será agora? Vão querer que eu vista um top justo e shorts jeans minúsculo?

Jodi, a assistente de figurino, entrou com uma capa de roupa dobrada debaixo do braço.

— Não exatamente. — Ela riu, abrindo o zíper da capa e mostrando uma jardineira em jeans desgastado e uma regata pink. — Mas é quase isso.

— Nãoooo — resmungou Hattie. — Não posso trabalhar com essa roupa. Não faz meu estilo. Leetha sabe disso?

— Não sei — retrucou Jodi. — Mas sua gravação é em 5 minutos, então precisamos tirá-la dessa cadeira e vestir seu figurino antes que ela arranque minha pele. Também devo dizer para você esquecer as botinas.

Mo e Leetha estavam reunidos com um dos cinegrafistas quando Hattie entrou na sala de estar.

— Uhuuu — disse Leetha, apreciando o recém-descoberto glamour de Hattie. — Alguém se esqueceu de me dizer que vamos filmar uma sequência de *pole dancing* hoje?

— Lisa disse que recebeu ordens da emissora para me "enfeitar" um pouco, e então Jodi me entregou essa merda de roupa e disse que era pra eu esquecer as botinas. — Ela apontou um dedo para Mo. — Isso foi ideia sua?

— Não. São ordens da Rebecca. Tony e ela assistiram ao vídeo e inventaram isso. E, só para esclarecer, estou tão chocado quanto você.

— Estou me sentindo ridícula — disse Hattie. — Essa jardineira está agarrada na minha bunda, e, toda vez que eu me mexo, tenho medo de que um dos meus seios pule para fora.

— Isso seria tão ruim assim?

Ela se virou e viu Trae parado na porta.

— Pode ser um belo *boost* na audiência — continuou ele, arrastando as palavras. — Vamos começar a te chamar de Hottie Hattie.

— Apenas ignore — disse Leetha, checando suas anotações. — Vamos falar de hoje. Precisamos refilmar a sequência de ontem da varanda.

— Mas as novas tábuas do piso já estão no lugar — protestou Hattie.

Leetha lhe lançou um sorriso sinistro.

— Não mais. Mas não se preocupe. Só pedi para os rapazes arrancarem uma pequena parte do piso. Você entra no buraco que eles fizeram, mostra os pontos em que terá que substituir as pilastras de tijolos velhos e deteriorados por blocos de concreto, e é isso.

— E quanto a mim? — perguntou Trae.

— O banheiro no piso inferior. Azulejo, armário da pia, box, espelho — explicou Leetha. — Fale com a Jodi. Ela tem uma camisa diferente para você usar, já que demonstrará suas habilidades para assentar azulejo hoje.

— Eu?

A assistente de figurino acenou para ele com uma camisa jeans azul.

— Não é justo — resmungou Hattie. — Se eu tenho que usar top curto, ele tem que pelo menos usar uma regata.

Um sorriso lento se espalhou pelo rosto de Leetha.

— Ótima ideia! Vamos deixar que os telespectadores deem uma espiadinha nos atributos do Treva. Jodi, preciso de uma tesoura.

Trae estava dentro do novo box, segurando um pedaço de azulejo de metrô em uma mão e uma espátula na outra, enquanto Hattie o guiava pelos detalhes do trabalho. Seu rosto pingava suor, e seus bíceps, expostos desde que as mangas de sua camisa foram cortadas, reluziam sob o brilho ofuscante dos refletores. Dava calor só de olhar, em todos os sentidos.

— Ok, agora você tem que espalhar uma fina camada de argamassa na parede com o lado plano da espátula. É como passar cobertura em um bolo.

— Eu nunca fiz isso na vida — disse Trae. — Eu nem como carboidrato.

Hattie revirou os olhos.

— Por que não estou surpresa? Então pense que é igual passar manteiga de amendoim, que é proteína, não é? Você já fez um sanduíche de manteiga de amendoim em algum momento da vida, certo?

— Não. Nossa governanta fazia os sanduíches de manteiga de amendoim, e o mordomo os servia — disse ele, a voz exalando sarcasmo. — Sim, Hattie. Tá bom, já entendi.

Ele olhou para ela por um momento e espirrou uma bolota de argamassa, que pousou diretamente no nariz de seu algoz.

— Está grossa demais, Hattie Mae?

23

Mão na
Massa

Eles se sentaram em uma cabine de canto em um restaurante italiano não muito longe da casa de Mo. Rebecca esperou até que o garçom trouxesse as bebidas: Aperol Spritz para ela e uísque bourbon para Mo.

— Mo, eu gostaria que você não tivesse contratado Taleetha Carr. Você sabe o que penso dela.

Desde que ela havia mandado uma mensagem dizendo que estava a caminho de Savannah, Mo esperava por essa discussão. E bastou um olhar direcionado a Rebecca para saber que havia chegado a hora. O rosto dela tinha aquele olhar tenso e ofendido que ele conhecia muito bem. Mo tomou um longo gole de sua bebida, agradecendo a sensação gelada que escorria por sua garganta enquanto ele planejava mentalmente sua resposta.

— Bem, eu gostaria que você tivesse me avisado que chegaria hoje. Você me pegou de surpresa. Essa cilada é pela Leetha? Ela é ótima no que faz. E é isso o que importa pra mim. Ela criou um bom relacionamento com Hattie e Trae, e a equipe a adora. Talvez você possa esquecer as diferenças pessoais. Pelo bem do meu programa.

Rebecca tamborilou a unha na lateral do copo.

— Cilada? Isso não é uma cilada! Eu tinha negócios em Nova York, e pensei: *Já que estou na Costa Leste... Vou conversar sobre o programa.* O que acha da química entre Hattie e Trae? Achei que está funcionando bem.

— Cedo demais para saber. Eles já estão se estranhando em questões de orçamento e escolhas de design.

— Isso é ótimo. Enfatize esses conflitos. Isso faz com que nossos telespectadores aguardem ansiosos pelo episódio seguinte. Eles podem escolher do lado de quem ficar. De qualquer forma, quem não ama um romance que começa em fogo brando?

Mo riu incrédulo.

— Do que está falando? As chances de esses dois se envolverem é nula.

— Discordo. Trae tem um magnetismo incrível. Acho que Hattie vai se apaixonar por ele. Loucamente. Na verdade, estou contando com isso.

Ele a encarou enquanto absorvia a verdade por trás do comentário de Rebecca.

— Você está me dizendo que pediu a Trae para tentar seduzi-la? Jesus, Becca. Isso é... desprezível.

— Quem falou em sedução? Ambos são adultos. Apenas mencionei o fato de Trae ser um homem muito atraente. E Hattie é charmosa. E solteira. Olha, nós dois sabemos que apenas 10% desse programa é sobre a reforma de uma casa velha. Quanto ao resto? As pessoas adoram o conceito abstrato do amor. Elas se sentem atraídas por assistir à dança da sedução. Então é isso que damos a elas. A dança... Só estou dizendo para não atrapalhar. Incentive. Enfatize. Se eles brigarem diante da câmera, mostre isso. E quando a faísca acontecer... alimente o fogo.

Mo tomou outro gole da bebida.

— No que me diz respeito, esse programa *é* de fato sobre reformar uma casa antiga. Estou um pouco preocupado com o caso da mulher desaparecida. A última coisa de que precisamos é que a polícia apareça e suspenda a produção. Nós já estamos com um prazo incrivelmente apertado depois dos problemas estruturais.

Ela ouviu atentamente enquanto ele listava todo o trabalho que a casa exigiria.

— Você só tem cinco semanas — lembrou Becca. — O marketing já está trabalhando na campanha promocional, Mo. Não tem como voltar atrás. Hattie sabe que a casa tem que estar totalmente pronta até o final da gravação?

— Ela sabe — disse Mo, com um ar cansado. — Todos nós sabemos.

— Precisa de ajuda?

Hattie não ouviu o carro entrar na garagem, nem sequer ouviu os passos ecoarem pela sala de estar agora vazia. Ela estava concentrada no velho carpete que recobria toda a sala, primeiro recortando pedaços com o estilete, depois arrancando-os do chão.

Trae Bartholomew havia abandonado seu imaculado jeans branco e sua camiseta de grife. Ele usava calças cargo iguais às de Hattie, uma camiseta salpicada de tinta e tênis encardidos sem os cadarços, e ela pensou que ele estava bem atraente.

— Sério? Você voltou para ajudar? — Ela endireitou o corpo e alongou as costas doloridas.

— Por que não? — Ele olhou freneticamente pela sala. Toda a mobília velha e as pilhas de detritos haviam desaparecido. O lustre de latão dos anos 1970 pendurado sobre a mesa da sala de jantar havia sido retirado, e, agora, holofotes iluminavam os espaços cavernosos da sala de estar e jantar.

— Cara... Você e Cass fizeram tudo isso?

Destruidores de Lares **119**

— Cass ligou para uma empresa local, e eles enviaram uns jovens universitários para levar todo o entulho e a mobília para o lixão. Nós nunca teríamos conseguido sem eles.

— Cadê a Cass? — perguntou ele, olhando ao redor da sala.

— Foi buscar pizza. Fizemos o pedido na Lighthouse, mas eles estão lotados, e estamos famintas, então ela foi buscar.

— Se eu soubesse, teria trazido algo da cidade — lamentou Trae.

Ela o olhou desconfiada.

— Sério? Por que faria isso?

Ele riu.

— Você quer dizer, por que um designer esnobe e exigente de L.A. se rebaixaria a agir como um ser humano decente?

— Bem, sim.

— Eu não sou realmente um idiota na vida real, Hattie. Só enceno um na televisão. Estamos juntos nessa, sabe. Se este projeto não for incrível em todos os sentidos e *Destruidores de Lares* for um fracasso, minha carreira e minha reputação afundarão junto. Então, me diga o que precisa que eu faça.

Ela apontou para a sala de jantar, onde o carpete já havia sido removido.

— Se está falando sério, o forro desse carpete horroroso estava tão velho e úmido que alguns pedaços grudaram no piso. Vamos lixar tudo mais tarde, mas primeiro temos que raspar os restos de borracha e arrancar as fitas adesivas. Está pronto para colocar a mão na massa?

— Deixe-me pegar meu cinto de ferramentas — disse Trae.

— Você tem um cinto de ferramentas? Mesmo?

— Sou um homem de muitos talentos — disse ele.

Quando Cass voltou para a casa com uma pizza grande e um fardo de cerveja, Trae estava usando uma espátula para arrancar as últimas fitas do piso da sala de jantar.

Ela colocou a caixa de pizza na mesa de trabalho que eles haviam arrastado para a sala de estar.

— O que ele está fazendo aqui? — indagou Cass, acenando com a cabeça na direção do designer.

— Voltei para ajudar — explicou Trae. — Por que todo mundo acha tão difícil de acreditar?

Cass abriu uma garrafa de cerveja e a entregou a Hattie, ignorando-o solenemente.

— Talvez porque até agora ele agiu como um idiota?

— Ele não é tão ruim quanto pensávamos — argumentou Hattie, dando um longo gole da garrafa. — Além disso, ele tem as próprias ferramentas.

— Qual é, meninas — protestou Trae. — Estou bem aqui. Dá pra pegar leve?

24

Garotinha
Perdida

Makarowicz estava sentado em sua viatura, lendo suas anotações, quando Dawna Gaines, a operadora da polícia de Tybee, o chamou pelo rádio.

— Ei, Mak, tem uma garota ligando para cá a tarde toda, pedindo para falar com você sobre aquela matéria do jornal. O nome dela é Emma Ragan.

— Me passa o número dela, por favor. — Ele pegou o celular e digitou o número enquanto ela ditava. — Alguma outra ligação?

— Apenas os malucos de sempre — respondeu ela com a voz animada. — Deixei os números deles na sua mesa, mas essa garota parece séria. E um pouco nervosa.

— Alô? — Ela atendeu no primeiro toque.

— Srta. Ragan? Aqui é o detetive Makarowicz, da polícia de Tybee. Deseja falar comigo?

— Sim — respondeu a jovem, um tanto esbaforida. — Mas estou no trabalho e só saio às 9h da noite. Poderíamos nos encontrar depois?

— Meu expediente acaba às seis, mas, sim, pode ser esta noite — apressou-se em dizer.

— Podemos nos encontrar no Crystal Beer Parlor, no centro da cidade? — perguntou ela. — Vou dizer ao meu chefe que tenho algo importante para resolver. Às oito está bom?

Ele a viu em uma mesa para duas pessoas no canto do salão de jantar principal. Seu cabelo era curto e platinado, com as pontas roxas. A jovem estudava o cardápio e, apesar das tatuagens cobrindo os dois antebraços, parecia ter cerca de 12 anos.

— Emma?

Ela olhou para cima. Tinha os olhos azuis brilhantes tracejados com delineador preto e um daqueles pequenos anéis de prata no nariz. Era tão pequena que ele ficou tentado a pedir à hostess um assento infantil. Qual a primeira palavra que ele pensou ao vê-la? Desamparada. Sim. Ela parecia uma órfã desamparada dos romances de Dickens.

— Detetive... Não sei como pronunciar seu sobrenome.

— Makarowicz, mas pode me chamar de Mak.

O garçom deles se aproximou. Ele pediu um hambúrguer e uma Coca zero. Ela pediu uma salada e um chá herbal gelado.

— Sem queijo na salada, por favor. Sou vegana — pediu ela, com as mãos cruzadas sobre a mesa.

— Que bom que me procurou, Emma — começou ele. — Sinto muito que a matéria tenha sido publicada antes que eu pudesse entrar em contato com você.

— Então é realmente a carteira dela? Vocês têm certeza?

— Tudo indica que sim. A foto da carteira de motorista confere, assim como os cartões de crédito. O crachá do Colégio St. Mary está lá também. E tem uma foto de família com você, ela e seu pai. Uma de vocês duas. E outra foto sua, talvez na pré-escola?

— Ohhhhh! — Ela pegou um guardanapo no suporte e o torceu.

Ela começou a rasgar o guardanapo. Suas unhas eram curtas e pintadas de preto, e as cutículas estavam avermelhadas e picotadas, como se ela costumasse roê-las.

— Por que a carteira dela estava naquela casa? — indagou Emma.

— É isso que estou tentando descobrir. O nome Creedmore significa algo para você? É o nome da família que era dona da casa na época em que sua mãe desapareceu.

— Não, na verdade não. Mas eu pesquisei sobre a família, depois que vi a matéria no jornal. Eles tinham alguma conexão com o Colégio Cardinal Mooney, a escola em que meu pai era treinador, não é?

— Isso mesmo. Você perguntou ao seu pai sobre a conexão?

— Nós não temos muito contato. Nem tenho o número de telefone dele.

— Pelo que eu sei, ele está morando na Flórida. Orlando? Faz sentido para você?

— Pode ser.

— Vocês tiveram algum tipo de discussão? Só estou perguntando, Emma, porque estou tentando entender a dinâmica familiar.

— Uma discussão? — Ela soltou uma risada forçada. — Tipo, uma só? Não. Meu pai e eu temos modos diferentes de ver as coisas. Sempre. Depois que mamãe desapareceu, a situação ficou muito pior. Minha avó estava muito doente, com câncer, e não podia ajudar a cuidar de mim. Depois que vovó morreu, meu pai começou a sair com uma garota que morava na nossa rua. Rhonda. Ela era divorciada, e os filhos viviam com o pai. Então, Rhonda foi morar com a gente. — Emma deu um sorriso sarcástico. — Uma grande família feliz. Dei o fora assim que pude.

— Como conseguiu?

— Larguei a escola, fui morar com meu namorado, consegui um emprego no Taco Bell, mas o salário era uma droga, então consegui um emprego de garçonete em um bar na rua River. Nessa época, eu tinha 16 anos.

— Isso é muita responsabilidade para uma adolescente de 16 anos — comentou Mak.

— Eu já tinha que me virar sozinha antes disso — explicou Emma, dando de ombros. — Você sabe como é a vida de um treinador de futebol do ensino médio no sul, não é? Era parecido com o que vemos nessas séries sobre futebol americano, mas ainda pior. Ele só se importava com o futebol americano. Vencer o jogo, ganhar o campeonato regional, depois o estadual. Conseguir que seus jogadores assinassem contratos para jogar por universidades. Ele não dava a mínima para mim.

Mak piscou.

— Deve ter sido muito difícil.

— Admito que eu não facilitava a vida dele. Rhonda e eu não nos dávamos bem. Eu sempre me metia em encrenca por matar aula, fumar maconha. O de sempre. Acho que ele ficou aliviado quando fui embora.

A comida chegou. Mak colocou mostarda no hambúrguer e ketchup nas batatas fritas. Ela olhou para a salada e suspirou, removendo cuidadosamente os cubos de queijo.

— Eles nunca se lembram de tirar o queijo — murmurou.

— Emma… — começou Mak. — Sei que você tinha apenas 3 anos, mas o casamento dos seus pais parecia feliz? Quero dizer, você se lembra de brigas, coisas assim?

— Eu tinha 4 anos. Não. Não me lembro de ver eles brigando. Lembro da risada da minha mãe. Melodiosa, sabe? Ela gostava de cantar. Cantava enquanto preparava o jantar, me punha sentada na bancada da cozinha, me ensinava algumas músicas e dançava uma coreografia. Muito depois, vi um vídeo no YouTube e percebi que era aquela música da Britney Spears, *Baby One More Time*. Acho que vi esse vídeo milhares de vezes, porque me faz lembrar dela. É até o toque no meu celular.

— É bom que você tenha boas lembranças como essa — disse Mak. — A polícia falou com você depois que ela desapareceu?

— Não, acho que não — respondeu ela. — Tudo daquela época... Eu era tão pequena, sabe? Minha avó morreu logo depois, e tudo que me lembro é da tristeza. Eu não parava de pedir para meu pai me levar à casa dela, e ele dizia que não podia, porque a vovó tinha ido morar com Jesus. — Ela bufou. — Que monte de merda! Como se ele acreditasse em Jesus.

Mak mastigou o hambúrguer, e ela continuou separando os itens indesejados da salada.

— O que você acha que aconteceu com sua mãe? — perguntou Mak.

— Eu costumava achar que ele a tinha matado — disse ela, sem piscar os lindos olhos azuis. — Isso é parte da razão pela qual saí da casa dele o mais rápido que pude. Eu o culpava.

— Ainda acha isso?

— Acho que é possível. Na primeira vez que fui para a reabilitação, eu tive um terapeuta muito legal. Conversamos muito sobre o porquê de eu sentir tanta raiva. Da minha mãe. Do meu pai. Da Rhonda. Minha terapeuta disse que tive problemas de abandono. Nossa, jura? — Ela se inclinou para frente na mesa. — Talvez ele não a tenha matado. Mas eu sei que ela me amava. E ela amava minha avó. Se ela fosse embora, teria nos levado ou arranjado para que nos encontrássemos depois. Mas ela não fez nada disso.

— Seu pai chegou a comentar o que achava que tinha acontecido com sua mãe?

— Nunca. Bem, teve uma vez... tivemos uma briga feia porque eu passei a noite fora com meu namorado, e ele me pegou entrando pela janela do meu quarto. Era uma manhã de sábado, e ele estava de mau humor porque o Cardinal Mooney havia perdido na noite anterior para um time nem tão bom. Eu sabia que ele tinha bebido, porque seus olhos estavam vermelhos e injetados. Ele agarrou meu braço e apertou com muita força. Tanta força que tive medo. Eu nunca tinha sentido medo dele antes. Eu o odiava, mas não tinha medo dele, sabe?

— Ele já tinha sido violento com você?

— Não. Ele costumava gritar ou deixar de falar comigo, mas nunca me agrediu. De qualquer forma, naquela manhã, como eu disse, ele estava muito bêbado e muito agitado. Me chamou de vadia, disse que eu era como minha mãe, saindo às escondidas, agindo como uma prostituta.

Os olhos de Emma lacrimejaram, e uma tênue trilha de delineador preto desceu por sua bochecha.

— Perdi o controle. Comecei a socá-lo e chutá-lo e disse que se mamãe tinha um caso, provavelmente era porque ele era um idiota. O rosto dele... nunca vou me esquecer da expressão em seu rosto quando eu disse isso. Achei que ele ia me bater. Mas ele só me disse que, se eu não tomasse jeito, acabaria na cadeia. Algumas semanas depois, Rhonda contou para ele que eu estava roubando os calmantes dela, e foi a desculpa perfeita para meu pai me expulsar de casa, o que foi bom para mim.

Mak mergulhou uma batata frita em um montinho de ketchup.

— Emma, sei que é uma pergunta delicada, mas você me parece uma garota bem calejada. Acha que seu pai disse a verdade? Sobre sua mãe sair com outros homens?

— Sempre me perguntei isso — admitiu Emma. — Uma vez, há alguns anos, até tentei conversar com uma professora do St. Mary, uma das melhores amigas da minha mãe, a Sra. Logenbuhl. Ela sempre foi legal comigo. Me levava para tomar sorvete no meu aniversário, esse tipo de coisa. Naquela noite, perguntei se ela achava que minha mãe estava tendo um caso, e a reação dela foi de choque, e então mudou de assunto.

— Isso é interessante — disse Mak. — Mais alguma coisa que possa me dizer? Alguma ideia sobre uma conexão que ela poderia ter tido com aquela casa em Tybee?

— Não. Mas, se descobrir alguma coisa, você vai me contar, não é?

— Prometo — assegurou ele.

Mak sinalizou para o garçom, que trouxe a conta.

— Onde está morando? — indagou ele.

— Na verdade, voltei para casa no ano passado.

— Do seu pai?! — Ele não se preocupou em esconder a surpresa.

— Imagina! Não, estou morando na nossa antiga casa. Eu a comprei — declarou ela, com orgulho.

— Meus parabéns — elogiou Mak. — Como conseguiu?

— Quando minha avó morreu, deixou um dinheiro para mim. Supostamente era para pagar a faculdade, como se isso fosse acontecer um dia. Mas, quando fiz 18 anos, recebi minha herança. Então comprei nossa casa de volta.

— Deve ter sido uma sensação maravilhosa.

— Contratei um detetive particular para tentar encontrá-la. Ele enviou o cabelo da escova dela para um daqueles bancos de DNA. Você sabe, no caso de alguém ter... encontrado o corpo dela.

— E pelo visto não deu em nada — asseverou Mak.

— Não. Tenho quase certeza de que o cara só levou meu dinheiro.

Makarowicz fez uma careta. Que tipo de canalha rouba uma criança de luto?

— Eu costumava voltar lá, sabe? Depois que meu pai vendeu a casa? À noite, eu escalava a cerca e me sentava no balanço que meu avô pendurou em uma grande árvore no quintal. Algumas noites, posso jurar ter ouvido minha mãe cantando na cozinha. Contei à minha terapeuta, e ela disse que isso é uma boa técnica de autoconforto.

Emma acenou com a cabeça e se levantou. Ela começou a se afastar, mas voltou para a mesa.

— Mak? Seria possível eu ficar com essas fotos? Da carteira dela? Não tenho quase nenhuma foto com a minha mãe. Por favor? — A voz dela era tão melancólica que cortou o coração endurecido do policial.

— No momento, temos que preservar a carteira e tudo que está nela porque é uma evidência, mas, como você é a parente mais próxima, vou garantir que tudo seja devolvido para você.

25

O Retorno do Inspetor Bugiganga

Era segunda-feira da segunda semana, e Hattie e Cass estavam na varanda da frente da casa, verificando o progresso do novo piso.

— Está ótimo — disse Hattie, passando as mãos sobre as tábuas.

— Não é à toa. Os operários ficaram aqui até quase meia-noite ontem. A equipe de filmagem teve que emprestar os refletores para que conseguissem enxergar. Eu liberei os rapazes até as 10h da manhã. Tenho medo de sobrecarregá-los demais se continuarmos neste ritmo.

Hattie caminhou até a beira da varanda e protegeu os olhos com a mão enquanto esquadrinhava as nuvens da manhã, à procura de bons presságios. Quando ouviu o barulho de pneus na entrada da garagem, virou a cabeça e avistou uma caminhonete branca da prefeitura se aproximando lentamente da casa.

— Ah, não. — Cass parou ao seu lado. — É o fiscal urbanístico de novo?

— Inspetor Bugiganga, defensor de árvores daninhas indefesas — confirmou Hattie. — O que diabos ele quer agora?

Rice estava obviamente agitado. Seu bigode se contorcia enquanto ele marchava em direção à varanda, a mão estendida, segurando outro pedaço de papel.

— Senhorita Kavanaugh?

Ela assentiu.

— Algum problema?

— Seus vizinhos certamente acham que há um problema. Recebemos várias chamadas e reclamações sobre vocês, martelando e serrando, operando ferramentas elétricas até altas horas da noite. E a luz ofuscante daqueles holofotes, ou seja lá qual for o nome daquilo, perturbando os vizinhos. Você está ciente de que a cidade tem uma norma de ruído?

— Hmm, não estou lembrada — retrucou Hattie.

— Sugiro que consulte o site da prefeitura. É proibido ruído entre as 10h da noite e as 7h da manhã — disse ele, entregando-lhe a notificação. — Isso é uma multa de duzentos dólares. — Ele olhou ao redor da varanda com interesse.

— Isso me lembra de que não estou vendo sua autorização de filmagem exposta em lugar nenhum. Você tem?

— Temos, sim. — Cass se prontificou a responder. — Está colada na porta do nosso trailer.

— É para ser exibida com destaque na entrada do local — disparou Rice. Ele se virou e voltou para o veículo.

Hattie apertou os olhos, tentando ler a minúscula letra impressa na notificação.

— Eu me pergunto quem continua incitando a fiscalização contra a gente.

— Como ele disse, os vizinhos — respondeu Cass. — A maioria das casas nesta rua está na mesma família há gerações. Essas pessoas são idosas e muito apegadas a seu modo de vida.

— Talvez não sejam só os vizinhos — argumentou Hattie. — Talvez Holland Junior ainda esteja bravo comigo por comprar a casa. Talvez ele esteja causando problemas para se vingar de mim.

— Idiotas brancos e privilegiados como Junior estão acostumados a conseguir tudo o que querem.

Hattie dobrou a notificação e a enfiou no bolso.

— Quem quer que seja, não podemos nos dar ao luxo de continuar recebendo essas notificações. Da primeira vez que esteve aqui, o Inspetor Bugiganga ameaçou interditar a obra se não seguirmos as regras. Avise às equipes, Cass. Chega de trabalhar depois das 10h da noite. E, enquanto isso, acho que vou andar pelo quarteirão e tentar apaziguar a situação com os vizinhos.

26

Uma Mudança
de Atitude

— Hattie! — Davis Hoffman encostou o carro enquanto ela entrava na loja de conveniência do Chu para pagar a gasolina.

Ainda era bem cedo, nem 8h da manhã.

— Oi, Davis — cumprimentou ela, aproximando-se do carro dele, um Mercedes conversível preto. — Resolveu se misturar à plebe de Tybee?

— Vim checar a casa para a minha mãe — disse ele, revirando os olhos. — Ei, vi aquela matéria no jornal sobre a carteira de Lanier Ragan. Você não me disse que pretendia comprar a antiga casa dos Creedmore. Uau! Se eu soubesse que estava à venda, teria comprado. Fica a duas casas da nossa. Acho que agora somos vizinhos.

— Tenha cuidado com o que deseja — provocou ela. — O lugar está um caos. E, por falar em vizinhos, estamos em maus lençóis com eles. Alguém nos denunciou duas vezes ao departamento urbanístico da cidade.

— Poxa, o que vocês fizeram? — perguntou Davis, inclinando-se para fora da janela do carro.

— É tudo besteira, não passam de picuinhas — assegurou Hattie —, mas as multas estão acabando comigo.

— Há algo que eu possa fazer? — questionou ele. — Conheço quase todo mundo naquele quarteirão.

— Tá tudo bem. Pedi desculpas e enviei cestas de presentes. Mas preciso ir. Temos um cronograma de filmagem apertado hoje.

— Mal posso esperar para ver o que você está fazendo na casa — disse Davis. — Eu adoraria fazer um tour por lá.

— Eu ligo para você — prometeu Hattie. — Em breve.

Trae estava sentado na cadeira de maquiagem, com uma capa plástica presa em torno do pescoço, quando Hattie chegou ao trailer. Ao mesmo tempo em que checava os e-mails no celular, flertava e criticava o trabalho de Lisa enquanto a cabeleireira e maquiadora habilmente aplicava iluminador nas bochechas e no queixo e espalhava o corretivo sob os olhos dele com leves batidas, usando a ponta dos dedos.

— Ei, linda — saudou Trae, exibindo seu sorriso de milhões.

— Já te atendo, Hattie — disse Lisa, pegando um aparador elétrico. — Só quero afinar um pouco essas costeletas.

— Não afine demais — advertiu Trae. — Gosto de um visual natural.

Hattie gargalhou.

— Natural? Você está usando mais maquiagem e produtos no cabelo do que eu no meu baile de formatura.

— Sim, mas quem ficou mais deslumbrante?

— Prontinho! — Lisa tirou a capa dos ombros de Trae e apontou para Hattie. — Próxima.

Trae saiu da cadeira, mas não do trailer, e se encostou na parede com os braços cruzados sobre o peito enquanto observava Lisa começar a trabalhar no cabelo de Hattie. Ele vestia estilosos jeans desbotados e uma camiseta de algodão branca e justa apenas o suficiente para ressaltar os músculos tonificados e carregava um jornal enrolado debaixo do braço.

— Saiu outra matéria no jornal de hoje sobre a dona da carteira na parede — disse ele.

— O que diz? — Trae desenrolou o jornal e tentou entregá-lo a ela. — Só me diga do que se trata, ok?

— É sobre aquele policial de Tybee que esteve aqui outro dia. Diz que ele assumiu oficialmente a investigação que antes era da polícia de Savannah. Falaram da gente também. Até escreveram meu nome direito. O seu também.

— Acho que isso é bom — disse Hattie.

— Como foi sua entrevista com a repórter? — perguntou Trae.

— Tranquila. Não havia muito que eu pudesse dizer a ela sobre ter encontrado a carteira.

— Mas você ficou com ela por um bom tempo — comentou ele. — Só estou curioso para saber por que essa é uma história tão importante. Depois de quanto tempo? Dezesseis anos?

Hattie observou seu reflexo no espelho enquanto Lisa entrelaçava habilmente o cabelo em tranças francesas, afrouxando alguns fios, depois usando a ponta do pente para criar uma franja falsa.

— Dezessete anos. Lanier era especial para muitas pessoas. Sim, faz muito tempo que ela desapareceu, mas isso torna tudo ainda mais intrigante. Pra onde ela foi? O que aconteceu com ela?

— Bem, você a conhecia. O que acha que aconteceu?
— Como disse Cass, nada de bom. Não acredito que ela tenha fugido e deixado a filha. Molly, a repórter, ouviu rumores de que Lanier estava tendo um caso. Esse era o tipo de boato que circulava quando ainda estávamos no ensino médio.

A porta do trailer se abriu, e Cass entrou.

— Ei, Lisa, Mo disse que você quer dar um tapa no meu visual para a minha cena desta manhã.

— Sim — confirmou Lisa. — Atendo você assim que terminar com a Hattie. Seu figurino está no vestiário, se quiser se vestir primeiro.

— Nãooo — protestou Cass. — O que há de errado com o que estou vestindo? — Ela usava uma camiseta verde-oliva desbotada, bermudas cargo largas um pouco abaixo dos joelhos e tênis Converse de cano alto.

Trae lançou um olhar para Hattie.

— Por onde devemos começar? Primeiro, Cassandra...

— É Cassidy.

— Ok, *Cassidy*. Sem ofensa, mas há uma mulher sem-teto no posto de gasolina da esquina que gostaria que você devolvesse as roupas dela. O que você está vestindo é tão pavoroso que dói.

Hattie pigarreou.

— Ignore o Trae. *Acho* que o que ele quer dizer é que essa roupa, embora seja confortável e prática, não ressalta seus melhores atributos.

— Cass, não se preocupe — disse Lisa. — Jodi me mostrou sua roupa. É apenas um jeans skinny e uma camiseta. Você tem uma bunda bonita, então por que não valorizar?

— Talvez eu não queira valorizar minha bunda porque não gostaria que nenhum desses operários pervertidos tenha a ideia errada — disse Cass, ainda fazendo careta.

— Eu prometo, não é nada provocativo ou muito ousado — disse Lisa.

Cass voltou 5 minutos depois, usando um jeans justo e uma camiseta coral de manga curta e decote em V.

— Agora, sim — elogiou Trae, satisfeito. — Calças do seu tamanho, além do mais, essa cor fica ótima em você. Já aquele verde horrendo, nem tanto.

— Agora você também é especialista em moda? — questionou Cass.

— Não, sou apenas um designer com ótimo senso estético para cores — retrucou ele.

— Ele é irritante, Cass, mas tem razão — concluiu Hattie. — Sinto muito.

A porta do trailer se abriu, e Gage, o assistente de Mo, enfiou a cabeça lá dentro.

— Hattie? Trae? Está tudo pronto na casa. Só faltam vocês.

Com as câmeras gravando, Trae mergulhou um pincel na primeira lata de tinta e o aplicou em um pedaço do revestimento da parede da fachada. Então olhou para Hattie.

— O que acha?

Ela balançou a cabeça.

— Forte demais. Esse azul-piscina seria ótimo em uma das casas de concreto de meados do século passado na ilha, mas não é adequado para uma casa tão antiga.

Ele assentiu e abriu a próxima lata, mas Hattie o impediu.

— Eca! Não.

— Mas é uma cor histórica — protestou ele. — Mocha suíço.

— É ótima para um café, mas quem quer marrom na praia? Com certeza, não.

Ele segurou a próxima lata.

— Branco. Notei que muitas casas de madeira desta época são pintadas de branco puro. Este tom é um pouco mais suave, e podemos fazer algo interessante na guarnição e nas venezianas. Talvez um verde de Charleston escuro.

Ela observou enquanto ele aplicava a tinta no revestimento de madeira, depois se afastou e estudou a amostra.

— Tecnicamente é adequado para a época da casa, mas é meio sem graça, não acha?

— Concordo — disse Trae. — E é por isso que guardei o melhor para o final. — Ele abriu a última lata de tinta com um dramático *"Ta-da! Esta é a Vidro Marinho de Tybee"*.

Sem esperar por seu comentário, ele pintou uma ampla faixa da parede.

A tinta era um tom suave de azul-esverdeado com fundo acinzentado.

— Gostei — disse Hattie, dando um passo para trás, depois inclinando a cabeça.

— Passei pelo galpão na beira da praia e notei um velho barco de madeira no mais lindo tom desbotado de azul-esverdeado, com um leve glaceado de sal. Me lembra um pedaço de vidro marinho. Raspei um pedacinho da tinta e pedi que recriassem a cor na loja de tintas esta manhã.

— Perfeito! — Ela esboçou um sorriso. — Será Vidro Marinho de Tybee, então.

— Guarnições brancas? Portas em coral?

Hattie pareceu hesitante.

— Coral?

Ele pegou uma lata de tinta menor e a abriu, mostrou o interior para Hattie e depois pintou um pequeno quadrado coral na parede.

— Me lembra uma flor de hibisco — disse Trae.

— Eu nunca teria escolhido essa cor para a porta, mas, na verdade, estou adorando — reconheceu Hattie.

— Para tudo! — interrompeu Trae, fingindo espanto. — Estamos realmente concordando em uma decisão de design?

— Estou tão surpresa quanto você — retrucou Hattie. Ela pegou o pincel e pintou um risco coral no nariz dele.

— Engraçadinha — disse Trae, depois que as câmeras pararam de gravar. Ele esfregou o nariz com uma toalha.

— Foi ótimo, pessoal — elogiou Leetha. — Finalmente estou vendo um pouco de química entre vocês dois. Não acha, Mo?

O produtor estava sentado nos bastidores, assistindo às cenas gravadas de manhã. Ele nem sequer desviou os olhos do notebook.

— Sim. Grande melhoria. Parece mais natural, menos artificial. Hattie, precisamos refilmar algumas cenas suas com Cass. A iluminação estava uma merda, e você parecia estar resmungando em metade das falas.

Hattie se irritou.

— Eu *não* estava resmungando.

— Ok, então talvez estivesse mastigando alguma coisa, sei lá. Tanto faz. Ainda temos que refilmar. Lisa precisa retocar a maquiagem de vocês. A equipe está preparando tudo, e estaremos prontos em 20 minutos.

Mo voltou para dentro da casa.

— Ora — disse Trae. — Pelo visto ele não odeia só a mim. Odeia você também.

— Não leve para o lado pessoal — aconselhou Leetha. — Mo odeia todo mundo durante uma filmagem.

Cass já estava em uma das cadeiras de maquiagem quando Hattie chegou no trailer. Lisa aplicava pó compacto nas bochechas dela, imune às queixas de Cass.

— Não sou eu mesma com toda essa pintura de guerra na cara.

— No vídeo fica totalmente natural — assegurou Lisa. — E você tem uma pele incrível. Que tipo de hidratante usa?

— Gordura de bacon! — disse Cass. — E um pouco de farinha de milho como esfoliante.

Lisa recuou, horrorizada.

— Estou brincando — admitiu Cass, rindo. — Uso o mesmo creme que minha mãe e minha avó usam. Pond's. — Ela se levantou e trocou de cadeira com Hattie.

— Ei, você viu que saiu outra matéria sobre nós no jornal de hoje? – questionou Cass, pegando uma edição antiga da revista *People*. — Eles devem estar sem assunto.

— Quando conversamos no outro dia, aquela repórter, Molly Fowlkes, me disse que estava obcecada por Lanier Ragan. E tem mais um detalhe. Ela perguntou se eu tinha ouvido rumores naquela época de que Lanier estava tendo um caso com um dos jogadores de futebol americano do time do marido.

— O quê? — Cass parou de folhear a revista.

— Loucura, não? Mas Molly disse que, alguns anos atrás, depois de escrever uma coluna no décimo ano após o desaparecimento, ela recebeu um telefonema anônimo de uma mulher que alegou que seu namorado na época, um jogador de futebol americano do Cardinal Mooney, estava dormindo com Lanier. Ela disse que queria que Molly soubesse que Lanier não era uma santa.

— E ela não tinha ideia de quem era a mulher? — questionou Cass.

— Não. Eles não tinham identificador de chamadas na época. Ela disse que nunca escreveu sobre isso no jornal porque não conseguiu confirmar a história da mulher. Eu disse a ela que nunca tinha ouvido nada sobre isso. Você ouviu?

Cass analisava uma foto de Jennifer Lopez em um vestido de cetim justo e ergueu a revista para mostrar a Hattie.

— Você acredita que essa mulher já tem mais de 50 anos? Já imaginou quanto tempo ela passa na academia?

— Nem imagino. Mas é o trabalho dela. Ela recebe um zilhão de dólares por ano para ter essa aparência. Você não respondeu minha pergunta. Já ouviu algum boato sobre Lanier Ragan dormir com um garoto do ensino médio?

— Acho que não — disse Cass. Ela pegou uma caneta e começou a fazer as palavras cruzadas no final da revista.

— Vire para cá, Hattie — disse Lisa. — Preciso colar seus cílios.

No final da tarde, Hattie estava largada em uma cadeira dobrável na varanda da frente da casa, bebericando água gelada de uma garrafa. Caía uma tempestade de final de tarde, e um trovão ecoou ameaçadoramente ao leste. Trae desabou em uma cadeira ao seu lado.

— Droga — disse ele, puxando a camisa úmida para longe do peito. — Como vocês vivem nesse clima? Sinto que estou preso no ciclo de enxágue de uma máquina de lavar louça.

— Bem-vindo a Savannah — disse Hattie. — Mas espere até ver como é em outubro. A umidade diminui, e ainda é quente o bastante para ir à praia. O Natal é frio, mas o céu, ah, Deus, ele é tão azul, o ar é fresco, e as camélias são incríveis. Aposto que não tem camélias como as nossas em Los Angeles. E então, em fevereiro, perto do Dia dos Namorados, as azáleas começam a florescer. Todas as praças do centro parecem saídas de um cartão-postal. Tenho essas azáleas no meu quintal, na verdade, elas têm uma cor muito parecida com o tom de coral que você quer passar na porta da frente...

— Ok, já me convenceu — disse Trae, rindo. — Onde você mora? Aqui em Tybee?

— Não. Tenho um pequeno chalé em Thunderbolt.

— Thunderbolt? Existe um lugar com esse nome?

— Claro. Costumava ser uma aldeia de pescadores, com barcos de pesca de camarão atracados ao longo do rio Wilmington. Compramos o chalé antes de nos casarmos, e eu venho reformando desde então.

Trae pareceu surpreso.

— Não sabia que você já foi casada. Então, é divorciada?

— Não. Eu sou... ah, Deus, odeio essa palavra. Viúva. Me casei jovem e fiquei viúva cedo.

O rosto de Trae corou.

— Sinto muito. Por fazer suposições e por sua perda. Sei que não é da minha conta, mas o que aconteceu?

— Acidente e omissão de socorro por um adolescente bêbado na ponte do rio Lazaretto — contou Hattie. — Hank estava de moto.

— Jesus! — sussurrou Trae. — Sinto muito, Hattie. Por favor, me diga que eles pegaram esse merdinha e o jogaram na prisão.

— Quem me dera — disse Hattie. — Já se passaram 7 anos. O policial que trabalhou no caso ainda me liga de vez em quando. E, toda vez que recebo essa ligação, parece uma nova facada no peito.

Trae estendeu a mão e apertou a de Hattie. Ele deixou a mão pousada ali, apenas um segundo além do necessário. A mão dele estava quente, e ela percebeu que se sentiu reconfortada.

— Ei — disse ele, quebrando o silêncio constrangedor. — Estou com muita fome. E não vou comer mais essa comida do *catering* hoje. Que tal sairmos para jantar? Tem algum lugar nesta ilha onde eu possa beber um martíni decente?

— O Sundae Café — respondeu Hattie prontamente.

— O que você acha de removermos esses quilos de maquiagem e irmos até lá?

— Tá bom — concordou ela, surpreendendo-se. — Vou ver se a Cass quer ir também.

— Maravilha — disse ele, mas o tom de voz o denunciou.

— Deixa *pra* lá — disse Hattie, rindo. — Me dê uns minutos, e estarei pronta para sair.

27

O que Tem para a
Sobremesa?

Trae revirou os olhos em descrença ao ver onde ficava o restaurante, um pequeno shopping entre a loja de conveniência do Chu e a XYZ Liquors.

— Sério? Vamos comer sanduíche ou pizza?

— Não seja tão esnobe — censurou Hattie. — A comida aqui é tão boa quanto de qualquer lugar em Savannah ou em Charleston.

Eles encontraram uma mesa no pequeno salão da frente, pediram as bebidas — um *dirty* martíni para Trae, uma taça de Chardonnay para Hattie — e estavam prestes a fazer o pedido da comida quando uma animada mulher de meia-idade, queimada de sol, aproximou-se deles.

— Eu falei para minhas amigas — ela apontou para uma mesa com cinco mulheres — que era você. Só podia ser. Você é Trae Bartholomew, não é? Do *Gênios do Design*?

Trae abriu um sorriso avassalador.

— Eu mesmo.

Ela bateu palmas.

— Ah! Eu sabia. Todas nós achamos que você deveria ter vencido. Aquela garota que ganhou... Jovannah? O projeto dela era a coisa mais feia que eu já vi. Quem cola papel alumínio na parede? Argh! Enfim, o seu era o melhor. E somos superfãs, seguimos você no Instagram e estamos loucas para saber sobre seu novo programa!

As mulheres na mesa acenaram em uníssono, erguendo as taças de vinho para um brinde.

— Ah, obrigado — agradeceu Trae, tentando sem sucesso parecer humilde. — *Gênios do Design* foi divertido e consegui muitos clientes por causa do programa, então acho que, no final, saí vitorioso.

— Vimos as fotos do novo projeto em que está trabalhando — continuou a mulher. — Aquela cozinha está um caos! — Ela lançou um olhar curioso para Hattie. — O projeto é em Savannah? Essa é a sua... assistente?

Destruidores de Lares **137**

— Minha coapresentadora! — Ele se apressou para corrigir. — Hattie Kavanaugh. — Ele baixou o tom de voz. — Estamos filmando um novo programa para a HPTV. Mas ainda não posso dar detalhes.

— Sério? — gritou ela. — Nesta cidade brega?

— Tybee não é brega — retrucou ele. — É encantadora. Pitoresca. Despretensiosa. E espere só até ver a transformação. Será a casa de praia mais linda que você já viu.

— Onde fica a casa? Quando o programa vai ao ar?

Trae ergueu as mãos em sinal de rendição.

— Isso é segredo, mas posso adiantar que é uma casa histórica na orla. O programa estreia em setembro e vai ao ar nas noites de quarta-feira.

— Mal posso esperar! — respondeu a mulher. Ela pegou um cardápio e uma caneta. — Seria inconveniente da minha parte pedir um autógrafo?

— Eu consideraria inconveniente se você não pedisse — disse ele, rabiscando o nome no cardápio. — Que tal uma foto?

— Ah, meu Deus! — festejou a mulher, acenando com a cabeça para Hattie.

— Você se importaria?

— Claro que não — disse Hattie, mas, quando ela se levantou, em vez de incluí-la na foto, a fã lhe entregou o celular.

Trae se levantou da mesa e colocou o braço nos ombros da mulher.

— Diga "*Destruidores de Lares*"! — provocou Trae, sorrindo para a estranha.

Hattie fez três ou quatro fotos e devolveu o telefone.

— Isso foi estranho — disse Trae, quando a mulher voltou para as amigas. — Desculpe. Às vezes fãs alucinados podem ser bastante insensíveis.

Ele pegou o cardápio.

— O que é bom aqui?

— Frutos do mar direto dos pescadores locais — garantiu Hattie. Ela olhou por cima do ombro para a mesa das mulheres, que tagarelavam e apontavam para eles. — Isso acontece com frequência?

Ele fez uma careta.

— De vez em quando. *Gênios do Design* foi ao ar há 3 anos, mas ainda é exibido em *reprises*. O que significa que sou obrigado a reviver o fato de que Jovannah, uma tosadora de cães de Indiana que é metida a designer, tenha ganhado o prêmio de 50 mil dólares.

— Ui! — disse Hattie.

— Tudo bem. Ela ganhou um programa de TV que teve apenas seis episódios e foi cancelado pela emissora. Mas o show business é assim, não é mesmo?

— Não tenho como saber — disse Hattie. Ela se inclinou para frente, com os cotovelos na mesa. — Você acha que nosso programa tem boas chances de dar certo?

— Acho que temos tudo pra ter sucesso. Mo e Leetha são bons no que fazem. A casa vai ficar fabulosa — disse ele, finalizando com uma piscadela. — E você não pode negar nossa química. — Hattie corou e tomou um gole de vinho. — Rebecca Sanzone quer que nosso programa dê certo. Há uma razão para terem dado a grade de quarta à noite para nós, e não estou falando só dos gêmeos de Krystee Brandstetter. Não quero parecer um idiota pretensioso, mas tenho 600 mil seguidores nas redes sociais iguais às mulheres naquela mesa. Então, cá entre nós... nosso sucesso está garantido.

— Sério? — Ela ajeitou uma mecha de cabelo atrás da orelha enquanto considerava as ramificações de ter um programa de televisão de sucesso.

Trae pousou a mão sobre a dela.

— Animação! Pode ser que o programa seja um fracasso. Talvez a casa pegue fogo. Ou a gente encontre o corpo mumificado daquela professora no sótão.

Ela puxou a mão.

— Isso não tem graça.

— Sinto muito. — Ele balançou a cabeça. — Você tem razão. Piada de mau gosto. Acho que estou um pouco nervoso.

O garçom se aproximou.

— Por que você não pede para nós? — sugeriu Trae. — Frutos do mar são uma boa pedida.

Hattie pediu bolinho de caranguejo de entrada e linguado em crosta crocante para os dois. E outra taça de vinho.

— Nervoso? — questionou ela, depois que o garçom saiu.

— Sim. Você sabe, nervoso com o lance da conquista.

— Ah, por favor. Guarde o flerte para suas fãs — disse ela.

— Estou sendo totalmente sincero com você — insistiu Trae. — Tentar te conquistar não é uma tarefa fácil.

— Por que você sente tanta necessidade de me conquistar? Gravamos um segmento inteiro hoje sem que eu quisesse partir seu cérebro a marretadas. Eu chamo isso de progresso.

Ele riu.

— Você não gosta ou não confia em mim? Ou os dois?

Ela sentiu o calor subindo em suas bochechas.

— Eu até gosto de você.

— O "até" não é muito animador.

O garçom colocou uma cesta de pão quente sobre a mesa, ao lado de um prato de azeite. Hattie se serviu de uma fatia, arrancando um naco e mergulhando no azeite com ervas.

Ela mastigou o pão e tomou um gole de vinho. Ele ergueu uma sobrancelha.

— Só isso? Isso é tudo o que você tem para me dizer?

— Tá bom — admitiu ela. — Talvez minha estima por você esteja crescendo. Só um pouco.

— Tipo, igual a mofo? E isso deveria ser algo bom?

— Trae? Acho que temos uma boa relação de trabalho, e parece que Leetha e Mo estão satisfeitos. Sinceramente, não sei o que mais você quer de mim.

Ele se inclinou sobre a mesa e a beijou suavemente nos lábios.

— Isso — murmurou ele no ouvido dela. — É isso o que eu quero de você. Para começar.

Os olhos de Hattie se abriram bem a tempo de notar flashes de câmera vindo da mesa das fãs. As mulheres riam e se cutucavam em total frenesi.

Ela se afastou dele, e seu rosto parecia estar em chamas.

— Merda.

Ele olhou por cima do ombro para as mulheres e voltou sua atenção para Hattie.

— Ignore essas malucas, por favor. Pense só em nós.

Ela tomou um gole de vinho.

— Nós? Não sei nem o que dizer.

— Você poderia começar dizendo que gostou do beijo.

— Uau — disse ela, sem conseguir expressar direito sua reação. — Você me pegou totalmente desprevenida. Você praticamente roubou um beijo, não acha?

— Na verdade, não. Você me perguntou o que mais eu queria de você, e eu respondi com uma demonstração. Num impulso. Você admitiu que temos uma boa química na tela. Então eu queria que você percebesse que poderíamos formar uma boa dupla fora da tela também. Aliás, ótima. — Ele ergueu uma sobrancelha. — A menos que você me ache repugnante. Deus me livre você achar minha investida indesejada ou que estou te assediando.

— Assediando? Não! — assegurou Hattie rapidamente. — E você não é tão repugnante assim.

Lá estava aquele sorriso de novo. Era parecido com o que ele havia usado com as fãs, é claro, mas esse, disse ela a si mesma, era diferente. Era genuíno. E totalmente desconcertante. Ela podia sentir sua resistência se dissipando.

O garçom trouxe a entrada, e Hattie agradeceu em silêncio a conveniente distração.

Trae deu uma mordida.

— Ei! Isso é delicioso. — Ele mergulhou o bolinho de caranguejo no molho.
— O que é isso? Gostei do tempero.

— Geleia de pimenta picante. É típico do sul misturar comidas doces e apimentadas.

— Doce e apimentada. Se isso é uma metáfora para as garotas sulistas, está aprovado.

Ela balançou a cabeça.

— Você é incorrigível.

— Acho que isso foi a coisa mais legal que você me disse esta noite.

Quando os pratos chegaram, Hattie conseguiu fazê-lo esquecer o assunto da química entre eles, perguntando a Trae sobre seus projetos favoritos.

— Os de alto orçamento são os mais divertidos, é claro — afirmou. — Aqueles caras de tecnologia do Vale do Silício que têm dinheiro para torrar e adoram todo o exagero e a extravagância que eu puder criar. E um quer superar o outro. Fiz um cinema multiplex para um deles, completo, com loja de conveniência e um forno à lenha para pizzas.

— Que loucura — disse Hattie.

— Mas e você? Qual é a sua restauração histórica favorita?

— Hmm. — Hattie não demorou muito para encontrar a resposta. — Dois anos atrás, um amigo do Tug nos vendeu a casa da falecida sogra em Ardsley Park. É um bairro muito cobiçado na cidade, foi a primeira comunidade distrital de Savannah. A casa era praticamente uma ruína da era do renascimento georgiano de 1920 em um lindo terreno duplo. A família nem chegou a anunciá-la em uma imobiliária. — Ela sorriu com a lembrança. — Tinha carvalhos centenários e sebes de buxinho, era recuada da rua e tinha quase 400 metros quadrados, um solário incrível com lareira, vitrais originais e pisos de azulejo cubano.

— Me conta mais — pediu Trae.

O rosto de Hattie se iluminou enquanto ela descrevia a reforma.

— Nós reformulamos completamente o espaço da cozinha, derrubamos a maioria das paredes. Na época, tínhamos um marceneiro muito talentoso trabalhando para nós. Ele copiou os armários com porta de vidro que havia na sala de almoço, e fizemos todos os armários superiores com o mesmo visual. Arrancamos camadas e camadas de tinta velha dos armários da copa, até chegarmos ao carvalho original, e adicionamos uma cuba de cobre. O melhor de tudo foi que nosso eletricista descobriu como reformar a câmara frigorífica da década de 1920 e instalar compressor e motor novos para que ela funcionasse.

Ela suspirou.

— Foi a cozinha mais fantástica que já fiz. O resto da reforma foi bastante trivial. Fizemos uma suíte principal no piso inferior, onde ficava uma sala de lazer e os aposentos dos empregados, e então transformamos os quatro quartos no andar superior em três suítes. Havia um antigo galpão de carruagens na propriedade também. Convertemos a garagem no piso inferior em uma sala de bilhar e salão de jogos e transformamos o andar superior em acomodação de hóspedes.

— Estou impressionado — elogiou Trae. — E como você se saiu na venda?

— Não tão bem quanto deveríamos — reconheceu com tristeza. — Fiz o que Tug sempre me acusa de fazer. Me apaixonei pela casa e gastei muito. Compramos por 235 mil e gastamos outros 200 mil dólares na reforma, que na época era o máximo que já tínhamos gastado do próprio bolso em empreendimentos como esse.

— Não parece muito para mim. O total foi cerca de 435 mil, não?

— Não é muito para você, mas foi para nós. Talvez pudéssemos ter ganhado mais se tivéssemos construído a piscina e feito o paisagismo do quintal que eu havia projetado, mas Tug bateu o pé e não deixou, então a anunciamos por 779 mil e vendemos por 750 mil, e fiquei em êxtase.

— Você quase dobrou seu investimento — disse Trae. — Um excelente lucro.

— Não tão bom quanto o do cara para quem vendemos — admitiu Hattie. — Ele construiu uma piscina, provavelmente gastou cerca de 50 mil, e a vendeu 6 meses depois por 1,2 milhão. — Ela suspirou. — Toda vez que passo por aquela casa, fico tentada a bater na porta e pedir aos novos donos para me mostrarem como ficou.

— Se você ama seus projetos, tem que abrir mão deles — disse Trae. — A propósito, concordo com seu sogro. Nunca se apaixone por algo que não te ame de volta. É apenas uma casa. E há sempre outro projeto no horizonte.

— Fácil para um homem dizer isso — retrucou Hattie. — Não é tão fácil para alguém como eu, com uma tendência a ser passional demais.

Ele estudou o rosto dela, que reluzia sob a luz da vela na mesa.

— Eu não teria adivinhado isso sobre você. Mas é bom saber.

Trae envolveu a mão dela na dele, e desta vez ela deixou. Ele se inclinou para outro beijo.

— Ham-ham — interrompeu o garçom, trazendo um prato que tinha um enorme brownie de chocolate coberto com sorvete, calda de chocolate e chantilly, que ele colocou na mesa, na frente de Trae.

— Nós não pedimos isso — argumentou Trae, claramente irritado com a interrupção.

— Gentileza de suas fãs — respondeu o garçom, acenando com a cabeça na direção da mesa cheia de mulheres, que observavam alegremente com os celulares a postos.

Trae se levantou e fez meia reverência.

— Obrigado, meninas! — agradeceu, em meio a uma explosão de flashes.

Ele se sentou e partiu um pedaço da sobremesa. E moveu o garfo com o brownie, pingando sorvete derretido e calda de chocolate, diretamente para os lábios de Hattie.

— Abra a boca — ordenou.

— Mas eu não quero... — protestou ela e depois obedeceu. E mais flashes dispararam na direção deles.

Irritada, Hattie limpou a boca com o guardanapo.

— Faltou aqui — disse Trae. Ele tocou a ponta do dedo no lábio inferior dela e se demorou um segundo a mais do que era absolutamente necessário.

Ele olhou para o garçom, que pairava nas proximidades, apreciando o espetáculo.

— Pode nos trazer a conta agora.

— As senhoras já cuidaram disso — respondeu o garçom.

— Se eu soubesse que elas fariam isso, teria pedido uma garrafa de vinho — brincou Trae. Ele acenou para as mulheres, deu uma garfada na sobremesa, depois jogou o guardanapo sobre a mesa.

— Vamos sair daqui.

28

Onde Há
Fumaça...

— Que tal uma bebida? — convidou Trae, enquanto Hattie deslizava para o banco da frente do Lexus alugado.

— Já passa das nove — comentou Hattie. — De qualquer forma, até onde eu sei, o único lugar para tomar uma bebida a esta hora da noite em Tybee é em um daqueles bares turísticos ondes servem *frozen* drinks que brilham no escuro.

— Poderíamos ir até Savannah — sugeriu ele. — Tem um bar na cobertura do meu hotel, com uma ótima vista do rio. E muitos drinks de cor normal.

— Melhor não — disse Hattie. — São 30 minutos para chegar ao centro da cidade, depois eu ainda teria que dirigir de volta para Thunderbolt e tenho que chegar para gravar às 7h amanhã.

— Você poderia pegar um Uber. Ou talvez pudéssemos tomar uma bebida na sua casa? Thunderbolt? Toda vez que passo por lá no caminho para cá, me pergunto por que tem esse nome.

— Ah, não — disse Hattie, esquivando-se instintivamente. A casa dela? Um beijo era uma coisa; convidá-lo para sua casa, e possivelmente sua cama, se ela estava entendendo direito, era apressar demais as coisas.

Trae tinha um cheiro delicioso, uma perigosa combinação de sândalo, couro e bergamota, e seria fácil demais se deixar seduzir por ele. Mas não esta noite.

— Apenas me leve de volta para a obra para que eu possa pegar minha caminhonete, por favor. Eu realmente tenho que ir para casa. Ribsy ficou trancado em casa o dia todo. Prometi a ele uma caminhada quando chegasse. E, como eu disse, amanhã meu dia começa cedo.

— Eu só tenho que chegar às 9h — disse Trae, manobrando o carro e partindo pela avenida Butler.

— Porque você é homem. Tudo o que precisa fazer para gravar é pentear o cabelo e ter certeza de que fechou a braguilha. Eu, por outro lado, tenho que passar pela chapinha e os pincéis da Lisa. Sem falar na escolha do figurino.

— Nós dois sabemos que não é bem assim — retrucou ele, mal-humorado. — Que tal já marcarmos outro dia?
— Vamos ver — disse Hattie.
Ele olhou para ela.
— Essa é a versão sulista para "devemos ser apenas amigos"?
Ela deu um enorme bocejo.
— Não, é só a Hattie dizendo que está de pé há 14 horas e, agora, só quer ir para casa, tomar banho e desmaiar.
Eles percorreram os quarteirões seguintes em silêncio. Trae virou o Lexus na avenida Chatham e desacelerou quando se aproximou da entrada da garagem.
Ainda estavam na entrada da casa quando Hattie apontou o nariz para cima e começou a inspirar fundo.
— Está sentindo esse cheiro? Parece algo queimando.
— Talvez alguém esteja fazendo churrasco?
Ela baixou a janela.
— Não, com certeza não é isso.
— Alguém da equipe queimou lixo hoje? — perguntou Trae.
— Não. Todos já foram para casa. — Ela apontou para uma nuvem de fumaça branca espiralando nos fundos da casa. — Pare o carro. — Hattie desceu do veículo e saiu correndo, antes mesmo de Trae estacionar o Lexus. — Ligue para a emergência — gritou ela por cima do ombro.

Chamas alaranjadas emergiam do topo da caçamba de lixo, e agora a fumaça branca havia se tornado preta e pegajosa. Em pânico, Hattie correu para a beira da varanda para procurar a mangueira que os operários costumavam usar para limpar a obra, mas o calor intenso a fez recuar.
Com os olhos ardendo, sufocando com a fuligem da fumaça, ela só podia observar impotente, assistindo enquanto as chamas da caçamba, que já se aproximavam da casa, chamuscavam o revestimento de madeira recém-lixado da parede.
Ela ouviu o barulho dos carros de bombeiros se aproximando e, ao se virar, viu Trae correndo em sua direção.
— Hattie, saia daqui — gritou ele, puxando-a pelo braço, mas ela estava paralisada, incapaz de desviar o olhar. — Vamos — insistiu. — Não é seguro.
— Ele apontou para as luzes vermelhas piscando na frente da casa.

Instantes depois, um caminhão-tanque se aproximou lentamente, e um dos bombeiros, vestido com equipamento de proteção, saltou da cabine e se aproximou.

— Tem alguém na casa? — perguntou ele.

— Não, não que a gente saiba — declarou Hattie. — Está em reforma.

— O que tem ali? — questionou o bombeiro, apontando para a caçamba de lixo. — Algum produto químico?

Hattie assentiu, tossindo violentamente.

— Os pintores estavam trabalhando lá atrás — disse ela, entre engasgos. — Tem entulhos da construção. Os operários jogam os restos de telhas de madeira velhas e de manta asfáltica lá.

Mais três bombeiros saíram do caminhão e começaram a desenrolar a mangueira.

— Vocês dois precisam sair — disse o bombeiro. — E retire esses veículos daqui.

Uma multidão de curiosos já havia se reunido na entrada da casa. Meia dúzia de carros haviam parado no acostamento da avenida. Ciclistas se aglomeraram, conversando e apontando. Havia uma caminhonete estacionada do outro lado da avenida Chatham, com bisbilhoteiros amontoados na carroceria. Um adolescente sem camisa se posicionou no meio da entrada de carros, com o celular em punho para filmar o incêndio.

Hattie buzinou furiosamente para o garoto, que se virou e fez um gesto obsceno antes de sair lentamente do caminho. Ela seguiu em frente e estacionou no acostamento da avenida, a alguns metros de distância do carro mais próximo. Trae estacionou o veículo atrás do dela, saiu e se juntou a Hattie no banco da frente da caminhonete.

— Você tá bem? — perguntou Trae.

Lágrimas escorreram por seu rosto coberto de fuligem. Ela assentiu, depois enterrou o rosto no ombro dele.

— Se eu perder a casa...

Ele deu um tapinha nas costas dela.

— Você não vai. É só um incêndio na caçamba de lixo. Acho que chegamos a tempo. Minutos depois.

Ela fungou e assentiu, limpando o nariz na manga da blusa.

— Oh, Deus. Se não tivéssemos ficado para a sobremesa...

— *Shhh.* Não tem como sabermos quando o fogo começou. Poderia estar em combustão lenta há horas.

Alguém bateu na janela do motorista. Hattie olhou para cima e ficou momentaneamente cega por um flash. Uma mulher de 20 e poucos anos sorriu, empunhando o celular.

— Eu sabia que era você, Trae!

— Dê o fora daqui — rosnou ele. — Vá embora.

A mulher se afastou lentamente.

— Inacreditável — murmurou Trae. — As pessoas são inacreditáveis.

Eles ouviram o inconfundível som de sirenes, acompanhado por um par de viaturas da polícia de Tybee, com as luzes azuis piscando.

— O que foi agora? — Hattie esticou o pescoço para ver, enquanto uma viatura acelerava pela entrada de carros, em direção à casa. A outra viatura parou, recuou e estacionou na diagonal do outro lado da avenida Chatham. Um policial uniformizado desceu e começou a andar pela rua, sinalizando para os espectadores.

— Vamos lá, pessoal, limpem a área — gritou o policial.

Houve outra batida na janela, e Hattie a abriu.

— Policial...

— Vocês precisam ir para casa agora — pediu o policial, abaixando-se para olhar dentro da caminhonete.

— É a minha casa. — Hattie deixou escapar. — É a minha casa que está pegando fogo.

— Ah. — O policial deu de ombros. — Sinto muito por isso. Acho que não tem problema se ficar. Só mantenha a via desobstruída, caso precisemos chamar uma ambulância.

— Pode deixar — garantiu Trae, inclinando-se para frente. — Alguma novidade? Por que a polícia foi chamada?

— É o procedimento padrão para um incêndio residencial — informou o policial.

— Já soube alguma notícia? O fogo já apagou? — perguntou Hattie.

— Vou passar um rádio para o outro policial e informarei a vocês — assegurou o homem. — Aguardem um minuto.

O policial voltou depois do que pareceu uma eternidade para Hattie.

— Senhora? O fogo já foi controlado, mas vocês não podem voltar lá ainda. Estão fazendo o rescaldo na caçamba e ao redor. Meu capitão está a caminho e gostaria de conversar com vocês.

— Ok — disse Hattie. — Não vamos a lugar algum.

Dez minutos agonizantes se passaram.

Destruidores de Lares   147

— Não suporto não saber o que está acontecendo — disse Hattie, abrindo a porta e saltando da caminhonete.

— Mas o policial disse...

— Não me interessa — protestou Hattie. — Não vou atrapalhar o trabalho deles, mas tenho que ver por mim mesma se minha casa ainda está de pé.

Trae soltou um longo suspiro irritado.

Ela estava na metade da entrada de carros quando avistou a casa sob as luzes vermelhas intermitentes do caminhão de bombeiros, visível em uma névoa de fumaça branca acinzentada.

Hattie tossiu e esfregou os olhos. Não era uma miragem. A casa estava intacta.

Ela avistou o primeiro bombeiro, encostado no tronco de um carvalho no quintal da frente, bebendo de uma garrafa de Gatorade azul. Ele havia retirado o pesado equipamento de proteção e vestia uma camiseta encharcada de suor e shorts esportivos. O homem olhou para ela e assentiu, adivinhando a pergunta.

— Nós conseguimos — disse ele. — Minha equipe está só terminando o procedimento lá atrás. Considerando a situação, você teve muita sorte.

— Foi muito sério? — perguntou ela.

— Não tão sério quanto poderia ter sido. Houve um pouco de dano pela fumaça no revestimento de madeira da parede e na varanda dos fundos, mas nós controlamos o incêndio muito rápido.

— Obrigada. Muito obrigada — disse Hattie.

— Acho que pode ficar uma bela casa antiga — elogiou ele, olhando por cima do ombro. — Passo de bicicleta por aqui o tempo todo, mas não tinha ideia de que havia algo tão bonito por trás de todo o mato e lixo que há na frente.

— Tem quase 100 anos — comentou Hattie.

— Alguém disse que vocês estão gravando um filme ou algo assim?

— É um programa de televisão. Sobre reformas de casas antigas. Chama *Destruidores de Lares*.

Ele riu, virou a cabeça para o lado, tossiu e cuspiu algo na grama.

— Vocês precisam falar com seu empreiteiro, senhora. Os operários deveriam saber que não podem jogar trapos com resíduos químicos em uma caçamba aberta assim. Se tivéssemos chegado 10 minutos mais tarde, a senhora estaria olhando para uma grande pilha de cinzas agora.

— Eu sou a empreiteira — informou Hattie. — E com certeza falarei com minha equipe sobre isso.

Ela ouviu o barulho de pneus e, ao se virar, avistou um SUV vermelho se aproximando.

— É o nosso chefe — afirmou o bombeiro, tomando um último gole do Gatorade. — Ele vai precisar falar com a senhora para fazer o boletim de ocorrência.

Hattie ainda informava seus dados de contato ao chefe dos bombeiros quando a viatura da polícia de Tybee chegou sacolejando pela entrada de carros.

O chefe dos bombeiros acenou, e a viatura parou ao lado deles. O vidro baixou, e ela reconheceu o motorista. Era Makarowicz, o detetive que ela havia conhecido na semana anterior, depois que descobriram a carteira de Lanier Ragan na parede.

— Nos encontramos de novo — disse ele. — Tudo em ordem?

— Fogo na caçamba de lixo — disse o chefe dos bombeiros. — Minha equipe já está se preparando para ir embora. — Ele assentiu para Hattie. — Entraremos em contato se precisarmos de mais alguma coisa. Enviarei um investigador amanhã, só por formalidade.

— Quer dar uma olhada? — perguntou o policial.

— Quero, mas estou com medo do que vou encontrar — admitiu Hattie.

— Temos companhia — disse Makarowicz, protegendo os olhos dos faróis de um carro que se aproximava.

— Trae — constatou ela. — Esqueci completamente que ele ainda estava aqui.

O Lexus branco parou a alguns metros de distância. Ela chegou ao carro no mesmo momento em que ele desembarcava.

— Como está a casa? — perguntou Trae. — Eu estava começando a ficar preocupado.

— Veja por si mesmo — disse Hattie, apontando para a casa. — Ainda está de pé. Os bombeiros disseram que a maior parte do fogo foi contido ainda na caçamba. Desculpe. O chefe dos bombeiros precisava dos meus dados para o boletim de ocorrência, e então o detetive Makarowicz, que esteve aqui na semana passada, chegou e quis falar comigo.

Trae alternava o peso desconfortavelmente de um pé para outro.

— Você deveria voltar para a cidade — insistiu Hattie. — Não há nada que possa fazer aqui.

— Tem certeza?

— Tenho. Desculpe terminar a noite em um clima tão desagradável. Te vejo pela manhã.

— Tá bom. — Ele se inclinou, e seus lábios roçaram a bochecha de Hattie.

O cheiro acre de madeira carbonizada e produtos químicos ficou mais forte quando Hattie e Makarowicz se aproximaram da parte de trás da casa.

— É o seu namorado? — perguntou Mak.

— Trae? Não. Ele é o designer do programa. Fomos jantar, e ele estava me trazendo de volta para pegar minha caminhonete quando senti o cheiro da fumaça.

Makarowicz jogou o feixe de sua lanterna sobre a parte de trás do contêiner, que agora era um pedaço de aço disforme e carbonizado. O trinco da frente estava destrancado, e um monte de cinzas irreconhecíveis se espalharam pelo chão queimado ao seu redor.

— Então foi aí que o fogo começou? — questionou o policial, aproximando-se. Seus passos fizeram um som estridente nas poças de água remanescentes das mangueiras de incêndio. Ele moveu a lanterna na direção da casa, e Hattie deu um leve suspiro.

Um pedaço do revestimento de madeira da parede próxima, de alguns metros quadrados, tinha marcas pretas e oleosas de chamuscado, mas as colunas da varanda e as tábuas pareciam intactas.

Ela caminhou até a varanda para ver mais de perto, e o facho da lanterna do policial a seguiu.

— Não parece tão ruim — relatou Hattie. — Mas tenho medo de abrir a casa para ver se a água causou algum dano.

— Espere até de manhã — aconselhou Mak. — Não há nada que você possa fazer esta noite.

— Acho que não — concordou ela.

Ele matou um mosquito no braço e olhou solenemente para ela.

— Isso pode não ser uma coincidência, você sabe.

O pensamento lhe ocorreu assim que viu o amontoado de curiosos na rua em frente à casa, mas ela não queria expressar a ideia, com medo de torná-la mais real.

— Você acha que alguém pode ter ateado fogo intencionalmente? — perguntou ela. — Poderia ter algo a ver com Lanier Ragan?

— Não sou um investigador de incêndios. Os jornais não param de noticiar a reabertura da investigação do desaparecimento. Talvez alguém não queira você bisbilhotando nesta casa.

150 Mary Kay Andrews

— Você conhece Howard Rice? O fiscal urbanístico? Ele emitiu duas multas diferentes por violações do código urbanístico. *Alguém* nos denunciou para a prefeitura por cortar o que ele diz ser árvores maduras. Só um monte de pinheiros, palmeiras e ervas daninhas. Uma multa de mil dólares. Alguns dias depois, ele veio me entregar a notificação de outra multa de 200 dólares por violar a lei de ruído da cidade. Ele disse que os vizinhos estavam reclamando. Mas ninguém reclamou diretamente para mim.

— Não conheço esse Rice — disse Mak.

— Nem queira. Só estou me perguntando se quem nos denunciou ao Inspetor Bugiganga pode ter ficado furioso o suficiente para incendiar a caçamba de lixo.

— Você quer dizer, como um aviso? — questionou Mak.

— Talvez pretendessem incendiar a casa toda. O bombeiro me disse que, se não tivéssemos visto a fumaça naquele exato momento, a casa teria se transformado em cinzas.

O policial ficou em silêncio por um momento.

— Quem teria interesse em fazer isso? E por quê?

— Acho que pode ser um vizinho muito irritado. Ou talvez alguém realmente chateado por eu "tomado a casa de sua família", como ele mesmo disse.

— Você está falando de Holland Creedmore Junior — disse Mak. — Talvez seja hora de eu ter uma conversinha com ele.

29

Quase
Famosos

Mo estava de pé no banheiro, fazendo a barba, quando ouviu o telefone.
Tam tam tam tam... tam tam tam tam... O toque era inconfundível. Toda vez que ele o ouvia, imaginava Roy Scheider se afastando do barco nas águas infestadas de tubarões de Cape Cod. Mas eram apenas 6h da manhã em Savannah. O que ela estava fazendo acordada às 3h da manhã na Costa Oeste?

— Rebecca?

— Mo! Você é um gênio. Meu Deus, essas fotos são incríveis.

— De que fotos estamos falando? — Ele voltou para o banheiro, desligou o barbeador elétrico e olhou no espelho. Seu rosto parecia uma cama desarrumada. Ele tentou se lembrar de quem era essa expressão, mas era cedo demais para isso.

— No TMZ. Suas estrelas. Hattie e Trae. Olhando nos olhos um do outro, se beijando, trocando carícias. Um flagra e tanto. Essas fotos são perfeitas.

Ele colocou a ligação no viva-voz e digitou "TMZ" no site de busca do celular. Logo abaixo das histórias de um espetacular divórcio hollywoodiano e uma matéria ainda mais espetacular sobre um senador casado de um estado democrata que foi pego em flagrante com um amante do mesmo gênero, ele viu a manchete: CHARMOSO DESIGNER DA HPTV EM NOITE QUENTE COM NOVA COESTRELA DE SAVANNAH.

As fotos tinham aquele aspecto desfocado e vulgar que vendia publicidade e era capaz de catapultar ou afundar carreiras de celebridades, dependendo do humor do público naquele dia. E, tal como Rebecca havia dito, elas mostravam Hattie em uma série de fotos espontâneas, à luz de velas, beijando e lançando olhares lânguidos para Trae Bartholomew, que a fitava como um leopardo faminto espreitando um filhote de girafa. Pelo ambiente das fotos, elas haviam sido tiradas em um restaurante local. E, ao que parecia, Hattie não estava exatamente ameaçando Trae com uma faca.

Por um momento, ele ficou furioso.

— Porra.

O texto que acompanhava as fotos era entusiástico e cheio de hipérboles e insinuações maliciosas. O cerne da matéria era que Trae estava filmando um novo reality show de sucesso para a HPTV chamado *Destruidores de Lares* e que o relacionamento entre ele e sua coestrela, uma adorável, mas desconhecida, profissional local, já estava "pegando fogo".

— Mo! Está vendo as fotos? Como conseguiu fazer isso?

Ele fechou a janela do navegador.

— Não foi difícil. Você tinha razão. A química já existia, só precisei acender o fósforo.

— Essa é a ideia. Já falei com Andrea do setor de relações públicas. Vamos divulgar essa história para todos os meios de comunicação do país: *People*, *The Today Show*, *Headline Hollywood*, *Entertainment Weekly*, *Good Morning America*...

— E não se esqueça do *National Enquirer* — disse Mo.

— Sim! Claro! Esses tabloides populares são voltados especificamente para nosso público-alvo.

— Eu estava brincando.

— Mas eu, não — disse Rebecca. — Além disso, que incêndio é esse de que estão falando? Você não começou um incêndio como um golpe publicitário, não é? Bom, não estou dizendo que é uma má ideia, mas em termos de seguro...

— Que incêndio?

Ela suspirou.

— Mo, você não usa nem os alertas do Google? Houve um incêndio na casa ontem à noite. Só recebi um resumo, mas acho saiu nos canais de notícia locais.

Mo foi até a sala de estar e ligou a televisão, trocando de canal até encontrar um que não falava sobre a captura de um jacaré de 3 metros na piscina de uma família local.

— *E, em seguida, o fogo ameaça a restauração de uma casa histórica em Tybee Island.* — Seus olhos se arregalaram quando ele viu chamas alaranjadas serpenteando pelo céu noturno. Outra imagem mostrou a frente da casa dos Creedmore, com fumaça saindo da parte de trás.

O apresentador era o mesmo cara com o cabelo penteado para trás que apareceu na casa após a descoberta da carteira de Lanier Ragan. Aaron alguma coisa.

— *Os bombeiros dizem que o incêndio foi descoberto por volta das 9h30 da noite de ontem. Aparentemente, começou em uma caçamba de lixo e se aproximou perigosamente da centenária casa desocupada. Felizmente, o grupamento do Corpo de Bombeiros de Tybee rapidamente controlou as chamas. As causas ainda estão sob investigação. Um vizinho alerta nos enviou um vídeo, e traremos mais detalhes no nosso jornal das 18h.*

— Meu Deus. Rebecca, tenho que ir.

— Tudo bem, mas me mantenha informada. Meu Deus, Mo, essa história fica melhor a cada minuto. Ligarei para Tony mais tarde, porque acho que isso significa que teremos que começar uma grande campanha de pré-lançamento.

Ele enviou uma mensagem para Hattie. Nenhuma resposta. Então se vestiu, encontrou as chaves do carro, voltou ao banheiro para escovar os dentes e teve um vislumbre de si mesmo no espelho.

— Cara de cama desarrumada. — Ele estalou os dedos. — Lembrei! Orson Welles.

30

O Rescaldo
do Incêndio

Foi Ribsy quem a acordou pouco depois das 6h da manhã seguinte. Ele pulou na cama e começou a arranhar as costas de Hattie. Quando ela se virou, ele se deitou com o corpo todo no peito dela, aninhando a cabeça abaixo do queixo.

— *Argh*. — Ela afastou gentilmente o focinho dele. — Cara, que bafo!

Foi quando ela notou seu celular, que havia colocado no modo silencioso antes de desabar na cama apenas cinco horas antes. A tela piscava com notificações de mensagens.

Duas de Cass, duas de Mo e uma de Trae.

Cass: 5h42. Meu Deus! Você estava mesmo trocando saliva com o Treva em público?

Cass: 5h45. O que diabos está acontecendo? A casa pegou fogo? Me liga. Agora!

Mo: 5h36. Ei. Se você e Trae pretendem viralizar na internet, seria bom me avisar antes.

Hattie se sentou na cama depois de lê-las.

— Viralizar?

A mensagem seguinte de Mo, enviada 5 minutos antes de ela acordar, ecoava a de Cass. *ME LIGA*.

O telefone vibrou em sua mão. Era Mo.

— Houve um *incêndio*, e você não pensou em me avisar?

Hattie esfregou os olhos.

— Como você soube do incêndio?

— Rebecca recebeu um alerta no telefone e me ligou. Eu acabei de saber… pela televisão.

— Está na televisão? Minha nossa! Foi na caçamba de lixo. Descobrimos bem a tempo, e a casa ainda está de pé — tranquilizou ela. — Achei que você não ficaria muito contente com um telefonema a 1h da manhã, que foi a hora que cheguei em casa.

— Você pode me ligar a qualquer hora se for sobre o programa — explicou Mo. — Qual o tamanho do estrago?

— Bem, estava escuro, então não consegui ver muita coisa. Com certeza houve danos no revestimento da parede dos fundos por causa da fumaça e talvez na varanda. Eu não entrei na casa ontem.

— E você está bem? — perguntou ele. — Você e Trae não estavam dando uns amassos dentro da casa quando o fogo começou, não é?

— Não tem graça — retrucou Hattie. — De onde você tirou isso de amassos e de viralizar, afinal? Nós jantamos, ele me trouxe de volta para casa para eu pegar minha caminhonete, e foi quando senti cheiro de fumaça e liguei para a emergência.

— Obviamente você não viu o site do TMZ — disse Mo.

— Até 5 minutos atrás, a única coisa que eu tinha visto esta manhã foi o interior das minhas pálpebras.

Ela colocou a ligação no modo viva-voz e digitou "TMZ" no site de busca do celular. Hattie sentiu o sangue esvair de seu rosto quando viu a manchete: ASTRO DA TV, TRAE BARTHOLOMEW, EM NOITE QUENTE COM COESTRELA EM SAVANNAH, LOCAÇÃO DE SEU NOVO REALITY. Logo abaixo da manchete, havia uma série de fotos desfocadas — Trae se inclinando sobre a mesa, encarando Hattie, Trae beijando-a, Trae fazendo aviãozinho com a sobremesa. E, sim, Hattie no banco do motorista da caminhonete, com a cabeça enterrada no ombro dele.

— Oh, Deus — grunhiu ela. — Havia um grupo de mulheres na mesa próxima da nossa. E depois uma garota se aproximou da minha caminhonete enquanto estávamos estacionados do lado de fora da casa, esperando notícias dos bombeiros. Eram fãs desesperadas. Elas devem ter enviado essas fotos. Desculpe, Mo. Nunca imaginei...

— Não se desculpe — disse ele, em um tom ríspido. — Isso é exatamente o que a emissora esperava.

— Mas é nojento — protestou Hattie. — Essas fotos fazem parecer que... — Ela estremeceu. — Como se estivéssemos prestes a ir para cama juntos. E *não* foi o que aconteceu. Foi só um beijo.

— Ouça, Hattie — disse Mo. — É melhor se acostumar com essas coisas. Quanto mais atenção você e Trae atraírem, mais telespectadores o programa vai ter. Tenho que ir agora. Vejo você na casa.

— Espera. Será que vamos conseguir filmar hoje? Digo isso porque estava um verdadeiro caos quando saí ontem à noite.

— Com certeza, temos que gravar hoje. O incêndio acrescenta dramaticidade. Falando nisso, agora temos que encontrar quem gravou o vídeo do incêndio que apareceu no noticiário esta manhã.

— Preciso te contar uma coisa, Mo.

— O quê?

— Aquele policial... Makarowicz? Ele foi até a casa para falar comigo ontem à noite, depois que o fogo foi controlado. Ele cogitou... e eu também... que talvez o incêndio tenha sido intencional. Pela mesma pessoa que nos denunciou para a prefeitura por violações do código urbanístico.

— Você está falando de incêndio criminoso? Quem faria algo assim?

— Não sei. Talvez aquele cara da família que era dona da casa?

— O Holland? Qual é, Hattie. Aí já é forçar a barra, não acha?

— Sei lá — respondeu ela. — Mas Makarowicz disse que vai conversar com ele.

— Se for mesmo o Holland, talvez o susto já seja o suficiente para ele nos deixar em paz.

Mo desligou, e o celular de Hattie a alertou de uma chamada de Cass.

— Alô — começou Hattie.

— Somos melhores amigas ou não? — gritou Cass.

— Claro que somos! Eu não te liguei para contar do incêndio porque...

— Quem se importa com o incêndio? Acabei de ver no noticiário que ninguém ficou ferido e que a casa ainda está de pé. Estou falando de você "em uma noite quente" com Trae.

— Foi só um beijo! — protestou Hattie. — Fomos jantar no Sundae Café, e tinha uma mesa cheia de fãs inconvenientes que tiraram fotos de nós. Calma, Cass. Juro. Não é o que parece.

— Quem beijou quem? — questionou Cass. — Preciso de detalhes.

Hattie se levantou e entrou na cozinha, seguida de perto por Ribsy. Ela colocou uma cápsula na cafeteira e serviu um pouco de ração na tigela do cachorro.

— Ele me beijou — admitiu ela com relutância. — O que eu podia fazer? Dar um tapa na cara dele?

— Você *queria* dar um tapa na cara dele? Olhando para essas fotos, parece que você estava se divertindo.

— Eu não sei — murmurou Hattie. — Ser beijada por um cara lindo como Trae não é exatamente tortura. Por outro lado...

— O que foi? Você tem medo do que as pessoas vão pensar?

— É. — Hattie colocou a caneca na cafeteira. — E se Tug e Nancy virem essas fotos? Como vão se sentir?

— Querida, tenho uma notícia para você. Hank está morto, mas você está viva. E já se passaram 7 anos. Tug e Nancy podem não gostar da ideia de você estar com outro homem, mas eles são boas pessoas. Vão se acostumar. A questão é, você consegue? Hattie?

— Estou aqui — respondeu ela. — Olha, Cass. O sol ainda nem nasceu. Não consigo discutir questões existenciais com você antes da minha dose de cafeína.

Cass desligou. Hattie tomou um gole de café e tentou organizar seus pensamentos. Olhou para o celular e leu a mensagem que faltava. A de Trae.

Sonhei com você.

— Só isso? Essa é a mensagem?

Ribsy ergueu os olhos da tigela de comida.

— O que isso quer dizer? — perguntou Hattie ao cachorro, despejando o resto do café na pia. Ela parou e afagou a cabeça de Ribsy. — Garoto, sem ofensa, mas odeio o sexo masculino.

31

O Show Tem que
Continuar

Hattie acomodou Ribsy na caminhonete e partiu em direção à Tybee com o cabelo molhado envolto em um turbante de toalha. O celular apoiado no porta-copos apitou para alertá-la de uma mensagem de texto. Era de Cass. Ela sentiu uma pontada atrás do olho esquerdo assim que a leu.

O INSPETOR BUGIGANGA VOLTOU.

A entrada da garagem estava repleta de veículos, incluindo um pequeno caminhão branco com o logo da cidade de Tybee na porta.

Ela estacionou a caminhonete, desembarcou e foi até a varanda, com Ribsy saltitando atrás dela.

— O que foi agora?

Howard Rice estava de pé na varanda da frente, com a prancheta enfiada sob o braço, nariz a nariz com Mo, que parecia engajado em uma acalorada discussão com o fiscal.

Ao se aproximar, Hattie ouviu a voz de Mo.

— Isso é abuso de autoridade, puro e simples — protestou. — Você não tem nada melhor para fazer com seu tempo?

— É meu dever de ofício — respondeu Rice, sem ceder ou se afastar.

— Quando tomo conhecimento de uma violação das normas urbanísticas, é meu trabalho fazer com que a lei seja cumprida. — Ele ergueu a prancheta e mostrou ao produtor. — Esta foto mostra claramente que a caçamba estava aberta. Isso é uma multa de mil dólares.

Hattie marchou em direção à varanda e arrancou a prancheta da mão de Rice.

O papel era uma impressão de uma foto colorida feita à noite, provavelmente com um flash, que mostrava um recipiente verde-escuro semelhante ao do quintal.

— Onde você conseguiu isso? — perguntou ela.

Ribsy se posicionou ao lado dela, alerta para o potencial perigo.

— Um cidadão preocupado me enviou por e-mail ontem à noite — declarou Rice, pegando a prancheta de volta. — É possível ver claramente que a caçamba não está fechada, porque há tábuas e pedaços de manta asfáltica pendurados para fora.

— Ontem à noite? A que horas da noite de ontem? — Uma raiva incandescente fervilhou em seu peito.

— Eu teria que verificar o horário no e-mail — disse Rice. — Não importa. É uma violação. — Ele começou a destacar a notificação do bloco, mas Hattie o impediu.

— Essa caçamba fica nos fundos da minha propriedade. Ambos sabemos que não é visível da rua. Quem tirou a foto invadiu uma propriedade privada. Tenho certeza de que está ciente de que tivemos um incêndio lá no quintal ontem à noite, que poderia ter incendiado a casa toda. Minha equipe e eu ficamos aqui trabalhando até por volta das 20h30, quando fui jantar. Assim que voltei para cá, pouco antes das 22h, aquela caçamba já estava em chamas.

— O que você está sugerindo?

— Você é cego e surdo? — gritou Mo. — Ela está dizendo que seu "cidadão preocupado" é o maldito incendiário que deliberadamente ateou fogo naquela caçamba.

O Inspetor Bugiganga teve o bom senso de dar um passo para trás.

— Vocês não podem afirmar isso.

— Uma ova que não — disse Hattie. Ela pegou o celular do bolso. — Não saia daí! Vou ligar para o detetive Makarowicz da polícia de Tybee. Ele precisa ver essa foto.

Rice arrancou a citação do bloco e a entregou a Hattie, que a jogou no chão da varanda e a pisoteou.

— Que maneira superdivertida de começar o dia — ironizou Cass, encostada no parapeito da varanda, observando a interação entre Hattie e o Inspetor Bugiganga.

— Minha cabeça já está prestes a explodir.

Ela ligou para o número que Makarowicz lhe dera, mas caiu direto na caixa postal.

— Detetive Mak? É Hattie Kavanaugh. Me liga, por favor. É importante. — Ela desligou e olhou para Mo Lopez. — O estrago foi muito grande?

Ele abriu a porta da frente e gesticulou para que ela entrasse.

— Veja você mesma.

A frente da casa estava intocada pelo fogo.

— Os bombeiros cortaram a energia da casa ontem à noite — revelou Hattie.

— Encontrei o disjuntor principal e religuei quando cheguei aqui — disse Mo.

Ela ouviu vozes vindo da cozinha.

— São os pintores — explicou Cass. — Jorge e sua equipe estão se sentindo péssimos. Eles ouviram sobre o incêndio no rádio e chegaram aqui na mesma hora que eu.

— Mas não sabemos se foi culpa deles — advertiu Hattie.

— Uma coisa nós sabemos. Está um caos — disse Mo.

Hattie sentiu o coração pesar ao ver o rio escoando pelo corredor.

Jorge e seu filho Tomas estavam dentro da cozinha, usando vassouras para puxar os 3 centímetros de água empoçada em direção à porta dos fundos aberta. Um enorme ventilador industrial foi montado na mesa de trabalho improvisada, e o sobrinho de Jorge, Eddie, arrastava um aspirador de água até a cozinha. Toda a parede de trás da cozinha estava coberta por uma fina película preta e oleosa, e todos os armários, que ainda não haviam sido instalados, estavam recobertos com a mesma fuligem.

Jorge olhou para ela com olhos tristes.

— Sinto muito — lamentou ele. — Fomos cuidadosos, Hattie. Tomas disse que todos os trapos de pintura foram descartados em um tonel selado de metal. Estava na varanda dos fundos, mas agora sumiu.

Tomas assentiu.

— A lata de solvente mineral que estávamos usando para limpar os pincéis também desapareceu.

— Puta merda — sussurrou Hattie. — Alguém *realmente* ateou fogo de propósito.

— E agora? — perguntou Hattie. — Teremos que paralisar a obra? A emissora nos dará mais tempo para terminar a casa?

Eles estavam de pé na varanda da frente, bebendo café, enquanto as equipes de filmagem estavam ocupadas, documentando os danos causados pelo incêndio para a companhia de seguros.

— Não e não — disse Mo calmamente. — Rebecca me ligou assim que falei com você. Ela foi inflexível. Nada muda. Incluímos o drama do incêndio na história. Quem não ama uma boa catástrofe, desde que seja com os outros. Não é?

— Isso é loucura — protestou Hattie. — Toda aquela água ficou parada na cozinha a noite toda. Há uma boa chance daquele piso de madeira velho estar estufado. E a varanda dos fundos está um desastre. Estou preocupada que as colunas possam ter sofrido mais danos do que meros chamuscados de fumaça.

— Teremos que descobrir uma solução. Trae pode projetar algo parecido ou melhor. A propósito, onde ele está? São quase 9h.

— Não sei — disse Hattie. — Ele me mandou uma mensagem de manhã, mas não tive tempo de responder ou ligar para ele.

— Ah, garota — interrompeu Leetha. — Depois de ver aquelas fotos de vocês dois no TMZ, imaginei que estariam passeando por aqui, juntinhos, esta manhã, radiantes de felicidade.

Hattie soltou um suspiro longo e exasperado.

— Quantas vezes eu tenho que dizer que não foi nada disso. Não somos um casal. Ok? Entendido?

— Se você diz... — murmurou Leetha.

Cass se aproximou, segurando um prato de papel cheio de frutas e muffins do serviço de *catering*.

— Mamãe ligou para a seguradora, e um regulador de sinistros deve vir aqui hoje.

— Quando poderemos remover aquela caçamba destruída? — questionou Leetha, servindo-se de um muffin. — Aquilo está pavoroso.

— Não até que o investigador de incêndio volte — informou Cass. — O que deve acontecer esta manhã.

— Deixei duas mensagens para aquele policial de Tybee — disse Hattie. — Quero que ele ouça o que Jorge e Tomas nos disseram sobre aquele tonel de trapos e os solventes que desapareceram.

— Quem iria querer incendiar este lugar, pessoal? — perguntou Leetha. — Quem vocês irritaram?

— Vamos deixar que a polícia descubra isso. Precisamos começar a gravar — disse Mo, amassando seu copo de café de papel. — Com ou sem seu namoradinho.

A equipe de filmagem estava a postos no corredor do lado de fora da cozinha.

Assim que as câmeras começaram a rodar, Trae chegou ao set.

— Desculpe — disse ele a Mo, que olhou deliberadamente para o relógio de pulso. — Os manobristas do hotel não conseguiram encontrar meu carro, e depois havia um trem bloqueando os trilhos da ferrovia. Durante malditos 15 minutos.

Mo balançou a cabeça e voltou sua atenção para Hattie.

— Assim que você terminar aqui, gravaremos Trae explicando a situação dos armários. Se ele não estiver muito ocupado.

Trae ficou a alguns centímetros do rosto de Mo.

— O que quer dizer com isso?

— Significa que não estou interessado em desculpas esfarrapadas — retrucou Mo.

— Já chega, vocês dois — disse Leetha, interpondo-se entre eles. — Chega dessa babaquice. Podemos trabalhar agora?

32

Mentes
Desconfiadas

Makarowicz estacionou a viatura em frente ao endereço que havia encontrado na internet. A casa não era o que ele esperava para um homem que supostamente era descendente de uma família rica e tradicional de Savannah.

Era a casa mais pobre da rua Quarenta e Oito. Uma pequena casa de alvenaria pintada em um tom de verde-claro já desbotado, com um quintal caótico e arbustos que cresceram desordenadamente e obscureciam as janelas da frente. Mas a reluzente caminhonete estacionada na garagem parecia nova.

Ele tocou a campainha e esperou.

— Quem é? — gritou uma voz masculina.

— Holland Creedmore? Sou o detetive Makarowicz, do Departamento de Polícia de Tybee, e gostaria de alguns minutos do seu tempo. — Ele ergueu o distintivo até o olho mágico da porta de madeira.

— Merda — murmurou a voz.

A porta se abriu alguns centímetros ainda com a tranca de corrente. Holland Junior tinha uma testa larga, cabelos loiros penteados para trás e um espesso bigode com as pontas curvadas para cima.

— Do que se trata?

— Se você me deixar entrar, eu explico — respondeu Mak.

Holland abriu a porta e fez sinal para que ele entrasse.

— Ok, mas precisa ser breve. Tenho que estar em um lugar em 30 minutos.

— Tudo bem.

— Senta aí. — Holland Junior apontou para uma poltrona reclinável de couro preto de frente para um sofá de couro preto combinando.

Holland se sentou no sofá. Ele estava descalço e usava calças cáqui largas e uma camiseta azul-marinho que mal conseguia esconder o pneuzinho em torno da barriga.

— Vi no jornal que encontraram a carteira de Lanier Ragan em nossa antiga casa em Tybee. — O tom de Holland era beligerante. — Não somos mais donos do imóvel, sabia? Aquele pessoal da televisão a tomou de nós.

— Estou ciente — disse Mak.

— A prefeitura de Tybee está envolvida em negócios escusos — reclamou Holland. — Você trabalha para o departamento de polícia. Tenho certeza de que sabe do que estou falando.

— Não — disse Mak. — Mas eu só estou na cidade há alguns meses.

— Espere para ver — alertou Holland. — Aquelas pessoas são mais sujas do que esgoto.

— Vou me lembrar disso. — Mak pegou bloco e caneta. — Segundo relatos, parece que o senhor conhecia Lanier Ragan, a professora que desapareceu.

— Joguei futebol americano no Cardinal Mooney, treinado pelo marido dela, Frank Ragan — contou Creedmore. — Eu a via em jogos e coisas assim, mas não tenho ideia de como aquela carteira foi parar lá.

— Você sabe se a Sra. Ragan já visitou a casa de praia da sua família?

— Meu pai foi presidente do clube de apoio ao esporte da escola por anos, e meus pais costumavam dar festas para todo o time, suas famílias e treinadores. Ela pode ter ido a uma dessas festas com o marido.

— Certo. Quando foi a última vez que esteve na casa?

— Deve ter sido depois do último furacão. Qual foi mesmo? Acho que o Irma. Então, 2017? Perdemos parte do telhado após o furacão Matthew em 2016. Meu pai é um dos donos da casa. Os outros eram o primo do meu pai, que mora fora do estado e não vinha para a cidade há anos, e a prima dele, Mavis, que é uma chata. Mal tínhamos acabado de consertar o telhado quando o Irma destruiu tudo de novo. E acontece que Mavis deixou o seguro caducar. Meu pai e eu fomos lá para ver a situação. E estava péssima. Meu pai e Mavis brigaram, e ela trocou as fechaduras. Da nossa própria casa.

— Então, você está dizendo que a última vez que esteve fisicamente dentro daquela casa teria sido em algum momento de 2017?

— Você pode checar as datas, mas acredito que foi em setembro — disse Holland.

— Não sei se soube, mas houve um incêndio no quintal da casa ontem à noite — informou o policial.

— Vi no noticiário. Aqueles idiotas quase incendiaram uma das casas mais antigas da ilha. É um crime o que estão fazendo com aquele lugar.

— Então você viu o trabalho que estão fazendo no local?

— Já passei de carro em frente algumas vezes. Ouvi dizer que todos os nossos antigos vizinhos estão criando caso por causa do tráfego intenso e do barulho vindo da obra.

— Alguém denunciou Hattie Kavanaugh ao fiscal urbanístico de Tybee. Ela já recebeu duas notificações e teve que pagar algumas multas pesadas — disse o detetive.

Holland riu.

— Bem feito para ela, aquela vadia estúpida.

— Sabe — começou Mak, encarando Holland com uma expressão impassível —, parece que alguém está decidido a importuná-la. E o incêndio na caçamba de lixo parece criminoso.

— Então esse é o motivo da sua visita. Acha que sou o responsável? Esqueça. Tenho coisas melhores para ocupar meu tempo.

Makarowicz mudou de assunto abruptamente.

— O que acha que aconteceu com Lanier Ragan?

— Como diabos eu vou saber? — retrucou Holland. — Eu era só um garoto. Pergunte para o marido dela.

— Ah, pode apostar que vou — disse Mak, com toda a calma. — Só por curiosidade, quando foi a última vez que viu Lanier Ragan?

— Acho que já encerramos. Tenho um compromisso. — Holland caminhou até a porta e a abriu com um gesto exagerado.

33

Mais um Jogo
de Perguntas

A tela do celular indicava "Número Desconhecido". Ele atendeu:
— Makarowicz.

Era a voz de uma mulher.

— Detetive Makarowicz? Aqui é Deborah Logenbuhl. O senhor enviou uma mensagem privada na minha página no Facebook, pedindo que eu te telefonasse? Trabalhei com Lanier Ragan no Colégio St. Mary.

— Sim. Obrigado por retornar — agradeceu Mak.

— Imaginei que alguém da polícia poderia entrar em contato comigo — disse ela. — Vi no noticiário que a carteira de Lanier foi encontrada naquela casa em Tybee. Eu mesma pensei em ligar para vocês, mas não queria parecer uma daquelas loucas que ligam para a polícia com alguma teoria de conspiração maluca.

— Tudo bem se eu gravar nossa conversa?

— Sim, acho que tudo bem.

Ele clicou no botão de gravar do celular.

— Eu soube que você era próxima de Lanier Ragan.

— Éramos muito amigas — disse ela. — A sala de aula dela era ao lado da minha. Lanier era uma pessoa radiante. Foi um grande choque quando ela desapareceu. Acho que nunca superei isso.

— Na época, o que achou que tinha acontecido com ela? Alguma vez ela comentou a ideia de abandonar o marido? Ou de sumir?

— Sumir? Não — disse Deborah.

— Ela estava infeliz? Em casa ou no trabalho?

A professora de teatro pensou por um momento.

— Eu só percebi depois que ela desapareceu, mas algo definitivamente estava acontecendo com ela naquela época. Ela... estava diferente.

— Como?

— Estava... fechada. Preocupada, pode-se dizer. Estava sempre saindo apressada para uma reunião, um compromisso ou uma aula particular. Antes disso, nós nos encontrávamos todos os sábados de manhã para um café, mas ela me deu bolo algumas vezes. A última vez que a vi foi na festa de Natal dos professores. Ela estava usando uma daquelas tiaras com chifres de rena e um nariz vermelho de espuma. Entrei em trabalho de parto na manhã seguinte.

— Você disse que ela dava aulas particulares?

— Sim. Lanier dava aulas para algumas de nossas alunas, preparando-as para as provas de admissão para a faculdade, e sei que Frank a recomendou para alguns dos garotos do time de futebol. Somando isso tudo e a casa, era muita coisa, sabe? E Frank não estava por perto, porque era temporada de futebol americano.

— Ela reclamou de Frank? O casamento era bom?

— Ela não precisava reclamar. Eu via com meus próprios olhos. Ele esperava que ela fosse a esposa perfeita. Cozinhar, limpar, cuidar da Emma, ajudar a mãe doente, além de ser uma santa na cozinha e uma devassa no quarto.

— Presumo que você não era muito fã de Frank Ragan.

— Nem um pouco.

— Acha que ele poderia ter algo a ver com o desaparecimento dela?

— Talvez. Mas meu filho nasceu prematuro, uma semana antes do Natal, e ele ficou internado na UTI do Hospital Memorial. Esse período é só um borrão em minha memória.

— Mas seu bebê ficou bem, não é?

— Ele está no último ano do ensino médio, é 15 centímetros mais alto do que eu.

— Fico feliz em saber — disse Mak. — Você disse que Lanier dava aulas para alguns dos jogadores de Frank?

— Dois ou três — explicou Deborah. — Uns broncos que não sabiam distinguir tempos verbais.

— Você se lembra dos nomes de algum deles? Dos jogadores?

— Isso é importante?

— Pode ser. Recebemos uma pista de que Lanier estava tendo um caso com um aluno do ensino médio.

A professora de teatro emitiu um ruído, como o ar escapando de um balão murcho.

— *Ufff!*

— Pode não ser verdade — admitiu Mak.

— Acho que *não* é uma ideia tão absurda. Lanier era 10 anos mais jovem do que eu e muito envolvida com as meninas e com suas vidas. Talvez envolvida demais. Então, sim, acho que poderia ter sido um dos jogadores de futebol. Mas eu não me lembro de nenhum nome.

— E se eu conseguir uma lista do time de futebol daquele ano? — insistiu Mak. — Talvez ver os nomes desperte uma lembrança?

— Desculpe. Nunca prestei muita atenção em esporte. Não é minha praia.
— Tudo bem — disse Makarowicz. — Obrigado por retornar a ligação.

— Aqui é o Frank. Você sabe o que fazer.

Makarowicz hesitou. Já deixara três mensagens de voz para Frank Ragan e não teve resposta. Ele não tinha muita esperança de receber uma ligação do ex-treinador de futebol americano, mas ainda faria mais uma tentativa.

— Sr. Ragan, aqui é Al Makarowicz, do Departamento de Polícia de Tybee Island. Houve uma novidade na investigação do desaparecimento de sua esposa, e é urgente que eu fale com o senhor.

Ele soletrou o sobrenome, deixou o número e desligou. Estava sentado no cubículo claustrofóbico que servia como escritório na sede da polícia, na avenida Van Horne.

A caminho da ilha, voltando de seu encontro com Holland Creedmore, o policial pensava sobre o que a professora de teatro lhe dissera, que Lanier Ragan dava aulas particulares para alunos do ensino médio, incluindo alguns dos jogadores do time do marido, meses antes de desaparecer. Será que algum daqueles "broncos" era seu amante secreto? Holland Creedmore Junior estava no time, mas precisava de aulas particulares? Quem mais poderia se encaixar nessa descrição?

Ele abriu a barra do navegador em seu computador e digitou "Time de Futebol Americano do Colégio Cardinal Mooney, 2004". Havia dezenas de ocorrências. Mak descobriu que os Knights venceram o campeonato estadual naquele ano, invictos, que Frank Ragan havia recebido o prêmio de Treinador de Ensino Médio do Ano do estado da Geórgia e que dois de seus jogadores do último ano, André Coates e Holland Creedmore Junior, foram indicados para o time de ouro da liga de ensino médio do país.

Ele encontrou uma foto dos dois destaques da equipe, sorrindo e segurando suas placas de premiação. Coates era um robusto *linebacker*, e Holland Creedmore Junior era, sem surpresa, um *tight end*. O texto que acompanha a matéria relatava que Coates estava indo para a Universidade A&M da Flórida, enquanto Creedmore tinha assinado contrato para jogar na Wake Forest.

— Wake Forest, hein? — Ele analisou a foto de Holland Creedmore aos 18 anos. Cabelo loiro na altura dos ombros, vestindo uma camisa branca, gravata vermelha listrada e blazer azul. Olhos claros, bonito, um garoto como outro qualquer.

Makarowicz pesquisou outras histórias até encontrar um artigo do *Savannah Morning News* exaltando os jogadores de futebol americano do Cardinal Mooney em 2004. Oito dos membros da equipe do campeonato eram do último ano e foram destacados no artigo. Ele imprimiu a matéria e continuou lendo.

Trinta minutos depois, ele tinha uma pasta de matérias impressas e alguns pensamentos. Ao sair do prédio, parou no escritório do fiscal urbanístico, Howard Rice.

Rice estava ao telefone, então Makarowicz se inclinou na porta e examinou os papeizinhos com seus recados telefônicos. Ele já tinha ouvido a versão de Hattie Kavanaugh sobre seu encontro com o homem a quem ela se referia como Inspetor Bugiganga, mas ele queria ver a foto da caçamba.

— Precisa de alguma coisa? — Rice já havia desligado o telefone.

— Sou o detetive Al Makarowicz — apresentou-se Mak. — Estou há apenas alguns meses na cidade, então acho que é por isso que não nos conhecemos. Gostaria de falar sobre aquele incêndio na avenida Chatham ontem à noite. Eu soube que alguém lhe enviou uma foto da caçamba ontem.

— Isso mesmo — disse Rice. — Um cidadão preocupado.

— O cidadão tem nome?

— Não — respondeu Rice. — Ele preferiu permanecer anônimo. Temos um site municipal para denúncias que permite as pessoas denunciem diretamente esse tipo de violação.

Mak suspirou. Já havia lidado com esse tipo de burocrata presunçoso diversas vezes em sua carreira policial. Quase sempre aspirantes a policiais frustrados, ansiosos para demonstrar o poder de qualquer distintivo que usassem.

— Posso ver a foto que mostrou a Hattie Kavanaugh?

Rice hesitou. Makarowicz sentiu que o homem tentava encontrar uma desculpa para recusar o pedido.

— Vou me encontrar com o bombeiro na casa depois do meio-dia. Essa foto pode ser uma evidência de que o fogo foi iniciado de forma deliberada.

— Isso é uma violação das normas urbanísticas... — começou Rice.

— Não estou interessado em violações de normas urbanísticas. Estou interessado em incendiários — disse Mak, estendendo a mão. — A foto, por favor.

— Está me evitando?

Hattie estava sentada na beira do quebra-mar, olhando para o rio Back. Mo pediu uma pausa para o almoço, e ela pegou um sanduíche e uma garrafa de água e estava aproveitando a brisa leve que mal chegava a agitar a superfície da água.

Há tempos ela cogitava ir até o píer para verificar a casa de barcos. O piso estava apodrecendo, havia tábuas faltando e algumas soltas. Ela deveria arriscar? Será que teriam dinheiro suficiente no orçamento para reconstruir o píer?

Trae se sentou ao lado dela e mordeu um pêssego.

— Com certeza estou recebendo um sinal para me manter longe — repetiu ele. — Me corrija se eu estiver errado.

— Você não está errado — admitiu ela. — Só estou... sem jeito. Pensei no nosso jantar de ontem à noite, sabe.

— Está falando do beijo? Porque para mim você não pareceu sem jeito.

— Você sabe do que eu tô falando. Era um momento íntimo. Mas aquelas fotos no site. Todo mundo viu. Estão espalhadas pela internet. Me senti indecente. Como se estivéssemos fazendo algo vergonhoso.

— Foi só um beijo consensual e entre adultos. — Com a ponta do dedo, ele traçou a curva da bochecha dela, e Hattie estremeceu involuntariamente. — Embora eu ache que você sabe que eu gostaria que tivesse sido mais.

— Sério, como você aguenta? — perguntou ela abruptamente.

— Ser jovem, quase rico e quase famoso? Adoro. Estou vivendo meu sonho. Posso escolher meus clientes e meus projetos. Posso viajar, conhecer novos lugares e novas pessoas. Como você. Isso é ruim?

— Mas eu não quero ser famosa — desabafou Hattie.

— O que você quer? — Ele pousou o queixo no ombro dela.

— Não quero ser espionada. Não quero estranhos me observando nem enfiando câmeras na minha cara. Não quero minha vida privada na internet. Quero fazer meu trabalho e ganhar dinheiro suficiente para fazer... o que eu quiser.

Trae riu.

— Em outras palavras, você quer ser rica.

— Não é nada disso — corrigiu Hattie. Mas ela não podia contar a ele como era sua vida. Antes de seu pai ser pego e ir para a prisão. Antes de sua família ter sido destruída. Antes que a menção de seu nome de solteira fizesse as pessoas rirem e cochicharem.

Eles ouviram um farfalhar e se viraram. Gage, um dos assistentes de produção de Mo, limpou a garganta nervosamente.

— Ei, err, Leetha e Mo me mandaram procurar por vocês. Eles estão prontos para a sessão pós-incêndio.

Trae se levantou e ajudou Hattie.

— Vamos continuar essa conversa mais tarde.

Jorge e Tomas vestiram calças brancas de pintor e camisas de trabalho meticulosamente passadas com o nome da empresa bordado no bolso. Visivelmente nervoso, Jorge apontou para a varanda danificada pelo fogo e para o revestimento de madeira da parede externa.

— Primeiro, vamos limpar cuidadosamente o máximo possível dessa fuligem preta. Usamos um produto desengordurante comercial. Então, depois de verificarmos a gravidade do dano, avaliaremos qual parte da parede pode precisar ser substituída.

Hattie passou a mão pela parede perto da porta da cozinha e mostrou a palma engordurada para a câmera.

— Credo. Jorge, quanto tempo sua equipe levará para limpar toda essa sujeira?

— Com quatro homens, começando esta tarde e trabalhando até tarde, talvez dois, três dias.

— Enquanto isso — continuou Hattie, com um suspiro —, ainda temos muito trabalho a fazer. Os carpinteiros precisam terminar a estrutura da nova escada, e os encanadores já estão instalando o encanamento do novo lavabo.

Trae deslizou calmamente para a frente das câmeras.

— Vamos mostrar para o público o progresso que fizemos na nova suíte principal no piso inferior.

Quando Hattie e Trae terminaram de gravar na frente da casa, o regulador de sinistros, um homem na casa dos 50, com cabelos grisalhos e olhos azuis-claros atrás de óculos de armação prateada, estava escrevendo seu relatório na cozinha.

— E quando receberemos a indenização? — perguntou Cass. — Como você pode ver, estamos com um prazo apertado aqui.

— Preciso voltar ao escritório e verificar alguns números, mas acho que deve ser no início da próxima semana — disse o homem. Ele olhou para Trae, e depois de volta para seu relatório, e depois de novo para Trae com uma expressão tímida. — Você é Trae Bartholomew, não é? Já deve estar cansado de ouvir isso, mas minha esposa é uma grande fã. Superfã. Adorei seu último programa.

— Obrigado — disse Trae. — Nunca me canso de ouvir meus fãs. Qual é o nome da sua esposa?

— Dani. Na verdade, Danielle. — Ele pegou uma folha de papel da parte de trás de seu bloco de notas e a estendeu para Trae. — Você se importaria? Quero dizer, se não for abuso?

— Imagina. Diga a sua esposa para assistir *Destruidores de Lares*. Esse é o programa que estamos filmando agora. Vai ao ar em setembro.

— Farei isso. *Destruidores de Lares*. Pode deixar — respondeu o regulador e depois olhou para Hattie. — Devo lhe dar notícias sobre a indenização no início da próxima semana. — Ele se dirigiu para a porta e estava prestes a sair, mas retornou. — É melhor pegar seu autógrafo também — disse ele, entregando o papel para Hattie. — Quem sabe, não é? Algum dia você pode ser famosa também, e isso valerá alguma coisa.

O nome do investigador de incêndio era Steven Parkman. Ele era baixo e corpulento, com uma vasta barba branca, e usava um boné preto com o brasão da cidade de Tybee. Makarowicz e ele rodeavam a caçamba, cutucando com uma pá e tirando fotos enquanto Hattie estava ocupada com o regulador de sinistros.

— Hattie, este é Steve Parkman — disse Mak, quando ela se juntou a eles do lado de fora.

— Sr. Parkman — cumprimentou Hattie. — Obrigada por vir. — Ela notou que os dois homens usavam luvas de látex finas e descartáveis.

— Sparky — respondeu Parkman. — Todo mundo me chama de Sparky.

— Senso de humor de bombeiro — acrescentou Mak, sem abrir um sorriso. Ele apontou para uma massa disforme que os dois homens haviam removido da caçamba. — Seu pintor me garantiu que o filho estava armazenando todos os trapos com resíduos químicos em um tonel que estava na varanda aqui atrás. Encontramos o que sobrou dele. Na caçamba.

Com o bico da botina, Sparky cutucou um objeto retangular chamuscado.

— E esse é o acelerante. Uma lata de removedor de tinta.

— A gente tinha razão. O fogo foi intencional — concluiu Hattie.

— Foi criminoso — constatou Sparky. — Vi a foto do incêndio tirada pelo nosso "cidadão preocupado" anônimo. Vou falar com Howard Rice para ver se ele tem mais informações, mas acho que é um beco sem saída.

— E agora? — perguntou Hattie.

O tom do jovial investigador de incêndio era sério.

— Vamos descobrir quem ateou esse fogo. E por quê.

Depois que Sparky saiu, Makarowicz olhou para os pintores, que já estavam limpando a parede dos fundos da casa.

— O interior está muito ruim? — perguntou o detetive.

— Venha ver por si mesmo — pediu Hattie. Cass e ela o levaram para a cozinha. Dois grandes ventiladores industriais estavam direcionados para os pisos de madeira, e um dos membros da equipe de Jorge limpava os novos armários da cozinha com um desengordurante de cheiro forte.

Destruidores de Lares 173

— Não foi um desastre total — disse Makarowicz.

— Já é ruim o suficiente — disse Cass. — Não podemos nos dar ao luxo de perder esses armários. Se não conseguirmos recuperar os danos da fumaça, teremos que encomendar novos. E não podemos ter um atraso desse.

— Que droga — lamentou Makarowicz.

— Alguma novidade sobre Lanier Ragan? — perguntou Hattie.

— Você conhecia uma professora do St. Mary chamada Deborah Logenbuhl?

— A Sra. Logenbuhl — recordou Hattie. — Como poderia me esquecer dela? Cabelos ruivos flamejantes, óculos extravagantes e roupas coloridas. Ela parecia uma ave exótica em meio a um bando de pombos cinzentos.

— Conversei com ela por telefone — revelou o detetive. — Ela aparentemente era amiga próxima de Lanier.

— Verdade. Elas sempre almoçavam juntas — disse Hattie. — Você falou com ela?

— Sim. Ela me disse que, nos últimos meses de 2004, Lanier estava muito atarefada, dando aulas particulares, ajudando as meninas a melhorar as notas para que pudessem entrar na faculdade certa. E, segundo ela, Frank Ragan pediu à esposa para dar aulas para alguns de seus jogadores de futebol americano também.

— Ohhh — espantou-se Hattie. — Então você acha que talvez o que Molly Fowlkes ouviu seja verdade?

— Pode ser — disse Mak. — Talvez Lanier estivesse ensinando mais do que adjetivos e advérbios.

— Sim — disse Cass. — Talvez ela estivesse ajudando algum cara a melhorar as notas em educação sexual.

Seu tom era mais cruel do que engraçado, e Hattie olhou para ela espantada.

— Desculpe, mas é isso mesmo — murmurou Cass, saindo da sala.

— A Sra. Logenbuhl sabia para quais jogadores de futebol Lanier dava aulas particulares? — perguntou Hattie.

— Não. Tudo o que ela sabia era que Lanier parecia apreensiva.

— Você conseguiria uma lista de todos os caras do time de futebol do Cardinal Mooney naquele ano?

Makarowicz enfiou a mão no bolso da calça e puxou um papel dobrado.

— Para o bem ou para o mal, tudo está na internet. — Ele desdobrou uma impressão de uma velha foto em preto e branco e a colocou na mesa de trabalho improvisada.

— O time de Frank Ragan venceu o campeonato estadual em 2004. Houve muita publicidade. — Ele bateu na foto. — Estou pensando que um desses jogadores pode ter sido o favorito da professora.

34

O Velho Círculo
de Influência

Ao chegar em casa, Hattie tomou um banho quente e demorado, vestiu um short boxer e uma camiseta velha e aqueceu uma tigela de macarrão com queijo congelado, que comeu sentada em sua poltrona preferida, na sala de estar.

Seus olhos percorreram as fileiras de livros de mistério nas estantes. Após a morte de Hank, os livros, especialmente os de mistério, tornaram-se seu refúgio. Ela gostava da previsibilidade, da promessa tácita de que, não importa o quão terrível, violenta ou trágica a história fosse, no final haveria algum tipo de encerramento. A justiça seria feita.

Ela folheava um exemplar desgastado de *Void Moon*, seu romance favorito de Michael Connelly, quando ouviu o telefone anunciar uma mensagem. Com cuidado, passou por cima de Ribsy, que dormia a seus pés, e pegou o telefone na cozinha. A mensagem era de Davis Hoffman.

Ei. Eu soube do incêndio. Está tudo bem?

Hattie afundou de volta em sua poltrona.

Estou bem. Só exausta. E preocupada.

Ela observou os pontinhos piscando para indicar que ele estava digitando.

Posso ajudar em alguma coisa?

Surgiu em sua imaginação uma imagem do honrado, quase aristocrático, Davis Hoffman arregaçando as mangas com abotoaduras francesas para arrancar o carpete mofado ou derrubando a marretadas um banheiro coberto de azulejos de porcelana rosa-pêssego com aqueles dedos longos e elegantes, adornados com o anel de ouro com monograma de sinete e o pesado anel de classe do Colégio Cardinal Mooney.

Talvez. Mas não com a casa.

Mais pontinhos.

???

É OUTRO ASSUNTO. VOCÊ JOGOU FUTEBOL AMERICANO NO MOONEY, NÃO? NO TIME DE FRANK RAGAN?

SE RECEBER UM UNIFORME E VESTI-LO PARA OS TREINOS CONTAR COMO JOGAR, SIM, TECNICAMENTE VOCÊ PODERIA DIZER QUE EU ESTAVA NA EQUIPE. NA MAIOR PARTE DO TEMPO MEU JOGO ERA SER DEIXADO DE FORA.

VOCÊ SE LEMBRA DO NOME DE ALGUM JOGADOR PARA QUEM LANIER RAGAN DEU AULA NO SEU ÚLTIMO ANO?

Ela raspou os últimos pedaços de queijo cor-de-laranja fosforescente da tigela e pousou-a no chão, na frente do focinho de Ribsy. Ele se mexeu, abanou o rabo, depois atacou a tigela com lambidas entusiasmadas.

AINDA É POR CAUSA DA CARTEIRA? O QUE ISSO TEM A VER COM AS AULAS PARTICULARES PARA OS JOGADORES?

Ribsy empurrava a tigela pelo chão com o focinho, desesperado para alcançar os últimos pedaços de queijo. Quando olhou para cima, tinha uma mancha laranja no focinho preto. Hattie sorriu e voltou para o telefone.

A POLÍCIA ESTÁ INVESTIGANDO UM BOATO DE QUE TALVEZ LANIER TENHA TIDO UM CASO COM ALGUÉM DO TIME DE FUTEBOL AMERICANO. TALVEZ UM CARA PARA QUEM ELA DAVA AULAS. UM ALUNO DO ÚLTIMO ANO. PODE TER ALGO A VER COM O DESAPARECIMENTO DELA.

Os minutos se passaram. Ela abriu *Void Moon*, perdendo-se na história de uma ladra que ronda os quartos dos hotéis nos cassinos de Vegas.

NÃO FAÇO IDEIA DE QUEM ERAM OS ALUNOS PARTICULARES DELA. DESCULPE NÃO PODER AJUDAR.

Hattie entrou no quarto e encontrou a foto dobrada do time de futebol do Cardinal Mooney que Al Makarowicz lhe dera.

Ela alisou a foto e leu as legendas. Talvez esse fosse um assunto para ser tratado ao telefone, e não por mensagem. Ela clicou no número de Davis, e ele atendeu imediatamente.

— Ei! — Ele pareceu surpreso ao ouvir a voz dela.

— Oi. É uma boa hora para conversar? Sobre futebol americano?

— Para ser sincero, Hattie, mal me lembro do último ano. Estava me inscrevendo para faculdades e trabalhando meio período na loja...

— E namorando Elise. Eu sei. Mas tenho uma velha lista do time. Pensei que talvez, se eu lesse os nomes, você pudesse adivinhar se algum deles precisava de aulas particulares.

— Você não acha que está exagerando um pouco? — perguntou ele.

Essa era sua maneira de dizer a ela para "se acalmar"? Quantas vezes ao longo dos anos os homens, incluindo Hank e Tug, ambos homens que ela adorava,

176 Mary Kay Andrews

disseram a ela para "relaxar" ou "se acalmar"? O que era apenas uma maneira supostamente educada de dizer às mulheres para se calarem e sorrirem.

— Há uns dez dias, a carteira de Lanier foi encontrada na casa que agora é minha — explicou ela, esforçando-se para manter a civilidade. — É a única pista que os policiais encontraram desde o dia seguinte ao desaparecimento. E, desde que a notícia foi divulgada, alguém tem me perseguido. Primeiro, instigando o fiscal urbanístico contra mim e, agora, colocando fogo na caçamba de lixo atrás da casa. Não acho que isso seja uma coincidência.

— Incêndio criminoso? Você tem certeza? — perguntou Davis.

— O investigador de incêndio dos bombeiros e a polícia parecem convencidos disso — disse Hattie. — Eles encontraram uma lata de solvente de tinta na caçamba, que acham que foi usada para alimentar o fogo.

— Pra mim ainda parece uma baita suposição — disse Davis.

— Tenho uma foto antiga do time daquele ano — continuou Hattie. — Que tal se eu ler os nomes e você me disser se acha que há uma chance de eles terem tido aulas com Lanier?

— Isso é tolice — protestou Davis. — Não penso nesses caras há anos.

— Você não vai a nenhuma das reuniões de turma? Ou nas noites de ex-alunos nos jogos?

— Não.

— Apenas tente.

Ela passou um dedo pela legenda da foto e ditou os nomes.

Larry Albritton. Tommy Boylan. André Coates. Holland Creedmore, Matt Ellis...

— Com certeza Ellis não. Ele era um gênio. Acho que agora é juiz de direito em Washington.

Hattie continuou com a lista.

— Braydon Jackson.

— Não é exatamente um engenheiro da NASA — disse Davis, rindo. — Aos 14 anos, parecia ter 30, então era sempre ele quem mandávamos para a loja do Chu comprar cerveja.

— Vou marcar esse como um talvez — disse Hattie. — Tyler Minshew?

— Shew era todo certinho. Frequentou West Point. E foi morto em ação no Iraque.

— Anthony Sapenza?

— Provavelmente não. Ele foi para o seminário logo depois do ensino médio.

Hattie olhou para a foto. Ela riscou os nomes que Davis havia descartado.

— E quanto a Holland Creedmore?

Destruidores de Lares 177

— Não sei, Hattie. Como eu te falei, mal me lembro daquele ano. E o bom e velho treinador Ragan? A polícia já o inocentou?

Hattie olhou para a foto. Frank Ragan posava no meio de seu time. Ele era alto, tinha peito largo, traços bem marcados e um olhar firme e direto.

— Não sei se chegou a ser considerado suspeito — disse ela.

— Entendo que você esteja curiosa, mas, se os policiais não resolveram o desaparecimento depois de todos esses anos, acho difícil acreditar que isso signifique alguma coisa.

— Acho que vamos ter que concordar em discordar — disse Hattie, bocejando.

— Já que estamos ao telefone, você já pensou no meu convite para jantar? Ou está muito ocupada com seu novo coapresentador? Parece que as coisas estão bastante amigáveis entre vocês dois.

Ela perdeu a calma.

— Não acredite em tudo o que vê na internet, ok?

— Opa. Brincadeirinha. — Ele rapidamente se corrigiu.

— Boa noite, Davis — despediu-se Hattie.

Em um impulso, ela decidiu tentar mais um nome na lista do time.

Pegou o telefone e vasculhou sua lista de contatos até encontrar o nome dele. André Coates tinha sido um destaque no time do Cardinal Mooney e All-Pro do Atlanta Falcons, mas, depois de se aposentar, voltou para Savannah e abriu uma concessionária de carros de sucesso. Dois anos antes, aproveitando o que os moradores locais se referiam como a "Máfia Mooney", também conhecida como o velho círculo de influência, André contratou a Kavanaugh & Filho para reformar a casa dos pais.

A voz de André estrondeou do outro lado da linha.

— Hattie, e aí, garota?

— Oi, André. Como estão seus pais?

— Muito bem. Eles estão amando a casa, graças a você.

— Fico contente. Mande um abraço por mim. Ei, André, você tem acompanhado as notícias sobre Lanier Ragan?

— Ah, sim. Que loucura você encontrar aquela carteira na casa de praia dos Creedmore. Como está indo tudo isso?

— Os policiais estão investigando. Tenho uma pergunta rápida para você. Frank Ragan pediu que Lanier desse aulas particulares para você ou para algum dos outros alunos do último ano do time?

— Com certeza. — Ele riu. — O treinador queria assegurar que nos saíriamos bem nas provas de admissão. Tenho dislexia, então a compreensão de leitura sempre foi difícil. A Sra. Lanier me ajudou muito.

— Que bom! Ela ensinou a outros jogadores?

— Com certeza. Tommy Boylan e, ah, sim, Holland Creedmore. Ela nos dava aulas de reforço aos sábados de manhã na escola. Por quê?

— Bem, é que surgiu um boato de que Lanier estava tendo um caso com um dos jogadores do time de Frank e que talvez isso tivesse algo a ver com o desaparecimento.

— Que merda — disse André. — Acho que minha mãe sabia das coisas, afinal.

— Como assim?

— Ela foi muito incisiva sobre eu ter minhas aulas com Lanier na biblioteca pública. Você sabe, ela não queria que alguém tivesse uma ideia errada sobre o que um garoto negro estava fazendo sozinho com uma linda professora loira.

— Sua mãe é uma mulher inteligente — afirmou Hattie. — E os outros jogadores? Eles também tinham aulas na biblioteca?

— Você teria que perguntar a eles — disse André. — Tommy era um cara legal, mas eu nunca fui muito próximo do Holl Junior.

— Alguma razão para vocês dois não serem amigos? — perguntou Hattie.

Houve um prolongado silêncio do outro lado do telefone.

— Holl Junior significava encrenca. Do tipo que eu não precisava. Sabe, ele costumava fazer festas naquela casa de praia. Garotas, bebida, maconha. Eu precisava ficar longe de problema se quisesse uma bolsa de estudos. As regras são diferentes para caras como eu. Sabe como é.

— Sim — disse Hattie. — Bem, obrigada! Se cuida, André.

— Pode deixar!

Hattie bocejou. Ribsy já estava enrolado no tapete a seus pés. Ela ligou para Makarowicz para contar o que havia descoberto com as investigações do dia.

35

Na Calada
da Noite

Mo encontrou uma espreguiçadeira de alumínio toda enferrujada na antiga casa de barcos e a arrastou para a varanda da frente da casa, posicionando-a no canto mais escuro, sob o beiral do telhado. Ele se lambuzou de repelente, esticou-se e esperou.

Era sua segunda e, já havia decidido, última noite de sentinela.

A noite estava tranquila, havia apenas o canto de cigarras e o som ocasional de carros passando na avenida Chatham, e ele já estava começando a se arrepender dessa missão inútil.

Mo estava envergonhado demais para admitir essa missão noturna a Leetha, Hattie ou Cass, que teria ridicularizado sua pretensão de capturar o incendiário em uma nova visita. Ele não era policial, não tinha uma arma, exceto por um pé de cabra que pegou emprestado de um dos carpinteiros, e não se considerava um justiceiro. Mas a ideia de alguém deliberadamente incendiando o lugar e, no processo, arriscando vidas, o atormentava desde que os caminhões de bombeiro partiram.

Outra coisa que o assombrava era a reação de Hattie ao fogo. A imagem das lágrimas escorrendo pelo rosto sujo de fuligem enquanto ela observava seus sonhos se transformando em fumaça. Hattie não mencionou as questões financeiras desde que havia comprado a casa, mas ele tinha certeza de que ela tinha investido cada centavo que tinha no imóvel, e o enfurecia pensar que um ser desprezível e cruel pudesse tirar tudo isso dela com o acender de um fósforo.

Quando a noite agradável e úmida o envolveu como um manto, Mo lutou com sua crescente atração por Hattie. Ela era totalmente diferente de qualquer mulher que ele já conhecera; engraçada e destemida, geniosa e briguenta, mas com um lado terno e vulnerável que ela raramente revelava.

Ele bocejou e olhou para o celular. Era pouco depois da meia-noite, e ele já estava se sentindo sonolento, apesar da alta dose de cafeína do Red Bull que ele havia bebido.

De repente, Mo ouviu o barulho de pneus na entrada. Deslizou para fora da cadeira e se arrastou até a beirada da varanda, onde espiou por cima do parapeito e viu um sedan escuro, apenas com a lanterna dos faróis acesa, aproximando-se lentamente, em direção à casa.

O pulso de Mo acelerou. Ele tinha uma pequena lanterna enfiada no bolso de trás e tateou para confirmar se ainda estava lá.

O carro passou por ele em direção à parte de trás da casa, e, quando já estava fora de vista, ele agarrou o pé de cabra, abriu a porta da frente e correu pela casa escura em direção à varanda dos fundos.

Na pressa, bateu o joelho com força em um dos armários da cozinha e praguejou baixinho. Abriu a porta dos fundos e se arrastou para a varanda. O sedan estava estacionado a alguns metros de distância, sob a sombra de um carvalho, com o motor ainda funcionando. Ele ouviu a porta do carro se abrir, e um vulto esbelto emergiu lentamente das sombras. O estranho carregava algum tipo de taco grosso na mão direita.

Ele avançou em direção à varanda, os ombros curvados, os olhos focados no chão irregular. Mo também estava se movendo agora; caminhando na ponta dos pés, ele se escondeu atrás de uma enorme azálea e esperou. Ouviu galhos quebrando sob os pés e a respiração ruidosa e irregular quando o estranho se aproximou.

Mo sentiu o suor escorrendo pelas costas. Os mosquitos pairavam em torno de seu rosto, e seu coração batia descontroladamente no peito. Ele espiou de seu esconderijo e viu que o intruso estava ao seu alcance.

Ele respirou fundo e deu um salto, derrubando o estranho no chão.

— Aaaaaiiiiiii.

O grito agudo ecoou na escuridão. Mo pegou a lanterna do bolso de trás e a apontou para o rosto do intruso, chocado com o que viu.

Era uma mulher idosa, o rosto coberto de rugas e exalando raiva, com um gorro preto enterrado na cabeça e na testa.

— Sai de cima de mim! — gritou ela, agitando os braços e as pernas sem sucesso. — Arrgh, sai de cima de mim.

Mo rolou para o lado, mas manteve a mão direita agarrada ao braço esquerdo da mulher. Com a mão esquerda, ele arrancou o gorro da cabeça dela, revelando uma nuvem de cabelos grisalhos. Ela se debateu com força, bateu no queixo de Mo e gritou:

— Não me toque, seu filho da puta!

De repente, a luz da varanda dos fundos se acendeu, inundando o quintal com um brilho amarelado.

— Quem está aí? O que foi?

Era Hattie.

A senhora estava sentada agora. Fazendo uma careta para os dois, ela apontou para Mo.

— Esse filho da puta quebrou meu quadril! Vou processar vocês dois e arrancar cada centavo que tiverem.

— Mavis? Mavis Creedmore? — Hattie olhou para Mo. — Mas o que diabos *você* está fazendo aqui tão tarde?

— Eu estava esperando por ela — disse Mo, apontando para a velha senhora. — Só que eu não sabia que era ela. Achei que nosso incendiário poderia fazer uma visita. Tenho ficado de tocaia, dormindo em uma cadeira de jardim, na varanda da frente, pelas duas últimas noites. E hoje ela voltou.

Hattie balançou a cabeça.

— Vamos levantá-la e ver se está ferida.

— Claro que estou ferida — retrucou Mavis. — Este tolo me atacou. Me jogou no chão. Eu podia ter morrido.

Hattie e Mo pegaram a senhora pelos braços e gentilmente a levantaram.

— *Arghh* — gemeu a mulher, quando finalmente estava de pé. Esfregou os quadris ossudos e limpou a areia das calças pretas de tricô.

— Mavis — disse Hattie. — Por que está aqui? O que está fazendo?

— Eu estava checando minha casa — disse Mavis Creedmore, franzindo a testa. — Não há leis contra isso.

Mo bufou em descrença.

— Checando a casa? A 1h da manhã. Na escuridão total? — Ele apontou sua lanterna para um taco de beisebol perto de onde ele a havia derrubado e o pegou do chão. — Com isso?

— Eu trouxe isso para proteção — disse ela. — E, se eu não tivesse sido atacada furtivamente, juro que teria acertado sua cabeça com ele.

— Esta não é mais a sua casa, e você sabe disso — disse Hattie, com a voz severa. — Sua família abandonou a propriedade, que estava apodrecendo. E você não pagou os impostos devidos, então a prefeitura penhorou a casa, e eu a comprei.

— Isso é uma maldita mentira! — gritou Mavis. — Os Creedmore são donos desta casa há 70 anos. Meu avô a deixou para mim, e só por cima do meu cadáver vou deixar uma garotinha mal saída das fraldas como você roubar isso de mim. — Seu lábio se curvou em um sorriso de escárnio enquanto ela se dirigia a Hattie. — Hattie Bowers. Você é uma maldita ladra. Pode mudar seu nome o quanto quiser, mas todos nesta cidade sabem quem são você e sua família. Você é tão suja quanto esgoto, assim como o ladrão do seu pai.

Hattie se encolheu e ficou em silêncio por um momento, olhando para os sapatos ortopédicos com os cadarços frouxos da velha senhora.

Quando ela olhou para cima novamente, sua voz era baixa, mas firme.

— Mavis, eu sei que foi você quem reclamou de nós na prefeitura. Você precisa voltar para o seu carro e ir embora daqui agora mesmo, antes que eu mude de ideia e te entregue à polícia.

— Você vai deixar ela ir? — perguntou Mo, incrédulo. — Ela é uma incendiária. Invasora e vândala. Ela veio aqui esta noite, provavelmente com a intenção de terminar o trabalho que começou duas noites atrás.

— Incendiária? — desdenhou a senhora. Ela cutucou o peito de Mo com o dedo ossudo. — Se eu quisesse queimar esta casa, amigo, pode apostar que não sobraria nada aqui. Eu não ateei fogo, e você não pode provar que fiz isso.

Mavis arrancou o taco de beisebol da mão dele e mancou em direção ao sedan. Ela acendeu os faróis, deu ré no carro, passando sobre uma pá e um balde de plástico, depois acelerou pela rua, levantando uma nuvem de poeira em seu rastro.

Hattie suspirou.

— Tug disse que esta casa tem más vibrações. Cass também. Estou começando a achar que eles tinham razão.

— Bobagem — disse Mo. Ele apontou para as luzes traseiras vermelhas do sedan. — Você acredita naquela velha? Ela estava mentindo quando disse que não ateou o fogo?

— Não sei o que pensar — admitiu Hattie.

— Mas então quem pode ser? — perguntou ele.

Hattie estremeceu, apesar do calor. Mudando deliberadamente de assunto, ela tocou levemente o queixo de Mo, no qual um hematoma já estava se formando.

— Ela fez isso com você?

— Me acertou em cheio — disse ele, com uma expressão encabulada. — Ainda bem que ela derrubou o taco quando eu a ataquei.

— Mavis Creedmore não estava de brincadeira — concordou Hattie. — É melhor colocar um pouco de gelo quando voltar para a cidade.

36

Tal Pai, Tal Filho

A mulher que atendeu a porta do gracioso prédio de tijolinhos vermelhos da era do renascimento georgiano na rua Quarenta e Cinco olhou para Makarowicz através da porta de vidro.

O cabelo loiro platinado estava ligeiramente despenteado e o rosa-chiclete estava borrado, mas ela usava um vestido de algodão em tons pastéis e um bonito colar de pérolas.

— Olá — disse ela, piscando e olhando para além dele, em direção à rua. — Eu não esperava a entrega do mercado tão cedo. Você pode levar as compras para a cozinha?

— Eu faria isso se eu fosse o entregador do mercado, mas infelizmente não sou — disse Mak, estendendo o distintivo. — Sou o detetive Al Makarowicz da polícia de Tybee. Gostaria de dar uma palavrinha com a senhora e seu marido.

A mulher recuou, hesitante.

— Oh, bem...

— É a Sra. Creedmore? — perguntou Mak.

— Sim, sou eu. Dorcas. Holl não está... Quero dizer... neste exato momento, ele não está em casa. — Ela ofereceu um sorriso tímido. — Mas vou avisá-lo que você passou por aqui.

Havia dois Buicks prata idênticos estacionados na garagem. Ambos tinham adesivos do Cardinal Mooney no vidro traseiro. O porta-malas do carro estacionado mais próximo da rua estava aberto, e havia uma bolsa de tacos de golfe encostada no para-choque.

— Aquele carro estacionado bem ali não é do seu marido?

Ela abriu a porta e pisou na escada de concreto para espiar.

— Ah. Acho que ele deve ter acabado de chegar em casa. Às vezes ele vai direto para a edícula, onde fica... *err*, o escritório, sem entrar em casa primeiro.

— Bom. Talvez você possa dizer a ele que estou aqui?

Uma voz ecoou de dentro da casa.

— Dorcas, quem está aí na porta? Juro por Deus, se você não parar de pedir porcaria na Amazon...

Ela entrou.

— Holl! É um policial de Tybee. Ele quer falar conosco.

— Mas por quê? — Holland Creedmore apareceu no vestíbulo. A semelhança com o filho era incrível. Mesma testa larga, queixo proeminente e pele rosada, embora a postura do mais velho fosse mais arqueada, e o cabelo, completamente grisalho.

— Eu gostaria de falar sobre a casa de propriedade de sua família na avenida Chatham — disse Mak.

— Era de nossa propriedade. A prefeitura a tomou de nós e a vendeu. A maior apropriação de propriedade alheia do século — disse Creedmore com um grunhido.

Mak tinha certeza de que a comunidade indígena norte-americana não concordava com essa afirmação.

— Certo — disse ele. — Mas a nova proprietária está reformando a casa e encontrou uma carteira que pertencia a Lanier Ragan, a professora que...

— Eu sei quem era Lanier Ragan — disparou Creedmore. — Ou melhor, é... Até onde sabemos ela pode ter pintado o cabelo de preto e estar vivinha da silva em Los Angeles. Eu não vejo o que isso tem a ver conosco.

— Se vocês me derem uns minutos do seu tempo, eu ficaria feliz em explicar — argumentou Mak. — Provavelmente seria mais confortável conversar comigo aqui do que em Tybee. Temos uma nova delegacia, mas é uma longa viagem, e eu odiaria incomodá-los assim.

Dorcas Creedmore abriu a porta.

— Vou fazer café.

— Não! — Holl colocou a mão no ombro dela. — Não vai, não. Isso não é um clube de *bridge*.

A sala de estar era grande e de pé-direito alto. Em destaque sobre a lareira havia um retrato com moldura dourada de um menino de 7 ou 8 anos, vestido com uma roupa de marinheiro com calças curtas. *Holl Junior quando era pequeno*, pensou Makarowicz.

Dorcas Creedmore e seu marido estavam sentados o mais longe possível um do outro, ela na beira de uma poltrona ornamentada de estilo francês, ele no lado oposto de um sofá estofado de seda verde. Makarowicz se acomodou na *bergère* perto da lareira.

— Vou direto ao ponto — disse Mak. — A descoberta dessa carteira, depois de todos esses anos, me faz pensar que conexão Lanier Ragan poderia ter com aquela casa e a família que a possuía até algumas semanas atrás.

— Conexão? — Holl franziu a testa. — O que quer dizer com isso? Está nos acusando de algo? Devo chamar meu advogado?

— Sim! — Dorcas se levantou. — É uma boa ideia, Holl. É melhor ligarmos para Web Carver.

Big Holl revirou os olhos.

— Web Carver vendeu o escritório e se mudou para as Highlands há 3 anos, Dorcas.

— Ah, é verdade. Me esqueci...

— A única conexão possível que a jovem tinha com a nossa família, ou com nossa casa em Tybee, era que ela era casada com Frank Ragan, que era o treinador de futebol americano do nosso filho no Cardinal Mooney — esclareceu Creedmore. — Como presidente da associação de ex-alunos e do clube de apoio ao esporte, recebi todo o time várias vezes ao longo dos anos. Há uma chance de que ela tenha acompanhado Frank a alguns desses eventos, mas não sei dizer com certeza.

— Ostras assadas — disse Dorcas. — Costumávamos fazer ostras assadas no domingo após o Dia de Ação de Graças todos os anos para todo o time e suas famílias.

Mak rabiscou algumas palavras sem sentido em seu caderno. Ele se perguntou se era apenas sua imaginação, mas os olhos de Dorcas Creedmore estavam vidrados. Ela parecia bem chapada.

— Que diferença isso faz? Isso tudo é passado. — O marido tamborilou os dedos em uma mesa com tampo de vidro e pernas finas.

— Faz diferença porque ouvimos rumores de que Lanier Ragan estava dormindo com um dos membros do time de futebol de Frank Ragan.

Dorcas ofegou, e o marido lhe lançou um olhar de censura.

— Rumores não significam nada — disse Creedmore. — O Cardeal Mooney recebia cerca de setenta garotos todos os anos. Você está procurando todos os pais e fazendo esse tipo de pergunta ofensiva?

— Farei isso se precisar — disse Mak. — Naturalmente, estou me perguntando como a Sra. Ragan teria conhecido um desses meninos adolescentes tão intimamente. Soube que Lanier Ragan deu aulas particulares para seu filho durante o último ano.

— Eu não me lembro disso — retrucou Creedmore.

— Eu a contratei para ensinar Holl Junior — disse Dorcas em um tom resignado. — No último ano, as notas dele caíram um pouco. Foi ideia do treinador Ragan. Ela também deu aula para outros jogadores.

Creedmore lançou um olhar irritado para a esposa.

— Não há nada de estranho nisso — disse ele.

— Talvez não. Eu me pergunto se vocês estavam cientes das festas que seu filho costumava dar na casa na avenida Chatham?

Creedmore abanou a mão com desdém.

— Águas passadas. E eles eram garotos. Você nunca bebeu algumas cervejas quando estava no ensino médio?

— Ah, claro — disse Mak. — Mas nenhum dos pais dos meus amigos tinha uma bela casa de praia como a sua.

— Não entendo onde você quer chegar — disse Dorcas. — Eram todos bons meninos de boas famílias. Eles não teriam nada a ver com essa tragédia.

— O que estou querendo dizer, Sra. Creedmore — disse Mak enfaticamente —, é que Lanier Ragan foi vista pela última vez pelo marido antes da meia-noite do dia 6 de fevereiro de 2005. Aparentemente desapareceu no ar. Seu carro foi encontrado, depenado, no estacionamento de um shopping center em uma área de alta criminalidade de Savannah, alguns dias depois. Ninguém foi preso. Agora, depois de todos esses anos, encontramos a carteira dela nas paredes de uma antiga casa em Tybee. Uma casa que era, até muito recentemente, propriedade de sua família. Uma casa que, segundo vocês mesmos confirmaram, a Sra. Ragan possivelmente visitou mais de uma vez. E, como a senhora disse, Lanier Ragan deu aulas particulares para seu filho, que era membro do time de futebol americano de Frank Ragan.

— Já ouvi o suficiente dessa porcaria — disse Creedmore. Grunhindo com o esforço, ele se levantou do sofá. — Minha esposa e eu estamos ofendidos com suas insinuações sobre nosso filho. Sugiro que não repita essas declarações caluniosas, porque, se o fizer, serei forçado a contratar um advogado.

37

Ensaio
Geral

Tam, tam, tam... tam, tam, tam, tam... Mo hesitou ao ouvir o toque. Já era quase meia-noite. *Tam, tam, tam, tam.* Ele suspirou e atendeu.

— Oi, Rebecca. O que manda?

— Mo, tenho notícias fabulosas. Jada Watkins pediu uma matéria exclusiva sobre *Destruidores de Lares*!

Mo esfregou a ponte do nariz.

— Eu deveria saber quem é essa?

— Você deveria, mas acho que não estou surpresa por não saber. Ela é a correspondente da Costa Leste do *Hollywood Headliner*. Será ótimo para nós. Especialmente porque ela está indo até aí para entrevistar você, Trae e Hattie.

— Quer dizer aqui? Em Savannah?

— Claro. Tivemos que mover céus e terras para organizar tudo, mas ela viaja amanhã e estará no set com você, na sexta-feira.

Mo piscou.

— Não nesta sexta-feira, não é? Porque isso é impossível. Acabei de passar as últimas 3 horas fazendo malabarismos...

— Claro que é nesta sexta-feira. Ela e a equipe estarão aí às 9h da manhã. Ela vai querer falar sobre as últimas novidades da história da carteira na parede e, é claro, do incêndio e, naturalmente, do "romance ardente" entre Trae e Hattie.

— Rebecca, eu não acho que Hattie fique particularmente confortável em falar sobre sua vida pessoal.

— Então você terá que ajudá-la a entender por que é importante que ela se *sinta* confortável com isso, porque garanto que esse será o primeiro assunto de que Jada vai tratar. Avise Hattie que estamos enviando algumas coisas para ela experimentar amanhã. Jodi, do figurino, vai vesti-la, e, em seguida, faremos um FaceTime para decidirmos os melhores looks para ela.

Mo estremeceu, já prevendo a reação de Hattie ao ter que vestir o que os outros mandarem.

— E Trae? Quem decide o que ele vai vestir?

— Você é engraçadinho. Trae tem um gosto impecável. Nunca temos que nos preocupar com a aparência dele.

— Beleza. Mas, ouça, já que está mexendo com a nossa agenda aqui, você vai ter que estender o cronograma de filmagem. Todo o revestimento de madeira exterior na parte de trás da casa foi danificado pela fumaça. E só saberemos se o chão da cozinha pode ser recuperado quando estiver completamente seco, o que talvez só vá acontecer na segunda-feira.

— Isso é impossível — disse Rebecca. — Tony quer tudo em pós-produção o mais rápido possível. *Destruidores de Lares* tem todo o potencial para ser um grande novo sucesso, e precisamos de tudo pronto para começar a angariar novos patrocinadores.

— Eu só acho que não ficará pronto até lá. — Mo se opôs. — Vamos precisar de mais uma semana. Pelo menos...

Rebecca o interrompeu.

— Não ache nada. Apenas faça. Por favor, Mo. Você precisa desse programa para ser um sucesso, certo? E essa é a única maneira disso acontecer. Não é?

— Certo — respondeu ele. Mas ela já havia desligado.

Jodi pegou o primeiro cabide da arara e o exibiu para avaliação. Era um vestido de verão de chiffon floral e esvoaçante, com um decote profundo na frente e tiras transpassadas nas costas.

— Não. — Hattie balançou a cabeça para enfatizar a reação. — Nem pensar.

— Querida, vai ficar adorável em você — disse Jodi. — Com seu cabelo e esses lindos braços bronzeados...

— Quem usa um vestido de festa em um canteiro de obras? Vou parecer ridícula. De qualquer forma, essa coisa é muito curta. Você quer que o mundo inteiro veja meu fundilho?

— Seu... fundilho? — A assistente de figurino riu. — Isso é o que eu acho que é?

— Sim. Significa exatamente isso.

Jodi deu um passo para trás.

— Uau. Perdoe minha ignorância.

Hattie imediatamente se arrependeu do que disse.

— Merda, Jodi, sinto muito. Foi... desnecessário. Só estou de mau humor. A ideia de Rebecca Meleca escolhendo roupas para mim, como se fosse meu primeiro dia no jardim de infância, me tira do sério.

— Detesto isso também — confidenciou Jodi. — Quando cheguei aqui esta manhã, havia uma caixa gigantesca de roupas vindas de Nova York. De qualquer forma, só temos que engolir o sapo e escolher algo que você não odeie.

Jodi remexeu as roupas que estavam na arara e tirou o que parecia ser um macacão jeans.

— Isso? — perguntou Hattie. — Isso parece algo que você usaria para trabalhar em uma oficina. É o extremo oposto daquele vestido de festa. Não podemos encontrar algo intermediário?

— É um macacão — disse Jodi. Ela apontou para a etiqueta. — É um LaLa Tarabella. Ela é, tipo, a designer mais famosa do momento. Pode não parecer grande coisa no cabide, mas experimente.

Hattie pegou o macacão e entrou no provador. Ela se estudou no espelho. O macacão tinha um enorme zíper laranja na frente, costuras laranja-neon e mangas compridas e bufantes. A cintura era bem marcada. Não era... terrível.

— Saia e me deixe ver — gritou Jodi.

Hattie saiu.

— Agora, sim — disse Jodi. Ela abriu o zíper mais 10 centímetros, depois enrolou as mangas até o cotovelo. — Vira — ordenou.

Hattie virou de lado.

— Hmm. Está meio largo no quadril, mas eu posso consertar isso facilmente — disse Jodi. Ela agarrou um punhado de alfinetes e começou a prender o excesso de tecido. — Vira de novo. Agora está melhor, mas acho que vou tirar um dedo aqui no busto. Assim a gente acaba com esse visual de mecânico. — Ela foi até uma arara de acessórios e pegou um lenço de seda com estampa abstrata em tons vívidos de laranja, pink, verde-limão e amarelo. — Vintage Pucci — disse ela, com uma piscadela. — Da minha própria coleção. — Ela amarrou o lenço em volta da cintura de Hattie com um nó e deu um passo para trás para avaliar sua obra.

— Adorei — disse Hattie. — O lenço faz toda a diferença.

— Bem, você sabe o que Dolly Parton diz em *Flores de Aço*. — Jodi a lembrou. — A única coisa que nos separa dos animais é a nossa capacidade de usar acessórios.

Hattie olhou para os pés descalços.

— Você não vai me fazer usar um salto agulha horroroso, não é?

— Não. — Jodi voltou para a arara de acessórios e entregou a ela um par de elegantes tênis verde-limão. — Lanvin — anunciou ela.

Hattie soltou um suspiro profundo de satisfação e abraçou a assistente de figurino.

— Eu me sinto bem melhor agora. Este look é perfeito. É a minha cara, só que mais estiloso. E lindo.

— Ótimo. Agora tire para que eu possa começar os ajustes — ordenou Jodi. — Quando eu terminar, temos que fazer um FaceTime com a Rebecca para você mostrar a roupa pronta.

— O quê?

— Eu não crio as regras, só faço as regras parecerem fabulosas — disse Jodi. — Volto em uma hora, ok?

— Hmm. — A voz de Rebecca ecoou no pequeno trailer. — O que aconteceu com os vestidos que enviamos para você?

Hattie começou a falar, mas Jodi foi mais rápida.

— Estão curtos demais — disse ela. — E não há tecido suficiente para soltar as bainhas.

— E aqueles macaquinhos lindos? Pensei em mostrarmos as pernas dela.

— Não combina com o corpo de Hattie. Ela tem um tronco mais curto. Ficou parecendo um flamingo. Não a favoreceu. Nem um pouco.

— Eu não odeio o macacão — admitiu Rebecca. — Hattie, você pode se virar para que eu possa ver as costas?

Hattie obedeceu, virando as costas para a câmera assim que viu Jodi, fora do alcance da câmera, com uma piscadinha cúmplice.

— O caimento é bom — reconheceu Rebecca. — Vira de novo. — Hattie se virou. — É o LaLa Tarabella que enviamos? — perguntou Rebecca. — Parece diferente do que eu vi no site.

— Fiz umas alteraçõezinhas — disse Jodi. — Ajustei no busto e no quadril, reduzi as mangas para mostrar os braços bronzeados dela e então fiz alguns apliques bordados à máquina ao longo da parte inferior da calça.

Rebecca soltou um longo suspiro.

— Isso é provavelmente o melhor que conseguiremos em tão pouco tempo. Hattie, já falei com Lisa sobre seu cabelo e maquiagem para amanhã. Ela vai realçar seus olhos mais do que de costume, porque não queremos que você pareça um ratinho triste ao lado de Jada Watkins. Bom trabalho, meninas! Até mais.

Jodi clicou no aplicativo do FaceTime e se voltou para Hattie.

— Ratinho triste, uma ova.

38

O Raio Cai no
Mesmo Lugar

— Detetive Mak? — A voz de Emma Ragan era suave e entrecortada de emoção.

— Oi, Emma — respondeu ele. — Aconteceu alguma coisa? Posso ajudar?

— S-s-sim. É uma longa história. Eu me sentiria melhor se pudéssemos conversar pessoalmente.

— Tudo bem, Emma — disse ele, com uma voz apaziguadora. — É só me dizer a hora e o local. Eu te encontro onde você quiser.

— Você conhece a praça no centro da cidade, onde fica a grande estátua do General Oglethorpe? Eu disse que estava doente e que não vou trabalhar hoje. Você poderia me encontrar lá, em uma hora?

— Até lá, então — disse Makarowicz.

Sentada à sombra de um enorme carvalho, na beirada de um dos bancos do parque, com seus ombros pálidos e ossudos curvados, Emma oferecia pipoca para os pombos, parecendo ela própria um pássaro ferido.

— Oi — disse ele, sorrindo ao se aproximar. Ela olhou para cima, e ele notou que ela estava chorando, com os olhos vermelhos e o nariz escorrendo. Usava um vestido que parecia uma regata muito maior do que seu número, que acentuava seu corpo delicado.

Makarowicz se sentou no banco e esperou. Emma limpou o nariz com um lenço de papel que havia tirado de uma bolsa que segurava no colo.

— Você está doente mesmo? — perguntou Mak. — Desculpe, mas você não me parece muito bem.

— Eu disse ao meu chefe que estava menstruada. Os homens nunca fazem perguntas quando dizemos isso. Só estou superchateada por meu pai ter aparecido ontem à noite.

— Você não sabia que ele iria visitá-la?

— Não! Olha só. Ele terminou com a garota com quem morava na Flórida e está morando em Richmond Hill. Apareceu na minha casa por volta das 8h da noite de ontem e disse que precisávamos conversar.

— Sobre a sua mãe?

— Sim. Ele sabia tudo sobre aquela mulher ter encontrado a carteira da mamãe na casa em Tybee. E disse que um policial estava deixando recados para ele. Estava muito irritado com isso.

— Por que ele descontaria a irritação em você? — perguntou Mak.

— Ele não precisa de uma razão. Ele é assim. Ele queria saber se eu tinha falado com você. Claro, eu menti e disse que não.

— Por que mentir para ele?

— Hábito. Eu minto para o meu pai há tanto tempo... Acho que é apenas um reflexo. Ele e eu mentimos um para o outro provavelmente desde a noite em que mamãe desapareceu.

Makarowicz estendeu a mão e se serviu de um punhado de pipoca do saco apoiado no banco entre eles.

— Talvez seja hora de uma conversa honesta sobre aquela noite?

— Agora você parece minha psiquiatra — disse ela.

— Às vezes policiais são um pouco psiquiatras — disse Mak.

Emma observava os pombos. Havia oito ou nove deles, bicando nervosamente os restos de pipoca na trilha de asfalto. Ela jogou mais um punhado de pipoca, e eles se aglomeraram com entusiasmo.

— Perguntei ao meu pai o que aconteceu na noite em que ela desapareceu. Claro, ele se fez de bobo e me disse que não sabia. Que era um grande mistério.

— Ela desenhou um círculo com as mãos. — Ooooh... Um enigma. Ninguém sabe de nada. Mas eu o confrontei. Finalmente. Eu o confrontei.

Ela limpou as mãos no vestido, deixando uma marca gordurosa de manteiga no tecido. Ela cruzou as pernas, e ele percebeu uma tatuagem no interior da panturrilha que ele não havia notado no último encontro.

Um grande raio. *Provavelmente algo saído dos filmes de Harry Potter*, imaginou Mak.

Emma seguiu seus olhos e apontou para a tatuagem.

— Gostou?

— Sinceramente, não sou muito fã de tatuagens. Mas é bonita.

Ela deslizou o dedo pelo desenho.

— Sabe, o tempo estava muito ruim naquela noite. Uma grande tempestade. Raios e trovões.

— Na noite em que ela desapareceu? Você consegue se lembrar disso?

— Ah, sim, eu me lembro. Ele achava que eu não me lembraria — disse ela, sua voz exalando desprezo. — Mas me lembrei. Cerca de um ano atrás.

— Continue.

— Toda a minha vida tive medo de raios. Eu chegava a fazer xixi na cama de medo. Uma vez, quando tinha uns 10 anos, houve uma daquelas tempestades de verão. Relâmpagos por toda parte. Fiquei descontrolada. Me escondi na banheira, tremendo e chorando. Até que Rhonda finalmente me deu um de seus comprimidos para que eu me calasse e me acalmasse. Essa foi a primeira vez que tomei um desses calmantes. — O olhar de Emma fica distante. — Foi mágico. Como se eu estivesse flutuando naquela banheira e nada pudesse me tocar. Ou me machucar. — Ela olhou para Makarowicz. Seus olhos azuis se estreitaram.

— Que merda, não? A namorada do seu pai te dando um benzodiazepínico aos 10 anos?

— Não é exatamente um modelo de comportamento parental — permitiu Mak.

— Em toda a minha vida, eu nunca soube por que tinha medo de relâmpagos. Por que me perturbavam tanto.

Ela observava os pombos de novo. O maior do bando, com uma coloração mais clara, bicou agressivamente os menores até que eles se afastaram ou voaram.

Emma pegou uma pedra e a jogou no pássaro.

— Pare com isso. Pare de implicar com eles. — O pombo se afastou, mas não foi embora. Ela pegou outra pedra e a jogou mais perto, e o pássaro voou.

— Você estava me dizendo por que relâmpagos te assustam tanto — insistiu Mak.

— Sim. Eu nunca soube o motivo. Então, na minha primeira vez na reabilitação, houve uma tempestade forte, e eu fiquei pirada. Depois que finalmente me acalmei, a conselheira que morava na minha célula, era assim que chamavam nossos dormitórios, sugeriu que eu falasse com a minha terapeuta sobre isso. Por que não, certo? Acaba ficando cansativo falar sobre o motivo de você querer usar drogas, por que quer se machucar e por que você odeia sua família o tempo todo.

— E o que sua terapeuta disse?

Emma esfregou o relâmpago na panturrilha.

— Ela me pediu para falar sobre a primeira vez que eu me lembrava de ter sentido medo. Contei a ela sobre o dia da banheira, e ela disse, bem, essa não foi a primeira vez que você surtou, certo?

— Foi quando você se lembrou que havia uma tempestade na noite em que sua mãe desapareceu? Mas você tinha apenas 3 anos na época, não?

— Eu tinha 4 anos, mas, não.

Makarowicz olhou para ela.

194   Mary Kay Andrews

— Espere um pouco. Você não tinha 3 anos quando sua mãe desapareceu?

— Não, com certeza eu tinha 4 — disse Emma.

— Todos os artigos de jornais antigos que li afirmaram que você tinha 3 anos — disse Mak lentamente. — Pensando bem, os relatórios iniciais da polícia diziam a mesma coisa.

— Provavelmente foi isso que meu pai disse a eles. Jesus! Que tipo de pai não sabe nem quantos anos tem sua única filha?

— Talvez o tipo que não quer que a polícia interrogue a filha — argumentou Mak. — Alguém que prefere que as pessoas acreditem que a filha é muito jovem para se lembrar ou entender o que aconteceu na noite em que a mãe dela desapareceu.

Emma descruzou e cruzou as pernas novamente.

— Por muito tempo, eu *não* me lembrei. Minha terapeuta disse que se chama amnésia infantil. Porque o cérebro das crianças ainda não é desenvolvido fisicamente o bastante para reter memórias nessa idade.

— Faz sentido — disse Mak. — Emma, do que você se lembra da noite em que sua mãe desapareceu?

Ela levou os dedos para a panturrilha direita, cutucando a descamação da tatuagem.

— Houve uma tempestade feia. Um raio me acordou. Normalmente, quando isso acontecia, minha mãe entrava no meu quarto e se deitava na cama comigo. Ela me abraçava e cantarolava para eu dormir. Mas, naquela noite, ela não veio. Então fui até o quarto dos meus pais. Mas não tinha ninguém lá. — Ela olhou para Makarowicz. — Eles tinham sumido. Corri escada abaixo e fui à cozinha para procurar minha mãe, mas ela não estava lá. Meu pai também não.

— Você tem certeza disso? — indagou Mak. — Talvez seu pai tenha adormecido na sala enquanto assistia à TV? Eu costumava fazer isso o tempo todo, e minha esposa ficava enfurecida comigo.

Ela sacudiu a cabeça com determinação, e seus pequenos brincos de ouro em formato de concha balançaram contra seus cabelos platinados como um par de lustres em miniatura.

— Foi o que ele disse, quando finalmente entrou no meu quarto. Falou que havia sido um pesadelo e se deitou na cama comigo até eu voltar a dormir. "*Mamãe e papai estão aqui*", disse ele. "*Você teve um sonho ruim. Só isso.*"

Emma se levantou abruptamente. O pombo branco estava de volta, bicando um pássaro menor e mais escuro.

— Xô! Xô! — Ela sacudiu os braços freneticamente, e todos os pássaros voaram. Ela se virou e fez uma careta para Makarowicz. — Odeio valentões.

Ela desabou no banco, desolada.

Destruidores de Lares 195

— Você tem certeza de que seu pai não estava em casa naquela noite quando você acordou? — questionou Mak.

Ela assentiu.

— Sim.

— Quando você começou a se lembrar daquela noite?

— Fragmentos começaram a se juntar da última vez que conversei com minha terapeuta. Fazemos videoconferências agora, por causa dos meus horários de trabalho. No ano passado, talvez? Eu perco a noção do tempo. Foi depois de uma tempestade, quando tive um ataque de pânico. Ela me pediu para anotar tudo que eu associasse a relâmpagos. Eram só coisas ruins. Escuridão. Solidão. Perder minha mãe.

— Foi por isso que fez a tatuagem? — Ele apontou para o raio.

— Aham. Minha terapeuta disse que a melhor maneira de lidar com meu trauma era finalmente começar a encará-lo em vez de tentar esquecer. Ou entorpecê-lo com drogas. Eu fiz o desenho, mas está em um lugar difícil, então foi um amigo que tatuou.

— Você gosta de desenhar?

— Sim. Estive pensando que talvez eu pudesse estudar na Faculdade de Artes e Design de Savannah. Costumamos tatuar muitos alunos de lá, e eles sempre me dizem o quanto meus desenhos são originais.

— Então você começou a se lembrar daquela noite há cerca de um ano. Que havia uma tempestade com muitos raios na noite em que sua mãe desapareceu. Isso é tudo?

— Sim. Não havia nada mais específico, até que vi essa matéria no jornal. Sobre a carteira da minha mãe. Algo me disse que eu deveria contar isso para alguém. Minha terapeuta achou que eu devia te ligar. E foi o que fiz.

— Mas você não me disse nada sobre suas memórias daquela noite no nosso último encontro — apontou Mak.

— Eu ainda não tinha conseguido juntar as peças. Além disso, não tenho um bom histórico com policiais. Não tinha certeza se podia confiar em você. Depois que nos conhecemos, achei que parecia bem legal. Para um policial. — Ela ofereceu um sorriso pesaroso. — Eu durmo no antigo quarto deles agora. No quarto dos meus pais. A casa está diferente, tinha sido vendida para outra família depois do ocorrido. Mas, depois da noite em que conversei com você, as coisas começaram a se encaixar. Fui até o quintal e me sentei no balanço, e tudo voltou à minha cabeça de repente! A tempestade, eu chorando ao acordar, vagando pela casa, procurando meus pais. E então meu pai, entrando no meu quarto. Ele estava molhado, o cabelo, as roupas, tudo. Essa foi a primeira vez que me lembrei.

— E você percebeu que não foi um pesadelo? — perguntou Mak. — Que aquilo tinha acontecido mesmo?

— Eu tenho tentado descobrir o que fazer a respeito disso. E então, ontem à noite, *ele* apareceu na casa, do nada. Ele mora a uns 45 minutos de mim há meses, mas na noite passada veio me ver por sua causa. — Ela apontou um dedo para Makarowicz. — Ele tem medo de você e do que eu possa te dizer.

A pulsação de Makarowicz acelerou. Isso não acontecia há muito tempo. Não desde que ele havia deixado a polícia de Atlanta e se aposentado em Tybee Island, onde o caso mais emocionante em que havia trabalhado durante meses foi prender um ladrãozinho que roubava pacotes da Amazon da porta dos moradores. Não desde a morte de Jenny.

— Você disse que o confrontou ontem à noite?

— Sim. Tudo o que acabei de te contar, falei para ele.

— E qual foi a reação dele?

— A típica manipulação de Frank Ragan. Disse que eu nunca estive sozinha naquela noite. Que ele tinha saído por um minuto, porque pensou ter ouvido um barulho e achou que uma árvore tivesse caído na casa.

— Você perguntou a ele onde sua mãe estava?

— Mais mentira. Ele disse que ela estava bem ali, na cama; que eu era muito jovem para me lembrar de alguma coisa. — Ela semicerrou os olhos novamente. — Disse que meu cérebro está arruinado depois de tanta droga, então ninguém acreditaria em nada do que eu dissesse.

Makarowicz agarrou a borda do banco. *Algum dia*, pensou ele, *em um futuro próximo, eu adoraria ter a oportunidade de chutar as bolas do pai de Emma.*

— E o que você respondeu? — questionou Mak.

— Eu o expulsei da *minha* casa. Foi incrível.

Ela enfiou a mão no saco de pipoca e jogou um punhado na calçada, depois se levantou e limpou o vestido.

— Detetive Mak, quero que descubra o que aconteceu com minha mãe. Eu consigo aceitar se ela tiver fugido com outro cara e me abandonado. Consigo aceitar se ela estiver morta. Consigo até aceitar se meu pai for o culpado. Como você disse, já sou bem calejada. Mas não suporto mais não saber o que aconteceu.

— Tá bom — disse ele. — Farei o possível. Acho que o próximo passo é falar com seu pai. Por acaso você tem o endereço dele?

— Não. Não terminamos a noite em termos muito amigáveis.

— Tudo bem — disse Makarowicz. — Vou dar uns telefonemas.

39

Medidas
Desesperadas

O celular de Mak anunciou a chamada de Mickey Lloyd, um de seus amigos detetives da polícia de Atlanta, a quem ele havia ligado naquela manhã, pedindo ajuda para localizar Frank Ragan.

— Mak? Parece que o tal treinador de futebol americano está morando em uma comunidade de trailers em Richmond Hill — disse Lloyd. — Vou te enviar o endereço e o número de telefone. Minha fonte diz que ele está trabalhando em uma loja chamada Elite Feet, em um shopping local.

Frank Ragan era fácil de identificar. Era o funcionário mais velho da loja de artigos esportivos. O restante dos funcionários, todos vestidos com camisas listradas de preto e branco como as usadas por árbitros, eram estudantes do ensino médio ou universitários. O ex-treinador parecia estar em boa forma. Seu cabelo ainda era vasto, embora tingido em um tom improvável de castanho-avermelhado, mas o abdome ainda era chapado, e os bíceps se avolumavam sob as mangas da camisa.

Makarowicz estava no shopping, parado em frente à entrada da loja, observando Ragan, que nitidamente flertava com uma cliente que estava pagando por um tênis. Ragan seguia com o olhar a jovem que saía da loja, fitando o corpo dela.

Mak caminhou até o balcão do caixa e se dirigiu ao treinador, que arrumava um display de barras de proteína.

— Frank Ragan?

O ex-treinador olhou para cima, assustado.

— Sim, sou eu.

Makarowicz manteve a voz baixa e uniforme.

— Sou o detetive Makarowicz, do Departamento de Polícia de Tybee Island. Tenho tentado falar com você sem muito sucesso. Gostaria de saber se teria um tempinho para conversarmos.
— Desculpe. Estou ocupado, no meio do expediente.
Mak olhou ao redor da loja.
— Você não parece estar tão ocupado agora. Talvez eu possa pedir ao seu gerente para permitir que faça uma pausa para o café?
— Deixa pra lá. Sou o gerente de plantão. Vou chamar alguém para me cobrir no caixa. Encontro você no quiosque da Starbucks em 5 minutos.
— Tudo bem — disse Mak. — Eu espero aqui.

Eles escolheram uma mesa de dois lugares em um canto da praça de alimentação. Makarowicz comprou um café, e Ragan, um *smoothie* verde.
— Emma te disse onde me encontrar? — perguntou Ragan.
— Não. Sua filha afirmou que não tem ideia de onde você mora ou trabalha. Acho que vocês dois não são muito próximos, não é?
— A escolha é dela. Eu fui um pai tão bom quanto ela me permitiu ser. Sendo um policial, você provavelmente sabe como as drogas mexem com a cabeça de uma adolescente. Gastei tudo o que tinha para pagar a reabilitação dela. Aposto que ela não mencionou isso.
— Não estou aqui para julgar suas habilidades parentais — retrucou Mak. — Mas estou um tanto surpreso que você ainda não tenha me perguntado sobre sua esposa ou se preocupado em retornar minhas ligações em que o informei que temos novidades no caso.
— Eu acompanho as notícias — disse Ragan. — Se Lanier tivesse aparecido, eu teria recebido um alerta no meu telefone. Mas não apareceu, não é?
— Não. Mas temos novas pistas que eu gostaria de discutir com você. Primeiro, é claro, estou me perguntando por que a carteira da sua esposa foi encontrada na parede daquela casa em Tybee.
— Não faço ideia — disse Ragan. — Se sua próxima pergunta foi se Lanier já esteve lá, a resposta é sim. Quando os Creedmore eram donos da casa, costumavam receber todo o time, a equipe técnica e suas famílias para churrascos e coisas do tipo. Acho que estivemos lá pelo menos quatro ou cinco vezes ao longo dos anos.
— Acha que sua esposa já esteve lá sem você?
— Não sei. Acho que é possível.

Destruidores de Lares **199**

— Eu soube que Lanier estava dando aulas particulares para alguns de seus jogadores naquela época. A seu pedido.

Ragan o encarou com um olhar severo.

— Essa merda de novo? Sim, eu ouvi os rumores de que ela estava saindo com um dos meus jogadores. Não posso refutar nem comprovar, já que ela desapareceu, não é mesmo?

— Sim, é verdade. Mas eu gostaria de ouvir suas teorias sobre o que aconteceu com sua esposa. Emma me disse que uma vez você acusou sua esposa de "agir como uma prostituta". É verdade?

— Aconteceu uma vez. Flagrei Emma entrando em casa depois de passar a noite toda com o namorado. Ela só tinha 15 anos, pelo amor de Deus. Eu estava tentando assustá-la. Talvez tenha exagerado um pouco. Acredite em mim, não sei o que aconteceu com Lanier. Voltamos de uma festa do Super Bowl. Quando acordei na manhã seguinte, ela tinha desaparecido. Simples assim. Dezessete anos se passaram, e isso ainda é tudo o que eu sei.

— Não é exatamente assim que Emma se lembra das coisas. Hoje ela me disse que acordou no meio da noite, havia uma tempestade, ela estava com medo, e, quando foi ao seu quarto, você e Lanier tinham sumido.

— Não — disse Ragan categoricamente. — Isso nunca aconteceu.

— Ela andou pela casa, procurando por vocês dois, aterrorizada e chorando porque estava sozinha. Foi quando você entrou no quarto dela, todo molhado, disse a ela algo sobre ter ouvido um galho de árvore cair na casa e pediu que ela voltasse a dormir.

Ragan se inclinou, as mãos segurando na lateral da mesa.

— Por que só agora ela está se lembrando disso? Hein? Todos esses anos de conselheiros escolares e terapeutas, por que só agora ela está inventando essa história? Emma tinha 3 anos quando a mãe desapareceu. Que tipo de memória uma criança de 3 anos tem de alguma coisa? Me diga.

Makarowicz esperou até Ragan terminar.

— Nos relatórios policiais da época, vi que você disse aos investigadores que Emma tinha apenas 3 anos quando Lanier desapareceu. A própria Emma diz que, na época, tinha 4 anos. Verifiquei com o Departamento de Trânsito, e ela está dizendo a verdade. Ela é pequena e franzina, não é mesmo? Aposto que a polícia não a interrogou na época porque ela parecia jovem demais. E porque você disse a eles que ela tinha 3 anos.

— Minha esposa tinha acabado de desaparecer! — protestou Ragan, seu rosto ficando vermelho de raiva. — Talvez eu tenha errado a idade dela. Quem se importa com isso? — Ele bateu na mesa com a palma da mão.

— Você sabe o que aconteceu com a *minha* vida? Com a *minha* carreira, depois que Lanier desapareceu? No começo, todos ficaram muito preocupados. Pobre treinador. Pobre Emma. Houve grupos de busca e vigílias de oração. Nos enviavam comida. Meu Deus, pensei que nunca mais conseguiria ver um prato de macarrão. E então os rumores começaram. No ano seguinte, meu quarterback titular rompeu o ligamento anterior cruzado, dois dos meus veteranos foram flagrados dirigindo embriagados e foram expulsos do time, nada dava certo. No final do ano letivo, o diretor me chamou e disse que eu havia me tornado uma "distração" na escola e que meu contrato não seria renovado. Eu tinha ganhado o campeonato estadual apenas um ano antes. No mesmo ano, três dos meus jogadores assinaram contrato para jogar em universidades de primeira divisão, e eu fui eleito o treinador de ensino médio do ano. Mas nada disso significou alguma coisa, porque eu era uma "distração". Tive de me esforçar para encontrar outro emprego como treinador *assistente* e instrutor de direção numa porcaria de escola pública em um condado vizinho. Venho lutando e me esforçando para me manter pelos últimos 17 anos. E por quê? Porque minha *esposa*, "a *santa* Lanier Ragan", decidiu que não se importava comigo ou com nossa filha. — Ragan se recostou na cadeira, cruzou a perna e soltou um longo suspiro. — Não venha ao meu local de trabalho novamente, detetive. Não deixe mensagens no meu telefone. Deixe Emma e eu em paz.

40

O Mo
Sabe

Trae se sentou na cadeira de maquiagem, olhando o iPad enquanto Lisa ajeitava o cabelo dele.

— Você é o próximo, Mo — anunciou Lisa, apontando para a cadeira vazia ao lado de Trae.

Mo se sentou e olhou para a tela de Trae.

— Isso é um roteiro? — perguntou. — Filme ou televisão?

Trae fechou abruptamente a aba da capa de couro costurada à mão de seu iPad.

— Não, ainda não é nada. São só umas ideias com que venho brincando. Mas meu agente acha que são promissoras.

— Que bom — disse Mo. — Espero que dê certo.

— Não me entenda mal, ainda amo estar em frente às câmeras. É minha paixão. Mas sempre pensei que, para ser bem-sucedido no show business, você tem que escrever seu próprio material.

Trae se inclinou e baixou a voz para quase um sussurro.

— Eu adoraria que você desse uma olhada, assim que eu fizer uns retoques. Você sabe, só para me dar uma opinião.

— Que tipo de programa é? Reforma de casas, realidade roteirizada?

— Nada disso. É uma comédia romântica — disse Trae. — Sobre um cara que produz um reality show roteirizado e se apaixona por sua estrela, mas há complicações, porque *ela* está apaixonada pelo carpinteiro bonitão do programa.

— Deixe-me adivinhar. Você interpreta o carpinteiro?

Trae deu de ombros.

— Quem mais?

— Tudo pronto — disse Lisa, entregando-lhe um espelho de mão. — Veja se gosta do que eu fiz na parte de trás.

Trae colocou o iPad na bancada, ergueu o espelho e estudou seu reflexo.

— Ficou bom. O que acha das minhas sobrancelhas? Será que precisam de um trato?

— Suas sobrancelhas podem ganhar um Emmy de tão perfeitas. Agora, cai fora daqui.

Lisa esperou até Trae sair do trailer.

— Parece que ele está escrevendo um filme sobre você, mas a estrela é ele.

— Pois é — concordou Mo. — Exceto pela parte de se apaixonar pela estrela.

Lisa espirrou um pouco de hidratante na palma da mão esquerda, adicionou um pouco de bronzer, misturou com a ponta do dedo e começou a massageá-lo no rosto de Mo.

— Aham — disse ela. — Nunca acontece na vida real.

De acordo com a pesquisa de Mo, as pernas de Jada Watkins eram o motivo de sua fama. Elas eram *loooongas* e bem torneadas, primorosamente exibidas sob um curtíssimo vestido sem mangas amarelo-ovo que parecia ter sido feito com uma única faixa de bandagem.

A estrela do *Headline Hollywood* tinha uma vasta e brilhante cabeleira castanho-avermelhada, olhos castanhos em formato de amêndoa, um nariz proeminente e pontudo e lábios fartos. Mo forneceu um breve resumo do conceito de *Destruidores de Lares* antes de ela passar para a atração principal.

— Vocês dois! — exclamou Jada, segurando as mãos de Hattie e Trae. — Ouvi dizer que são as celebridades de Savannah! E mal posso esperar para saber tudo sobre a casa e, claro, sobre a história da mulher desaparecida.

Hattie parecia tímida e desconfortável diante de Jada. Ela vestia um macacão ao estilo Rosie, a Rebitadeira, com o zíper da frente aberto o suficiente para expor um belo colo e um lenço no lugar do cinto. De alguma forma ela conseguia parecer sexy e recatada ao mesmo tempo.

Trae era Trae, e ele não perdeu tempo para começar a bajular Jada Watkins. Talvez pretendesse escalá-la para sua comédia romântica?

Ele teve que admitir que Jada parecia genuinamente interessada no projeto, caminhando hesitante com seus tamancos de salto agulha que faziam um som estridente no piso de madeira antiga enquanto ela seguia Hattie.

A mandíbula de Hattie doía de tanto sorrir. Ela tinha sido uma disciplinada estrela de televisão por quase duas longas horas, exibindo uma expressão radiante, distribuindo sorrisos e conversando durante cena após cena, seguindo as orientações de Alex, o produtor do *Headline Hollywood*, e sua estrela.

Mas agora o brilho definitivamente havia desaparecido, e ela mal podia esperar que aquele calvário terminasse. Depois de liderar um tour pela casa e discutir todas as mudanças que Trae e ela haviam planejado, eles acabaram na cozinha, onde a equipe de restauração de incêndios operara milagres durante a noite, lixando o chão, removendo a pior parte da fuligem das paredes e liberando a área para a equipe de filmagem.

Hattie fez um relato resumido da descoberta da carteira na parede e o que isso significava.

— Lanier Ragan era uma professora adorada e respeitada em Savannah, e eu senti sua perda pessoalmente, porque ela era minha professora favorita. Mas, o mais importante, ela era casada, além de mãe da jovem Emma, que espera há 17 anos por respostas sobre o desaparecimento.

O rosto animado de Jada assumiu uma expressão solene.

— Hattie, você acha que esse terrível mistério será resolvido? Onde *está* Lanier Ragan?

— Eu não sei — disse Hattie. — Mas não acho que ela teria partido voluntariamente e abandonado a filha.

— Corta! — gritou Alex. — Isso foi perfeito, Hattie. Agora, mais uma entrevista com você e Trae, e encerramos. Quero vocês na varanda, ok?

Hattie olhou para o relógio. Era quase meio-dia, e ela já havia perdido preciosas horas de trabalho. Mas Mo, que estava parado logo atrás de Alex, fez um discreto sinal com a cabeça.

— Ok — disse Hattie.

Alex a orientou a se sentar em uma cadeira de balanço ao lado de Trae, em frente à cadeira de Jada.

— Agora, vocês dois — disse Jada, inclinando-se para frente e falando em um tom sussurrado e conspiratório. — Quero perguntar sobre aquelas fotos que viralizaram na internet esta semana. Ao que parece, vocês tiveram um jantar agradável e bastante íntimo. Então, esses rumores de um romance no *set* são verdadeiros?

Trae lançou um olhar furtivo e malicioso para Hattie.

— Tudo o que posso dizer, Jada, é que Hattie e eu criamos uma relação de trabalho incrivelmente próxima nas últimas semanas. Quem não se apaixonaria por alguém como Hattie Kavanaugh? Ela é adorável e trabalhadora, e nunca preciso me perguntar o que ela está pensando, porque ela faz questão de me dizer!

— Own — murmurou Jada. — Hattie? Como é trabalhar com um conquistador como Trae Bartholomew?

Hattie sentiu suas bochechas arderem de vergonha enquanto lutava para recuperar a compostura.

— É ótimo. — Ela conseguiu dizer. — Mas agora estou realmente concentrada em *Destruidores de Lares* e em reformar esta casa. Então, receio que os assuntos do coração terão que esperar até chegarmos à linha de chegada.

— Hmm — brincou Jada. — Acho que vamos ter que esperar até a estreia de *Destruidores de Lares*, em setembro, para ver se essa faísca vai mesmo incendiar.

— E corta! — gritou Alex. — Ótima fala, Jada. Bom trabalho, pessoal.

Cass a encontrou no trailer do figurino, despindo o macacão.

— A barra está limpa? Aquela gente já foi?

— Finalmente — agradeceu Hattie, vestindo seu próprio jeans e uma camiseta. — O que está acontecendo aí fora? Por que está tudo tão quieto?

— Os rapazes da restauração fizeram uma pausa. Você viu o caminhão chegar para recolher a caçamba velha, certo? Sabíamos que faria muito estardalhaço durante a gravação, então Mo subornou o motorista com burritos.

Hattie terminou de amarrar as botinas.

— Bem, vamos levar o pessoal de volta ao trabalho. Precisamos da caçamba nova. Não quero que despejem todo aquele revestimento queimado no chão. Já temos bagunça o suficiente.

Enquanto caminhavam pela entrada de carros, ouviram o barulho de um motor a diesel. Mo se posicionou de um lado da entrada, orientando o motorista que manobrava a carreta ao longo do acesso inclinado em direção à caçamba destruída.

Hattie se viu observando Mo, intrigada. Por mais desconfortável que ele estivesse durante a breve entrevista com Jada, agora estava totalmente à vontade, fazendo malabarismos com as muitas facetas de uma produção complexa, exalando a confiança de um homem totalmente confortável na própria pele. *Não era arrogante*, pensou ela, *apenas confiante*.

O motorista inclinou a cabeça para fora da janela, observando no espelho retrovisor enquanto manobrava, parando e depois avançando o caminhão, que cuspia fumaça preta pelo escapamento.

Mo continuou acenando e gritando:

— Vamos. Pode vir. Tem espaço de sobra. Pode vir.

Quando a carreta deu uma acelerada final, Mo teve que se jogar para o lado para sair do caminho. Houve um enorme estrondo de metal contra metal quando a carreta bateu na caçamba, empurrando-a para trás, até que finalmente bateu no tronco de um enorme carvalho. Hattie soltou um grito involuntário quando a árvore estremeceu, depois lentamente tombou para trás, pousando no quintal.

— Meu Deus! — exclamou Mo. Ele se levantou, tentando se reorientar. Correu para a cabine do caminhão, onde viu o motorista caído sobre o volante, com sangue escorrendo de um corte no lábio.

— Ei, ei. Você está bem? — Ele abriu a porta e sacudiu o ombro do motorista. O homem olhou para cima, atordoado.

— Sim, cara. Estou bem. Acho que bati a cabeça quando a carreta atingiu a caçamba.

Ele saiu da cabine, inclinando-se pesadamente na porta.

— Alguma coisa aconteceu com o acelerador. Ele parecia emperrado. — Um enorme galo já crescia em sua testa, mas ele caminhou um tanto cambaleante até a parte de trás da carreta.

— *Meeeeeerda* — murmurou, apertando as mãos em ambos os lados da cabeça enquanto examinava os danos. — Estou ferrado.

O impacto do acidente amassou a carreta bem no meio. A caçamba atingiu o carvalho na diagonal, inclinando o recipiente de lado e derramando o conteúdo no chão. Em meio a tudo isso, estava o toco irregular do carvalho decapitado. Folhas caíram sobre os escombros.

Hattie pegou uma garrafa de água de um refrigerador próximo e a levou para o motorista, que estava perigosamente pálido e zonzo. Ela tirou a tampa e entregou a ele.

— Tome. Vamos, você precisa se sentar.

Ele fez uma tentativa fraca de resistir, mas finalmente se permitiu ser levado à sombra da tenda mais próxima, onde o assistente de Mo, Gage, esperava com um kit de primeiros socorros.

Hattie e Cass foram encontrar Mo, que encarava os destroços da carreta e da caçamba.

— Oh, meu Deus — disse Hattie. — Eu achava que as coisas não poderiam piorar, mas agora estamos perdidos. O que fazemos com essa confusão toda?

Cass sacou o telefone do bolso e vasculhou os contatos.

— Primeiro, ligamos para a empresa de caçambas e dizemos a eles para esperar para entregar a nova. Então, acho que vamos precisar de uma retroescavadeira e de uma empresa especializada em remoção de árvores. — Ela olhou para a árvore caída. — A boa notícia é que agora temos uma vista incrível para o rio nos fundos da casa. E, com alguma sorte, a companhia de seguros pagará pela remoção desse carvalho.

— Vou checar como está o motorista — disse Hattie. — Estou preocupada que ele possa ter tido uma concussão.

— Que belo caos — disse Mo. — Sim, vamos garantir que o motorista não morra sob nossa supervisão. Não precisamos que mais nada de ruim aconteça hoje.

41

Maré de
Problemas

Tug Kavanaugh normalmente não era um homem efusivo, mas esse foi um dia excepcional.

— Minha nossa senhora da reforma! — exclamou ele, tirando o boné e batendo-o contra o joelho. — Estou neste negócio há 40 anos e, em todo esse tempo, nunca vi nada parecido com esta catástrofe. Um incêndio, danos causados pela água, árvore derrubada. O que vem a seguir? Raios? Gafanhotos?

— Você realmente não gosta desta casa, não é? — questionou Hattie. — Mas por que não? A localização é incrível. Nunca encontraríamos um terreno tão grande às margens do rio Back, nem mesmo por dez vezes o que pagamos. E a casa é sólida. Nós podemos reformá-la. Acredite em mim.

— Eu sei, mas às vezes as coisas estão além do nosso alcance — afirmou Tug, com tristeza.

— Minha mãe sempre dizia: *"Quanto mais difícil o parto, mais saudável o bebê"* — argumentou Hattie.

Ela percebeu que ele ficou surpreso com a referência à mãe.

— Como vai sua mãe? Teve notícias dela ultimamente?

— Acho que ela está bem. Ela me manda mensagens de vez em quando. Com ela, não ter notícias é uma boa notícia, não é mesmo?

— Você acha que ela vai se casar com o namorado?

Hattie meneou a cabeça.

— Não falamos sobre isso. Mas você ainda não me disse por que se opõe tanto a este projeto.

Ele chutou o tronco da árvore.

— Nunca gostei dos Creedmore. Big Holl estava na minha classe no Cardinal Mooney. Ele era um valentão e um fanfarrão. Aliás, ainda é. Pensava que o dinheiro da família poderia comprar qualquer coisa para ele.

— Então é uma doce vingança eles não terem conseguido manter uma casa que foi deles por gerações — disse Hattie. — Você sabe o que eu vou fazer?

— Acender um fósforo e terminar o trabalho? — retrucou Tug, com um tom esperançoso.

— Eu vou àquela loja hippie que vende ervas no centro da cidade e vou comprar um bom maço de sálvia, e então nós vamos fazer uma cerimônia de limpeza para afugentar o mau agouro.

Tug riu.

— Sempre otimista. Essa é a minha garota.

Hattie não estava convencida de que havia dissipado as dúvidas do sogro.

— Ah, fala logo. Desembucha. O que tá incomodando você?

— Eu não gosto desse designer chique da Califórnia — disse ele, erguendo o queixo com um ar birrento.

Hattie ficou mortificada.

— Você viu aquelas fotos na internet, não foi?

— *Pfft*. Não vejo essas porcarias. Mas a Nancy viu.

— Papai…

— Eu não acho que ele seja o cara certo para você, Hattie.

— Você também achou que Jimmy Cates não era o cara certo quando saí com ele. — Hattie o lembrou.

— Pelo menos Jimmy Cates sabe construir um bom telhado para uma casa — retrucou Tug. — Mas esse Trae, o que tem de bom nele? Só o que vejo é um sorriso falso e roupas estilosas.

— Foi apenas um beijo — disse Hattie, apertando o ombro dele. — Vamos lá, vamos caminhar até à água. Quero que você dê uma olhada no píer.

A maré estava baixa, e a praia que se inclinava desde o quebra-mar estava totalmente exposta. Era um dia claro, e eles observaram um grupo de praticantes de caiaque remando em direção à Ilha de Little Tybee.

— Essa vista é o grande atrativo dessa casa — admitiu ele. — A casa de barcos também é ótima. É só instalar umas serviolas, e dá para manter alguns barcos lá fora.

Ele se virou e começou a caminhar em direção à casa, mas parou.

— Você quer saber o que mais me preocupa nesta casa? Eu te conheço muito bem, Hattie Kavanaugh. É passional demais. E o que eu sempre digo a você?

— Nunca se apaixone por nada que não possa te amar de volta — declamou Hattie obedientemente. — Mas você está errado desta vez. Vamos gravar *Destruidores de Lares*, reformar esta casa e depois vendê-la com um belo lucro. Só isso.

Quando eles saíram da praia, a maioria dos operários estava reunida para assistir a enorme carreta destruída ser carregada em um caminhão-plataforma. Hattie prendeu a respiração até que o processo fosse concluído e o guincho partisse lentamente pela entrada de carros.

— Um já foi, faltam dois — disse Cass.

— Meu coração não aguenta tantas emoções — disse Tug. — Zenobia ligou e precisa que eu volte ao escritório.

Cass o observou partir, ainda balançando a cabeça.

— O que há com ele?

— Nancy viu minhas fotos com Trae — explicou Hattie. — Ele acha que Trae é um farsante, nunca gostou dos Creedmore e acha que esta casa é um grande erro.

— Isso é típico do Tug — disse Cass. — O copo não está meio vazio, está rachado e vazando.

Hattie deu um sorriso agradecido.

— Diga-me que as coisas vão melhorar.

— Sim. O motorista que vai entregar a caçamba acabou de ligar. Ele está estacionado na rua, esperando a primeira carreta sair. Em 15 minutos, a velha caçamba terá ido embora, e logo depois teremos uma novinha em folha e todos poderemos voltar ao trabalho.

— Eu não aguento mais isso. — Hattie ficou na varanda da frente e observou a terceira carreta do dia entrar pelo acesso de veículos, carregando a caçamba nova.

— Eu aguento — disse Mo. Ele tirou o rádio bidirecional da cintura e apertou o botão de ligar. — Jack, prepare uma câmera para filmar enquanto eles descarregam a caçamba nova.

— Sério? — Hattie franziu o nariz. — Não vai ser algo extremamente tedioso?

— Não. As pessoas adoram ver a tragédia alheia. Podemos usar todas essas imagens nas mídias sociais para criar expectativa para a estreia. Na verdade, preciso de você e Trae lá fora agora.

— Mas olhe para mim — protestou ela. — Estou com minhas roupas pessoais e toda suja. Rebecca não vai ter um ataque se você me filmar assim?

— Vamos ser realistas — disse Mo. — Vá!

Com as câmeras rodando, Hattie ficou em frente ao carvalho estilhaçado. Trae estava parado ao lado da cabine do caminhão.

— Pronta? — gritou Trae.

— Sim, manobre essa coisa! Mas, desta vez, vamos com calma.

Trae fez um gesto para que o motorista começasse a dar ré.

— Endireite um pouco! — gritou ele, caminhando ao lado do motorista. — Um pouco para a esquerda. Muito bom. Certo. Agora, siga reto.

A carreta com a caçamba nova avançou para trás, passando pelo local carbonizado onde ficava a anterior.

— Continue — gritou Hattie, agitando os braços sobre a cabeça. — Você tem mais uns 15 metros.

— Você é bom — disse Trae ao motorista.

— Mais 3 metros — avisou Hattie.

A carreta continuou recuando.

— Quase lá — orientou Trae.

— Uôu! — Hattie acenou com os braços sobre a cabeça e saiu do caminho. Os freios do caminhão guincharam quando ele parou. Os braços hidráulicos começaram a levantar a caçamba.

Houve um estrondo alto quando a terra sob as rodas da carreta pareceu ceder. *BUM!*

A caçamba começou a deslizar pela rampa e afundar no chão gramado.

No início, Hattie ficou chocada demais para se mover ou falar. Ela deu alguns passos hesitantes para frente, com medo de que a terra sob seus pés também ruísse. A caçamba havia pousado, de lado, em algum tipo de buraco de concreto no chão.

O motorista do caminhão estava fora da cabine, e Trae e ele olharam para a cena incrédulos.

O cinegrafista de Mo também avançou, captando a cena enquanto ela se desenrolava.

— Que diabos é isso? — gritou Trae, apontando para o poço.

— Isso — disse o caminhoneiro, caminhando cautelosamente até a borda, cobrindo o nariz e a boca com as mãos enquanto olhava para o abismo — é uma fossa séptica.

42

Segredos
Enterrados

Hattie sentiu ânsia e cambaleou quando um fedor avassalador tomou conta do ar.

— Ah, que inferno — disse Leetha em voz alta. — Momo, você sabe que não estou aqui para esse tipo de coisa.

— Ah, Deus — murmurou Mo. — E eu pensei que este dia não poderia piorar.

O cinegrafista olhou para Mo em busca de orientação, que sinalizou para ele continuar filmando.

— Entra lá. Não tem como mostrar uma realidade mais nua e crua do que essa.

Mo apontou para Hattie, que puxou a ponta da camisa para cobrir o nariz.

— Fale.

Hattie soltou a camisa e seguiu as orientações de Mo.

— Essa deve ser a fossa séptica original da propriedade. Acho que a prefeitura construiu o sistema de esgoto por baixo da avenida Chatham muitos anos atrás. Pelo menos sabemos que a fossa não está ativa.

Ela se virou.

— O que vamos fazer?

— Quem é que sabe? Já descobrimos todo tipo de coisa bizarra, quero dizer, coisas… ao longo dos anos, mas acho que esta é a primeira vez que afundamos uma caçamba dentro de uma fossa séptica.

Ela saiu do alcance da câmera e começou a vasculhar os contatos em seu telefone. Enquanto isso, o motorista voltou para a cabine do caminhão, pegou o próprio celular e começou a caminhar lentamente ao redor da caçamba, documentando a cena catastrófica.

— Meu chefe não vai acreditar nisso.

O nome do supervisor da empresa de caminhões era Milt. Hattie sabia disso porque ele tinha o nome bordado no bolso do uniforme. Ele chegou ao local preparado, com uma camiseta enrolada cobrindo a metade inferior do rosto, e agora avaliava a situação.

— Eis o que aconteceu — disse Milt, virando-se para a câmera, conforme a orientação de Mo. — Havia uma velha tampa de bueiro bem aqui. — Ele bateu o pé no chão para enfatizar a explicação. — Estava coberta com provavelmente 20 anos de terra, folhas e coisas desse tipo. — Ele apontou para o motorista do caminhão, que estava inquieto ao seu lado. — Você conseguiu manobrar a carreta com a caçamba exatamente sobre esse ponto, e a coisa toda desmoronou: bueiro, vergalhões, concreto e tudo mais.

Hattie também havia recebido orientações.

— Como você vai tirar a caçamba de lá? E o que vamos fazer com essa antiga fossa séptica depois de remover a caçamba?

A camiseta abafou a risada de Milt.

— Bem, senhora. Eu e esse cara aqui — ele deu um tapa nas costas do motorista — vamos reinstalar o guincho no para-choque dianteiro do caminhão e depois vamos ligá-lo e pedir ao menino Jesus que funcione.

— Ah. — Hattie agiu como se essa fosse exatamente a resposta que esperava.

— Quanto ao que vamos fazer depois de remover a caçamba? Bem, vamos recolocá-la no lugar. Mas o que vocês vão fazer com essa fossa séptica fedorenta não é problema meu.

Eles encontraram Trae sentado sob a tenda de *catering*, o rosto pálido sob a maquiagem.

— Horrível — disse ele, quando Hattie, Cass e Mo se aproximaram.
— Totalmente sinistro. — Ele estremeceu para enfatizar sua afirmação.

Os outros três desabaram nas cadeiras ao redor da mesa.

— Este dia não vai acabar nunca — disse Mo, enquanto os outros meneavam a cabeça em concordância.

— No entanto, por mais nojento que seja esse último acontecimento, ainda temos um cronograma de filmagem inteiro pela frente. Quero passar para o piso superior esta tarde. Trae, o banheiro do andar de cima está pronto para o azulejo?

— Eu ainda preciso escolher as novas torneiras e chuveiros, e também precisamos de um vaso sanitário.

— Vou ligar para Sandpiper, a loja de material de construção na cidade — disse Cass. — Eles estarão esperando por você. Mas, Trae, você tem que escolher algo que eles tenham em estoque ou que consigam imediatamente. Nada extravagante, nada de acabamentos personalizados. E eles fecham às 16h, então é melhor você ir logo.

— O que vamos fazer nos quartos do andar de cima? — perguntou Leetha.

— Minha equipe está instalando as molduras do drywall de dois closets menores em ambos os lados da porta. Poderíamos filmar isso esta tarde. Tenho dois pares de venezianas de demolição que usaremos como portas — disse Hattie. — Assim que os closets estiverem prontos, podemos pintar o quarto.

— E o quarto dos fundos? — perguntou Leetha.

— Os rapazes já cortaram a madeira e montaram os novos conjuntos de beliches — disse Hattie. — Os armários que recuperei de uma antiga escola primária também serão instalados lá. Basta parafusá-los na parede. Com alguma sorte, podemos gravar isso depois que terminarem os closets.

— Sorte? — protestou Mo, bufando. — Nem sei mais o que é isso.

Hattie e Cass estavam na varanda dos fundos, observando o rio. A vista, com exceção do caminhão, estava quase toda desobstruída.

Milt e o motorista conseguiram retirar a carreta e a caçamba da antiga fossa, e agora ambos estavam de pé atrás da carreta, olhando para o enorme buraco.

— A empresa de maquinário ligou. Eles vão enviar uma minicarregadeira — disse Cass. — Antes achei que só precisaríamos remover o resto do carvalho, mas agora estou pensando em pedir para aterrarem aquela fossa. Temos terra mais do que suficiente para isso.

— Quanto antes melhor — comentou Hattie. Ela apontou para os dois homens, que agora pulavam e agitavam os braços. — O que há com aqueles dois?

— Eu nem quero saber — retrucou Cass. — Não pode ser nada bom.

O mais novo dos dois homens encontrou Cass, que se aproximava. Ele estava sem fôlego e com os olhos arregalados.

— Senhora? Você precisa ver aquilo. Acho que há um corpo na fossa séptica de vocês.

43

Esqueletos
Guardados

—— Detetive Mak? —— A voz de Hattie Kavanaugh parecia frenética. —— Acabamos de encontrar um esqueleto no quintal.

Makarowicz se levantou e saiu de seu escritório.

—— Na casa de praia? Onde?

—— Na antiga fossa séptica.

—— Me escuta com atenção, Hattie —— disse Makarowicz. —— Me espere. Não toque em nada. Tire seu pessoal de perto da fossa. Não conte isso para mais ninguém. Estou a caminho!

Makarowicz chamou a central e pediu que uma viatura da patrulha fosse enviada para a casa. Em seguida, ligou para o Departamento Estadual de Investigação da Geórgia e para o escritório do legista do Condado de Chatham para informá-los de que os restos mortais haviam sido descobertos na residência de número 1523, na avenida Chatham.

Ele acionou as luzes e a sirene, algo que raramente usava, e partiu apressado, em direção à antiga casa dos Creedmore.

Makarowicz desligou a sirene ao dobrar a esquina da avenida Chatham. Não era sensato chamar atenção dos vizinhos para o que provavelmente já era uma cena de crime caótica. Ele contou mais de uma dúzia de carros e caminhões estacionados no pátio e na entrada da casa. Hattie Kavanaugh foi ao seu encontro assim que ele saiu do carro.

Sua maquiagem estava borrada, e ela estava pálida e tremendo. O produtor/diretor estava ao lado dela.

—— Você está bem?

—— Na verdade, não —— disse ela, com a voz hesitante. —— Eu acho que é a Lanier, não é?

—— Não vamos nos precipitar —— disse ele. —— Mas, sim, é provável que seja ela.

— E agora? — questionou Mo Lopez. — Eu pedi que os operários liberassem a área, embora, você sabe, estejamos pisoteando todo o quintal há semanas.

— Notifiquei o Departamento Estadual de Investigação e o escritório do legista, e eles enviarão uma equipe para coletar os restos mortais. Haverá uma autópsia, e, em seguida, o legista fará a identificação legal dos restos mortais pela arcada dentária e qualquer outro material que conseguirem recuperar.

— Vocês têm o número de contato de todos que estavam aqui quando a caçamba caiu na fossa séptica? — perguntou ele.

— Sim — disse Mo. — Você quer que eu os mande para casa?

— Primeiro, vamos reunir todos para que eu possa conversar com eles — pediu Mak. — Uma viatura está a caminho para afastar os curiosos, mas, até ela chegar, poderia pedir para um dos seus operários controlar os intrometidos?

— Vou mandar meu assistente, Gage — disse Mo. — E o resto da equipe estará aqui em 5 minutos.

A equipe de televisão e os operários se aglomeraram em torno de Makarowicz.

— Vocês sabem que encontramos restos mortais aqui hoje, e isso é um assunto muito sério — disse ele, com a expressão austera. — A área ao redor da fossa é uma cena de crime ativa. Não sabemos de quem é esse corpo, mas vamos tratar esses restos com o maior respeito. E eu agradeceria se vocês mantivessem essa descoberta em sigilo até segunda ordem. Isso significa nada de declarações à imprensa e nada de posts nas redes sociais, especialmente fotos. Tentaremos concluir a coleta de evidências o mais rápido possível para que vocês possam voltar ao trabalho, mas sejam pacientes.

Donnie, um dos carpinteiros, levantou a mão.

— Ei, você acha que o corpo é da dona da carteira que encontramos?

— Ainda não sei — disse Mak. — Mas essa mulher tem uma filha que está esperando por respostas há 17 anos. Eu não gostaria que ela ficasse sabendo que o corpo da mãe foi encontrado em uma fossa por uma página do Instagram. Vocês também não gostariam disso, não é mesmo?

Um murmúrio de anuência ecoou entre a multidão.

Hattie se sentou nos degraus da varanda dos fundos, observando a viatura da polícia de Tybee estacionar diante da casa, seguida por uma ambulância. Mo também se sentou e ofereceu uma garrafa de água gelada.

Ela tirou a tampa e tomou um gole.

— Que bom que você mandou todos para casa. Parece... macabro ter pessoas trabalhando enquanto a polícia remove o corpo.

— Vai prejudicar seriamente nosso cronograma — apontou Mo.

— O que Rebecca vai achar disso?

— Ela não vai ficar feliz. Mas não podemos fazer nada. Espero que ela se contente com a matéria para o *Headline Hollywood*.

Hattie cutucou o rótulo de papel na garrafa de água.

— Você viu? Os restos mortais?

— Sim. Na verdade, só consegui ver...

Ela tapou os ouvidos com as mãos.

— Por favor, não. Não suporto pensar nela assim. Se for ela. Mas quem mais seria?

— Desculpe — disse Mo. — Você sabe que não precisa ficar por aqui se não quiser. Vou pedir a Makarowicz para manter alguém de guarda até que eu possa pedir a um de seus operários para colocar um portão temporário. — Ele fez uma pausa. — Se eu tivesse feito isso há duas semanas, talvez o incêndio na caçamba não tivesse causado todo esse prejuízo para a casa.

— Mas também nunca teríamos encontrado o corpo de Lanier Ragan — lembrou Hattie. — Acho que as coisas acontecem por um motivo.

Mo suspirou.

— Não foi um acidente. Alguém a matou e escondeu o corpo lá.

— Alguém que sabia da existência de uma tampa de bueiro ali — disse Hattie. — Eu com certeza não sabia que estava ali e já devo ter circulado por esse quintal cinquenta vezes nas últimas duas semanas. — Ela estremeceu com o pensamento de que literalmente estava caminhando sobre o túmulo de sua antiga professora.

— Me fale mais sobre a família que era dona deste lugar — pediu Mo. — Sei que você disse que o filho é um idiota, mas ele seria capaz de algo assim?

Os operários estavam recolhendo seus pertences e caminhando em direção aos seus veículos. Hattie baixou a voz para ter certeza de que eles não poderiam a ouvir.

— O Mak, quer dizer, o detetive Makarowicz, tem investigado os nomes dos jogadores de futebol americano que tinham aulas particulares com Lanier naquela época, incluindo Holl Junior.

— Hum. É possível que tenha sido um dos outros jogadores?

— Havia mais alguns nomes, mas como alguém que não estava familiarizado com a propriedade saberia sobre a fossa séptica?

— Alguém também não disse que a família dava grandes festas para o time de futebol americano aqui? — perguntou Mo.

— Bem, sim. Mas você pode imaginar uma festa em que a conversa envolva um comentário do tipo: "Ei, temos uma velha fossa séptica no quintal"?

— Tenho certeza de que coisas bem mais bizarras acontecem quando um bando de adolescentes exalando testosterona se encontram — disse Mo.

Ela inclinou a cabeça e o estudou por um momento.

— Você já praticou esportes, Mo?

— Eu corria quando estava no segundo ano. Eu era péssimo. Mas meus pais insistiam que eu tinha que ter uma atividade extracurricular além de jogar *Dungeons and Dragons* no porão o dia todo, então entrei para o clube de teatro.

— Você queria ser ator? Sério?

— Não, eu só queria sair com garotas gostosas e liberais, e, na minha mente distorcida, esse era o tipo que frequentava o clube de teatro.

— E funcionou? Conseguiu muitos encontros?

— Essa parte do meu plano falhou miseravelmente — disse Mo. — Mas o clube de teatro despertou meu interesse por contar histórias, o que mais tarde me levou para a faculdade de cinema na Universidade do Sul da Califórnia.

— Contar histórias.

— No fim das contas, entretenimento se resume a isso. Eu gostava de escrever, ainda gosto, mas sou mais um contador de histórias visual, então a televisão é o veículo perfeito para mim.

— Como chegou ao seu trabalho atual?

— Batalhei muito, começando lá de baixo. Meu primeiro emprego, quando saí da faculdade de cinema, foi como produtor assistente de notícias em uma emissora de televisão local, em Fresno. Então, um amigo me contou sobre uma vaga para trabalhar no piloto de um programa DIY, do tipo faça você mesmo, que nunca foi ao ar, e, nessa época, eu namorava uma garota que tinha um irmão que conhecia alguém na HPTV, e ele me conseguiu uma entrevista. Mais tarde, saí e abri minha própria empresa de produção.

Mo deu um tapa em um dos mosquitos sedentos que se alimentavam de seu sangue pela última hora.

— Vamos levar isso para dentro. A menos que queira ir embora, já que todo mundo está indo.

Hattie se levantou e olhou em volta.

— Acho que Cass deve ter ido embora também, não? Mas ainda não posso ir. Não parece certo deixá-la lá... abandonada assim.

— Eu também vou ficar — disse Mo. — Por que não esperamos no seu trailer?

— No ar-condicionado — respondeu Hattie, acenando com a cabeça. — Ótima ideia!

— Só vou falar com Makarowicz, para ver se ele precisa de alguma coisa, e então eu te encontro lá — explicou Mo.

— Detetive. — O perito da cena do crime subiu a escada que havia sido colocada dentro da fossa séptica, tirou o traje e as sapatilhas de papel e os amassou em uma bola enquanto caminhava em direção a Makarowicz, que estava fotografando todos os ângulos da cena do crime.

— Alguma pista? — perguntou Mak, tentando respirar pela boca.

— Cabelo comprido, um casaco impermeável roxo e um par de tênis indicam que a vítima provavelmente era uma mulher — disse o perito. — Parece que houve uma fratura na parte da frente do crânio. — O técnico deu um passo para trás e balançou a cabeça. — Jesus, tenho que tomar um banho. Talvez eu nunca consiga tirar o cheiro dessa fossa de mim.

— Alguma ideia de quando poderemos saber alguma coisa? — questionou Mak.

— Entre em contato com o Departamento Estadual — sugeriu o perito. Ele se virou e apontou para uma maca sendo abaixada no tanque. — Eles estão removendo o corpo agora.

Makarowicz se afastou. Já tinha visto o suficiente. Não queria que ela ouvisse a notícia de um estranho. Ligou para o número que Emma Ragan lhe dera. Caiu direto na caixa postal, mas, antes que ele pudesse deixar uma mensagem, viu que ela estava ligando de volta.

— Detetive Mak? Alguma novidade? Você falou com meu pai?

— Oi, Emma — respondeu ele, medindo as palavras. — Falei com seu pai. Mas não é por isso que estou ligando.

— Oh, meu Deus. Você a encontrou, não foi? Encontrou a minha mãe.

— Encontramos um corpo — explicou Mak. — Não temos certeza de nada ainda, mas acreditamos que os restos mortais sejam de uma mulher, e as circunstâncias de onde os encontramos...

— Ohhhh... — A voz de Emma sumiu, e ela começou a chorar. — Mamãe! Minha pobre mãe.

— Você está bem? — perguntou Mak, alarmado. — Tem alguém que possa te fazer companhia? Está no trabalho?

— Eu estou... estou... — Sua fala estava entrecortada. — Espere um minuto, por favor. — Ele a ouviu assoar o nariz e falar algo ininteligível. — Ok. Meu chefe disse que posso fazer uma pausa. Vou me sentar no meu carro por um minuto e me recompor. Você não vai desligar, não é?

— Eu prometo que não vou desligar — disse Mak.

— Mak? — A voz de Emma parecia mais firme.

— Emma, desculpe perturbá-la assim, no trabalho, mas eu tinha medo de que a notícia vazasse depois que descobrimos o corpo e não queria que você ouvisse isso de mais ninguém.

— Obrigada — disse ela entre lágrimas. — O que mais você sabe? Onde ela estava?

Makarowicz hesitou. Ele não queria contar a essa jovem frágil que o corpo de sua mãe havia sido despejado em uma fossa séptica. Quando contasse, seria pessoalmente.

— Pode não ser ela. Mas o local onde o corpo foi descoberto parece fazer sentido.

Ela entendeu imediatamente.

— Em Tybee? Você encontrou o corpo perto da carteira dela?

— Sim — confirmou ele com relutância. — Na mesma propriedade.

— Naquela casa velha? Isso não faz sentido.

— Não. Estava... enterrado.

— Ah. — A voz dela pareceu minguar. — Dá pra saber *o que* aconteceu?

— Ainda não. Talvez demore um pouco. Mas, escute, você não me disse que enviou uma amostra de DNA dela para um desses sites de ancestralidade online?

— Sim — confirmou ela. — Aquele detetive fez isso há alguns anos, depois que encontraram o corpo de uma mulher no Pântano de Okeefenokee. Só que não era ela.

— Se você ainda tiver aquela escova de cabelo, pode ajudar a acelerar as coisas. O Departamento Estadual de Investigação precisa do DNA dela para comparar com o desse corpo. E pegaremos os registros dentários da sua mãe também.

— Quem bom. Mak?

— Sim?

— Meu pai sabe?

— Ainda não liguei para ele. Você quer que eu ligue?

Houve um longo silêncio, e então ela estava chorando novamente.

— E se foi ele? E se ele fez isso com ela?

— Você não precisa decidir agora, Emma. Não temos certeza de nada ainda. Por que você não pensa sobre isso e depois me avisa?

— *Tá* bom. Agora tenho que desligar. Preciso voltar ao trabalho.

— Se cuida, Emma.

44

Mentes Mais
Desconfiadas

— Eu trouxe o jantar — anunciou Mo, segurando um pacote cilíndrico embrulhado em papel alumínio.

Hattie olhou desconfiada para o pacote.

— O que é isso?

— Cachorro-quente. Cortesia da loja de conveniência do Chu. Espero que você goste de mostarda.

— Amo. — Ela desembrulhou o alumínio ainda quente e mordeu o lanche com tanta avidez que fez Mo rir.

— Que foi? Tem mostarda no meu rosto? — Ela passou um guardanapo no queixo.

— Não. Acho que eu realmente não esperava que você comesse um cachorro-quente de loja de conveniência. Não conheço muitas mulheres em Los Angeles que se rebaixariam a tanto.

— Eu não sou de Los Angeles — retrucou Hattie. — Caso você não tenha notado. — Ela deu outra mordida e mastigou. — E não almocei. Então, sim, estou faminta.

Mo devorou o cachorro-quente em apenas três mordidas.

— O que está acontecendo lá fora? — perguntou Hattie, apontando na direção do local da sepultura, onde a fita amarela circundava a fossa. Os peritos da cena do crime ainda estavam ocupados, fotografando e tirando medidas sob o brilho dos holofotes.

— Eles estão prestes a remover o corpo.

De repente, enjoada, ela largou a embalagem de papel alumínio com o cachorro-quente pela metade.

— Não consigo parar de pensar na filha dela, a Emma. Como ela vai se sentir quando souber que a mãe foi encontrada depois de todos esses anos.

— Talvez seja um alívio — disse Mo.

— A menos que ela descubra que o pai teve alguma coisa a ver com o desaparecimento da mãe ou que a mãe realmente estava dormindo com um garoto do ensino médio, pois isso será mais uma experiência traumática. Certamente o nome da família dela vai ser arrastado para a lama. — Ela fez uma careta. — Sei bem como é isso.

— Aquela bruxa da Mavis Creedmore comentou coisas bem desagradáveis sobre seu pai — comentou Mo. — Quer falar sobre isso ou ainda é um assunto delicado?

Hattie mexeu em algo na pequena mesa.

— Nem acredito que já faz quase 20 anos.

Ela respirou fundo e continuou:

— Meu pai era vice-presidente do Integrity Bank. Irônico que o nome remeta à integridade, não é? Especialmente quando você considera que ele também era tesoureiro do Community Chest, uma instituição de arrecadação de fundos parecida com a United Way. Basicamente, meu pai foi pego com a mão na massa. Ele desviou quase US$1,2 milhão ao longo de 6 anos, até que um novo presidente, vindo de fora da empresa, assumiu a direção do Community Chest. O forasteiro examinou os livros de contabilidade e ordenou uma auditoria.

— E o que aconteceu?

— O conselho queria que meu pai devolvesse o dinheiro discretamente, pois devia ter sido um "mal-entendido", porque a família do meu pai está em Savannah há muito tempo, do tipo fundador de tal instituição, presidente daquela outra. Mas o novo presidente não deu a mínima para o *pedigree* do meu pai e se recusou a varrer tudo para debaixo do tapete.

— E aí?

— Ofereceram um acordo com reconhecimento de culpa. Mas meu pai não aceitou, porque tinha *certeza* de que se safaria. Então ele foi a julgamento, e toda a roupa suja foi lavada em público. Não era como se ele realmente precisasse do dinheiro. Minha mãe e ele sempre dirigiram carros novos. Morávamos em uma bela casa, e eu sempre estudei em escola particular. Ele roubou dinheiro de órfãos, viúvas e crianças com câncer para pagar o carro novo de sua amante e "viagens de negócios" para Bermudas, Napa e Palm Beach.

Mo ofereceu um sorriso hesitante.

— Quantos anos você tinha quando isso aconteceu?

— Nem 15 anos. Não se compara à experiência do desaparecimento da mãe quando você tem apenas 4 anos, mas isso abalou meu mundo. Durante a sentença, o advogado conseguiu um charlatão para testemunhar que meu pai tinha esquizofrenia, e era por isso que ele levava essa vida dupla.

— Você entendeu alguma coisa disso na época? Quero dizer, deve ter sido muito para uma adolescente dessa idade, mesmo para alguém inteligente como você.

— Minha mãe não me contou nada — revelou Hattie, em um tom amargurado. — Só disse que papai estava "em apuros" e que eles estavam se divorciando. Grande parte do que eu soube foi ouvindo comentários no banheiro da escola.

— Crianças dessa idade são implacáveis — observou Mo.

— Sim. Meninas de escolas particulares são muito cruéis. Exceto a Cass. Sempre que ela achava que estavam implicando comigo, ela entrava no que chamava de "modo demônio". Lanier Ragan também ajudou. Ela era genuinamente compassiva. Entendo que ela possa ter levado isso às últimas consequências.

— E o que aconteceu com seu pai?

— Ele cumpriu 3 anos na prisão federal. Assim que o divórcio foi formalizado, minha mãe mudou nossos sobrenomes para seu nome de solteira e se mudou para Sarasota.

Mo se levantou e abriu a porta do trailer. Estava escurecendo, e o coro de cigarras era quase ensurdecedor.

— A ambulância está indo embora. — Ele se virou para se dirigir a ela. — Você estava tendo um momento difícil na escola, então por que não foi morar com sua mãe? Novo nome, nova escola, nova vida?

Hattie se levantou e olhou por cima do ombro, assim que a ambulância deslizou silenciosamente pela estrada, em direção à rua, levando o que restava de Lanier Ragan. Ela não havia pisado em uma igreja desde o funeral de Hank, mas agora fez um rápido sinal da cruz.

— Eu estava com raiva da minha mãe. Sempre fui a garotinha do papai. Eu estava convencida de que ela devia ter feito algo para afastá-lo de nós. E, para uma adolescente de 14 anos, acho que o inferno conhecido é melhor do que o paraíso desconhecido. Cass falou com os pais dela e implorou que me deixassem ficar com eles, pelo menos até o fim das aulas, em maio. Zenobia faz o tipo durona, mas ela tem um coração enorme. Nunca teria me rejeitado. Maio chegou e se foi, e eu simplesmente... acabei ficando.

— Onde está seu pai agora?

— Por aí. Ele mora no camping de pesca do meu avô, no rio Little Ogeechee. Ele faz operações no mercado de ações e passa os dias preocupado que seus velhos inimigos o encontrem.

— Você costuma visitá-lo?

— Quase nunca. Mas fui vê-lo depois de perder a maior parte do meu investimento na casa na rua Tattnall, quando todos os bancos da cidade se recusarem a me conceder um empréstimo. Ele me emprestou 50 mil dólares, para que eu tivesse dinheiro suficiente para reformar essa casa. — Ela respirou fundo. — Cass não sabe. Você é a única pessoa para quem contei.

— É um segredo? Mas ele é seu pai.

— Aceitar o dinheiro dele, mesmo sendo um empréstimo, parece... sujo.

Mo estava intensamente consciente da proximidade dos corpos deles. Próximos o bastante para ele sentir o perfume dela. Perto o suficiente para ele colocar o braço em torno do ombro dela e oferecer algum tipo de conforto tardio. Ele queria fazer isso, mas não ousaria.

Hattie ainda estava olhando para fora da porta aberta do trailer. Vaga-lumes brilhantes voavam em meio às copas das árvores na escuridão. O mundo estava em completo silêncio, exceto pelo canto das cigarras. Ela estava prendendo a respiração?

— Eu deveria ir para casa — disse ela finalmente. Ela soltou um assobio curto e agudo, e Ribsy levantou a cabeça do banco onde esteve dormindo a maior parte do dia.

— Eu também. Pode ir, eu vou checar a casa e trancar tudo. Quero ter uma ideia de onde precisamos começar pela manhã. Supondo que os policiais não interditem os trabalhos.

Os ombros de Hattie afundaram.

— Não consigo pensar nisso agora.

— Vá para casa! — disse Mo, apontando para a porta. — Você vai, uh, encontrar Trae hoje à noite?

— Não. Por quê?

— Encontrei o iPad dele quando estava procurando algo pra comer na tenda do *catering* agora há pouco. Achei que se fosse se encontrar com ele...

— Não, vou para casa tomar um banho quente e lavar esse *fedor*.

Mo fingiu farejar o ar ao redor dela.

— Você não está fedendo. Está cheirando a arco-íris e... massa de rejunte.

Ela sorriu.

— Sabe, Mo, você não é tão idiota quanto eu pensei quando nos conhecemos.

— Não tente me amolecer com frases sulistas melosas, Kavanaugh. Me fale o que você realmente pensa.

Ela deu um tapinha no braço dele, então, por impulso, deu um beijo rápido em sua bochecha enquanto ela e Ribsy se dirigiam para a caminhonete.

Mo praguejou para si mesmo enquanto a observava partir.

Os nervos de Mo pareciam crepitar com energia reprimida. Ele foi para a casa alugada, tomou banho e vasculhou a geladeira em busca de algo mais substancial do que um cachorro-quente, mas seu cronograma errático de gravação significava que suas escolhas se limitavam a uma salada murcha e um bagel velho.

Savannah tinha ótimos restaurantes, ele sabia, então, talvez, apesar da hora, ele saísse para buscar um jantar decente. Ele viu o iPad de Trae no balcão da cozinha e decidiu, por impulso, que caminharia os seis ou sete quarteirões até The Whitaker, o caro hotel pago pelo orçamento de *Destruidores de Lares* para seu astro. Ele poderia entregar o tablet e comer algo no restaurante do saguão.

Mo subestimou o calor e a umidade de uma noite de verão em Savannah. Quando chegou ao Whitaker, seu cabelo estava colado na cabeça, e sua camisa grudava nas costas. Ele parou no saguão supergelado e olhou em volta. Pensou em ligar para Trae para dizer que estava lá embaixo, mas decidiu que na verdade já estava cansado de lidar com aquele babaca mimado por hoje.

Em vez disso, foi até a recepção e entregou o iPad ao recepcionista, com o pedido de que fosse entregue ao Sr. Bartholomew.

Então, como recompensa por sua caminhada suada, ele caminhou até o lounge do saguão, convenientemente escuro e envolto em uma atmosfera amigável, com cabines de couro e mesas à luz de velas. Ele se sentou no bar e pediu um filé à Nova York, malpassado, com molho *béarnaise*, batatas fritas e uma taça de um Cabernet que o barman prometeu ser excepcional.

Ele estava devorando a cesta de pães quentes quando ouviu a risada familiar de uma mulher ecoando no lobby de pé-direito alto.

Mo girou o banco do bar lentamente e congelou por um instante. A risada vulgar era familiar porque vinha da repórter do *Headline Hollywood* que o havia entrevistado horas antes, na casa da avenida Chatham. Ela não estava sozinha. Na verdade, estava de braços dados com Trae Bartholomew.

Ele rapidamente girou o banquinho antes que Trae pudesse vê-lo espiando. Mas continuou observando pelo bar espelhado enquanto os dois caminhavam até o elevador. Quando as portas do elevador se abriram, eles entraram, seus corpos colados em um abraço tão íntimo que Mo fechou os olhos e deu um gole em seu vinho.

Aquele babaca mimado estava brincando com Hattie, pensou ele. Talvez partisse o coração dela. E não havia nada que ele pudesse fazer para impedir.

45

O Anel da
Verdade

Makarowicz estava em sua casa, sentado à mesa de seu minúsculo escritório, às 9h da manhã seguinte. Jenny havia mobiliado o cômodo com uma mesa, uma cadeira e um sofá-cama, para quando a filha viesse visitá-los. Uma gata laranja descansava na cama, parecendo entediada.

A gata apareceu em sua varanda na semana seguinte ao funeral de Jenny e mostrou um talento notável por entrar furtivamente em sua casa toda vez que ele abria a porta. Mak nunca foi um amante de gatos, mas agiu com responsabilidade e mandou castrar a danada. O veterinário insistiu que a gata tinha que ter um nome, então agora ela era a Agente Laranja Makarowicz.

Tecnicamente, hoje era seu dia de folga. Mas o que mais ele tinha para fazer?

Folheou o espesso arquivo de Lanier Ragan que "pegou emprestado" do Departamento de Polícia de Savannah, até que encontrou o que estava procurando: o relato de Frank Ragan sobre as roupas que ele achava que sua esposa poderia estar usando na noite em que desapareceu.

Segundo o relatório: *A vítima foi vista pela última vez vestindo um conjunto esportivo azul-marinho ou preto, tênis de corrida da Nike ou, possivelmente, jeans azul e um moletom vermelho com capuz.*

Ele comparou com o inventário dos itens que haviam sido recuperados junto com os restos mortais de Lanier Ragan. Jaqueta de esqui impermeável roxa, tênis Nike feminino cor-de-rosa, número 33. Aliança no bolso da jaqueta. O Departamento Estadual de Investigação havia enviado fotografias de tudo.

Mak pegou as impressões das fotos.

— Ok, Laranja — disse ele, dirigindo-se à gata. — Você está no comando da casa. Não fale com estranhos.

Emma Ragan respondeu que entendia quando Mak disse que ele precisava interrogar o pai novamente.

— Eu preciso mostrar a ele alguns itens de roupas que encontramos — declarou Mak. — Quanto mais cedo isso acontecer, mais cedo poderemos identificar positivamente o corpo.

— Ok — concordou ela finalmente. — Eu entendo.

Frank Ragan fez uma careta quando viu o detetive entrar na loja de artigos esportivos.

— Eu disse que não vou falar com você de novo. Não, a menos que você tenha um mandado ou algo assim.

Mak deu de ombros.

— Achei que gostaria de saber que encontramos uma ossada ontem, e temos razões para acreditar que é da sua esposa.

Ragan pareceu atordoado.

— Você encontrou Lanier? — Seu rosto avermelhado empalideceu, e ele cambaleou, agarrando-se a uma prateleira de malhas de corrida para recuperar o equilíbrio.

— Por que não vamos a um lugar mais calmo para falar sobre isso? — sugeriu Makarowicz. — Existe um escritório ou algo assim?

Ele seguiu Ragan por um depósito e entrou em um escritório minúsculo com espaço quase insuficiente para uma pequena mesa e duas cadeiras.

— Onde... onde ela estava? — perguntou Ragan.

— Depois falaremos disso. — Makarowicz abriu a maleta, extraiu a pasta que havia trazido e apertou o botão de gravação em seu telefone. — Muito pouco da roupa que encontramos estava intacta, exceto uma jaqueta e um par de tênis de corrida. — Ele colocou duas fotos na mesa, em frente a Ragan.

— Você reconhece essa jaqueta?

As mãos de Ragan tremiam quando ele pegou a foto. Ele a encarou por um longo tempo.

— Sim. Era de Lanier. — Ele apontou para um pequeno pingente de metal que pendia do zíper da jaqueta. — Eu acho que isso é um suvenir de quando fomos esquiar em Beaver Creek, um ano depois de nos casarmos. — Ele suspirou. — Típica garota do sul. Odiava esquiar, mas adorava beber rum amanteigado no chalé de esqui.

Makarowicz entregou a outra foto. Os tênis de corrida estavam desbotados, mas o símbolo da Nike na lateral ainda era reconhecível.

— Parecem os tênis dela — disse Ragan, com a voz entrecortada. — Número 33. Ela tinha pezinhos minúsculos. Emma também tinha. Quer dizer, tem

— corrigiu-se e olhou para Makarowicz. — Tem certeza de que são dela? Não há chance de ser outra pessoa?

— O escritório do legista fará a identificação oficial, usando registros dentários e DNA — disse Makarowicz. — Mas há mais uma coisa que eu gostaria de *te* mostrar.

Ele entregou a Ragan outra foto, de uma aliança de platina com as laterais cravejadas de pequenos diamantes. Mak havia pesquisado o estilo, chamava *eternity*.

— Meu Deus. — Ragan sufocou as lágrimas. — Era a aliança de Lanier. Realmente é ela. — Ele colocou a cabeça na mesa, e seus ombros tremeram enquanto soluçava. — Oh, Deus, Lanie.

Makarowicz nunca se acostumou com essa parte do trabalho. Lidar com o parente de uma vítima nunca era fácil, e era ainda mais difícil quando o parente era considerado um suspeito viável do assassinato.

— Sinto muito pela sua perda, Sr. Ragan.

Ragan levantou a cabeça e soltou um longo suspiro trêmulo.

— Eu preciso avisar a Emma.

— Ela já sabe — disse Makarowicz.

O ex-treinador limpou o rosto com o antebraço.

— Como ela recebeu a notícia?

— Ficou chateada, é claro. Prometi ligar para ela quando o legista emitir o laudo oficial.

— Ok. — Ragan ergueu os ombros. — E vocês sabem, ou melhor, dá pra saber o que aconteceu?

— Na verdade, não. Depois de 17 anos, como você pode imaginar, tudo o que temos é um esqueleto.

— Minha nossa.

— Eu ainda tenho algumas perguntas, se você não se importa — explicou Makarowicz.

— Não fui eu — desabafou Ragan, com a mandíbula cerrada. — Posso não ter sido um marido perfeito. Nosso casamento pode não ter sido o ideal, mas eu nunca a machucaria.

— Ok — disse Mak. — A melhor maneira de você provar isso é ser perfeitamente honesto comigo.

— Estou sendo — revelou Ragan.

O detetive pegou a foto da aliança e a sacudiu diante do treinador.

— A única razão pela qual conseguimos recuperar essa aliança foi porque sua esposa não a estava usando naquela noite. Ela a guardou no bolso da jaqueta. Por que acha que ela faria isso?

Destruidores de Lares 227

— Não tenho ideia — disse Ragan. — Eu fui para a cama naquela noite, e, quando acordei de manhã, ela tinha desaparecido.

— Vocês brigaram?

— Não!

— A que horas você descobriu que ela havia sumido?

— Não sei, cara. Talvez por voltas das 6h da manhã.

— Acho que não foi bem isso. Emma diz que acordou no meio da noite por causa dos relâmpagos e trovões. Ela foi para o quarto de vocês, mas os dois tinham sumido. Você *e* Lanier.

— Isso nunca aconteceu. Ela inventou essa merda para me ferir. Era apenas uma garotinha. Nem sabia ver as horas — disse Ragan.

— Ela sabia que havia uma tempestade e que, quando o encontrou, alguns minutos depois, você estava molhado. O que aconteceu, Frank? Houve uma briga? Foi um acidente?

— Droga, não! Estou dizendo, não encostei a mão nela. Não fui eu.

— Você está me escondendo algo — disse Mak. — Sei que você saiu de casa naquela noite, no meio da tempestade. Por que não me conta a verdade? Não quer que a gente encontre a pessoa que fez isso?

Ragan girou o grande anel com o brasão de sinete dourado em sua mão direita. Ele olhava para uma pequena fotografia emoldurada em sua mesa de trabalho. Makarowicz esticou o pescoço para ver melhor. As cores estavam desbotadas pelos anos, mas a imagem era nítida. Não era uma foto antiga de família nem uma foto de sua única filha. Era o time de futebol americano do Cardinal Mooney, posando na frente de uma bandeira que os consagrava como campeões estaduais. O porta-retratos era o único item pessoal no escritório lotado e apertado.

Ele pegou o porta-retratos e bateu no vidro.

— Eu tinha três formandos confirmados para faculdades da primeira divisão naquele ano. Mais dois entraram em faculdades de segunda divisão respeitáveis. Sabe o tamanho dessa conquista? Quão duro eu trabalhei? Treinos, observar o adversário, puxar o saco de ex-alunos para conseguir mais dinheiro para equipamentos, ônibus, academia decente? De agosto até a pós-temporada, eu nunca estava em casa à noite.

— Lanier se ressentia do seu trabalho — sugeriu Makarowicz. — Talvez ela soubesse que você estava galinhando por aí. Talvez se sentisse solitária.

— Talvez ela fosse uma vadia egoísta. Talvez fosse uma mãe de merda. Ninguém nunca falou sobre isso — retrucou Ragan. — Todos os boatos eram sobre *mim*. Sobre o que o treinador fez para magoar a esposa. Talvez tenha sido o treinador. Minha carreira foi destruída porque ela não conseguia manter as malditas pernas fechadas.

— Você achava que ela estava *te* traindo. — Makarowicz declarou isso como um fato. — Mas com quem?

— Eu sabia que algo estava acontecendo. Naquela época, eu chegava em casa, e a babá estava com Emma, mas Lanier não estava. Ela me dizia que estava em reuniões na escola, saindo com uma amiga ou que tinha ido visitar a mãe. Minha sogra estava passando por um momento difícil com a quimioterapia, então fui compreensivo.

— Como você descobriu isso?

— Pelo celular dela. Lanier vivia esquecendo o telefone em todos os lugares, no carro, na bancada da cozinha. Mas de repente ela ficou supercuidadosa. Eu acordava no meio da noite, e ela estava no banheiro, com a porta fechada, falando aos sussurros.

— Você a confrontou?

— Eu queria esperar até ter provas. Acho que ela sentiu que eu estava desconfiado, porque, por um tempo, as coisas voltaram ao normal. Mas então, por volta do Natal, ela estava supermal-humorada e fechada.

Makarowicz tinha mais uma foto na pasta. Era uma foto que ele havia tirado depois que os peritos da cena do crime removeram os ossos e reconstituíram a ossada em uma lona azul na lateral da fossa séptica. Colocou-a virada para cima, sobre a área de trabalho. Ele bateu no crânio com o dedo indicador direito.

— Alguém golpeou o crânio da sua esposa. Foi você? Me conte sobre a noite em que sua esposa desapareceu. E chega de mentiras, Frank. Porque, quanto mais você mente, mais culpado você parece.

46

Confissões à
Meia-Noite

— Minha nossa! — Ragan virou a foto e desviou o olhar. Ele engoliu em seco, depois saiu correndo do escritório. Um segundo depois, Makarowicz ouviu a descarga em um banheiro próximo, seguido do som da água escorrendo.

Quando o ex-treinador voltou, ainda enxugava o rosto com uma toalha de papel já úmida. Ele desabou na cadeira, com a respiração irregular.

— Você não pode mostrar isso para Emma — murmurou. — Por favor, não mostre isso a ela.

Ragan girava nervosamente o anel de sinete. Makarowicz percebeu que era o anel do campeonato estadual. O símbolo do auge de sua carreira profissional, que desmoronou pouco depois da ruína de sua vida pessoal.

— Tá bom. Eu saí naquela noite. Algo me acordou, por volta da meia-noite. Lanie havia sumido. Eu desci as escadas, pensando que talvez ela ainda estivesse lá embaixo, terminando de cuidar da roupa ou algo assim. Mas ela não estava em casa. E, então, ouvi o carro saindo da garagem.

— O carro de Lanier.

— Sim. E fiquei furioso. Calcei meus sapatos, peguei as chaves e entrei no meu carro para segui-la. Estava uma tempestade e tanto. Raios e trovões, chovia tão forte que os limpadores de para-brisa não davam conta.

— Você tinha alguma ideia de para onde ela estava indo?

Ragan girou ligeiramente o anel.

— Na verdade, não. Primeiro pensei que alguma coisa tinha acontecido com a mãe dela, mas por que ela não me acordou para avisar? Então, percebi que ela estava indo na direção oposta à casa da mãe. Ela pegou a avenida Victory, no sentido leste.

— Indo para onde, Frank?

— Eu sinceramente não sabia. Fiquei de longe, porque não queria que ela me visse. Ela avançou um sinal vermelho, no cruzamento da Skidaway, e eu pretendia fazer o mesmo, mas um carro que estava vindo da direção oposta fez uma manobra brusca. Pisei no freio e aquaplanei. Meu carro rodopiou 360 graus, e, juro por Deus, pensei que eu era um homem morto. Meu carro subiu na calçada, e eu quase atingi um poste. Foi quando caí em mim. O que diabos eu estava fazendo, deixando minha filha em casa, sozinha? O que quer que Lanier estivesse fazendo, eu resolveria isso com ela pela manhã. Então voltei para casa. Quando entrei, Emma estava no nosso quarto, chorando histericamente. Eu finalmente a acalmei e a coloquei de volta na cama. — Ragan deu de ombros. — E só. Foi isso o que aconteceu. Deus é minha testemunha.

— Por que você não contou nada disso para a polícia?

— Eu estava envergonhado — disse Ragan. — E muito, muito chateado. A princípio, nunca me ocorreu que algo ruim tivesse acontecido com Lanier. Mas, conforme a manhã foi passando, comecei a entrar em pânico. Liguei para todo mundo que ela conhecia, dirigi por aí. Até voltei para aquele cruzamento da Skidaway com a Victory, pensando que talvez ela tivesse sofrido um acidente ou algo assim. E então a mãe dela começou a fazer um escândalo. Disse que, se eu não chamasse a polícia para reportar o desaparecimento de Lanier, ela o faria. Não tive escolha!

— E, mesmo assim, você não contou à polícia sobre suas suspeitas — disse Makarowicz.

— O que eles pensariam de mim? — perguntou Ragan com raiva. — Que eu não era capaz de cuidar da minha esposa. Do nosso casamento. Eu dizia para mim mesmo, onde quer que ela esteja, ela vai se acalmar, vai voltar para casa, e vamos resolver isso.

Makarowicz tirou as fotografias da mesa e as colocou de volta dentro da pasta.

— Sabe de uma coisa... essa sua história parece estúpida o suficiente para que eu quase acredite.

Ragan massageou as têmporas com as pontas dos dedos.

— É a verdade. Mas isso não muda nada, porque eu não sei quem matou Lanier ou por quê.

— Talvez você possa me ajudar a descobrir isso — disse Makarowicz. Ele tirou o celular da maleta e o colocou sobre a mesa.

47

À Beira do Rio

Quando Hattie chegou, na manhã seguinte, havia uma viatura da polícia de Tybee estacionada na entrada da casa na avenida Chatham.

— Bom dia, policial — cumprimentou ela, quando ele se aproximou da caminhonete. — Sou Hattie Kavanaugh, a proprietária do imóvel.

Ele olhou para uma prancheta que carregava debaixo do braço.

— Ok. Pode passar!

Ela apontou na direção da casa.

— Como estão as coisas lá atrás?

— Tudo o que eu sei é que o detetive Mak mandou que mantivesse os curiosos e os turistas longe de lá.

Mo havia enviado um e-mail para todos do elenco e das equipes, informando sobre uma reunião às 8h. Todos estavam reunidos ao redor da tenda de *catering*, tomando café e lançando olhares ansiosos em direção ao quintal onde os restos mortais foram descobertos.

— Ok, pessoal — começou Mo. — Para aqueles de vocês que não estavam aqui no momento, nem sei por onde começo a atualizá-los sobre os acontecimentos de ontem.

Ele rapidamente explicou a sequência de eventos do dia anterior e concluiu com a descoberta do corpo e a probabilidade de que os restos mortais fossem da professora desaparecida.

— Sei que parece insensibilidade, mas a emissora está inflexível sobre não estender nosso prazo.

Ele se virou e apontou para Trae.

— Preciso de você e Hattie na cozinha, discutindo os planos para os armários. Leetha vai explicar o que ela quer. Mais tarde, vamos gravar uns segmentos nos quartos do andar superior. — Ele se virou para examinar a multidão, e seus olhos se fixaram em Cass, que estava na parte de trás da tenda, parecendo em transe. — Cass, você pode comprar telas de proteção? Infelizmente, os policiais não querem que a gente aterre a fossa séptica ainda, mas eu preciso dela protegida, porque é um risco à segurança e também um tanto sinistra.

— Sim. — Ela pegou o celular do bolso. — Vou pedir agora mesmo.

Leetha deu um passo à frente.

— Ok, Hattie e Trae, vocês precisam ir fazer cabelo e maquiagem. Vamos filmar algumas cenas externas da frente da casa, mas isso pode esperar até depois das cenas da cozinha. Enquanto isso, Cass, peça aos operários para assentar os azulejos nos banheiros e, se der, na parte da tarde, eles podem deixar tudo pronto para a instalação da cornija.

Cass assentiu.

Com expressões soturnas, a equipe começou a se mover pela casa, mas Hattie notou que Cass caminhava na direção do rio, distanciando-se o máximo possível da cova aberta.

Ela encontrou a melhor amiga sentada no quebra-mar, com os ombros curvados, o corpo sacudindo com soluços incontroláveis.

— Cass? — Em todos os anos em que Hattie conhecia Cassidy Pelletier, nunca a havia visto em tal estado. Ela se sentou no muro de concreto e colocou o braço nos ombros de Cass.

— Você está bem?

— N-n-não. — Cass conseguiu dizer, enterrando o rosto nas mãos. — Nunca vou ficar bem.

Hattie esperou um minuto.

— O que está acontecendo? — perguntou ela. — Pode me contar?

Cass balançou a cabeça, respirou fundo e virou os olhos tristes e vermelhos para Hattie.

— Eu não aguento isso.

— O quê?

— Mentir para você. Mentir para todos. Eu sou uma fraude.

— Ei! — Hattie tentou disfarçar o alarme em sua voz. — Você não é uma fraude e não é uma mentirosa. Vamos, Cass. Sou eu. Pode me contar qualquer coisa.

Cass usou a manga da camisa para limpar os olhos.

— É horrível. Não sei se consigo.

— Como assim? — insistiu Hattie, tentando animá-la. — Você está tentando me dizer que matou Lanier Ragan?

— Não. Mas acho que sei quem foi. — Cass soltou um suspiro longo e trêmulo. — E isso é tão ruim quanto. Porque eu nunca disse nada. Não contei a ninguém. Porque sou uma covarde e uma fraude. Você vai me odiar, mas não tanto quanto eu me odeio.

— Eu nunca conseguiria te odiar — disse Hattie. — Depois de tudo o que você fez por mim? Na confusão com meu pai e, depois, quando Hank morreu? Você e sua família literalmente salvaram a minha vida. Não sei o que teria feito sem vocês. Então, fale comigo. Por favor?

Cass olhou para o rio.

— Holland Creedmore. O maldito Holland Creedmore Junior. Não suporto ouvir o nome dele. Hattie, acho que foi ele. Acho que ele a matou. Meu Deus! No que eu estava pensando...

— Espera. Devagar. Do que você está falando?

— No segundo ano do ensino médio. Eu... fiquei com ele. — Ela se virou e olhou para Hattie, que a encarou com uma expressão de surpresa. — E eu sabia que ele estava saindo com ela também.

— Como assim? — Foi tudo o que Hattie conseguiu dizer.

— Fui a uma festa pré-jogo, com Sophie Dorman e uma amiga dela que frequentava o Colégio Country Day. Sarabeth alguma coisa. Não lembro o sobrenome dela. Sarabeth tinha um carro e sugeriu que fôssemos a uma festa depois, porque todos os caras gostosos estariam lá. Era a segunda semana de aula, mais ou menos.

— Você foi a uma festa cheia de caras gostosos sem mim? — brincou Hattie.

— Agora, sim, vou te odiar.

— A festa foi na casa de um garoto rico em Isle of Hope. Os pais dele tinham viajado. Eles tinham uma garrafa de rum Captain Morgan...

— Oh, Deus. — Hattie se sentiu enjoada. — Acho que sei como isso vai acabar.

— Sophie pirou e chamou o irmão para vir buscá-la. Sorte a dela. Mas eu queria ser legal, então decidi ficar. Bebi um pouco de rum com Coca-Cola, e um cara loiro e bonito puxou papo comigo.

— O maldito Holland Creedmore — disse Hattie.

— Sim. Ele era o maior garanhão do Cardinal Mooney. Um aluno do último ano, estrela do time de futebol americano. E lá estava ele, falando com uma reles aluna do segundo ano como eu. Flertando comigo. Ele tinha uma garrafa de Jägermeister, e, pouco depois, estávamos no carro dele...

Hattie agarrou a mão da amiga.

— Cass, não me diga que ele te estuprou.

— Não. — Cass sacudiu a cabeça com veemência. — Ele foi um perfeito cavalheiro, a princípio. Disse que tinha me notado do outro lado da sala. Gostado da minha roupa. Ele tinha uma lata de Coca-Cola, e estávamos misturando com Jägermeister. Me lembro de pensar que ninguém acreditaria. Eu, flertando e curtindo com Holland Creedmore. Continuei bebendo, me senti zonza e me lembro de pensar: *estou inebriada de amor!*

— Estava mais para embriagada de Jägermeister. E Captain Morgan. — Hattie estremeceu.

— Sim, mas o que eu sabia da vida? Eu tinha 15 anos e nunca tinha bebido nada mais forte do que o vinho da missa — disse Cass. — Ficou tarde, e acho que eu estava sóbria o suficiente para pensar em como chegaria em casa, porque Sarabeth, ou seja lá qual for o nome dela, havia desaparecido. Holland disse que não havia problema. Ele me daria uma carona para casa. — Cass fungou e limpou o nariz novamente. — Você pode adivinhar o resto. No caminho de casa, ele parou no estacionamento do Parque Daffin. Começou a me beijar... e a me tocar. E queria que eu o tocasse. Falou que nunca tinha ficado com uma garota negra e que todos os amigos dele falavam que as negras eram as melhores na cama...

— Meu Deus — sussurrou Hattie.

— Eu só não deixei ele fazer tudo o que queria porque estava com medo de engravidar — disse Cass, com a voz amargurada. — Depois, ele me disse que eu era bonita e especial, aquela baboseira de sempre. Na manhã seguinte, me senti tão suja, tão envergonhada. Eu preferiria morrer a contar isso para você. Mas, então, algumas semanas depois, ele me ligou. Eu nem tinha dado meu número de telefone, mas ele disse que pegou com Sarabeth. Ele queria me levar ao cinema. Euzinha!

— Você não tinha permissão para sair com meninos quando estávamos no segundo ano — disse Hattie.

— Ah, claro que não. Zenobia não teria me deixado ir a um encontro. Especialmente com um garoto branco como Holland Creedmore Junior. — Ela deu de ombros. — Menti para ela, dizendo que estava indo estudar na casa de Sophie. Ele foi me buscar lá. Levou uma garrafa de Jägermeister novamente... fomos ao McDonald's, mas a intenção não era ir ao cinema. — Ela suspirou. — Eu, aos 15 anos, era burra demais para saber que ele não queria ser visto com uma garota negra. Só queria *ficar* com uma garota negra. Sabe?

— Quanto tempo isso durou? — perguntou Hattie. — Eu juro, não fazia ideia.

— Talvez um mês. Saímos mais umas duas vezes, com certeza. Pensei que eu era tão esperta. Tão descolada. Então, em uma sexta-feira à noite, depois de um jogo em que o Cardinal Mooney venceu o Country Day... Você estava comigo naquela noite, mas inventei a desculpa de que iria dormir na Sophie... Em vez disso, fiquei lá, esperei até que todos fossem embora e fui até o carro dele. Estava estacionado nos fundos do estádio. Eu queria surpreendê-lo, sabe? Mas a surpresa foi minha. Ele não estava sozinho.

— Você está me dizendo que ele estava com Lanier?

Cass fungou e assentiu.

— Eu me escondi atrás de outro carro e esperei. Eu precisava descobrir com quem ele estava. Depois de 5 minutos ou mais, ela saiu e entrou no próprio carro, que estava estacionado ao lado. Fiquei tão chocada que quase morri.

— Tem certeza de que eles estavam...?

— Absoluta — disse Cass. — As janelas estavam embaçadas, e ela saiu rindo e meio que arrumando as roupas. Eu sabia exatamente o que eles estavam fazendo.

— Oh, querida — consolou Hattie, apoiando a cabeça no ombro de Cass. — Sinto muito que você nunca tenha sentido que poderia se abrir comigo.

— Eu não conseguiria. Estava tão envergonhada. E se alguém descobrisse? Meus pais? Zenobia teria me matado. E o que você teria pensado se soubesse que sua melhor amiga era uma vagabunda?

— Eu teria pensado em matar aquele idiota do Holland — retrucou Hattie com raiva. — Eu teria riscado o carro dele... Não. Eu teria cortado os pneus dele.

— Espere — disse Hattie com os olhos arregalados. — Foi você? A ouvinte anônima que disse à Molly Fowlkes que Lanier estava dormindo com seu namorado do ensino médio?

— "Namorado" foi um tanto de exagero — revelou Cass. — Mas eu estava bêbada e furiosa, porque tinha acabado de ler a matéria sobre o décimo aniversário do desaparecimento dela. Perdi as estribeiras. — Cass limpou o nariz novamente, depois apoiou a mão sobre o coração. — Mas eu juro, Hattie. Juro pela Virgem Maria que nunca imaginei que Lanier estivesse morta. As pessoas diziam que ela tinha fugido com um cara. Nunca pensei que *ele* tivesse algo a ver com o desaparecimento dela. Só imaginei... Acho que nem me permiti pensar, pois... o que isso diria a meu respeito, já que nunca contei a ninguém? Não contei nem para minha melhor amiga o que eu tinha feito.

— O que *você* tinha feito? Você era uma adolescente de 15 anos. Ele te embebedou e fez o que queria com você. Foi estupro presumido.

Apesar do calor, Cass estava tremendo, esfregando as mãos nos braços.

— Eu deveria ter dito algo quando encontramos a carteira dela. Eu queria, mas não consegui. — Ela olhou para a casa, por cima do ombro. — Eu deveria ter dito alguma coisa.

— Talvez — admitiu Hattie. — Mas que diferença isso teria feito? Makarowicz disse que o corpo dela está lá há anos. Provavelmente desde a noite em que ela desapareceu. Holland Junior provavelmente a matou e escondeu o corpo. Quem mais saberia sobre a fossa séptica? Passamos por cima daquela tampa de bueiro dezenas de vezes e não sabíamos.

— O que vamos fazer? — perguntou Cass.

Hattie se levantou e estendeu a mão para a melhor amiga.

— Ligamos para Makarowicz e contamos a ele o que você acabou de me contar. E garantimos que Holland Creedmore Junior pague pelo que fez com você. E com Lanier.

48

A Trama se
Complica

O detetive atendeu depois de dois toques.
— Detetive Makarowicz — disse ele. — Como vai, Hattie?
Hattie olhou para Cass, que assentiu.
— Mak, estou aqui na obra com Cass Pelletier, você a conheceu. Ela acabou de me contar algo sobre Lanier Ragan e Holland Creedmore Junior que acho que você precisa ouvir.
— Sou todo ouvidos — disse Makarowicz. — Na verdade, estou a caminho para fazer uma visita aos Creedmore agora mesmo.
Hattie colocou o telefone no viva-voz, e Cass se inclinou para contar a história que acabara de compartilhar. Seu rosto estava tenso, a voz trêmula de emoção.
— Filho da puta — disse Mak, quando Cass terminou o relato de seu humilhante suplício. — Mas que grande filho da puta.
— Sim. — A voz de Cass era de apatia.
— Sinto muito, Cass, mas preciso fazer algumas perguntas.
— Pois não.
— Você tem mesmo certeza de que foi Lanier Ragan quem você viu naquela noite, saindo do carro de Holland Junior?
— Sim, tenho certeza.
— Alguma chance de você se lembrar da data em que isso aconteceu?
— Não a data, mas sei que foi no jogo entre Cardinal Mooney e Country Day, porque esses times sempre foram grandes rivais. Eu estava no segundo ano, então foi em 2004.
— Já me ajuda — explicou Mak. — Consigo descobrir isso, fácil.
— Você contou a Holl Junior que o viu com Lanier Ragan?
— Não! — Cass foi enfática. — Eu preferiria a morte. De qualquer forma, ele nunca mais me ligou. Há 17 anos tenho tentado esquecer esse pesadelo.
— Não se culpe — aconselhou Makarowicz. — Só mais uma pergunta. Ele já te levou para a casa dos pais dele em Tybee? A casa em que vocês estão trabalhando agora?

— Você quer dizer a casa da pegação? Não. Eu só servia para encontros furtivos no estacionamento — disse Cass.

— Já tenho o suficiente — disse Makarowicz. — Vou precisar de um depoimento por escrito, mas, por ora, agradeço muito sua sinceridade. Não deve ser fácil desenterrar esses momentos desagradáveis de novo.

— Sim. É uma droga — disse Cass, esfregando os olhos. — Eu me sinto muito mal pela filha de Lanier.

— Eu falei com Emma — revelou Mak. — Ela com certeza passou por maus bocados, mas é resiliente. Uma sobrevivente. Como você, Srta. Cass.

— Veremos — disse Cass, com a voz murchando.

Makarowicz estacionou o carro na entrada da garagem, atrás do carro de Holland Creedmore Junior. Ele se permitiu um sorriso cínico de satisfação enquanto atravessava a desgastada calçada de concreto até a porta da frente. Eram 8h da manhã. Uma sacola de tacos de golfe estava encostada na parede, e havia um par de grampos para sapatos de golfe ao lado do capacho.

Ele tocou a campainha e esperou. Não houve resposta. Mak se virou e observou a rua tranquila. Era um dia de semana. A maioria dos vizinhos estava no trabalho ou dentro de casa, assistindo ao noticiário. Na residência do outro lado da rua, um senhor molhava um canteiro de flores murchas com uma mangueira. Uma mãe empurrava um carrinho, levando um cão pequeno e alegre em uma coleira retrátil. Ela parou na calçada, esperando enquanto o cachorro fazia xixi na grama alta.

Mak tocou a campainha novamente, depois bateu na porta com o punho.

— Espere, estou indo. — Uma fresta se abriu, com a trava de corrente ainda engatada.

— Sr. Creedmore — começou Mak, mas a porta bateu.

— Não vou falar com você, babaca! — berrou Holland.

Makarowicz se apoiou na porta.

— Encontramos os restos mortais de Lanier Ragan na propriedade de sua família, ontem à tarde. Você precisa abrir essa porta ou eu vou prendê-lo e arrastá-lo algemado na frente de todos os seus vizinhos.

A porta se abriu. Os olhos de Holland Junior se estreitaram.

— O que você disse?

— Encontramos Lanier Ragan — Mak repetiu em voz alta. — Exatamente onde você a colocou, 17 anos atrás.

Holl Junior olhou para a rua. O senhor da casa em frente estava apoiado na lateral do carro, espiando descaradamente a cena que se desenrolava diante dele enquanto a mangueira ainda pingava na entrada de sua garagem. A mulher com o carrinho e o cachorro também parou.

— Você está louco — disse ele. — Eu nunca...

— Precisa vir comigo agora — disse Mak. — Ou posso ligar para a delegacia e pedir que algumas viaturas venham até aqui, com luzes e sirenes ligadas.

— Inacreditável — murmurou Holland, balançando a cabeça. — Eu não tive nada a ver com isso! — protestou, enfiando a camisa polo para dentro das calças. — Espera um pouco. Tenho que encontrar meu telefone. Preciso ligar para o meu advogado.

Makarowicz apontou para a viatura.

— Mais tarde. Agora vamos dar um passeio.

— Você sabe que vou processar vocês por prisão ilegal, não sabe? — disse Holland, enquanto entravam na delegacia.

— Quem falou em prisão? — provocou Mak. — Vamos só conversar.

Ele conduziu Holland pelo corredor até uma pequena sala de interrogatório. Ele apontou para uma das três cadeiras na sala, e Holl Junior se sentou com as costas eretas. Makarowicz se acomodou do outro lado de uma pequena mesa. Pousou o celular na mesa e tocou o botão de gravação.

— Sou o detetive Allan Makarowicz, do Departamento de Polícia de Tybee Island, são 9h do dia 26 de maio, e esta é uma entrevista com Holland Creedmore Junior.

Mak cruzou as pernas e se recostou na cadeira.

— Então, Junior. Me diga como um jovem de 19 anos consegue seduzir uma professora de inglês de 25 anos que é casada.

— Isso nunca aconteceu — disse Holland. — Eu não sei quem te falou isso, mas são apenas malditos boatos.

— Uma testemunha viu você e Lanier Ragan juntos em seu veículo, tarde da noite, depois de um jogo de futebol, dez semanas antes do desaparecimento — revelou Makarowicz. — Em 26 de novembro, essa mulher viu Lanier sair do seu veículo, rindo, arrumando as roupas, antes de entrar no próprio carro e ir embora.

Os olhos de Holl Junior piscaram.

— Que mulher? Me diga o nome. Ela é uma mentirosa!

— Acho que não — disse Makarowicz. Ele se inclinou para frente. — Lanier deveria estar te dando aulas de inglês. Mas quem acabou dando uma lição em quem? Há quanto tempo isso estava acontecendo?

— Isso nunca aconteceu — disse Holland.

— O marido sabia que ela estava tendo um caso naquela época — revelou Makarowicz. — Conversas sussurradas ao telefone tarde da noite, "reuniões" misteriosas na escola. Mas essas reuniões eram com você, não eram, garotão?

— Negativo.

— Ok — disse Makarowicz. — Me explique como o corpo foi parar naquela fossa séptica na propriedade de sua família. Ninguém sabia que havia uma tampa de bueiro lá até ontem, quando uma caçamba caiu sobre ela. E foi lá que encontramos o corpo. — Holland olhou para as mãos, abrindo e cerrando os punhos.

— Quem mais sabia sobre a fossa séptica abandonada? — perguntou o detetive.

— Não sei... — A voz de Holl Junior saiu estridente. — Eu era só um garotinho quando meu avô esvaziou a fossa. — Ele enxugou o nariz com as costas da mão.

— Lanier foi encontrá-lo naquela noite — instigou Makarowicz. — Saiu de casa furtivamente, depois que o marido e a filha foram dormir, e te encontrou na casa de praia da sua família, não foi? Como os outros jogadores a chamavam? A casa da pegação? Seus pais sabiam o que estava acontecendo?

— Eu não... — Sob a pele naturalmente bronzeada, o pescoço e as bochechas de Holland Junior se tingiam de um vermelho intenso.

— Ela estava usando uma jaqueta de esqui roxa, que o marido já confirmou que era dela. Encontramos a aliança no bolso da jaqueta, que ele também identificou como dela. E os tênis. Isso foi tudo o que restou da sua amante. Além disso, o crânio foi esmagado.

— Meu Deus — sussurrou Holland. Sua testa estava banhada de suor. Suas mãos cerradas deixaram marcas úmidas nos joelhos das calças cáqui.

— Eu tenho o suficiente agora para acusá-lo de homicídio — informou Makarowicz. — Mas eu gostaria de ouvir o seu lado da história. O que o levou a matá-la? E jogá-la naquela fossa séptica?

— Não fui eu — protestou Holl Junior. Sua voz era pouco mais do que um sussurro. — Eu nunca a machucaria. Nunca. — Ele encarou Makarowicz. — Só pode ter sido o Frank. Não fui eu.

— Me conte tudo — disse Makarowicz. — Sou todo ouvidos.

Holland Junior umedeceu os lábios e olhou ao redor da sala.

— Ok, tá bom. Nós estávamos... quero dizer, não era só um caso. Não para mim. Eu a amava de verdade... Mal pude acreditar que alguém tão bonita e inteligente como Lanier estaria interessada em mim. Na primeira vez, eu pensei que era só sexo. E foi incrível.

— Quanto tempo durou? — perguntou Makarowicz.

— Começou em agosto. Frank queria que ela me ajudasse a melhorar minhas notas de inglês. Eu estava sendo sondado por algumas universidades da primeira divisão, mas minhas médias eram terríveis. No começo, as aulas eram na biblioteca da escola, mas ela disse que tinha muitas distrações. De qualquer forma, sugeri que usássemos a casa de praia.

— Seus pais sabiam que vocês iam para lá?

— Sim. Para eles não tinha problema. Valia tudo para me ajudar a entrar em uma universidade com um bom programa de futebol. Eles só falavam nisso.

— Continue — disse Makarowicz. — Quando o relacionamento se tornou sexual?

Holland estremeceu.

— Estou te dizendo, não foi assim. Foi algo gradual. Uma vez, tirei oito em um trabalho que ela me ajudou a escrever, e eu estava ansioso para contar para ela. Quando ela chegou na casa, meio que me abraçou, e então começamos a nos beijar...

— E a partir daí as aulas mudaram? — disse Mak.

— Acho que sim. Depois da primeira vez, ela ficou muito chateada, disse que não podia acontecer de novo. Disse que nós dois teríamos problemas, que ela seria demitida. Esse tipo de coisa.

— Mas ela continuou a se encontrar com você, e continuaram dormindo juntos? — perguntou o detetive. — Na casa de praia?

— No início. Mas então meus pais descobriram sobre as festas que meus amigos e eu costumávamos fazer lá e trocaram as fechaduras. Depois disso, Lanier e eu passamos a nos encontrar na casa de barcos. — Holland girou o anel em seu dedo. — Foi uma loucura. Mas eu não conseguia tirar ela da cabeça. Eu mandava mensagens ou deixava bilhetes no carro dela. — Ele olhou para Makarowicz. — Eu nunca a machucaria. Nunca. Estou te dizendo, foi o Frank.

— Ela costumava comentar sobre ele com você?

— Com certeza! Ela sabia que ele a traía.

— Ele chegou a ser violento com ela?

Holl Junior ponderou por um momento.

— Não exatamente violento, mas, quando bebia algumas cervejas, ele a tratava muito mal. Era um bêbado cruel, sabe?

— Lanier sabia que Frank desconfiava dela?

— Sim. No final, ela ficou totalmente paranoica. Chegou a cogitar que Frank a seguia.

— E ele seguia?

— Talvez.

— Me conte sobre a noite em que ela desapareceu — insistiu Mak.

242 Mary Kay Andrews

Holland pressionou as pontas dos dedos sobre os olhos. O anel do campeonato brilhava no dedo anelar da mão esquerda. Ele encarou Makarowicz.

— Ela terminou comigo. Falou que tínhamos ido longe demais e que estava envergonhada; que eu deveria ficar com uma garota da minha idade.

— Quando foi isso?

— Depois que ganhamos o campeonato estadual. Ela me deixou um bilhete no carro, mas, naquela noite, depois do jogo, fui até a casa dela e esperei do lado de fora. E nós meio que reatamos.

— Vocês transaram, é isso que quer dizer — disse Makarowicz. — Aqui em Tybee? Na casa de praia?

— Não. No meu carro, num parque, na esquina da casa dela. E então ela disse que era a última vez e que dessa vez era pra *valer*.

— Que apropriado! — resmungou Mak. — Me conte sobre a noite do Super Bowl.

Ele olhou para o anel novamente, girando-o sem parar.

— Depois disso, ela me ignorou por um tempo. Mandei mensagens, deixei bilhetes no carro dela na escola, fui à casa dela, mas ela não me atendia. Então, no dia do Super Bowl, ela me mandou uma mensagem. Ela estava grávida.

Era a vez de Makarowicz encará-lo, estarrecido.

— O filho era seu?

— Sim. Frank fez uma vasectomia depois da Emma. E que merda! Eu estava indo para a Universidade Fordham, para jogar futebol americano. Eu tinha 19 anos. O que diabos eu deveria fazer com essa informação?

— Então foi por isso que a matou. Para impedir que alguém descobrisse.

— Não! — gritou Holland. — Quantas vezes preciso repetir? Eu não a matei. Ela deveria ter ido me encontrar naquela noite para conversarmos, mas não foi. Fiquei esperando na casa de barcos, congelando meu traseiro, mas ela não apareceu. Acabei adormecendo. Quando acordei, voltei para casa antes do amanhecer. E nunca mais a vi.

— Você está mentindo — disse Makarowicz, com a voz calma. — Sei que você estava com ela. Frank Ragan ouviu Lanier saindo de casa. Ele a seguiu até o cruzamento da Victory e da Skidaway.

— Tá vendo? — berrou Holland. — Eu falei que foi o Frank. Ele deve ter seguido ela até a casa e a matou. Foi ele. Juro por Deus, eu não a vi naquela noite.

— Me explique como Frank Ragan poderia saber sobre a fossa séptica no quintal da sua casa — provocou Makarowicz. O detetive cruzou os braços. — Me diga. Estou esperando.

A cabeça de Holland pendeu em direção ao peito.

— Quero meu advogado. Agora.

49

As Mães
Sabem

Makarowicz caminhou em direção à porta da sala de interrogatório.

— Espera. E agora? — exigiu Holland. — E o meu advogado?

— Ligue você para ele, seu merda — disse ele. Ele abriu a porta e começou a sair da sala, deixando Holland Junior "amargar as consequências de seus atos", como diria sua falecida mãe.

— Estou sem meu celular.

— Que pena.

Makarowicz deixou a delegacia e dirigiu diretamente para Ardsley Park, até a casa de Dorcas e Holland Creedmore.

Dessa vez, Big Holl atendeu a campainha. Ele abriu a porta, depois começou a fechá-la novamente, mas Makarowicz mostrou o distintivo.

— Sr. Creedmore, vim comunicá-lo que recuperamos restos mortais em sua propriedade e que eles foram identificados como sendo de Lanier Ragan. Seu filho foi detido para interrogatório. Você e sua esposa precisam ser francos comigo sobre o que sabem ou também terei que levá-los sob custódia.

— Dorcas! — gritou Holland. Ela entrou na sala de estar, enxugando as mãos em um pano de prato. — Encontraram um corpo na casa de praia. É a Lanier Ragan.

Ela deixou o pano de prato cair no chão e desabou na poltrona mais próxima.

Dorcas Creedmore olhou nervosamente para o marido.

— Nós não temos que falar com ele, temos?

Makarowicz se apressou em responder.

— Não. Isso é apenas uma visita de cortesia. Pensei que, como cidadãos respeitáveis desta comunidade, vocês poderiam nos ajudar a encontrar o assassino de Lanier Ragan.

— Como saberíamos sobre algo assim?

— O corpo foi encontrado em um imóvel que foi propriedade de sua família por décadas. Você mesma me disse que ela e o marido frequentavam as festas que vocês davam. E também há a questão de seu filho, um adolescente na época, estar dormindo com a Sra. Ragan.

Dorcas ofegou.

— Onde você ouviu uma coisa dessas?

— O próprio Holland Junior me contou. Eu o levei até a delegacia esta manhã. Ele admitiu que estava tendo um caso com Lanier Ragan até a noite do assassinato dela.

Big Holl estendeu a mão, como um guarda de trânsito direcionando o tráfego, na tentativa de interromper o interrogatório.

— Quem disse que ela foi assassinada?

Makarowicz suspirou.

— Senhor, o esqueleto foi jogado em uma fossa séptica abandonada. Ela foi vítima de um trauma contundente no crânio. O bom senso sugere que ela não bateu a própria cabeça, não se jogou na fossa e não a fechou com uma pesada tampa de bueiro de ferro fundido.

— Não sabemos nada sobre isso — insistiu Dorcas. — E posso assegurar que nosso filho não teve nada a ver com o que aconteceu com aquela mulher.

— Você está me dizendo que não sabia que ele estava transando com a esposa do treinador do time de futebol americano do ensino médio? — perguntou Mak, olhando diretamente para Dorcas Creedmore.

O marido respondeu por ela.

— Descobrimos que Junior e alguns amigos estavam dando festas na casa sem nosso conhecimento ou permissão. Coisas típicas de garotos: bebidas e acho que maconha. Havia garotas também. Assim que descobrimos, tomamos as providências. Tivemos uma conversa com o Junior, avisamos que estávamos decepcionados e que isso tinha que parar — disse Big Holl. — Trocamos as fechaduras da casa e presumimos que isso seria suficiente.

— Mas presumiram errado — disse Mak. — Vocês sabiam que Holland Junior tinha um caso com Lanier Ragan?

Dorcas ficou agitada.

— Devíamos tê-la denunciado por corrupção de menores! Quem você acha que comprava a bebida? Ela era uma adulta em uma posição de autoridade. Junior era menor de idade. O que ela fez foi criminoso.

— Pelo que eu saiba, ele tinha 19 anos quando o relacionamento começou — informou Makarowicz —, então, tecnicamente, ele não era menor de idade. Vocês ainda não responderam minha pergunta. Quando descobriram que eles estavam tendo um caso? E o que fizeram a respeito?

Destruidores de Lares 245

— Encontrei camisinhas no bolso da calça dele — disse Dorcas com relutância. — Mas eu não sabia quem era a garota.

— Ficamos contentes por ele estar tomando precauções — disse Big Holl.

— Um garoto que conhecemos, filho de um amigo da família, engravidou uma garota no segundo ano da faculdade. Ele largou os estudos e se casou com ela. Junior o conhecia. Conversamos sobre o caos que isso causou na vida dele. Minha esposa ficou chateada quando encontrou as camisinhas, mas eu disse a ela que achava que nosso filho estava sendo responsável.

Makarowicz estava com dificuldade em manter a calma.

— Vou perguntar mais uma vez. Quando e como vocês descobriram que seu filho estava dormindo com Lanier Ragan?

Big Holl olhou para a esposa.

— Dorcas viu algumas mensagens. No telefone dele.

— Sra. Creedmore?

— Aquela vagabunda! Não dava nem pra acreditar nas indecências que ela dizia para ele. Eu queria ligar para a escola e fazer com que fosse demitida, mas Holland não deixou.

— Quando você encontrou as mensagens?

— No fim de semana de Ação de Graças — respondeu ela. — Estávamos na casa de praia. Faríamos ostras assadas. Junior foi correr e deixou o celular no quarto. Eu sabia que algo estava acontecendo e suspeitava que tinha a ver com uma garota, então, quando ele saiu, entrei no quarto dele, peguei o celular e chequei as mensagens. Quando li o que ela escreveu, quis vomitar. Que tipo de mulher envia esse tipo de mensagem imunda para um adolescente?

— Você o confrontou? — perguntou Makarowicz.

— Não.

— Por que não?

Ela apontou um dedo acusador para o marido.

— Holland não deixou. Eu disse que deveríamos tomar uma providência, fazer o que fosse preciso, mas ele me proibiu terminantemente de falar com nosso filho sobre ela.

Makarowicz piscou.

— Como é?

— Veja bem, Frank Ragan fez tudo que estava ao seu alcance para ajudar nosso filho a ser aceito e jogar por uma universidade da primeira divisão — contou Big Holl. — Mostrou o garoto para as pessoas certas, elaborou um programa de condicionamento físico nas férias. Pegou no pé dele por causa das notas. Enviou vídeos dos jogos para todas as grandes faculdades da Costa Leste, pagando do próprio bolso. Ele foi responsável pela contratação do Junior para jogar pelo

246 Mary Kay Andrews

time da Universidade de Wake Forest. Como seria se a notícia de que ele estava tendo um caso com a esposa de Frank Ragan vazasse?

— Então vocês não fizeram nada?

Big Holl deu de ombros.

— Concordamos que era o melhor a ser feito. Junior nunca namorou por muito tempo. Pensamos que o caso acabaria logo.

— *Nós* não concordamos — interrompeu Dorcas, lançando um olhar fulminante para o marido. — Eu avisei que aquela mulher era um problema. Avisei que ela destruiria as chances dele, arruinaria a vida do menino, mas, oh, não, o grande e sábio Holland Creedmore sabe o que faz.

— Dorcas! — O tom de Big Holl era um alerta. — O detetive não está interessado em ouvir toda essa ladainha antiga.

— Na verdade, o que me interessa é saber quem matou Lanier Ragan — concluiu Makarowicz. — E, agora, a menos que eu descubra algo diferente, seu filho é meu principal suspeito. Ele já admitiu que estava na casa da avenida Chatham na noite do desaparecimento.

— Ele te disse isso? — perguntou Big Holl.

— Sim. E contou que Lanier mandou uma mensagem no dia do Super Bowl, marcando um encontro. Porque ela estava grávida.

O corpo de Dorcas Creedmore afundou na poltrona. Ela pousou a mão sobre a boca e soltou um lamento agonizante.

— Dorcas! Controle-se! — ordenou Big Holl.

Ela balançou a cabeça.

— Não consigo. Chega. Já chega, Holland! Temos que contar o que aconteceu. Nós precisamos fazer isso.

Makarowicz tirou o celular do bolso, pousou-o na pequena mesa lateral e apertou o botão de gravar.

— Você viu essa mensagem, não viu, Sra. Creedmore?

Ela assentiu.

— Estávamos com visitas. Todos estavam assistindo ao jogo. Mas eu não tirei os olhos do meu filho. Ele não parava de mandar mensagens, assim que o jogo começou. Eu sabia que era ela.

— Lanier Ragan?

— Isso.

— Dorcas! — repetiu Holland. — Nem mais uma palavra até que eu chame nosso advogado.

Makarowicz olhou para o Holland.

— Sr. Creedmore, estou conversando com sua esposa, na sua casa, estritamente como cortesia. Se preferir, posso conduzi-la até a delegacia de Tybee, e lá poderemos conversar em paz, em particular.

— Você não pode fazer isso — vociferou Holland.

— Na verdade, eu posso — disse o detetive calmamente. — Sua presença parece estar perturbando sua esposa. Sugiro que encontre outra coisa para fazer, em outro cômodo da casa, enquanto conversamos.

— Esta é a minha casa — protestou Holland, levantando-se da poltrona. — Você não pode me dizer o que fazer. Na verdade, quero que você saia da minha casa agora mesmo.

— Se eu sair, levarei sua esposa comigo — anunciou Makarowicz. — É isso mesmo o que você quer?

Dorcas colocou a mão no braço do marido.

— Holland, por favor. Quero contar a ele o que aconteceu naquela noite. Eu preciso. Por que você não vai para o seu escritório?

Ele afastou a mão da esposa.

— Vou até o meu escritório ligar para o Web Carver.

Dorcas Creedmore esperou até ouvir a porta dos fundos bater.

— Eu preciso de uma bebida — anunciou, levantando-se e saindo da sala. Quando voltou, segurava um grande copo de vidro com um canudo. O copo estava cheio de um líquido transparente que parecia vodca. Os cubos de gelo tilintavam enquanto ela caminhava.

— A senhora estava me dizendo... — incitou ele.

Ela se ajeitou na mesma pequena poltrona francesa perto da lareira e bebeu um terço da bebida.

— As mães sabem quando seus filhos estão em apuros — começou ela. — Naquele domingo do Super Bowl, eu sabia que havia algo errado e eu sabia que precisava descobrir exatamente o que significava aquela mensagem. Pedi que Holl Junior fosse até a cozinha para tirar o lixo e peguei o celular dele.

— Você viu as mensagens?

Ela bebericou mais vodca e assentiu.

— Ela contou que estava grávida. Holl Junior pediu que ela o encontrasse na casa de praia. Eu não contei ao meu marido sobre aquela mensagem de Lanier Ragan imediatamente — explicou Dorcas. — Eu estava fora de mim e sabia que ele diria que eu estava exagerando. Talvez se eu tivesse...

— O que você *fez*? — pressionou Mak.

— Junior saiu antes do intervalo. Ele disse que ia para a casa de seu amigo Scotty, mas é claro que eu sabia que estava indo encontrar aquela mulher. Nossos amigos também foram embora. Estava começando a chover, e todos queriam chegar em casa antes que piorasse. Dei uma desculpa a Holland. Não me lembro o quê, e entrei no meu carro. Eu não tinha um plano. Só sabia que precisava ir até lá.

Dorcas deu mais um gole na vodca. O copo estava quase vazio agora. Ela olhou para ele e sacudiu os cubos de gelo, como se tentasse extrair a última gota da bebida.

— A tempestade estava forte. Quando cheguei a Thunderbolt, tinha acontecido um acidente, e a polícia havia interditado a ponte. Estava cheio de caminhões de bombeiros, ambulâncias e viaturas da polícia estadual. Tive que esperar no meu carro por quase 2 horas! Eu estava enlouquecendo de ansiedade. Quando finalmente cheguei à casa de praia, vi que o carro de Holland estava estacionado na garagem. A casa estava escura. Eu verifiquei, e ainda estava bem trancada. Nenhum sinal *dela*. Sentei no meu carro e esperei, talvez por meia hora.

— O que você pretendia fazer? — perguntou Mak.

— Ora, eu pretendia mandar Lanier Ragan deixar o meu menino em paz. Ele tinha todo um futuro pela frente. Eu não ia deixá-lo jogar a vida fora por aquela vagabunda.

Makarowicz desejou ressaltar que Holland Creedmore Junior, aos 19 anos, não era mais um menino. Ele tinha idade suficiente para transar com uma mulher casada, 6 anos mais velha. Mas ele não queria colocar a mãe do "menino" na defensiva.

— Que horas eram?

O rosto de Dorcas se contorceu.

— Acho que devia ser por volta das 2h da manhã. Quanto mais eu esperava, mais agitada eu ficava. Finalmente, saí do carro e caminhei em direção aos fundos da casa. Eu tinha uma pequena lanterna no meu chaveiro e decidi usá-la porque chovia muito, e estava escuro como breu.

Dorcas Creedmore sacudiu os cubos de gelo em seu copo. Em silêncio, ela se levantou e saiu da sala. Quando voltou, o copo tinha sido reabastecido.

— Eu estava caminhando em direção à casa de barcos. Pensei que... não sei o que pensei. Eu estava totalmente fora de mim. E, então, tropecei em algo no escuro. Pensei que poderia ser um guaxinim morto ou um gato. Mas... era ela.

Dorcas desistiu do canudo e tomou um gole de vodca, com a palma da mão apoiada sobre o peito. Ela olhou para Makarowicz, que aguardava.

Destruidores de Lares   249

— Era ela e estava imóvel. Acendi a lanterna e vi que havia sangue em seu rosto. Toquei no corpo dela e soube. Ela estava morta.

— E Holland Junior? Onde ele estava?

— Eu não sabia. — Ela estava chorando agora, seus ombros subindo e descendo a cada soluço.

— O que você fez depois, Sra. Creedmore?

— Liguei para Holland. Ele estava dormindo profundamente. Contei para ele que algo terrível tinha acontecido e que ele tinha que ir até lá imediatamente. Eu estava descontrolada. Estava chovendo muito. Destranquei a casa e esperei, no escuro, até que Holland chegasse.

— Você não pensou em chamar a polícia? — perguntou Makarowicz. — Você tinha acabado de encontrar uma mulher morta, no seu quintal, e não chamou a polícia?

— Eu te disse, eu estava fora de mim.

— O que aconteceu depois?

— Quando Holland finalmente chegou à casa, a chuva havia parado. Mostrei o corpo a ele. Não havia nada que pudéssemos fazer. Ela estava morta. Então nós, quer dizer, Holland carregou o corpo até o barracão da casa de barcos. Ela era tão pequenininha.

— Onde estava seu filho enquanto tudo isso estava acontecendo?

— Estava na casa de barcos. Dormindo. Encontramos uma garrafa de rum quase vazia ao lado dele. Holland disse que devíamos deixá-lo dormir. Ele viu um carro, acho que era um Nissan, estacionado atrás de algumas árvores, na entrada do nosso vizinho. A casa estava à venda e desocupada. Holland foi buscar uma lanterna na casa, examinou o quintal e encontrou a bolsa dela, jogada em uns arbustos perto de onde encontramos o corpo, as chaves do carro estavam lá dentro. Holland disse...

— Dorcas! — Big Holl invadiu a sala. Ele viu o copo quase vazio de vodca que a esposa segurava. — Mas que merda! Fique calada. Falei com Web. Ele vai acionar alguém do antigo escritório. Chega de perguntas.

Dorcas ergueu o copo em um gesto desafiador.

— Tarde demais. Contei tudo. Ele sabe que nosso menino não a matou. E que nós não a matamos.

Holland suspirou.

— Mas que merda.

Makarowicz apontou para o celular, que ainda estava gravando.

— Sua esposa tem razão. É tarde demais. Não há como voltar. Já sei o suficiente para prendê-los por crimes relacionados ao assassinato de Lanier Ragan. Sugiro que você se sente e me diga exatamente o que aconteceu depois.

Big Holl não se sentou. Ele permaneceu de costas para a lareira, com os pés afastados apenas alguns centímetros.

— Sabíamos que as circunstâncias apontavam para nosso filho. Ele nunca teria machucado aquela mulher, mas lá estava ele, desmaiado na casa de barcos, a algumas centenas de metros do cadáver. — Ele esfregou a mandíbula. — Encontrei as chaves do carro dela. Eu dirigi, e Dorcas seguiu no meu carro. Deixamos o carro em um shopping center. Voltamos para Tybee, verificamos Holland Junior, que ainda estava apagado...

— Fiquei com medo de que ele tivesse sido envenenado ou algo assim — interrompeu Dorcas. — Mas Holland disse...

— Para deixá-lo dormir até ficar sóbrio — continuou Big Holl, retomando a narrativa. — Voltamos para casa e esperamos.

Makarowicz olhava para Dorcas, que observava o marido relatar os acontecimentos da noite de horror com uma clareza fria e indiferente. Ele não conseguia parar de pensar em Emma Ragan, aos 4 anos, sendo acordada pela tempestade naquela noite, descobrindo que a mãe havia desaparecido; para sempre traumatizada pelo som de um raio.

— Para casa? — retrucou Mak.

— Esta casa — completou Holland.

— Então deixa eu ver se eu entendi. Você deixou seu filho apagado na casa de barcos e o corpo de Lanier Ragan no barracão?

— Eu a cobri com uma lona — explicou Holland.

— E então vocês simplesmente... foram para casa e agiram como se nada tivesse acontecido?

— Não foi nossa culpa — argumentou Dorcas. Sua voz era uma súplica, quase um lamento. — Nós não a matamos. E sabíamos que Junior não faria isso. Mas tínhamos que proteger nosso filho.

Makarowicz cruzou e descruzou as pernas, lutando para manter a compostura.

— Ok — disse ele. — Me digam, então, como o corpo de Lanier Ragan foi parar naquela fossa séptica.

50

Ninguém Sabe
de Nada

— Não sabemos — declarou Dorcas Creedmore. Ela se virou para o marido. — Fala pra ele, Holland.

— Deus é minha testemunha, não sei como aquele corpo foi parar lá — confirmou o marido.

— Vocês não esperam que eu acredite nisso, esperam?

Holland começou a andar pela sala.

— Voltei para a casa de praia na manhã seguinte, por volta das 8h. Não deixei Dorcas ir comigo. Ela estava abalada demais.

Makarowicz ficou fascinado com a dinâmica desse casal incrivelmente disfuncional. A esposa era habilidosa em comportamento passivo-agressivo, o marido era um babaca controlador. Não admira que tivessem criado um filho tão babaca e pretensioso.

— O que você planejava fazer com o corpo de Lanier Ragan?

O rosto de Holland assumiu uma expressão de dor.

— Eu não tinha um plano. Pensei em colocar o corpo dela no nosso barco e jogá-la no pântano. Não importa agora, porque, quando cheguei ao barracão, ela tinha desaparecido.

— Desaparecido, como?

— Ela não estava mais lá, cara. Juro. Pensei que ia ter um ataque cardíaco quando abri a porta do galpão e a lona azul e o corpo haviam desaparecido.

— E onde estava seu filho enquanto tudo isso acontecia?

— Holland esqueceu de contar essa parte. Ele ficou sóbrio em algum momento no meio da noite e dirigiu para casa — prontificou-se Dorcas. — Eu não o deixei ir para a escola naquele dia, obviamente.

— Claro, provavelmente ele estava chateado, depois de ter matado a namorada grávida na noite anterior — provocou Makarowicz, com a voz exalando sarcasmo. — Você tirou a chupeta dele e o deixou de castigo?

— Não fale assim com minha esposa — protestou Holland, com os punhos cerrados.

— Ok — disse Makarowicz. — Me conte o que disseram quando viram Junior na manhã seguinte.

Dorcas olhou para o marido novamente em busca de orientação.

— Na verdade, não disse nada. Apenas dei a ele um pouco de aspirina e sugeri que tomasse um banho quente.

— O que você fez com as roupas que seu filho vestia? — perguntou Makarowicz.

— E o que uma coisa tem a ver com a outra? — interrompeu Holland.

— Sra. Creedmore?

Dorcas olhou para o copo vazio.

— Acho que joguei fora.

— Você acha?

Ela olhou para Mak.

— Holland mandou eu me livrar delas. Eu as levei para a lareira do quintal e as queimei.

— Exatamente o que se pode esperar de alguém que quer se livrar de evidências incriminatórias — disse Mak.

— Eu estava tentando proteger meu filho — disse Holland em tom beligerante. — Você faria a mesma coisa se estivesse no meu lugar.

— Errado — disse Makarowicz, apontando um dedo para o homem. — Se eu achasse que meu filho poderia ser falsamente acusado de um crime, eu não destruiria as provas capazes de inocentá-lo. E, se eu achasse que tinha matado alguém, eu o entregaria à polícia pessoalmente.

— Não somos policiais — protestou Dorcas. — Ficamos com medo.

— Você perguntou ao seu filho, diretamente, se ele matou Lanier Ragan?

Dorcas se levantou, agarrando o copo vazio. Ela cambaleou levemente enquanto caminhava até a cozinha.

Holland a observou e soltou um suspiro longo e atormentado.

— Santo Cristo! Já está bêbada, e ainda nem é meio-dia.

— Sr. Creedmore, você ou sua esposa conversaram com seu filho sobre o que aconteceu com Lanier Ragan? Contaram que encontraram o corpo dela na noite anterior? E que vocês o moveram?

— Não.

— Então vocês realmente não têm ideia se ele teve ou não alguma coisa a ver com o assassinato dela.

— Sabemos que ele seria incapaz de algo assim. Ele nunca foi violento. Nunca se envolveu em problemas de verdade.

— Que vocês saibam — provocou Makarowicz. — O fato é que conversei com uma mulher a quem ele agrediu sexualmente quando ela tinha 15 anos, e ele, 19.

— Eu não acredito — disse Creedmore categoricamente. — Quem é essa pessoa? Por que só agora ela fez uma acusação como essa?

— Ela estava mortificada. Envergonhada, como a maioria das mulheres vítimas de abuso sexual. O nome dela não importa. Acho que ela é crível, e foi ela quem nos deu a dica de que seu filho estava envolvido com Lanier Ragan, um fato que seu filho não nega.

— É isso mesmo? — Dorcas Creedmore estava na porta, com um outro copo do que o detetive presumiu ser vodca. — Você está chamando nosso filho de estuprador?

— É mais daquela baboseira de "#eutambém" — retrucou Holland. — Provavelmente alguma que tinha uma queda por Holland e o provocou. Ele era muito popular no *campus*. Ele não precisaria "estuprar" ninguém.

— É verdade — concordou Dorcas, arrastando um pouco as palavras. — Nosso filho poderia ter a garota que quisesse. Elas não paravam de ligar para ele, iam aos jogos, eram loucas por ele.

— Me fale sobre aquela fossa séptica — pediu Makarowicz, mudando abruptamente de assunto.

— A prefeitura construiu as galerias de esgoto da avenida Chatham nos anos 1990, eu acho. Minha mãe mandou esvaziar a fossa. Achava deprimente que aquelas casas antigas ainda usassem fossas sépticas — disse Holland.

— Quem sabia que a fossa existia? — perguntou o detetive. — Andei por toda aquela propriedade depois que encontraram a carteira e antes da descoberta do corpo. A tampa do bueiro estava completamente soterrada. Então, quem desovou aquele corpo lá sabia de sua existência.

— Foi há mais de 30 anos. Eu não consigo me lembrar — resmungou Holland.

— Sua mãe sabia, mas ela já morreu. — Dorcas tomou um gole de vodca com um leve sorriso.

— E o restante da família? Holland Junior sabia? Mais alguém?

— Junior ficou fascinado com o caminhão limpa-fossa — disse Dorcas, com ar sonhador.

— Dorcas! — berrou Holland. — Cala a boca!

— Ora, ele ficou. Quando era criança, ele sempre foi fascinado por caminhões, equipamentos pesados, qualquer coisa do tipo. Sempre pensei que um dia ele fosse entrar para o ramo de construção.

— Qualquer um poderia saber da existência daquela velha fossa séptica — argumentou Holland. — A empresa de limpeza de fossa, os jardineiros que minha mãe contratou por anos para aparar a grama. Que diabos, até mesmo aquela velha maluca da Mavis sabia.

— Você e sua esposa também sabiam, não é? — perguntou Mak.

— Já chega — interrompeu Holland. — Nós cooperamos com você, contamos tudo o que sabemos, contrariando a recomendação de nosso advogado, devo acrescentar. Chega de conversa. Junior também não vai mais falar. Mandei nosso advogado ir para a delegacia. Não vamos dizer nem mais uma palavra.

51

Às Vezes a Câmera Mente

Trae entrou na tenda de maquiagem enquanto Lisa tirava os bobes térmicos do cabelo de Hattie. Ele apertou o ombro dela.

— Bom dia, linda.

Cass, fora da linha de visão de Trae, revirou os olhos. Hattie corou, sentindo-se desconfortável.

— Falei algo de errado? — Ele colocou uma caneca de café no aparador de maquiagem e amarrou uma capa em volta do pescoço.

— É que... foi uma manhã estranha — disse Hattie. — Makarowicz vai interrogar Holland Creedmore Junior sobre Lanier Ragan.

— Legal. — Trae se inclinou para frente para examinar sua imagem no espelho. — Eu juro, deve haver algo na água de Savannah. Nunca tive problemas com olheiras na Califórnia.

— Ah, por favor — disse Lisa. — Sua pele é perfeita. Mas, se quiser, eu aplico um pouco de corretivo. — Ela borrifou spray de cabelo em Hattie, depois voltou sua atenção para o designer.

Trae fechou os olhos enquanto ela aplicava a loção tônica, o hidratante e o corretivo.

— Então, a polícia acha que foi ele? Ele matou a tal professora, tipo, só pela emoção, e a jogou naquela velha fossa séptica? Nossa! — Ele estremeceu. — Que sangue frio.

— Mais ou menos isso — disse Hattie.

— Ei, Cass — chamou Trae. — Acho que já terminamos a instalação elétrica e hidráulica na cozinha. Pode pedir uma inspeção para amanhã? Quero deixar tudo pronto para os pintores.

— Já? — Cass franziu a testa.

— Ah, sim — disse Trae. — Estamos a todo vapor. Hoje vou pendurar aquelas lanternas de navio da Hattie sobre a ilha da cozinha.

— Pensei que os novos armários ainda não haviam chegado — disse Hattie.

— Vamos recuperar os armários inferiores e pintá-los, então só encomendamos novos armários aéreos. Os entregadores me mandaram uma mensagem esta manhã, eles devem chegar ao meio-dia. Vamos instalar os gabinetes, os tampos das bancadas, a pia e as torneiras hoje e, amanhã, os eletrodomésticos. Os azulejos do frontão serão assentados amanhã. Molezinha.

— Só será moleza se não tivermos mais nenhum imprevisto — apontou Cass.

Trae se sentou e sorriu para ela.

— São seus operários. Suponho que possa pressioná-los a terminar tudo isso a tempo.

— Vamos esperar até termos certeza de que ficará pronto antes de chamarmos a inspeção — disse Cass, seu tom sinalizando o que Hattie reconheceu como seu nível de irritação máximo. — Se o Inspetor Bugiganga aparecer e encontrar um parafuso fora do lugar, ele não nos dará o alvará, e então só Deus sabe quando conseguiremos agendar outra inspeção.

— Tem que ser feito antes do final da semana — disse Trae. — Eu quero fazer os moldes de fita no piso novo para pintar o padrão de diamantes no fim de semana, quando esses idiotas não estarão mais pisoteando tudo e espalhando sujeira.

Hattie se permitiu um pequeno suspiro.

— Ok, Trae. Se os armários chegarem até o meio-dia, se os rapazes conseguirem instalá-los e a pia e as bancadas estiverem prontas, chamaremos a inspeção. Mas não prometo nada! E não quero reclamações se isso não for feito no seu tempo.

— Eu só pedi isso de você — disse Trae. — E não preciso de todo esse mau humor.

Cass saiu do trailer.

— Isso é um caos completo e absoluto — disse Hattie a Mo, enquanto os operadores de câmera se preparavam para filmar a fachada da casa no final da tarde.

— Não podemos programar nenhum dos operários como faríamos normalmente. Trae está com os instaladores dos armários trabalhando junto com os eletricistas e encanadores. Está uma confusão. Não entendo como aquele casal do *Partiu Praia* consegue terminar um projeto, que dirá seis por temporada, com tudo isso acontecendo ao seu redor.

— Você vai se acostumar. Além disso, os projetos deles nunca são tão demorados quanto os seus. Eles estão lidando com construções novas, e você está restaurando uma casa que tem quase 100 anos. Ainda por cima, no meio de uma investigação de assassinato precedida por um incêndio.

— Pode ser — disse Hattie, mordiscando uma barra de proteína. — Trabalho em casas antigas há mais de 15 anos e nunca tive um projeto como este. Nem sequer parecido. Todas as manhãs, quando me levanto, eu me pergunto o que mais vai acontecer.

— Eu também — disse Mo. — Deixa as coisas mais interessantes, não acha?

— Eu prefiro o tédio. Seguro, normal e tedioso seria ótimo.

— Você sabe que, se o programa for um sucesso, a emissora vai pedir outra temporada, o que significa que terá que encontrar outra casa antiga para restaurar assim que vender essa, não é?

— *Se* eu conseguir vendê-la — retrucou Hattie. — Quem vai querer comprar uma casa de praia quando descobrir que havia um corpo enterrado no quintal?

Mo ponderou por um momento.

— Você terá que fazer com que ela fique tão incrível que um comprador esteja disposto a ignorar isso.

— Como acha que estamos indo? Com o programa, quero dizer. E não me enrole, por favor.

— Rebecca gostou do que viu até agora — disse ele. — E já temo um burburinho da mídia especializada em torno deste programa, graças a você e ao Trae.

— Argh. Eu jamais vou me acostumar a ter alguém enfiando uma câmera na minha cara — disse ela. — Parece uma invasão de privacidade.

— É melhor superar isso, Hattie. Odeio dizer isso, mas, assim que a notícia sobre um corpo ter sido encontrado aqui se espalhar, é provável que haja um frenesi da mídia.

— Nem me lembre disso — pediu Hattie, terminando sua barrinha e amassando a embalagem. — Eu já estou apavorada com a ideia.

— Se precisarmos, contratarei um policial de folga para manter a imprensa longe da casa — disse Mo. — Makarowicz parece ser uma boa pessoa. Tenho certeza de que ele fará o possível para manter a discrição.

Leetha apareceu na entrada da tenda de *catering*.

— Ok, Hattie Mae. Estamos prontos para você e Treva lá na frente.

Diante das câmeras, Trae examinou as arandelas de latão vintage que haviam sido montadas em ambos os lados da porta de entrada.

Ele desceu os degraus da varanda e se posicionou a alguns metros para observar.

— Estão altas demais — anunciou ele. — Elas têm que descer pelo menos uns 15 centímetros. Talvez uns 20.

— Mas foi essa altura que você disse ao eletricista que queria — protestou Hattie.

— Isso foi antes de eu ver como elas são pequenas na vida real. Você só me mostrou uma foto delas, eu não tinha ideia das dimensões.

— Se as movermos agora, deixará enormes buracos na madeira. E teremos que repintar.

— Então encontre arandelas maiores — disse Trae. — Essas não parecem expressivas o suficiente. Eles não têm o fator "uau" que eu quero para a entrada da casa.

Hattie se deu conta de que estava rangendo os dentes.

Trae apontou para a maçaneta da porta da frente.

— E, já que estamos nesse assunto, também precisamos substituir essa maçaneta. Isso me lembra latão barato dos anos 1980.

— Essa maçaneta é original da porta, que é original da casa — disse Hattie. — Eu mesma lixei todo o bronze. Mas envelhecerá rápido na maresia.

— Pode até ser original, mas é sem graça — repetiu Trae. — Precisamos de uma peça maior e mais imponente. — Ele pegou seu iPad e passou algumas imagens até encontrar a que estava procurando.

— Assim — disse ele, mostrando uma foto de uma maçaneta de bronze de aparência pesada, entalhada à mão com um desenho elaborado de águias e âncoras. — Posso ligar para o meu fornecedor na Califórnia, e amanhã mesmo já estará aqui.

— Oitocentos dólares? Por uma maçaneta? Você está completamente maluco? — gritou Hattie. — Não temos orçamento para esse tipo de coisa. — Ela lançou um olhar fulminante para Trae. — A maçaneta fica. Não vamos comprar arandelas maiores. E só moveremos essas arandelas se descobrirmos uma maneira de esconder os buracos nas paredes onde você mandou que os eletricistas furassem.

— Faça como quiser — retrucou Trae. O designer e a empreiteira se encararam com os rostos a centímetros de distância.

— Corta! — gritou Leetha. — Ficou ótimo. Dava para sentir. A tensão era tão palpável que daria pra cortar com uma faca.

— Senti o mesmo — disse Hattie. — Eu sei que acabamos de encenar essa discussão para as câmeras, mas, Trae, você não pode mover essas arandelas agora.

Destruidores de Lares 259

— Eu tenho tudo planejado — argumentou ele. — Vou pedir aos carpinteiros que cortem algumas placas grandes em forma de escudo com lindas bordas chanfradas de abeto polido para tampar os buracos. Vamos pintá-los da mesma cor do revestimento da parede, e parecerá que esse era o plano desde o início.

— Você não poderia ter sugerido isso enquanto estávamos filmando? — perguntou Hattie.

— Não. Como a Leetha falou, todo esse conflito gera audiência.

Ele jogou um braço em volta do ombro de Hattie e se virou para Leetha.

— Já passa das 18h. Estamos prontos para encerrar o dia? Eu gostaria de levar essa adorável jovem para jantar.

Leetha deu de ombros.

— Acho que terminamos as filmagens, mas não sei o que vocês ainda precisam fazer na casa para manter o cronograma.

— Há muito o que fazer, e estamos muito atrasados — retrucou Hattie.

— Aluguei uma lixadeira de piso e estava planejando cuidar dos pisos das salas de jantar e de estar hoje à noite.

— Hoje à noite? — Trae sacudiu a cabeça. — De jeito nenhum. Você já está aqui há 12 horas. Deixe para amanhã.

— Não posso — explicou Hattie. — Quero lixar e cobrir o chão, para que, espero que na próxima semana, os pintores possam entrar para tonalizar e passar o sinteco. Gosto de fazer pelo menos quatro ou cinco demãos de sinteco nesses pisos, com um dia entre cada demão, porque sei que eles vão sofrer com toda a areia que as pessoas trazem da praia.

— Isso é loucura — disse Trae. — Duas demãos já são suficientes. Esta casa é para revenda, lembra? O comprador que se preocupe com a areia no piso. Seu trabalho é deixá-lo bonito. Só isso.

— Não. Meu trabalho é fazer isso direito. Tudo isso. Mesmo as coisas que não aparecem na televisão. É a minha reputação em jogo. E a do Tug.

— Ok, ok. — Trae cedeu. — Acho que já sei onde passarei minha noite.

52

Do Chão
Não Passa

— Você realmente vai lixar esse piso sozinha? — Trae chutou a pesada lixadeira de tambor com o bico do tênis.

— Não. *Nós* vamos lixar esse piso — disse Hattie. — Você e eu.

Ela apontou para as lixadeiras elétricas alugadas.

— Você já usou uma dessas?

— Nunca. Na Califórnia, minha equipe contrata pessoas para fazer esse tipo de coisa — disse Trae.

— Bom, tenho novidades! Você não está na Califórnia. Está em Tybee, e, aqui, homens de verdade lixam pisos, assentam azulejos em banheiros e fazem qualquer outra coisa que precise ser feita. — Hattie pegou o organizador de ferramentas que havia deixado aos pés da escada. — Ok, já que você é novato, eu faço o lixamento pesado, e você faz o acabamento. — Ela entregou a ele uma espátula e um martelo. — Preciso que você remova todo o rodapé. Depois, certifique-se de que não há cabeças de prego expostas que possam rasgar a lixa.

Hattie pegou uma caixa de som empoeirada que um dos operários havia esquecido por lá. Apertou um botão, e a música *mariachi* em alto volume inundou a sala de pé-direito alto. Depois de um momento girando o *dial*, ela encontrou uma estação de rádio que estava tocando clássicos dos anos 1990.

— Observe e aprenda — anunciou Hattie. Ela vestiu um par de óculos de proteção com respirador acoplado e ligou a lixadeira. Ela aumentou o volume do rádio, jogou o longo cabo de alimentação da lixadeira por cima do ombro, depois, abaixou o tambor até que tocasse o chão e começou a deslizar o aparato de forma lenta, metódica e diagonal pela superfície do desgastado piso de pinus. Quando se aproximou do canto da sala de estar, parou e desligou a lixadeira. — Viu?

Trae estava ajoelhado no chão, arrancando os rodapés com a espátula e o martelo.

— Você não segue o veio da madeira?

— Não no começo. Há 90 anos de verniz velho neste piso. Vou lixar diagonalmente primeiro, depois volto e faço movimentos contra e a favor do veio das tábuas, depois refaço com uma lixa mais fina, até chegar à madeira nua.

— Isso vai levar a noite toda — resmungou Trae, sentando-se sobre os calcanhares. — Eu ainda não entendo por que você não deixa seus operários fazerem o piso.

— Não temos tempo — repetiu Hattie. — Minha equipe pode trabalhar em outra coisa que Cass e eu não temos habilidade para fazer, como terminar a carpintaria. Mas qualquer um com um pouco de músculo pode lixar pisos. Só precisa de tempo e força de vontade. E, hoje à noite, tenho os dois.

Duas horas depois, Hattie estava fazendo a última passagem no chão da sala de jantar quando a lixadeira parou de repente. Ela se virou e viu Trae, de pé a alguns metros da parede, segurando o cabo de alimentação.

— Ei!

— Ei, você! — disse ele, gritando para se fazer ouvir além das vozes das Spice Girls. — São quase 9h da noite. Você não está com fome?

— Sim, na verdade, acho que estou faminta. Em que está pensando?

Ele baixou o volume do rádio.

— Estou pensando em um jantar tranquilo em um restaurante elegante no centro da cidade com um pianista que toque jazz. Talvez alguns coquetéis antes do jantar, robalo ou pargo escalfado, uma boa garrafa de vinho...

— Tarde demais — disse Hattie. — Você se contentaria com pizza e cerveja?

Ele soltou um suspiro exagerado.

— Lighthouse ou Huc-a-Poos?

— Me surpreenda.

Quando Trae voltou, trazia uma grande caixa quadrada e um saco de papel marrom que balançava enquanto ele caminhava.

— Vamos comer na varanda — sugeriu ele. — Eu gostaria de tirar o gosto de serragem da minha boca, se estiver tudo bem para você.

Ele colocou a caixa de pizza na mesa improvisada que os carpinteiros haviam usado no início do dia, arrumando os pratos de papel e os guardanapos. Então, tirou uma garrafa de champanhe Veuve Clicquot do saco de papel, seguida por um par de taças de vidro embrulhadas em papel. Pequenas gotas de condensação já haviam se formado na garrafa gelada.

— Champanhe? Com pizza? — Hattie ergueu uma sobrancelha, confusa.

— Confie em mim. — Trae saiu da varanda e voltou com um pequeno balde de gelo que havia pegado na tenda de *catering*. Com facilidade típica da prática, abriu o champanhe, serviu um pouco em cada taça e afundou a garrafa no balde cheio de gelo, que começava a derreter.

Trae pegou o telefone do bolso e rolou pelos aplicativos até chegar ao que queria, tocando em um ícone. O tom suave de um saxofone flutuou pelo denso ar noturno.

— Que música agradável — comentou Hattie. Ele entregou uma taça para Hattie, depois fatiou a pizza, servindo uma fatia em cada prato de papel.

— O jantar está servido — disse. Ele se sentou no degrau superior da varanda e deu um tapinha no chão ao seu lado. — Sente-se.

Ela deu um gole desconfiado no champanhe e estalou os lábios em deleite.

— Tenho que reconhecer, nunca bebi um champanhe tão bom. Costumo comprar aqueles de 10 dólares.

Trae riu.

— Confia em mim, garota. Vou te ensinar a apreciar as boas coisas da vida.

Ele deu uma mordida na pizza e levantou uma sobrancelha.

— A pizza é razoavelmente decente.

— Para Tybee.

— Você tirou as palavras da minha boca — admitiu ele.

Hattie tentou pegar leve, mas a combinação do champanhe gelado, efervescente e delicioso com a pizza — que, apesar de gordurosa, estava carregada de queijo e quentinha — de alguma forma deu certo.

Ela suspirou e se recostou nos cotovelos.

— Obrigada, Trae. Que ótimo. Acho que nunca mais conseguirei beber champanhe barato depois disso.

Ele se inclinou e a beijou.

— Essa é a ideia básica aqui.

— Era disso que eu tinha medo — disse ela, levantando-se. — É hora de voltar ao trabalho.

Trae gemeu, levantando-se e alongando o corpo.

— Eu não sei como você tem energia para continuar. Estamos nisso há horas.

— Estamos quase terminando — disse ela, demonstrando mais disposição do que realmente sentia.

Uma hora e meia depois, Hattie desligou a lixadeira de tambor.

— Terminamos? — perguntou Trae.

— Mais ou menos. Tenho que finalizar as quinas e as laterais com a outra lixadeira, mas não vai demorar muito. Posso fazer isso logo pela manhã.

Sem dizer uma palavra, Trae saiu para a varanda e pegou a garrafa de champanhe e as taças.

— Hora de uma bebida. — Ele girou o dial do rádio, que ainda tocava um rock estridente dos anos 1990, trocando de estação até encontrar uma que se intitulava "a alma dos anos 1980".

— Muito melhor. — Ele serviu uma taça de champanhe para ela e depois uma para ele.

Ela tomou um gole de champanhe lentamente, permitindo que as bolhas estourassem em seu nariz.

— Oh, oh — disse Trae, apontando para o rádio, que tocava uma música que ela reconheceu vagamente.

— O quê?

— Apenas a melhor música de trilha sonora de filmes do mundo — disse ele. — *The Time of My Life*. Bill Medley e Jennifer Warnes. A emblemática cena de dança de *Dirty Dancing*?

— Ah, sim — disse Hattie. — Agora me lembro. Acho que posso ter assistido uma vez, anos atrás, de madrugada, na TV.

— Só uma vez? — disse ele, fingindo indignação. — Como é possível? Eu assisti no cinema, depois comprei o DVD, para assistir sempre que quisesse. — Ele hesitou. — Quer ouvir uma confissão um tanto embaraçosa?

— Adoraria!

Ele respirou fundo.

— Ok. Aposto que assisti aquele final, onde Johnny e Baby estão fazendo a dança que ensaiaram, com a elevação, umas 100 vezes. Até convenci minha namorada do ensino médio a reencená-la comigo. A corrida, o salto, a elevação e a rotação, ensaiamos à perfeição. Fomos o sucesso do baile de formatura.

— E aí, o que aconteceu?

— O que quer dizer?

— Então, você e a namorada saíram em turnê, arrumaram um emprego em um resort em... onde o filme supostamente se passa?

— Em Catskills. Não, nós, uh, meio que nos afastamos.

Hattie olhou para ele com desconfiança.

— Você a traiu, não foi?

— Não! Bem, não foi bem uma traição. Eu apenas segui em frente. Eu tinha 17 anos.

— Que seja...

— Eu ainda não acredito que você só viu *Dirty Dancing* uma vez.

— Essa coisa toda dos anos 1980 não é realmente a minha época — disse Hattie.

— A gente devia tentar — anunciou Trae.

— Cara, essa é a proposta menos sexy que eu já ouvi. E olha que eu trabalho com operários descarados há 15 anos.

O comentário arrancou uma risada de Trae.

— Eu estava me referindo à coreografia de *Dirty Dancing*. — Ele sacou o celular do bolso de trás e rolou a tela. De repente, a voz grave de barítono de Bill Medley encheu a sala. *Now, I've had the time of my life...*

— Ah, sim. Essa também é a trilha sonora de *Amor a Toda Prova*. Com Ryan Gosling e Emma Stone. Esse, sim, eu baixei e assisti um zilhão de vezes.

Ele alcançou o interruptor e diminuiu as luzes do teto.

— Vamos lá, vamos dançar. — Ele a puxou em seus braços enquanto a música preenchia o ambiente.

— Eu me sinto uma idiota — protestou Hattie, mas relutantemente pegou a mão dele e permitiu que ele inclinasse o corpo dela para trás e depois a rodopiasse lentamente.

— *Uooooou!* — Hattie não sabia se era o fluxo sanguíneo ou o champanhe inundando seu cérebro, mas de repente se sentia zonza e atordoada.

Ele rapidamente a levantou.

— Agora, avance com o pé esquerdo, jogue a perna direita para trás, depois troque de perna rapidamente e chute com a direita — instruiu ele. — É só um mambo básico.

Hattie caiu na gargalhada enquanto tentava acompanhar os passos rápidos de Trae.

— Tá de brincadeira? Eu não sei dançar mambo.

— Só me acompanhe — repetiu ele e a puxou para mais perto enquanto balançava os quadris e ombros no ritmo da música, sem qualquer esforço, enquanto eles deslizavam pelo chão recém-lixado. Depois de um momento, Hattie se sentiu relaxada e até cantou os versos de Jennifer Warnes.

— *You're the one thing I can't get enough of* — recitou Trae. Ele recuou e a puxou contra o corpo de novo. — Ok, daqui a alguns versos, você vai correr em minha direção e se lançar no ar.

— De jeito nenhum — disse Hattie, ainda sem fôlego.

— Vamos. Você tem que confiar em mim.

— Eu vi uma entrevista em que Emma Stone conta que usaram um dublê quando ela fez essa dança com Ryan Gosling.

— Não precisamos da droga de um dublê — insistiu ele. — Vamos lá. Corra, pule, e eu te pego, levanto e giro. Você não vai cair. — Ele cantou o próximo verso. — *I swear, it's the truth*... até a música está dizendo, "eu juro, é verdade".

— Oh, meu Deus, oh, meu Deus, oh, meu Deus — gritou Hattie.

— Vou fazer a contagem — disse Trae, ainda balançando ao som da música. — Três... dois... um... Vai!

Hattie se lançou em direção a ele e fechou os olhos. As mãos dele agarraram a cintura dela, que se sentiu milagrosamente içada no ar e girando...

E, de repente, desabou no chão.

— Aaaaahhhhhhh! — O grito agudo de Trae abafou o de Hattie e a assustou tanto quanto a percepção de que tinha aterrissado em cima dele.

Ela ficou imóvel por um momento, sem fôlego.

— Ai, ai, ai, ai!

Ela se deu conta de que Trae gemia alto e rolou lentamente para o lado.

Trae ajeitou o corpo até quase ficar sentado.

— Isso... não saiu como planejado.

— Você está bem?

Ele tocou cautelosamente primeiro um lado do quadril e depois o outro. Ergueu a pélvis e apalpou a própria bunda.

— Meu cóccix está doendo pra caramba.

— Você acha que está quebrado?

— Talvez. Bom, eu consigo me mover, provavelmente é um bom sinal, não é?

— Vire-se e abaixe as calças — ordenou Hattie.

Era a vez de Trae levantar uma sobrancelha.

— Fala sério! Se essa é a sua ideia de sedução, precisamos ter uma conversa séria.

— Eu só quero examinar seu cóccix, para ver se está vermelho ou machucado... ou se aconteceu alguma coisa.

Ele gemeu, abriu parcialmente o zíper e deslizou o jeans até os quadris antes de se deitar de bruços.

— Não foi bem assim que imaginei terminar essa noite.

— Que pretensioso! — retrucou Hattie, puxando os jeans e a cueca para baixo até conseguir ver o cóccix de Trae.

Ela apertou a parte inferior da coluna dele com a ponta dos dedos.

— Está doendo?

A pele dele era macia e bronzeada, e, pelo que ela podia ver, a bunda de Trae era tão torneada quanto o resto do corpo.

— Tudo dói.

— Não seja um bebê. — Ela deslizou os dedos até o cóccix dele, que estava ligeiramente avermelhado, mas parecia intacto, e pressionou gentilmente com os polegares.

— E assim? Alguma pontada? Alguma dor excruciante? Você está prestes a desmaiar?

— Uh, não.

Ela riu e deu uma palmada na bunda dele.

— Boas notícias. Acho que você vai sobreviver.

Ele gemeu novamente quando se virou e fechou as calças.

— Tem certeza? Não quebrei nada?

— Desculpe te desapontar, mas, não. Acho que, se algo estivesse quebrado, você estaria urrando de dor.

Ele se sentou novamente, apoiando os cotovelos nos joelhos dobrados.

— Sabe, na verdade eu nunca quebrei nada.

Hattie olhou para ele fixamente.

— Sério? Nunca? Tipo, nem mesmo uma lesão esportiva?

— Não. Nem mesmo uma torção. Não sou muito do tipo atlético.

Ela ponderou as palavras por um momento.

— Hmm. Um hétero que admite não ser atlético. Isso é novidade para mim.

— Agora você vai me perguntar se tenho certeza de que sou hétero?

— Tenho certeza de que isso não é uma questão pra você.

— Ok, que bom. — Ele estendeu a mão para ela. — Me ajude a levantar, está bem? É o mínimo que você pode fazer depois de ter pulado em cima de mim.

Hattie se levantou, agarrou os cotovelos dele e, em um movimento rápido, levantou-o.

— Aaaaaai.

Ela revirou os olhos, mas não soltou a mão dele. Era maluca e sabia disso, mas não se importava.

— Aliás... quantos anos você tem?

Ele ponderou a pergunta.

— Ok, eu vou te dizer, mas isso é estritamente confidencial.

— Qual é o problema? A idade é só um número, não é mesmo?

— Só alguém da sua idade... que, suponho, seja uns 30 e poucos anos? Só alguém da sua idade pensaria que a idade não é grande coisa. Na minha profissão, é muito importante. Não quero que pensem que sou velho. Ou irrelevante. Mas, já que você perguntou, eu tenho 40... e 2. Na verdade, já que estou sendo totalmente honesto, tenho 46.

— Sério? — Hattie se inclinou para examinar o rosto dele. — Eu nunca teria adivinhado.

Trae colocou as mãos em ambos os lados do rosto de Hattie, beijou a testa e depois as pálpebras fechadas da empreiteira.

— Botox — murmurou.

— Hmm. Interessante. Me conte mais sobre seus segredos para a juventude eterna.

Trae pousou os lábios sobre os dela.

— Preenchimento de colágeno. Mas você não vai precisar de nada disso com lábios como os seus.

As pálpebras de Hattie tremularam.

— Sério?

Ele a beijou de novo, com mais intensidade.

— Aham. Esses lábios foram a primeira coisa que notei em você. São muito sensuais.

Seus lábios continuaram ali, e Hattie se perguntou o que era mais inebriante, um bom champanhe ou ser beijada por um especialista como Trae Bartholomew.

Ele então beijou os lóbulos das orelhas de Hattie e depois o pescoço.

— Creme para o pescoço — sussurrou ele, as mãos correndo ao longo das omoplatas dela. — As pessoas não falam muito sobre os pescoços enrugados, mas eles entregam a idade. Sua pele é impecável, mas comece a usar cremes no pescoço agora. Você vai me agradecer depois.

Enquanto a beijava e a acariciava, Trae a puxava lentamente em direção à parede da sala de estar até que as costas dela estivessem pressionadas na cornija. Os braços de Hattie envolveram o pescoço dele, que pressionou o corpo no dela, com as mãos tateando o caminho por baixo de sua camisa.

53

Excesso
Borbulhante

— O que faremos com o corpo?

Mo fechou os olhos e massageou as têmporas com as duas mãos. A voz de Rebecca ecoava pelo viva-voz do celular, bombardeando-o de perguntas sobre os últimos acontecimentos na casa.

— *Nós* não faremos nada com os restos mortais — disse Mo. — A polícia está cuidando disso. Conversei com o detetive, a família identificou o corpo como sendo da professora desaparecida. Pelo que sei, eles farão uma coletiva de imprensa amanhã.

Rebecca se agitou diante da menção à imprensa.

— Eles mencionarão *Destruidores de Lares*?

— Não faço ideia. É uma investigação de homicídio, não um evento promocional. De qualquer forma, você realmente acha que a descoberta de um corpo é boa publicidade para o programa?

— É uma publicidade fabulosa — disse Rebecca. — O país inteiro está acompanhando a história desde que a carteira foi descoberta. É uma obra de suspense da vida real. As pessoas vão querer ver a casa onde tudo aconteceu. Na verdade, estou pensando em começar a vender os produtos promocionais de *Destruidores de Lares* no site.

— Que tipo de produtos?

— O de sempre. Canecas, copos térmicos para vinho, capuzes, moletons, camisetas, roupinhas de bebê, ímãs de carro. Ahh. Já sei. Carteiras. E miniaturas de pás com a marca de *Destruidores de Lares*.

Mo quase cuspiu o uísque que estava bebendo.

— Jesus, Rebecca. Como você pode ser tão macabra?

— Não se leve tão a sério, Mo — disse ela, rindo. — O que aconteceu com seu senso de humor? Como você mesmo disse, a mulher está morta há 17 anos.

Ele limpou o uísque que havia espirrado por todo o teclado do notebook.

— Tentarei manter o bom humor enquanto corro para terminar esta maldita casa no prazo ridículo que você me deu.

— Vou apressar a produção das camisetas de *Destruidores de Lares* e enviá-las para você — disse Rebecca. — Talvez você possa presentear os policiais e os bombeiros dessa sua ilhazinha. Vamos ver se conseguimos lançar uma *trend* de *Destruidores de Lares* nas redes sociais.

— Tudo bem, tanto faz — disse ele, cansado. — Mais alguma coisa?

— Como está o romance entre nossas duas estrelas? Alguma novidade?

A pálpebra de Mo tremeu. Ele tomou outro gole de uísque, depois empurrou o copo para longe, enjoado só de imaginar Hattie nos braços de Trae Bartholomew.

— Você quer saber se eles já foram pra cama? Existe uma linha do tempo para isso também?

— Seu humor está mesmo péssimo hoje, não? — rebateu Rebecca. — Só estou pensando no programa e na sua carreira, sabe. Se for um sucesso, você pode cair nas graças do Tony.

— Ok — disse Mo. — Vou mantê-la informada sobre tudo.

Ele retornou ao notebook, lendo, arquivando, categorizando e deletando os intermináveis e-mails em sua caixa de entrada. Era quase meia-noite e seus olhos ardiam depois de encarar a tela por horas. Mas ainda tinha coisas a fazer. Ele foi até a pequena mesa perto da porta da cozinha, onde tinha o hábito de deixar as chaves, os óculos escuros e, o mais importante, seu caderno.

Há anos usava pequenos cadernos Moleskine com capa de couro para fazer anotações, esboços e croquis elaborados ao longo de cada programa que criava. Mo escrevia todos os dias nos cadernos; listas de tarefas, lembretes, ideias e até lista de compras. Os cadernos eram uma cápsula do tempo de sua carreira na televisão.

Mas o caderno não estava lá. Ele voltou para a sala de jantar, vasculhou as bancadas da cozinha, foi até o quarto e checou os bolsos da bermuda que vestia ao chegar em casa. Nada. Pegou as chaves e foi até o carro, estacionado na vaga reservada na rua atrás da casa.

Mo vasculhou o piso na frente e na traseira do veículo, debaixo dos bancos e até o porta-luvas, embora soubesse que não havia guardado o caderno lá. Por um momento, ele se sentou imóvel no banco da frente, tentando visualizar o último lugar que se lembrava de ter feito anotações.

Ele estalou os dedos. A casa de praia. Na varanda dos fundos, bem ao lado da porta da cozinha. Tinha certeza de que estava lá. E tinha a mesma certeza de que não podia arriscar deixar o caderno na maresia.

Mo pegou a carteira da cômoda do quarto e saiu. De volta para Tybee.

Um trovão retumbou a leste, e relâmpagos ziguezaguearam pela densa cobertura de nuvens. A chuva pairava no ar. Dava para sentir o cheiro, quase podia sentir o gosto no ar quente e úmido, e acelerou, esperando chegar à casa, e ao caderno, antes que a chuva começasse.

Enquanto dirigia, repassou mentalmente o telefonema de Rebecca. Mo sabia que ela não pararia de pressioná-lo para explorar a tragédia ocorrida na casa dos Creedmore ou a possibilidade de um romance televisivo entre Hattie e Trae. Em algum momento, ele teria que encontrar um jeito de refrear os instintos macabros e voyeuristas de Rebecca, sem comprometer as chances de sucesso do programa.

A essa hora, não havia trânsito; era quase meia-noite, e ele chegou a Tybee em 20 minutos, um recorde. A ilha estava silenciosa.

O policial, ainda de prontidão na entrada, assentiu em reconhecimento quando Mo saiu da rua e entrou na propriedade. Após alguns metros, ele ouviu gritos agudos ecoando pelo ar noturno.

Mo pisou no acelerador e correu em direção à casa. A casa estava escura, mas ele viu a caminhonete de Hattie estacionada. Parou ao lado do veículo, acionou os freios e pegou sua lanterna.

Com o coração na boca, Mo pulou os degraus da varanda e abriu a porta da frente.

— Hattie! Você está bem?

Ele moveu a lanterna ao redor da sala, e o feixe de luz pousou em Trae Bartholomew, que parecia prensar Hattie na parede perto da lareira.

Hattie se apressou para endireitar as roupas e gentilmente se afastou de Trae.

— Jesus Cristo — rosnou Trae, cobrindo os olhos. — Desligue essa coisa.

Mo acendeu a luz da sala.

— O que está acontecendo aqui? — exigiu saber ele. — Ouvi gritos lá da rua. Pensei que mais alguém estava sendo assassinado.

Hattie podia sentir suas bochechas fervendo de vergonha.

— Está tudo bem. Lixamos os pisos a noite toda. Acho que ficamos um pouco altos. Estávamos brincando, e, uh, Trae caiu.

— O que você está fazendo aqui? — indagou Trae, limpando a serragem das roupas.
— Vim buscar meu caderno — respondeu Mo. E olhou de volta para Trae.
— Eu poderia perguntar o mesmo para você, porque sei que não estava lixando piso nenhum.
— Ele estava me ajudando — disse Hattie, não muito convincente. O jeans, a camisa e até o cabelo dela estavam salpicados de serragem.
Os olhos de Mo escrutinaram as roupas desgrenhadas de Hattie e pousaram em seu rosto carmesim.
— Aham.
— E você por acaso é a babá dela? — Trae olhou para Hattie. — Não preciso aguentar essa merda. Estou indo para a cidade. Vejo vocês amanhã. — E, ao passar por Mo, acrescentou baixinho: — Vai se foder.

Hattie se inclinou contra a parede.
— Eu também preciso ir para casa — explicou ela, evitando o olhar inquisitivo de Mo, que fitava a caixa de pizza e a garrafa de champanhe vazia.
— Você está bem para dirigir? — perguntou ele.
— É claro — respondeu Hattie. — Estou bem. — Ela olhou ao redor da sala novamente. — Só preciso encontrar minhas chaves e meu celular. E meu cachorro.
— Ribsy? Você não o trouxe para o trabalho hoje.
— Ahhh. Verdade. Dei o dia de folga ao Ribsy. Cachorro sortudo. — Ela começou a rir, o que se transformou em um soluço. Hattie andou um tanto instável em direção à cozinha, e Mo a seguiu, acendendo as luzes pelo caminho.
— Aqui está — disse ela triunfante, pegando as chaves do carro e o celular na bancada e imediatamente derrubando-os no chão. — Opsss!
Mo saiu para a varanda dos fundos e encontrou seu Moleskine exatamente onde se lembrava de tê-lo visto pela última vez. E o guardou no bolso do jeans.
— Ei — disse ele, tocando o braço de Hattie. — Acho que é melhor você deixar eu te dar uma carona para casa. É tarde, e tenho a impressão de que você bebeu um pouco de champanhe demais.
— Nãoooo — começou ela e depois suspirou. — Tá bom. Você tem razão.

Ele encostou o carro ao lado do policial, que estava parado do lado de fora da viatura, bebendo de um copo descartável.

— Obrigado, policial — disse ele. — A casa está bem trancada, e ninguém mais precisará voltar esta noite.

O policial assentiu e deu a ele um sinal de positivo. Hattie se sentou no banco do passageiro, olhando para frente.

— Eu sou uma mulher adulta, sabe — disse ela abruptamente. — O que Trae e eu fazemos com nossas vidas pessoais não é da sua conta.

— Você estava aos berros — protestou Mo. — O que eu deveria pensar? A casa estava escura, vi sua caminhonete estacionada lá fora. Pensei que alguém estava tentando te matar. Me desculpe por ficar preocupado com a sua segurança.

— De início, foi isso. Mas depois você tirou conclusões precipitadas e ficou todo esquisito — disse Hattie. — Admita! Você detesta a ideia de eu estar com o Trae.

Mo agarrou o volante com tanta força que os nós de seus dedos estalaram.

— Não é da minha conta — disse ele finalmente. — Eu não tenho direito de opinar sobre sua vida privada.

— Bom — disse ela, bocejando. — Que bom que estamos de acordo nesse quesito.

Mo manteve os olhos na estrada, mas, momentos depois, virou-se e viu Hattie com o queixo apoiado no próprio peito. Ela estava dormindo, roncando suavemente.

Felizmente, ele se lembrou de como chegar à casa dela em Thunderbolt. Ele estacionou na entrada, deu a volta até o lado do passageiro e cutucou o ombro dela.

— Hattie, acorde. Você está em casa.

Suas pálpebras se abriram com relutância, ela olhou em volta e bocejou.

— Quê?

— Me dê suas chaves.

Ela as entregou, e Mo pegou seu braço e a ajudou a sair do carro.

— Eu consigo sozinha — disse ela, franzindo a testa e afastando o braço dele. — Já estou bem.

— Bem, vou acompanhá-la até a porta, porque é isso que os caras legais fazem — disse Mo.

— Tá bom. — Ela deu um passo e tropeçou em uma fenda na calçada de concreto, mas Mo a pegou antes que ela caísse.

— Quanto champanhe você bebeu? — perguntou ele.

— Não faço ideia. Não estou bêbada. — Ela bocejou novamente. — Estou muito, muito cansada. Foi um longo dia.

Quando chegaram à porta da frente, ouviram latidos frenéticos.

— Ribsy! — exclamou Hattie. — Ah, meu Deus. Pobrezinho.

Mo destrancou a porta e entrou. O cachorro pulou em Hattie, quase derrubando-a, latindo, balançando a cauda e lambendo seu rosto.

— Ribsy. Oh, querido, me desculpe. — Ela se agachou e o envolveu em seus braços. — Você achou que eu tinha fugido e abandonado você?

Ele correu em círculos ao redor dela, latindo, e depois parou para lamber o rosto dela.

Mo olhou ao redor da sala escura.

— Ele ficou preso o dia todo?

— Não! Tem uma portinha de cachorro. Mas ele tem ansiedade de separação. Além disso, ele quer o jantar.

— Onde você guarda a ração? — indagou Mo. — Vou dar comida para ele. — Mo entrou na cozinha e olhou em volta. Um tapete de plástico, perto da porta dos fundos, continha a tigela de água e a de comida vazia e, no chão próximo, um saco de ração rasgado. Havia grãos de ração espalhados pelo chão.

— Parece que ele encontrou o que precisava — murmurou Mo, pegando o saco agora vazio. — Ei, Hattie. Onde você guarda a vassoura?

Não houve resposta. Ele entrou na sala de estar, e Hattie estava dormindo no chão, com o cachorro aninhado ao seu lado.

— Eu deveria deixá-la exatamente onde está — disse ele. Em vez disso, inclinou-se, pegou-a em seus braços e a colocou no sofá próximo. Entrou no banheiro, umedeceu uma toalha e voltou para a sala de estar.

Pulando por cima do cão, ele se ajoelhou e gentilmente passou o pano no rosto de Hattie, limpando os vestígios de serragem e suor seco do rosto e dos braços nus.

— Você está um caos — disse ele calmamente.

Hattie se mexeu, mas não abriu os olhos.

— Quê?

Ele desamarrou as botinas dela e as removeu.

— Obrigada — murmurou ela. — Tããããão cansada!

Ele voltou para a cozinha e encontrou o armário de vassouras. Mo varreu a ração, despejou um pouco na tigela de Ribsy e a colocou na bancada. Voltou para a sala de estar, onde Hattie roncava de novo. Ele se inclinou e ajeitou o cabelo dela atrás da orelha.

— Ele não te merece — disse ele suavemente. — Ele devia ter trazido você para casa. Covarde! Te embebedou e devia ter se assegurado de que chegaria bem. Eu nunca faria isso com você.

Hattie se mexeu um pouco e virou o rosto em direção ao dele.

— Me beija — murmurou.

Ele hesitou, depois beijou os lábios ligeiramente abertos de Hattie.

— Humm. Que delícia — disse ela com um suspiro.

Mo parou por um momento, estudando o rosto de Hattie, corado pelo sono, os cílios ainda salpicados de serragem. Ele se perguntou como seria acordar todas as manhãs ao lado daquele rosto adorável.

Afastando o pensamento, ele saiu, trancando a porta e guardando as chaves de Hattie em um vaso de samambaias na varanda.

Ela ouviu o clique da chave na fechadura e os passos se afastando. Tocou os lábios. Será que aquele beijo havia sido um sonho? Então, bocejou e voltou a dormir.

54

A Mídia em
Alerta

Makarowicz estava inquieto diante de um microfone na sala que geralmente era reservada para audiências da junta de trânsito de Tybee. Ele enxugou o rosto com um lenço e verificou as anotações que havia rabiscado apressadamente em um cartão, uma hora antes.

Ele contou oito repórteres sentados na primeira fila. Três eram de emissoras de TV locais. Um era da CNN, o que o surpreendeu. E havia quatro repórteres munidos apenas de cadernos e câmeras, o que significava que eram da mídia impressa. Molly Fowlkes estava sentada no meio da fileira.

Mak cumpriu sua parte do acordo.

— Encontramos restos mortais em uma propriedade em Tybee Island — declarou ele, quando Molly atendeu sua ligação. — É ela. Haverá uma coletiva de imprensa amanhã, às 9h, na sala de audiências do Departamento de Polícia.

Agora ele estava cercado por repórteres e se sentindo seriamente em desvantagem. Ele pigarreou e deu tapinhas no microfone.

— Bom dia. Sou o detetive Allan Makarowicz. Há dois dias recebemos um chamado envolvendo a descoberta de restos mortais dentro em uma fossa séptica abandonada em uma propriedade privada aqui, em Tybee Island. Ontem, eles foram identificados como sendo de Lanier Ragan, uma moradora de Savannah de 25 anos que desapareceu em fevereiro de 2005. O corpo está em avançado estado de decomposição, mas foi identificado pelos registros dentários da Sra. Ragan. A causa da morte está sendo apurada pelo escritório do legista. — Ele colocou as mãos nos bolsos. — Vou responder as perguntas agora.

A mão de Molly Fowlkes disparou para o alto.

— A morte de Lanier foi considerada um homicídio, então?

— Ainda não.

Ele ouviu uma onda de cliques das câmeras.

Molly não tinha terminado.

— Detetive, você mencionou que os restos mortais foram encontrados em uma propriedade privada aqui, na ilha. É a mesma propriedade onde a carteira da Sra. Ragan foi descoberta recentemente? Uma casa na avenida Chatham que está sendo usada atualmente para a gravação de um reality show?

Makarowicz deslocou o peso de um pé para o outro.

— Sim. Correto.

— Como o corpo foi encontrado? — insistiu Molly.

Ele pigarreou.

— Uh, um maquinário pesado que trabalhava na propriedade despencou por uma tampa de bueiro, e a antiga fossa séptica e os restos foram descobertos.

O repórter de cabelos escuros da filial local da ABC foi o próximo a perguntar.

— Essa casa era, até recentemente, propriedade do Sr. e da Sra. Holland Creedmore, uma conhecida família de Savannah, não é?

— Acredito que sim — disse Mak.

— Os Creedmore foram interrogados sobre como o corpo foi parar na propriedade deles?

— Sem comentários — disse Mak.

— E quanto ao marido? — berrou o repórter da afiliada da NBC. — Frank Ragan? Ele foi interrogado? Ele é um suspeito?

— Não posso comentar sobre uma investigação em andamento — disse Mak.

— Detetive, pode nos contar sobre a última vez que Lanier Ragan foi vista?

Mak assentiu.

— Ela e o marido compareceram a uma festa do Super Bowl, no bairro em que moravam. O Sr. Ragan declarou que, ao acordar na manhã seguinte, descobriu que a mulher tinha desaparecido. Ele ligou para amigos e familiares, dirigiu pelo bairro e, finalmente, quando não conseguiu encontrar nenhum vestígio da esposa, chamou a polícia de Savannah para informar o desaparecimento.

O repórter da CNN se levantou.

— Houve rumores de que o casamento dos Ragan estava em crise e que ela poderia estar envolvida com outro homem. Pode comentar mais sobre isso? Esse homem foi identificado?

— Esses rumores foram investigados — disse Mak. — Isso é tudo que posso informar. — Ele olhou para o relógio na parede acima da tribuna. — Isso é tudo por hoje. Obrigado pela presença.

Os repórteres ainda berravam perguntas enquanto ele deixava o recinto.

55

Momento
Eureca

— Tenha piedade.

Hattie se sentou lentamente e olhou em volta. Sua cabeça latejava, e seu estômago estava embrulhado. Com Ribsy encaracolado ao seu lado, o coração de Hattie novamente se inundou de culpa ao ver como ele ficou feliz ao vê-la, mesmo depois de ela ter se esquecido dele na noite anterior.

Ele pulou no sofá e cutucou o pescoço dela com o focinho até que ela acariciasse a cabeça, as orelhas e o queixo dele.

— Bom menino — sussurrou ela. — Você me perdoa? — Como resposta, ele se deitou de costas para receber carinho na barriga.

Ela inclinou a cabeça no encosto do sofá, depois tateou o chão à procura do celular, que encontrou nas proximidades. Havia uma mensagem de Mo, enviada na noite anterior. *As chaves estão no vaso.* Eram quase 7h, e o sol começava a nascer. Hora de ir para o trabalho.

No chuveiro, ela refletiu sobre os acontecimentos surpreendentes, e um tanto alarmantes, da noite anterior. Ela e Trae chegaram muito perto, pensou, de consumarem o ato. Pelo mal-estar que sentia, ficou claro que tinha exagerado no champanhe. Será que ele deliberadamente a havia embebedado para conseguir o queria?

Mas ela era uma mulher adulta e sentia uma forte atração pelo parceiro de programa. Ela provavelmente teria cedido aos encantos dele de qualquer maneira. Não?

Hattie secava o cabelo quando pensou no que Mo sussurrou ao colocá-la no sofá, na noite anterior, quando obviamente pensou que ela havia apagado. *Ele não te merece.* E então o beijo. Em termos de beijos, aquele foi bastante casto. Havia ternura, e ela certamente não imaginava isso. Mas o que mais ele havia dito? *Eu nunca faria isso com você?* Foi tudo tão confuso. Mo gostava dela? Ela gostava dele?

Ela estava quase pronta quando percebeu que a caminhonete ainda estava em Tybee.

Tentou ligar para Cass para pedir uma carona, mas a ligação caiu diretamente na caixa postal. Hattie cogitou a possibilidade de ligar para Trae, mas logo desistiu. Com relutância, pediu um Uber, depois colocou a guia em Ribsy enquanto esperavam pelo carro do lado de fora.

O motorista do Uber não ficou feliz, mas acabou concordando, por 10 dólares extras, em deixar Ribsy viajar no banco do passageiro, com a cabeça alegremente para fora da janela.

— Indo para a praia? — perguntou o jovem.

— Para o trabalho — respondeu Hattie com firmeza.

Hattie prometeu a si mesma que era assim que pensaria na casa na avenida Chatham de agora em diante. Apenas um trabalho. Chega de se apaixonar por uma pilha de madeira e tijolos. Aquilo era estritamente uma relação profissional. Não era?

O policial ainda guardava a entrada de carros. Ela esticou a cabeça pela janela traseira e acenou, e o homem gesticulou para o carro seguir em frente. Ao se aproximar da casa, ela percebeu, com satisfação, que parecia que os operários já estavam no local, todos ocupados. Havia pintores nos andaimes, terminando o trabalho de acabamento na fachada. Ela viu que os encanadores, eletricistas e o pessoal da climatização também estavam no local. Mo e Leetha conversavam na lateral da casa com um homem que ela não reconheceu.

— Pode me deixar aqui — pediu ao motorista.

Trae a cercou assim que ela entrou na casa.

— Podemos conversar um minuto? — Ele abriu a porta da suíte master.

— Aqui.

Quando estavam sozinhos, ele acariciou a bochecha de Hattie com o dorso da mão livre.

— Queria conversar sobre ontem à noite. Pensei que estávamos prestes a ter uma noite maravilhosa até que Mo saltou de paraquedas para defender sua castidade.

Hattie se debatia com essa questão desde que havia acordado no sofá, naquela manhã.

— Não vou dizer que não estava pensando a mesma coisa naquele momento ontem à noite. Parecia que as coisas estavam tomando esse rumo. Mas o fato é que eu tinha bebido demais. Meu bom senso estava, uh, um tanto prejudicado.

Se e quando você e eu formos para a cama, Trae, quero que seja quando eu estiver sóbria. E Mo não tem nada a ver com isso.

Ela não mencionou o que a incomodava a manhã toda; o fato de Trae ter partido de repente e voltado para a cidade aparentemente sem se preocupar em como ela voltaria para casa em seu estado debilitado.

— Vamos continuar esta conversa durante o jantar esta noite — disse Trae, apertando a mão dela. — Prometo que não haverá champanhe desta vez.

— Hattie! — Era Tug. Ela abriu a porta e entrou na sala de estar.

— Oi, Tug — disse ela. — Não sabia que estava aqui.

— Oi, Sr. Kavanaugh — cumprimentou Trae.

— Trae. — Tug respondeu à saudação meneando a cabeça sem muita convicção.

— Acabei de chegar. Preciso te mostrar algo na cozinha.

— Leetha me quer na maquiagem para gravarmos no andar de cima — disse Trae. — Falo com você depois. Me avisa sobre esta noite, ok?

Pete Savapoulis, seu carpinteiro e gesseiro, estava ao lado da estimada cômoda antiga que Hattie convertera em ilha de apoio da cozinha. Havia uma escada dobrável sobre o tampo de mármore, e a expressão de Pete era uma mistura de vergonha e consternação.

— Oi, Pete. O que foi?

— Conte a ela — pediu Tug, apontando para o teto.

— Contar o quê? — questionou Hattie.

— Uh, bem, Trae queria que eu colocasse as placas de gesso no teto esta manhã, pois disse que Cass vai agendar a inspeção, mas encontrei algo que não está muito bom.

— O quê?

— Como eu estava dizendo para Tug, pela maneira como estão instaladas, essas antigas lanternas de navio não vão passar pela inspeção.

— Por que não? — perguntou Hattie.

— Suba na escada e dê uma olhada por si mesma — pediu Tug, com a mandíbula tensa.

Ele lhe deu um impulso para a bancada, e ela subiu até o topo da escada, examinando o teto.

— O que devo procurar? — indagou Hattie.

— Veja como essas lanternas estão instaladas — explicou Tug. — Percebe o que está faltando?

Hattie esticou o pescoço e imediatamente viu o problema.

— Não há caixa de passagem aqui — disse Hattie. — Isso não está correto!

— Exatamente — falou Tug. — Olha direito. Consegue ver as marcas de chamuscado onde os fios entraram em curto?

— Oh, Deus — disse Hattie. — Isso é uma tremenda gambiarra. Há risco de incêndio.

— Pode apostar que sim — completou Tug. — Desça daí, precisamos conversar.

Hattie se inclinou contra a ilha, examinando o trabalho que havia sido realizado na cozinha. Os pintores haviam feito milagres, repintando os armários danificados pela fumaça e instalando os novos. As portas dos gabinetes estavam empilhadas contra as paredes, prontas para serem instaladas.

— Pete, repita para Hattie o que você me disse — pediu Tug.

— Bem, uh, quando eu estava aqui mais cedo, tirando medidas para começar a instalar as placas de gesso, notei como as lanternas estavam conectadas lá em cima. Quero dizer, não sou eletricista, mas trabalho em obras há muito tempo e sabia que isso não estava certo. Especialmente quando vi aquelas marcas de queimadura — disse o carpinteiro. — Eu contei ao Erik, um dos eletricistas-assistentes, e ele disse que Trae pediu que ele instalasse as lanternas dessa maneira. Alegou que não havia tempo para voltar à cidade para comprar mais caixas de passagem, porque o teto precisava secar antes da inspeção.

Hattie sentiu o estômago revirar ainda mais do que quando acordou no sofá, naquela manhã.

— Obrigado, Pete — disse Tug. — Vamos adiar a instalação do gesso até o Erik reinstalar essas lanternas corretamente. Eu o mandei para a cidade para comprar caixas de passagem.

— Ok — concordou Pete. — Acho que Cass quer que eu trabalhe em um dos quartos lá de cima, então.

Quando o jovem saiu, Tug cruzou os braços sobre o peito. Ele vestia seu velho macacão jeans favorito, com pontas de lápis emergindo do bolso da frente.

— Isso não está certo, Hattie.

Ela suspirou.

— Eu sei. Falarei com Trae sobre isso. Ele só está com pressa porque o incêndio nos atrasou demais. É por isso que você veio aqui esta manhã?

— Sim. Cass me ligou assim que Pete mostrou aquilo para ela. Achou que você não iria lhe dar ouvidos, porque você e Trae estão meio que, como vocês chamam? Ficando?

As bochechas de Hattie queimaram de vergonha com as palavras do sogro. Ela o conhecia desde a adolescência, e sua aprovação, tanto na época quanto agora, significava mais do que era capaz de explicar a si mesma. Era uma mulher adulta, pelo amor de Deus, mas sentir o ferrão da ira do sogro ainda a fazia querer se esconder em um buraco.

— Nós não estamos ficando. E é claro que eu teria escutado a Cass. Ela é a mestre de obras. Gosto das coisas bem-feitas. Você me conhece, Tug.

— Eu costumava conhecer você, mas agora não tenho tanta certeza — disse ele. — Não me interessa se é um programa de TV. Não podemos fazer um trabalho porco em obra nenhuma. É a nossa reputação em jogo, não daquele cara da TV e não a do Trae sei lá quem.

— Concordo — disse Hattie. — Vou falar com Trae.

— É melhor conversar com a Cass também — aconselhou Tug. — Vocês são amigas há muito tempo para deixar um babaca da Califórnia afastar vocês.

— Farei isso — respondeu ela, cansada. — Mais alguma coisa?

— Não sei — disse ele. — Vou dar uma volta pela obra. Vou checar e rechecar tudo. — Ele balançou a cabeça e começou a sair da sala. — Ah, sim. Zenobia ligou. Disse que tem uma mulher no escritório esperando para falar com você.

— Quem? Não estou planejando ir para o escritório e não marquei com ninguém.

— Ela não quis dizer o nome para a Zen, só disse que sabia que você gostaria de falar com ela.

56

A Verdade
do Anel

— Hattie Mae! — Leetha se aproximou quando ela saía pela porta da cozinha.

Hattie se virou para encarar a *showrunner*.

— O que foi agora?

— Uôu — protestou Leetha, dando um passo para trás. — Alguém está azeda esta manhã?

— Esquece. Estou apenas... tendo uma manhã difícil — disse Hattie.

— Como está nosso cronograma de gravação hoje?

— É sobre isso que quero falar. Precisamos que sua equipe trabalhe na parte de trás da casa e termine todo o revestimento da parede, porque queremos começar a filmar lá atrás. E como andam as coisas com aquela fossa horrenda? Aquela coisa me dá arrepios toda vez que passo por lá.

Hattie não se preocupou em esconder a irritação.

— Você quer que eu tire os pintores da parte da frente da casa? Pensei que tivesse dito que era uma prioridade.

— Sim, mas tivemos uma mudança de planos. O pessoal do marketing tem uma empresa que faz deques de plástico reciclado que vai doar todo o material para refazer o velho píer, mas precisamos começar a filmar a reconstrução o mais rápido possível, porque eles querem usar as imagens do produto acabado em seus próximos comerciais. Legal, *né*?

— É sério? A reforma do píer nem estava nos meus planos, pois eu sabia que não caberia no nosso orçamento. Isso é incrível!

— Mas precisamos que o fundo da casa fique lindo, porque vai aparecer na sessão de fotos.

— É melhor falar com a Cass sobre isso — orientou Hattie.

Leetha ergueu uma sobrancelha.

— Você não é a chefe da Cass?

— Converse com a Cass, diga a ela que já discutiu isso comigo. Você também pode pedir a ela para checar com a polícia se podemos aterrar a antiga fossa séptica. Não gosto de olhar para aquilo mais do que você.

— Legal.
— Qual é o meu novo horário de gravação hoje? — perguntou Hattie.
— Só no fim da tarde — disse Leetha. — Vamos gravar Trae no banheiro e no quarto do andar de cima daqui a pouco; são cômodos pequenos demais para duas pessoas, de qualquer maneira.
— Bom. Vou até a cidade, mas volto depois do almoço.

Zenobia Pelletier estava sentada à mesa do pequeno escritório da Kavanaugh & Filho.
— Oi, Zen — saudou Hattie, aproximando-se da enorme mesa de metal da gerente. — Tug disse que tem alguém querendo falar comigo?
— Aham — disse Zenobia, sem fazer uma pausa ou olhar para cima. — Ela está lá na sala dele. Parece bem azeda.
— Ótimo. Exatamente o que eu preciso hoje. Mais confusão.
O escritório de Tug era pouco mais do que um pequeno closet lotado de tralhas que Zenobia queria longe de suas vistas.
A mulher sentada na cadeira em frente à mesa de Tug estava de costas para Hattie, mas algo em sua postura e altivez lhe pareceu familiar.
— Oi — cumprimentou Hattie.
A mulher se virou lentamente. Ela tinha cabelos loiros na altura dos ombros, um rosto alongado em forma de coração, um queixo pontiagudo e, como Zenobia havia avisado, uma expressão azeda.
— Elise? Que surpresa!
Os lábios de Elise Hoffman se ergueram ligeiramente. Hattie não via a esposa de Davis há anos. Ela estava mais magra do que se lembrava e muito mais loira. Talvez tivesse feito algum procedimento ao redor dos olhos?
— Oi, Hattie — disse Elise. — Me escute, só vim para ter uma conversa franca com você.
— Sobre o quê?
— Davis!
— O que tem ele? Está tudo bem?
— Não, não está tudo bem — disse Elise. — Meu brilhante ex-marido de alguma forma encontrou uma maneira de enterrar a joalheria da família. Acontece que ele vendeu o imóvel para um "investidor", que acabou vendendo todo o quarteirão para um empreendedor imobiliário de Atlanta, que, por sua vez, triplicou o aluguel da Heritage Jewelers. Davis está devendo pensão alimentícia para mim e para nossa filha, e só Deus sabe quanto dinheiro ele deve estar devendo.

— Oh, meu Deus — espantou-se Hattie. — Lamento muito por isso.

— Sim. Eu também. Então, o que eu quero saber, e o motivo de eu ter vindo falar com você hoje, é por que diabos ele te deu um cheque de 40 mil quando não consegue sequer pagar a mensalidade da pré-escola da nossa filha? — Elise pegou a bolsa Louis Vuitton e vasculhou até encontrar o que procurava. Um único pedaço de papel, que agitou na direção de Hattie. — E nem se dê ao trabalho de negar. Tenho a prova bem aqui.

Era uma cópia do recibo que Davis lhe dera pelo anel de noivado.

— Onde você conseguiu isso? — Hattie ficou atordoada, depois furiosa.

— Isso foi uma transação comercial confidencial entre mim e Davis.

— Posso apostar que sim. — Elise cruzou as pernas e se recostou na cadeira.

— Respondendo à sua pergunta, o juiz ordenou que ele me mostrasse os livros contábeis. Um dos primeiros sinais de alerta que vi foi um pagamento de 40 mil dólares feito a Hattie Kavanaugh.

— Pare com isso, Elise. Não há absolutamente nada acontecendo entre mim e seu ex-marido. Mas, mesmo que houvesse, não seria da sua conta.

— Se tem a ver com dinheiro, na verdade é da minha conta, sim — retrucou Elise. Ainda que parecesse contrair o rosto, sua testa e expressão permaneceram imóveis. Será que era botox?

Hattie olhou para as próprias mãos sem qualquer adorno. Estavam limpas, mas ela precisava desesperadamente de uma manicure, ao contrário de Elise, cujas unhas estavam impecáveis e pintadas em um tom bem claro de lavanda.

— Ok. Vou te contar. Empenhei meu anel de noivado. Para que eu pudesse comprar uma casa para reformar e revender.

— Ohhhh. Sim! A antiga casa dos Creedmore. Duas casas depois da casa de praia da vovó Hoffman. Que conveniente para vocês dois.

— Estou falando a verdade! Eu precisava de dinheiro. Davis avaliou meu anel de noivado e me fez uma oferta justa de empréstimo, que pretendo pagar assim que revender a casa de Tybee.

O lábio superior de Elise se contraiu em descrença.

— Certo. Como se a modesta família irlandesa de Hank Kavanaugh pudesse se dar ao luxo de comprar um anel que chegasse perto desse valor. Só me diga. Há quanto tempo está transando com Davis?

— Você é desprezível — disse Hattie.

— Eu sou desprezível? Ah, claro — retrucou Elise. Ela amassou o papel e o jogou na lata de lixo, mas errou. — Admita, Hattie. Davis sempre teve uma queda por você. Sempre.

Hattie piscou.

— Isso não é verdade.

Meu problema era que eu estava sempre disponível demais. Os pais dele me amavam. Minha mãe o adorava. Ele era de uma família tradicional de Savannah, dona de um negócio de sucesso. Falando em anéis de noivado, sabia que a mãe dele escolheu o meu? Ela queria ter certeza de que eu teria o maior diamante da cidade. E eu tenho.

Elise se inclinou para frente e abanou a mão esquerda no rosto de Hattie. Era verdade, o solitário de diamante em armação de platina era uma atração à parte, com um diamante gigantesco.

— Ele era louco por você, não por mim. Eu sempre fui a segunda colocada no que diz respeito ao Davis. Ficar comigo foi conveniente, só isso.

— Não posso acreditar nisso — disse Hattie. — Mas, mesmo que seja verdade, eu nunca, jamais fiz algo para encorajá-lo.

— Só de você não estar disponível já era excitante. Ele te queria porque você era do Hank. Ele era obcecado por Lanier Ragan porque sabia que ela estava saindo com Holland Junior.

Hattie agarrou a borda da mesa com as duas mãos.

— Como você sabe disso?

— No ensino médio, Davis e eu costumávamos ir até a praia atrás da casa da avó dele para fumar maconha e namorar. Uma noite estávamos lá fora e vimos Holl Junior com uma garota. Eles estavam nadando nus, saltando do píer da casa dos Creedmore. Fomos até lá para tentar ver quem era a garota. Havia uns arbustos bem perto do quebra-mar. Nos escondemos e esperamos. Depois de um tempo, eles correram em direção à casa, sem roupa nenhuma. Eu não sabia quem era a garota, pois eu frequentava o Colégio Country Day. Mas Davis disse que era a esposa do treinador. Ele não conseguia tirar os olhos dela e, quando olhei para baixo, estava com a maior ereção que eu já tinha visto. — O sorriso de Elise fez Hattie pensar em um crocodilo. — Depois disso, Davis começou a ir lá nas noites de sexta-feira, depois do jogo. Os dois passaram a se encontrar no píer, porque os Creedmore descobriram que os jogadores estavam usando a casa para encontros e trocaram as fechaduras. Davis se excitava observando os dois. Ele queria que eu fosse também, mas, mesmo sendo ingênua demais, já achava isso pervertido o bastante.

— Você sabia que Holland estava dormindo com Lanier Ragan e nunca disse nada depois que ela desapareceu? Permaneceu calada todos esses anos?

Elise entrelaçou as mãos em cima da bolsa. Hattie percebeu que ela olhava para o solitário de diamante no dedo anelar esquerdo.

— Meus pais teriam me matado, e os dele teriam ficado furiosos se soubessem o que estávamos fazendo lá. De qualquer forma, todo mundo disse que ela fugiu com outro cara.

— E você acreditou?

— Sim, até ver no noticiário que encontraram o corpo dela esta semana. Na casa do Holland.

— Me escuta, Elise — disse Hattie. — Você precisa conversar com o detetive Makarowicz e contar tudo o que sabe. Isso é uma prova. Holland Creedmore matou Lanier Ragan.

— Mas e se não foi o Holland? — O queixo pontiagudo de Elise tremeu, mas seus olhos azul-claros fitaram diretamente os de Hattie.

— Não estou entendendo.

— Nós estávamos lá naquela noite — disse Elise. — Na casa de praia da vovó Hoffman. Roubamos uma garrafa de vodca do meu pai e fomos com meu Toyota para Tybee. Davis queria transar, mas eu não estava a fim, porque ele não tinha camisinha nem nada. Tivemos uma briga. Ele disse que eu só gostava de provocar e me chamou de todos os tipos de nomes desagradáveis. Eu estava tão brava que entrei no meu carro e fui embora.

— Era a noite do Super Bowl? — perguntou Hattie. — A noite em que ela desapareceu?

— Sim.

— Tem certeza?

— Absoluta. Começamos a assistir ao jogo, beber e namorar. Eu não entendia nada de futebol americano, mas ele era um grande fã dos Patriots. Nós tínhamos até camisetas combinando.

— Você viu Lanier Ragan naquela noite? Ou Holland?

— Não vi ninguém. Fui para casa logo após o início do jogo.

— O que aconteceu depois que você foi embora? Como ele voltou para casa?

— Ele disse que voltou de bicicleta até Wilmington Island. Ele fazia muito isso no verão.

Hattie sacou o telefone da bolsa.

— Espera. Para quem você está ligando? — perguntou Elise, de repente parecendo em pânico.

— Vou ligar para Makarowicz. Então você pode contar a ele o que acabou de me dizer.

— De jeito nenhum — disse Elise, levantando-se abruptamente.

— Se você não contar a ele, eu conto — disse Hattie.

Elise passou por cima do recibo amassado que jogara no chão.

— Se você repetir uma palavra do que acabei de te dizer, eu direi a todos na cidade que você é uma maldita mentirosa. Farei de minha vida uma missão para arruinar você e seu negócio de merda. E não pense que não vou vender esse seu suposto anel de noivado. — Ela se virou e saiu pela porta.

57

O Momento
Zen

— Quem era aquela vadia magricela?

Hattie ergueu os olhos e viu Zenobia parada na porta.

— Lembra do amigo de Hank, Davis Hoffman?

— Aquele da família dona da joalheria no centro da cidade? Eu me lembro dele. Era o garoto que arrastava uma asa para você naquela época, não?

— Isso faz muito, muito tempo. Ela é a ex-mulher dele, Elise. Ela está com a impressão equivocada de que Davis e eu temos algo.

A gargalhada estridente de Zenobia de alguma forma animou Hattie.

— Haaaahaha! Bem que ele queria! — Ela se sentou na cadeira que Elise acabara de desocupar. — Tem outra coisa te incomodando. Você sabe que ainda cuido das minhas filhas, mesmo que você e Cass já estejam bem crescidinhas e donas de seus narizes. O que está acontecendo naquela obra que te deixou tão perturbada, quero dizer, além de ter encontrado um cadáver enterrado no quintal?

— Ah, Zen — disse Hattie com um sorriso fraco. — Estou começando a pensar que Tug tem razão e que talvez a casa dos Creedmore esteja mesmo amaldiçoada.

— E o que um velhote como Tug Kavanaugh entende de maldições?

— Chame do que quiser. Parece que nada dá certo. Primeiro os policiais, depois o fogo, então o corpo, e não era um corpo qualquer. Era minha professora favorita do ensino médio.

— Sim, tudo isso é muito triste. Especialmente para a pobre garotinha, imaginando todos esses anos o que aconteceu com sua mãe.

— Lanier Ragan me ajudou muito, depois que meu pai foi para a prisão e mamãe se mudou da cidade. Além de você e Cass, ela era minha maior defensora. Então descobri que ela tinha uma vida dupla. Dormir com um garoto do ensino médio? Um dos jogadores do time do marido?

Zenobia sacudiu a cabeça.

— Bem, essa situação toda foi muito errada. Mas há bem e mal em todos nós, como ensina a Bíblia. Isso não significa que sua professora não fez nada de bom na vida. Não significa que ela merecia levar uma pancada na cabeça e ser enterrada em uma antiga fossa séptica.

— Você tem razão, Zen — concluiu Hattie.

— Mas você ainda não me disse por que a tal da Elise te deixou tão chateada.

Hattie fez uma careta.

— Não consigo te esconder nada, não é?

— Você disfarça muito mal — disse Zenobia. — Desembucha logo.

Hattie fez um rápido resumo do segredo que Elise Hoffman acabara de lhe confidenciar.

— Então, os dois estavam lá na praia, na noite em que Lanier Ragan desapareceu? E ela disse que Davis tinha uma queda por aquela mulher? — questionou Zenobia. — E você está pensando que talvez ele tenha algo a ver com isso?

— Talvez. Eu implorei para ela conversar com o detetive encarregado da investigação, mas ela se recusou. E me fez todo tipo de ameaça se eu chamar a polícia.

— O que você vai fazer a esse respeito? — Zenobia a encarou com o mesmo olhar que costumava lançar para Cass e Hattie durante os anos do ensino médio, o mesmo que usava para perguntar sobre o dever de casa, a hora em que voltaram para casa, problemas com meninos e todos os outros tipos de dilema adolescente.

Hattie pegou o celular.

— Vou ligar para ele e contar tudo o que Elise acabou de me dizer.

— Que bom. E então o que você vai fazer sobre as outras coisas que estão te incomodando? — perguntou Zenobia. — Porque eu sei que não é só a casa. Você já trabalhou em casas problemáticas antes. É alguma outra coisa. Não é?

Hattie mordeu o lábio.

— Pare de enrolar. Tem a ver com um homem, não é? Aquele designer bonito da Califórnia?

— Mais ou menos. Ele, uh, quer que tenhamos algo a mais.

— E o que você quer? Ele é bonito e solteiro, tem dinheiro, imagino. O que está te impedindo?

— Trae é tudo o que você acabou de dizer. Mas algo parece... estranho. São pequenas coisas. Mas hoje descobrimos que ele mandou que um dos operários encobrisse uma gambiarra em uma instalação elétrica antes da inspeção. Felizmente esse cara notou marcas de queimaduras em torno da emenda dos fios e mostrou para Cass, que contou para o Tug. E Tug ficou furioso, com razão. Não podemos ter fiação abaixo do padrão. Não preciso de outro incêndio.

— Concordo. — Zenobia inclinou a cabeça. — Mas tem mais alguma coisa.

— Sim. Acho que... ele não é um cara legal. Pelo menos não para mim.

— Essa é a minha garota! — Zenobia se levantou e deu um tapinha na mão de Hattie. — Você tem uma ótima bússola moral, Hattie Kavanaugh. Não herdou do seu pai nem da sua mãe, e também não posso levar crédito por isso, mas você sempre soube fazer o certo. Então vá em frente e faça. Pare de duvidar de si mesma.

58

Assunto de
Família

Hattie ligou para Makarowicz no caminho de volta para a ilha. A ligação caiu direto na caixa postal, mas o detetive retornou alguns minutos depois.

— Hattie? Como posso ajudá-la?

— Eu, hum, estava pensando em... como está indo a investigação. Você interrogou Holland Junior?

Houve um silêncio prolongado do outro lado da linha.

— Não estou bisbilhotando — acrescentou ela. — Surgiu um fato novo.

Mak pigarreou, limpando a garganta.

— Que fique apenas entre nós, ok? Interroguei Holl Junior e conversei com os pais dele também. Junior admite que Lanier e ele tiveram um caso. Disse que ela mandou uma mensagem naquela noite, marcando um encontro na casa da praia e contando que estava grávida.

— Oh, meu Deus — disse Hattie.

— A versão dele é que ela não apareceu.

— Você acredita nele? — perguntou Hattie.

— Acredito em parte — admitiu Makarowicz. — Já os pais dele contaram uma história ainda mais inacreditável. — Mak, então, resumiu o relato dos Creedmore.

— Espera aí — ofegou Hattie. — Você está me dizendo que eles encontraram o corpo de Lanier, esconderam-no, e quando voltaram ele havia desaparecido?

— Loucura, não?

Hattie parou no semáforo do cruzamento entre as avenidas Victory e Skidaway.

Sua casa ficava a poucos quarteirões de distância. Ela queria ir para casa, abraçar Ribsy e esquecer toda a sordidez que Elise Hoffman acabara de despejar em cima dela. Mas sua maldita bússola moral a direcionou de volta para a praia.

— Hattie? Ainda tá aí?

— Sim. Infelizmente. Acabei de receber uma visita da ex-mulher de um velho amigo. A família dele tem uma casa de praia a duas propriedades da casa dos Creedmore, e ela me contou uma história ainda mais inacreditável sobre aquela noite.

— Esse amigo misterioso tem nome?

— Davis Hoffman. Ele é o dono da Heritage Jewelers, no centro, na rua Broughton. Ele se formou no Cardinal Mooney junto com meu marido e jogou com Holl Junior no time de Frank Ragan.

— Continue.

— O nome da ex-mulher dele é Elise. Eles namoravam desde o ensino médio, assim como Hank e eu, mas Elise estudou no Colégio Country Day. Saí com Davis algumas vezes, antes de Hank e eu ficarmos juntos. Naquela época, Davis e ela costumavam ir namorar na casa da avó dele, em Tybee. E foi lá que viram Holland e Lanier juntos e, uh, bem à vontade.

— Interessante — disse Makarowicz. — Então esses dois sabiam que Holland e Lanier eram um casal.

— Sim. E Elise falou que Davis sentia atração por Lanier naquela época. Era obcecado por ela. Ele se excitava espionando os encontros de Holland e Lanier no píer.

— Esse tal Davis já investiu nessa, uh, paixão?

— Não sei e também não tenho certeza se Elise sabe. Ela é muito amargurada. Alega que ele deve a pensão alimentícia dela e da filha e que arruinou o negócio da família.

— Então ela está com raiva — disse o detetive. — Por que ela foi procurar você?

— Elise está com a impressão equivocada de que estou dormindo com Davis, porque ela encontrou o recibo de um empréstimo de 40 mil dólares que ele me fez, quando empenhei meu anel de noivado. Usei esse dinheiro para comprar a casa dos Creedmore.

— Tudo está relacionado àquela maldita casa — disse Mak.

— Parece que sim — disse Hattie. — De qualquer forma, segundo Elise, na noite do Super Bowl, Davis e ela estavam na casa de praia da família. Tinham fumado maconha, bebido e acabaram brigando feio. Elise pegou o carro e voltou para a cidade.

— Sem o namorado?

— Sim. Davis contou mais tarde que voltou de bicicleta para a casa dos pais, naquela noite. E ela disse que eles nunca falaram para ninguém sobre Holland e Lanier porque sabiam que teriam grandes problemas por estarem no lugar errado, na hora errada.

— A tal mulher afirmou ter visto Lanier naquela noite? Ou Junior?

— Não.

Outra longa pausa do outro lado da linha.

— O que você acha?

— Eu não sei o que pensar — admitiu Hattie. — Conheço Davis Hoffman há mais de 20 anos. Ou, pelo menos, pensei que o conhecia.

— Interessante aqueles dois estarem a duas casas de distância na noite em que Lanier foi morta — disse Makarowicz. — Ainda não explica como ela acabou naquela fossa séptica. E também estou me perguntando: se a esposa está tão furiosa com o ex-marido e tem provas contra ele, por que contar a você, e não à polícia?

— Ele ainda é o pai da filha dela. Provavelmente ela não quer um escândalo. É uma cidade pequena, você sabe. Ela me ameaçou quando eu disse que iria à polícia.

— Como?

— Não importa — assegurou Hattie. — O que você vai fazer?

— Estou a caminho para ver o promotor público. Acho que já tenho o suficiente para fazê-lo enviar para o juízo de pronúncia e, no mínimo, acusar os pais de ocultação de cadáver e como partícipes do crime — disse Makarowicz. — Estou pensando em ter outra conversa com Junior. E, dependendo do que ele me disser, talvez eu procure seu amigo Davis Hoffman.

— Por favor, não conte a Davis como você descobriu que ele estava em Tybee naquela noite — disse Hattie.

— Pode deixar.

59

O Drama
do Prazo

Mo conseguiu evitar Hattie a maior parte da manhã. Ele se parabenizou por conseguir manter o profissionalismo e a serenidade. E, quando precisou informar Trae sobre o cronograma de gravação da manhã, ele se congratulou por não acertar um soco no meio da cara sorridente e de traços perfeitos do idiota.

Ele prometeu a si mesmo que em algum momento certamente redesenharia aqueles traços. Mas, hoje, não. Hoje, ele tinha que compartilhar a notícia que Rebecca lhe dera enquanto ainda preparava sua primeira xícara de café.

— Boas notícias — disse ela ao telefone, pouco antes das 7h. — Todos estão amando o que você está fazendo. Mas Tony quer a revelação o mais rápido possível.

— Por que já está acordada? — perguntou Mo. — Onde você está?

— Ah, estou em Nova York para reuniões de patrocinadores — contou Rebecca. — Então, já sabe, terá que gravar a revelação na sexta-feira. A revelação e o anúncio de venda na imobiliária. Tony quer ver tudo até sábado.

— Mas isso significa quatro dias de trabalho, contando hoje — protestou Mo. — Ainda temos uma cratera gigante no quintal. A casa não está nem perto de estar pronta. Você está pedindo o impossível, Rebecca.

— Para qualquer outra pessoa, sim — murmurou Rebecca. — Mas não para Mo Lopez.

Mo elaborou um novo cronograma supersônico de gravação durante a viagem para Tybee. Decidiu reprimir seus sentimentos por Hattie Kavanaugh. Mas agora ela estava bem ali, na sua frente, e não havia mais como evitá-la. Se ela tinha alguma lembrança do que ele havia lhe dito na noite anterior, alguma memória daquele beijo idiota, estava se mostrando uma excelente atriz.

— Tudo bem. A luz está boa, então vamos gravar o segmento do píer agora em vez de mais tarde como planejamos. Eis o que preciso que vocês façam — explicou ele rapidamente, dirigindo-se a Hattie, Trae e à equipe. — Mandei os caras testarem as tábuas velhas do píer. Estão frágeis, mas estáveis. Vão aguentar vocês e a equipe de filmagem. Caminhem até o final, até a casa de barcos lá na ponta, e comentem sobre a vista para aquela ilha ali.

— Chama-se Little Tybee. — Ela o lembrou.

— Ok. Hattie, fale sobre o quanto o píer é útil para o estilo de vida praiano, que as pessoas podem manter um barco atracado, se deslocar de caiaque até a ilha, pescar peixes e caranguejos, blá, blá, blá. Mas que o píer terá que ser substituído e que não é barato. Quanto você estima que custaria, só o material?

— Não construímos um píer há muito tempo, mas eu diria que pelo menos 40 mil. Um pouco mais, se incluirmos a casa de barcos — disse Hattie.

— Ótimo. Arredonde para 60 mil. — Mo gesticulou para o homem careca e atarracado que estava parado a alguns metros de distância. — Este é Gary Forehand. A empresa dele, Lumberlyke, vai fornecer todo o material para a nova casa de barcos. Ele vai vistoriar o local junto com vocês enquanto conversam um pouco.

— Oi, Gary — cumprimento Hattie. — Muito obrigada pelo material.

Vestido com calças cáqui impecavelmente passadas e uma camisa polo com um logotipo da Lumberlyke, Gary sorriu e enxugou a testa suada.

— O prazer é meu. Uh, eu nunca fiz televisão antes, então...

— Não se preocupe — disse Hattie, oferecendo um sorriso reconfortante. — Eu também nunca tinha feito isso até Mo me recrutar para *Destruidores de Lares*.

— E quanto a mim? — perguntou Trae.

Mo o ignorou.

— Gary, você vai descrever o material do píer, do que ele é feito...

— É resistente às intempéries e à deterioração — disse Gary, de repente animado. — E tem garantia vitalícia. Vamos revolucionar esse mercado, que é especialmente grande em áreas costeiras.

— Ótimo — disse Mo, olhando para suas anotações.

— *Alôoo?* — repetiu Trae. — O que vou fazer nessa tomada?

Mo lançou um olhar fulminante na direção do designer.

— Você caminhará até a casa de barcos e fará sugestões totalmente irrealistas para melhorá-la.

— Primeiro, vamos construir um telhado. Depois, cercaremos com tela, talvez fazer alguns bancos baixos com almofadas, com armazenamento embaixo. Uma pia com água corrente e um frigobar embaixo da bancada. Projetei algo parecido para um lago em Montana. Em cima, colocamos um ventilador de teto retrô bem descolado...

— A Lumberlyke vai doar os materiais para tudo isso? — perguntou Hattie com a expressão impassível.

— Oh, não, vamos fornecer estritamente o material básico de construção — disse Gary, soando alarmado. — Eu pensei que isso estava entendido.

— E está, sim — disse Mo.

Hattie assentiu.

— Reconstruímos o píer. Podemos refazer o telhado da casa de barcos e, se sobrar algum dinheiro do orçamento, podemos pensar nas telas, mas é só isso, Trae.

O designer balançou a cabeça em desgosto.

— Nem mesmo uma pia de cozinha?

— Eu vi uma velha pia de aço inoxidável no barracão — disse Hattie. — Talvez você possa projetar algo para servir de bancada a partir do material fornecido pela Lumberlyke. E também alguns bancos. — Ela ostentou um sorriso vencedor para Gary Forehand. — Isso ficaria dentro do combinado, certo?

— Com certeza. — Ele sorriu para ela. — Na verdade, nossa empresa acabou de adquirir uma empresa que fabrica móveis de jardim a partir de plástico reciclado. Cadeiras Adirondack, mesas, coisas desse tipo. Dá para jurar que são feitos de cedro. Ou até teca. Tenho um catálogo, se quiserem conhecer.

— Móveis de plástico? — perguntou Trae. — Acho que não.

— Espere — exclamou Hattie. — Estamos falando da TikiTeak? Adoro os produtos de lá. Comprei algumas espreguiçadeiras para a piscina que fizemos em Ardsley Park no ano passado.

— Sim, isso mesmo. A TikiTeak é a nossa mais nova subsidiária — informou Gary.

Mo se virou para Leetha, que fazia anotações no iPad.

— Como estão os fundos da casa para você?

— Estamos prontos para gravar — disse Leetha. — Vamos apenas nos certificar de fazer enquadramentos fechados na área ao redor da porta da cozinha e da varanda dos fundos. Os pintores terminaram lá há meia hora.

— Tenho mais notícias — anunciou Mo, dirigindo-se à equipe de filmagem e aos operários reunidos —, na sexta-feira, gravamos a revelação.

— O quê? — gritou Hattie. — Você disse que tínhamos seis semanas. Mal se passaram quatro. Não conseguiremos terminar tudo até sexta. Não depois do incêndio e tudo mais...

— Tem que acontecer — disse Mo. — A emissora está no meu calcanhar para concluir o trabalho para que possamos passar para a pós-produção. Precisaremos da casa mobiliada, também. Você consegue, não é?

— Não — disse Trae. — Mobiliar a casa toda, do zero, enquanto ainda temos pintores e carpinteiros trabalhando? Impossível. Sou designer, não mágico.

— Eles têm lojas de móveis em Savannah, certo? — disse Mo. — A boa notícia é que vamos gravar a sala de estar e jantar, a cozinha e a suíte principal.

Concentre-se nos cômodos do piso inferior. É uma casa de praia, então não precisa ser muito sofisticada.

— Inacreditável! — retrucou Trae em voz alta. — É loucura!

Mo ignorou a birra do designer. Ele apontou para Trae e Hattie.

— Vamos lá. Quero que vocês recriem a discussão que acabaram de ter, até a briguinha de namorados sobre a mobília. Gary, você está pronto?

— Briguinha de namorados? — Hattie encarou Mo.

— Discussão, então? — Ele se afastou, sorrindo para si mesmo.

Hattie se sentou na varanda dos fundos, secando a maquiagem derretida. A carreta com a minicarregadeira havia chegado pouco depois do fim das gravações do dia, seguida por um caminhão carregado de areia, e agora o operador da escavadeira movia o maquinário para frente e para trás, raspando e alisando a terra sobre a fossa séptica aterrada. Cass havia lhe informado de que um caminhão de grama seria entregue na manhã seguinte. Em breve, qualquer vestígio de que Lanier Ragan havia sido sepultada ali por 17 anos seriam apagados.

Sem suportar assistir, ela desviou o olhar e, por fim, cedeu ao impulso de se levantar e caminhar rapidamente em direção ao quebra-mar e ao rio.

Ao longo do dia, Hattie não conseguiu evitar pensar em Elise Hoffman e repassar mentalmente o que poderia ter acontecido ali, naquela noite tempestuosa de domingo, tantos anos atrás.

Passando por um pequeno bosque de palmeiras e oleandros, ela caminhou ao longo do quebra-mar, parando para inspecionar a casa ao norte da propriedade, que também passava por uma drástica transformação. Antes uma versão infeliz de uma estrutura longilínea e triangular típica dos anos 1970, a casa havia sido suspensa e reconstruída sobre uma fundação de concreto. Hattie conhecia a empreiteira/arquiteta, Liz Demos, que se especializou em comprar e reformar pequenas casas em bairros gentrificados de Savannah, e ficou curiosa em saber o que ela faria em um projeto dessa escala. Segundo os boatos, Liz pediria mais de um milhão de dólares pela propriedade assim que a reforma fosse concluída.

Seja lá o que Liz tenha feito, Hattie esperava que o projeto ajudasse a valorizar a sua propriedade. Ela parou no quebra-mar por um momento, observando Little Tybee. Um barco passou rugindo, levando a reboque uma enorme boia laranja fluorescente com duas adolescentes acenando de biquíni.

Um píer brotava do quebra-mar no terreno ao lado. A maré estava baixa, revelando uma fina faixa de areia pontilhada com pedaços de algas marinhas e conchas de ostras.

Hattie se virou e observou a casa que pertencia à família de Davis.

A casa de praia dos Hoffman foi projetada na década de 1960 por um famoso arquiteto de Atlanta, mais conhecido por seus hotéis e resorts. Em concreto queimado em um tom de cinza, a construção se assemelha à proa de um navio, apontada diretamente para o rio, adornada com sacadas com grades de ferro e extensões de janelões e portas de correr de vidro. No piso inferior, um deque circundava a piscina estreita cercada por enormes palmeiras em vasos. Os moradores locais se referiram à casa como "Titanic".

Ela ouviu um ruído alto e avistou um homem empurrando o cortador de grama na lateral da casa em direção aos fundos. Seu rosto estava sombreado por um boné, e ele vestia camiseta de manga comprida, bermuda e tênis. Por alguns minutos, pareceu alheio à sua presença, mas, ao esvaziar a bolsa do cortador de grama, olhou para cima, obviamente surpreso ao ver que tinha companhia.

— Hattie?

Ela presumiu que o jardineiro fazia parte de uma equipe de paisagistas, mas, para seu choque era, na verdade, Davis Hoffman.

Seu estômago revirou enquanto ele caminhava em sua direção, sorrindo.

— Olá, vizinha — disse ele. — Bom te ver.

— Oh, oi — respondeu ela, esperando que sua voz não transparecesse todo o nervosismo que sentia. — Não esperava encontrá-lo aqui hoje.

— Eu também não esperava estar aqui, mas minha mãe me ligou em pânico porque alguns familiares estão chegando para uma visita neste fim de semana e o jardineiro machucou o joelho. — Ele enxugou o rosto suado com a parte de trás do braço, e ela notou a mão direita enfaixada.

— O que aconteceu? — Ela apontou para a mão dele.

— Ah. — Ele olhou para a mão como se acabasse de notar o curativo.

— Uma bobagem. Eu estava acendendo a churrasqueira para preparar alguns bifes no fim de semana passado e acho que exagerei no fluido de isqueiro. Tentei me afastar, mas obviamente não fui rápido o bastante.

Hattie sentiu seu corpo gelar. As sobrancelhas de Davis também estavam chamuscadas. Ela viu uma ferida inflamada coberta de bolhas logo acima do decote da camiseta encharcada de suor. Quem quer que tenha incendiado a caçamba de lixo pode ter sofrido uma queimadura semelhante. Temporariamente sem palavras, ela lutou para manter a voz descontraída.

— Nossa, deve doer. Tenho pavor de queimaduras. Por isso não uso minha churrasqueira há anos.

— Dói menos do que parece — disse Davis. — Como está indo a reforma? Passei por lá de bicicleta, mas não dá para ver muito da rua. Especialmente com aquele policial plantado na entrada.

298   Mary Kay Andrews

— O prazo da emissora está se esgotando, e estou começando a entrar em pânico — admitiu Hattie.

— Tenho certeza de que vai conseguir e que a casa ficará ótima — disse Davis. — Você vai morar lá ou vai vendê-la?

— Eu não posso me dar ao luxo de ficar com ela — disse Hattie. — Tenho que recuperar meu investimento para poder pagar meus empréstimos. E tirar meu anel de noivado do penhor.

O rosto suado de Davis corou.

— De minha parte, você pode ficar tranquila.

— Elise foi até meu escritório hoje — disse Hattie. — Ela fez acusações bem desagradáveis.

Ele enxugou a testa com a parte de trás do braço novamente e fez uma careta.

— Sinto muito por isso. Por alguma razão, ela tem uma implicância enorme com você. O advogado idiota solicitou em juízo que ela tivesse acesso aos livros contábeis da joalheria, e acho que você já sabe o resto.

— Ela me disse que a joalheria está com problemas — contou Hattie.

— Jesus! Certamente terá se ela continuar espalhando esse tipo de mentira pela cidade! — exclamou ele. — Estamos passando por uma fase difícil, só isso. Meu contador me deu maus conselhos, eu vendi o prédio para um investidor, que o vendeu para um empreendedor imobiliário, e agora ele triplicou meu aluguel. Tenho que realocar alguns recursos, só isso. Acredite em mim, Heritage Jewelers não está à beira da falência.

— Fico feliz em ouvir isso — disse Hattie. A conversa pareceu estranha e constrangedora. Davis e Hattie estudavam as expressões um do outro. Quem era ele, realmente? Será que imaginava o que mais a ex-esposa havia contado a Hattie?

— Tenho que ir — disse ela, espantando um pernilongo que zunia ao redor de seu rosto. Ela começou a se afastar, mas Davis estendeu a mão e a pegou pelo cotovelo.

— Hattie? Algum problema?

— Não — mentiu.

As pontas dos dedos dele cravaram no braço dela.

— Tem certeza? Somos amigos há tanto tempo, Hattie. Você me conhece. Não vai acreditar em nada do que Elise está falando sobre mim, não é?

— Claro que não. — Ela sentiu uma gota de suor escorrer pelas costas e depois outra. *Mantenha a calma*, disse a si mesma. *Fique tranquila.*

— Ótimo. — Ele soltou o braço dela. — Me ligue, ok? Quero muito ver o que você fez com a casa. Vai saber? Talvez eu mesmo a compre.

— Pode deixar — garantiu ela, esperando que o leve tremor em sua voz não denunciasse o quanto estava assustada. Precisou se obrigar a andar, não correr, ao longo do quebra-mar.

60

Noite das Garotas

Quando voltou para a obra, as equipes já haviam encerrado o expediente. Hattie entrou em sua caminhonete, fechou os olhos e expirou. Após o encontro com Davis Hoffman, sentia a boca seca e o pulso acelerado. Havia algo ligeiramente ameaçador na maneira com que ele tinha agarrado seu cotovelo, uma malignidade latente à qual se manteve cega por anos de amizade?

— Ei! — Hattie deu um salto ao som da voz de Cass e levou a mão ao peito. A melhor amiga se inclinou na lateral da caminhonete.

— Algum problema?

Era a segunda vez que lhe faziam essa pergunta no intervalo de minutos.

— Não tenho certeza — disse Hattie.

— Parece que viu um fantasma... Para onde você foi depois que terminamos de gravar? Trae te procurou por toda parte.

Hattie hesitou.

— O que você vai fazer hoje à noite?

— Vou para casa relaxar.

— Não quer relaxar na minha casa? — perguntou Hattie.

— Sério? Não tem planos com o novo namoradinho?

— Não o chame assim — disse Hattie. Sua voz saiu mais aguda do que ela pretendia. — Desculpe — emendou ela, sacudindo a cabeça. — Só estou cansada. E no limite. E, para dizer a verdade, estou assustada.

— Você?

— Sim. O que quer pedir para comer? Tailandesa? Mexicana? Hambúrguer?

— Vamos comer algo saudável — falou Cass. — Eu passo no Whole Foods e te encontro na sua casa.

— Algo saudável. O que aconteceu com você?

— Explicarei quando chegar lá — disse Cass.

Quando Cass chegou, Hattie havia tomado banho e vestido um short esportivo velho e uma das camisetas puídas de Hank.

Cass desempacotou as embalagens de salada de couve, salada de frutas e frango grelhado enquanto Hattie arrumava os pratos e os talheres na mesa da cozinha.

— Eu trouxe uma garrafa de vinho — disse Cass, mas Hattie a desencorajou com um gesto.

— Não estou bebendo. Pelo menos por alguns dias.

— Ora, que curioso!

As duas comeram em amistoso silêncio, com Ribsy deitado debaixo da mesa à espera de uma boquinha.

— Senti falta disso — disse Hattie, espetando um pedaço de abacaxi com o garfo.

— Eu também — concordou Cass. — Mas você tem estado meio ocupada nas últimas semanas, então nem reclamei.

Hattie ponderou as palavras por um momento.

— Acho que quebrei o primeiro mandamento da amizade. A amiga sempre vem primeiro.

— É, não posso negar — concordou Cass.

— Acabei me deixando levar pelo momento — disse Hattie. — Ou melhor, acho que fui arrebatada.

— Entendi. Trae Bartholomew é uma força bastante irresistível — disse Cass. — Quer dizer, se você gosta de caras altos, sensuais e charmosos.

— Argh. Que combinação letal. — Hattie deu uma lasca de frango para Ribsy.

— Presumo que o encanto tenha se quebrado? Trae já sabe?

— Não. Sou muito covarde. Fugi dele o dia todo.

— Aconteceu alguma coisa específica? — perguntou Cass.

Hattie olhou ao redor da cozinha. Pela primeira vez, notou a vassoura e a pá no canto da parede. Mo tinha mesmo varrido o chão na noite anterior, enquanto ela estava desmaiada no sofá?

— Acho que foi uma combinação de coisas. Não quero te aborrecer com os detalhes, mas, enquanto estávamos lixando o piso ontem à noite, bebi champanhe demais, muito mais do que eu pretendia, e as coisas ficaram quentes.

— Oooh. Quão quentes?

— Quentes demais. Estávamos brincando e nos divertindo… mencionei que eu estava totalmente bêbada? E eu meio que caí em cima de Trae, acho que gritei bem alto, e, quando nos demos conta, Mo apareceu do nada, pensando que eu estava sendo assassinada ou algo do tipo... Trae ficou puto. Então ele se levantou e saiu.

— Espera um pouco. Não estou entendendo — disse Cass. — Você estava bêbada. Trae também estava bêbado?

— Não.

— Ele simplesmente te deixou na obra? Bêbada? Como você voltou para casa?

— Mo me trouxe. Devo ter apagado no caminho, mas ele me levou para dentro de casa e me colocou no sofá. Os detalhes estão confusos na minha mente, mas tenho certeza de que, antes de sair, ele me beijou.

— Tipo, um beijo fraternal na bochecha?

— Definitivamente, não.

— Você tem certeza de que não sonhou com isso?

— Na-não. Toquei meus lábios, e eles ainda estavam úmidos.

— Provavelmente você estava babando — justificou Cass. — Você tende a fazer isso quando desmaia de bêbada.

— Estou te dizendo, Mo me beijou — insistiu Hattie. — Ele murmurou algo sobre Trae não me merecer. E então ele me beijou e disse que nunca faria isso comigo. E saiu. Mas primeiro acho que ele varreu o chão da cozinha.

— O que você acha que isso significa?

— Varrer a cozinha? Talvez Ribsy tenha sujado o chão? Ou talvez ele seja maníaco por limpeza?

— Você sabe que estou falando do beijo — disse Cass.

Hattie suspirou e desviou o olhar.

— Foi doce. E... adorável. Acordei pensando que gostaria de ter retribuído o beijo.

— É uma boa ideia.

— Ah, não. Não preciso desse tipo de complicação. O clima já está ruim o suficiente com o Trae. Não acredito que ele tentou deliberadamente encobrir aquela gambiarra na fiação.

— Isso não é nada. Enquanto você estava na cidade, Tug e eu descobrimos uma área encharcada no novo armário da pia na cozinha. De alguma forma, quando instalaram a nova máquina de lavar louça, alguém perfurou a mangueira de drenagem, e a água está vazando para o armário. Descobrimos a tempo, ou todo o gabinete teria que ser substituído. Quando um dos carpinteiros mostrou o vazamento, Trae disse que não era nada demais.

— Ah, meu Deus. — Hattie afastou o prato. — Estou enojada. Como ele pôde fazer isso?

— Contanto que pareça bom, e ele fique bem na fita, Trae não se importa. Não se compromete com nada. Tug ficou furioso, e Trae apenas riu e se afastou.

— Vocês encontraram mais alguma coisa que ele encobriu? — perguntou Hattie.

— Isso já foi o suficiente — disse Cass. — O que você vai fazer com Trae?

— O que posso fazer? Eu tenho um contrato. Faltam quatro dias para terminar o programa, e, depois, Trae Bartholomew ficará no passado.

— E se o programa for um sucesso e a emissora quiser uma segunda temporada?

— Nem quero pensar nisso agora — disse Hattie.

— Como você acha que ele vai receber a notícia?

— Acho que nem vai se abalar. Tenho certeza de que nunca pretendeu que eu fosse nada além de um romance de verão. Estava mais para aventura passageira.

— Tem certeza? — questionou Cass.

— Talvez eu tenha sido presunçosa, a princípio, de imaginar que seria mais do que isso para ele. Mas agora? Estou de olhos bem abertos. — Hattie jogou outro pedaço de frango para Ribsy, que saltou e o pegou no ar.

— Mas quer saber? Trae nem telefonou para saber se eu estava bem.

— Ele é um babaca — sentenciou Cass. — Mo, por outro...

— Eu pensei que você não gostava do Mo.

— É da maldita casa que não gosto. Mas você tem que admitir que Mo é muito mandão.

— Um mandão reconhece o outro — retrucou Hattie.

Cass se levantou, pegou uma garrafa de água na geladeira e se sentou novamente.

— Você ainda não me disse o que te assustou tanto hoje, lá na casa.

— Começou com aquela maldita fossa séptica. Não consigo parar de pensar em Lanier...

— Amanhã de manhã você nem se lembrará de que aquela fossa já existiu — explicou Cass.

— Eu jamais vou esquecer. E agora sei mais detalhes do que gostaria.

Hattie passou as mãos pelo cabelo.

— Elise Hoffman foi ao escritório para ter uma "conversa" comigo hoje.

— Quem?

— A ex de Davis Hoffman. Aquela loira magra, que estudava no Country Day?

— O que ela queria?

— Ter certeza de que eu não estou dormindo com Davis.

— Eca! Que horror! De onde ela tirou uma ideia dessas?

Hattie contou sobre os problemas conjugais dos Hoffman e o empréstimo de 40 mil dólares.

Os olhos de Cass se arregalaram.

— Você penhorou seu anel de noivado? Para comprar a casa?

— Eu tinha que arrumar o dinheiro em algum lugar. — Hattie olhou para o prato, para fora da janela, para qualquer lugar, menos na direção do olhar implacável da melhor amiga. — Pedi até para o meu pai.

— Merda. Por que você não me contou?

— Fiquei com vergonha de admitir a que ponto sou capaz de chegar para provar algo para o Tug. E para o mundo. Que eu sou capaz de fazer algo de sucesso, depois do desastre na rua Tattnall.

— Não foi sua culpa. Ninguém te culpou.

— Tug me culpou. Ele perdeu muito dinheiro naquela casa, dinheiro que Nancy e ele não podem se dar ao luxo de perder.

— Do que você está falando? Mamãe disse que eles são cheios da grana, e ela é boa com números. Ele é dono de uma dúzia de casas alugadas pela cidade e de um shopping center em Pooler.

— Não pode ser. Ele não compra uma caminhonete nova há uma década, e Nancy e ele ainda moram na mesma casa que compraram quando Hank era criança. Ele leva marmita para o trabalho na maioria dos dias!

Cass uivou de tanto rir.

— Isso é porque ele é muito sovina. Os Kavanaugh vivem assim porque querem.

— Mas que droga — disse Hattie. — E eu aqui preocupada que meu fracasso acabasse mandando os dois para um asilo.

Cass inclinou a cabeça.

— Você está sempre tentando se provar para as outras pessoas, não é? Você é a mulher mais inteligente e trabalhadora que conheço, Hattie, mas ninguém tem uma opinião pior de você do que você mesma.

Hattie despejou o resto do prato na tigela de Ribsy, e ele atacou.

— Ah, agora você virou uma psicóloga de araque?

— Engraçado você perguntar. Comecei a me consultar com um terapeuta.

— Desde quando?

Cass começou a guardar as sobras.

— Faz uns 6 meses.

— Está te ajudando?

Cass assentiu.

— Acho que sim. Na verdade, foi ideia da minha mãe.

— Zen te mandou para a terapia?

— Depois do meu último relacionamento desastroso com aquele cara que conheci no Tinder, que era casado, ela me chamou para conversar e perguntou se eu estava deliberadamente sabotando a minha vida.

Hattie sorriu.

— Eu odeio que sua mãe sempre tenha razão.

— Nem sempre — disse Cass. — Você se lembra de quando ela usou alisante de cabelo caseiro em mim? Ou daquela minivan que ela comprou quando estávamos no último ano do ensino médio?

— Impossível esquecer daquela lata velha.

— Pior carro de todos os tempos. Mas vamos falar de Davis Hoffman. O que fez Elise automaticamente presumir que você estava dormindo com o ex-marido dela?

— Segundo ela, ele sempre teve uma queda por mim, desde o ensino médio.

— Devo dizer que nunca gostei muito de Davis Hoffman. Sempre tive a impressão de que ele não tirava os olhos quando você e Hank estavam juntos, como um gato à espreita para atacar um esquilo ferido — disse Cass.

— Que bela imagem — disse Hattie, contando o restante dos detalhes do que Elise havia lhe dito: sobre as finanças de Davis, sobre os dois estarem na propriedade da família Hoffman em Tybee, a apenas duas casas da casa dos Creedmore, na noite da morte de Lanier Ragan.

— Você contou isso ao seu amigo detetive?

— Eu liguei para ele no meu caminho de volta para Tybee. Cass, essa coisa fica cada vez mais louca. Mak interrogou Holland Junior e os pais e finalmente conseguiu que Junior admitisse que Lanier e ele estavam se encontrando na casa de praia, naquela época. Segundo Holland, na noite em que desapareceu, Lanier mandou uma mensagem contando que estava grávida e que queria encontrá-lo lá.

— Oh, meu Deus — murmurou Cass.

— A outra parte da história não tenho certeza se entendi, mas de alguma forma a mãe de Holland descobriu o que estava acontecendo e foi até lá também.

— Para salvar o filho inocente das garras da professora malvada.

— E é aí que as coisas ficam realmente estranhas. Holland Junior jura que foi até o píer e esperou, mas Lanier não apareceu. Ele ficou bêbado e pegou no sono. Enquanto isso, a mãe dele chegou e, ao perambular pelo quintal no escuro, encontrou um corpo e percebeu que era Lanier.

Hattie repetiu o resto do relato fantástico dos Creedmore de terem encontrado, escondido e depois perdido o cadáver da professora.

— Que mentira descarada — disse Cass, batendo na mesa com as palmas das mãos. — Junior a matou, e os pais dele literalmente encobriram. Pense nisso, Hattie. Quem saberia da existência da fossa séptica? Nem nós notamos. Só pode ter sido eles.

— Você deve ter razão — concluiu Hattie. — Mas e se não foram eles? E se Holl Junior e os pais realmente estão dizendo a verdade? E se houvesse outra pessoa lá naquela noite? E se essa pessoa também tivesse uma queda por Lanier Ragan?

— Isso é só um monte hipóteses — disse Cass.

Hattie se inclinou sobre a mesa.

— Você queria saber por que eu estava tão assustada esta tarde? Vou te contar. Fui caminhar ao longo do quebra-mar, só para checar se o píer dos Creedmore era visível da casa dos Hoffman. E Davis estava lá. Cortando a grama.

— E daí? O que há de assustador nisso?

— Ele tinha um grande curativo enrolado na mão direita, e dava para ver que uma região do peito estava cheia de bolhas. Ele disse que sofreu um acidente na churrasqueira. Mas, Cass, acho que ele estava mentindo. Acho que ele se queimou quando ateou fogo na nossa caçamba.

Cass abriu a garrafa de Chardonnay que havia guardado na geladeira e se serviu uma taça. Ela gesticulou com a garrafa em direção a Hattie.

— Quer rebater a ressaca?

— Santo Deus, não.

Cass se sentou diante da amiga.

— Por que Davis atearia fogo na caçamba de lixo?

— Para nos assustar ou nos fazer desistir do projeto. Enquanto os Creedmore eram donos da casa, provavelmente ele achava que seu segredo estava seguro. Ninguém iria bisbilhotar naquele quintal, e, se de alguma forma descobrissem o corpo de Lanier, eles nunca informariam à polícia, pois foram cúmplices da morte dela. E o crime poderia implicar Holl Junior.

Cass tomou um gole de vinho.

— Isso é uma enorme suposição.

— Na verdade, não. Davis me ligou duas vezes do nada para perguntar sobre o progresso na casa. Ele se ofereceu para comprá-la de mim e disse que, se soubesse que estava à venda, ele mesmo a teria comprado. Já me convidou duas vezes para jantar. Por quê? Depois de todos esses anos.

— Aceite, garota, é chato ser gostosa.

Hattie riu, apontando para seu cabelo úmido e despenteado e a roupa que mais parecia um pano de chão.

306 Mary Kay Andrews

— Ah, claro!

— Ok, suponha que Davis tenha ateado fogo e matado Lanier. Como ele escondeu o corpo na fossa? Como sabia da existência dela?

— Isso é o que Makarowicz precisa descobrir — concluiu Hattie. — Ele me disse que vai pedir ao promotor para levar o caso ao júri de pronúncia.

— Espero que eles acusem toda a família — disse Cass. — Incluindo aquela bruxa velha da Mavis.

— Estou cansada de pensar nessa gente — disse Hattie. — Vamos para a sala comer porcaria e assistir bobagem na TV.

Lentamente, um sorriso travesso se espalhou pelo rosto de Cass.

— Ei. Sabia que ainda dá para assistir todos os episódios do antigo programa do Trae? Está no *streaming*. Minha parte favorita é o final, quando ele perde.

— Ótima ideia! — disse Hattie. — Podemos falar mal de *Gênios do Design* enquanto descobrimos como terminar a reforma e vender esta maldita casa em pouco mais de uma semana.

61

O Tempo Está
se Esgotando

Na manhã seguinte, Trae interceptou Cass, que passava pela sala de jantar em direção à cozinha.

— Ei — disse ele, agarrando seu braço. — Hattie está me ignorando, e acho que tem algo a ver com você. Aposto que você já abriu o bico sobre aquela maldita fiação da cozinha.

Cass puxou o braço.

— Seu relacionamento com Hattie não é da minha conta, mas esta casa e a qualidade do trabalho que está sendo feito aqui são, *sim*, da minha conta. E agora tenho que me preocupar com o que ainda não descobrimos antes da inspeção final.

— Não se preocupe — disse Trae. — Já cuidei de tudo.

Cass deu um passo para trás.

— Você está querendo me dizer que subornou o inspetor?

— É assim que as coisas funcionam — argumentou Trae. — Você molha umas mãos e, de repente, não precisa mais comprar armários novos para a cozinha e ter que esperar até que sejam instalados. Não precisa mais arrancar luminárias e esperar que algum idiota corra para a cidade para comprar caixas de passagem. Você precisa ser esperta, Cass. Todo mundo faz isso.

Ela sacudiu a cabeça enfaticamente.

— Não é assim que fazemos as coisas. Basta uma gambiarra na fiação para toda esta casa, que é feita de madeira de pinus centenária, altamente inflamável, pegar fogo. E se alguém estivesse aqui quando o fogo começasse? É a nossa reputação em jogo, não a sua. E o que acontecerá quando o inspetor decidir que a única maneira de passarmos na próxima inspeção é se o pagarmos? De novo e de novo.

— Não é problema meu — disse Trae. — Meu trabalho é fazer com que este lugar fique fabuloso, apesar de todas as merdas feitas por você e sua equipe idiota.

Ele começou a se afastar, mas a porta do banheiro do corredor se abriu, e Hattie saiu, limpando as mãos úmidas na calça jeans. Seu rosto estava impassível, mas a voz denunciava uma raiva mal suprimida.

— O problema é seu, Trae. Agora vou ter que pedir que a equipe de Erik remova cada luminária que você mandou instalar para que façam do jeito certo.

— Não! Isso vai estragar tudo — protestou Trae. — A revelação será em menos de 48 horas. Se você remover as luminárias, todos os tetos terão que ser emassados e repintados. Os móveis estão chegando. Tenho persianas para instalar e quadros para pendurar. Não posso ter eletricistas em escadas no meio de tudo isso.

— Esse problema é seu — argumentou Hattie, com a voz gélida.

Trae olhou para Cass.

— Você poderia nos dar um pouco de privacidade, por favor?

— Com prazer — disse Cass. — Tenho que consertar suas merdas.

Quando estavam sozinhos, Trae apertou as mãos de Hattie entre as dele.

— Olha, Hattie. Isso é só um pequeno contratempo. Podemos resolver. Sei que está chateada, e tudo bem, talvez não tenha sido a maneira certa de lidar com as coisas, mas eu estava pensando em nós, em terminar a casa para que o programa seja um sucesso.

— Não existe nós — disse Hattie. — Nunca houve, de fato.

— E quanto àquela noite? — Ele acenou com a cabeça na direção da sala de estar. — O que foi aquilo? Está me dizendo que aquilo não foi real?

Hattie se virou e olhou para a sala de estar, onde um dos eletricistas se equilibrava em uma escada, removendo os ventiladores de teto que haviam sido instalados apenas alguns dias antes.

— Está se referindo a me embebedar para transar comigo? — perguntou ela.

— E, quando Mo nos flagrou, interrompendo seus planos, você foi embora e me largou aqui. Não te ocorreu perguntar como eu chegaria em casa depois que você foi embora?

— Você não estava tão bêbada. Imaginei que pegaria um Uber ou algo assim. Você já é bem grandinha. Sei que pode se cuidar sozinha.

Hattie ofereceu um sorriso sombrio.

— Eu estava *muito* bêbada. Mo teve que me colocar e me tirar do carro dele, e, quando cheguei em casa, desmaiei no sofá. Depois que ele fez o que você deveria ter feito. Mas nada é culpa sua, nada é sua responsabilidade. Você não passa de um bebezão, Trae. Sabe tanto quanto eu que só tentou me conquistar para gerar publicidade para *Destruidores de Lares*. Missão cumprida, não é? — Ele abriu a boca para protestar e a fechou novamente. — Foi o que pensei. Agora que esclarecemos as coisas, vamos voltar ao trabalho. Preciso terminar essa reforma e vender esta casa.

A casa na avenida Chatham fervilhava de operários. Uma carreta carregada de madeira da Lumberlyke havia chegado, e a equipe de Hattie começou a reconstrução do antigo píer. Os eletricistas removeram, religaram e reinstalaram mais quatro luminárias com fiação defeituosa. Os pintores emassaram e repintaram os tetos.

Assim que os utensílios da cozinha foram substituídos, Trae se fechou na cozinha. De joelhos, ele mediu e demarcou com fita crepe o desenho de tabuleiro de xadrez que projetara para os pisos de madeira.

Hattie e Cass passaram um dia inteiro trabalhando com os carpinteiros para terminar os quartos e o banheiro do andar superior, instalando novos rodapés e os acabamentos de janelas e pintando os pisos de madeira desgastados com uma demão de tinta branca como leite.

— Ficou incrível — disse Cass, parada na porta do quarto de hóspedes, onde o sol da tarde lançava cálidos raios de luz no piso branco e reluzente. — Acho que este era o quarto mais fedorento e sombrio de toda a casa. Agora, queria morar aqui.

— Está muito mais bonito e cheiroso agora que o telhado não tem goteiras e o forro foi substituído. E olhe a vista dessas janelas — disse Hattie, apontando para as janelas do lado direito. — Você consegue imaginar como seria se deitar na cama e assistir a um pôr do sol daqui?

— Eu me contentaria simplesmente em deitar em uma cama, ponto-final — admitiu Cass, gemendo e apertando a lombar. — Sinto como se estivesse trabalhando sem parar pelas últimas 18 horas.

— É exatamente o que você está fazendo.

Elas caminharam pelo corredor e pela escada, parando para admirar a sala de estar abaixo. A nova cornija havia sido instalada, e a lareira de tijolos com pátina branca conferia uma atmosfera sofisticada e alegre ao ambiente. O chão recebeu duas demãos de sinteco fosco.

— Está incrível — disse Hattie. — Depois daremos mais uma lixada leve e mais algumas demãos. Vamos ter que avisar a todos para tirar os sapatos para entrar aqui.

Elas desceram as escadas e abriram a porta para o novo banheiro, escondido debaixo da escada.

— O que mais falta fazer aqui? — perguntou Hattie. — Parece tão vazio.

O piso era uma lajota imitando treliça branca e cinza de aparência vintage, e havia um painel de madeira pintada que se estendia até a metade das paredes, com um friso de gesso sem adornos.

Cass se encostou no batente da porta.

— Eu queria falar com você sobre isso. Trae comprou um papel de parede chique personalizado, mas esperou até ontem para me dizer que ainda não foi enviado.

Hattie se sentou na tampa do vaso fechado e olhou em volta. Ela encontrou uma velha cômoda de pinho com um tampo de mármore para usar como pia, mas o resto do cômodo estava vazio.

— Definitivamente precisa de algo. — Ela ponderou e estalou os dedos. — Cartas náuticas. Comprei um baú cheio em uma liquidação de garagem em Brunswick no ano passado. Tem cores lindas e muitas delas são da costa do Atlântico Sul. Vamos colá-las diretamente nas paredes com cola de papel de parede.

— Parece uma boa ideia. — Cass pegou uma das arandelas de bronze antigo sem verniz que haviam sido colocadas em cima da bancada. — Trae encontrou isso no barracão, debaixo daquela pia velha. Vão ficar bonitas aqui, não? Mas como será o espelho? Ele disse que o pedido também não foi enviado.

— Nós não recuperamos um espelho de cômoda de um dos quartos no andar de cima? — perguntou Hattie. — Parece que seria do tamanho certo.

— Mas é de mogno. Não acha sofisticado demais com essa peça rústica de pinus? E se o enrolássemos com uma corda?

— Gostei. Não, eu amei — disse Hattie.

— O que Trae dirá sobre nós decidirmos tudo isso sem ele? — perguntou Cass, levantando uma sobrancelha.

— Quem se importa? Apenas faça. Esse é o meu novo mantra.

As duas mulheres passaram o resto do dia medindo, cortando e colando cartas náuticas nas paredes e até no teto do banheiro. Elas estavam quase terminando quando Leetha chegou para checar o progresso.

— Ooh, gostei — disse a *showrunner*. — Pensamento "fora da caixa". Estou vindo da cozinha. Vi o Treva ajoelhado, colando a fita crepe no piso. — Ela segurou o celular. — Tive que tirar uma foto para festejar a ocasião.

— Trae disse quando pretende terminar? — indagou Hattie.

— Ele jura que estará pronto pela manhã — disse Leetha, parecendo duvidar. — Disse que ele mesmo vai pintar, pois não confia nos pintores de vocês.

— Bom — disse Cass. — Nossa equipe já está ocupada demais consertando os erros dele. Deixe que ele passe a noite inteira engatinhando pelo chão.

62

Que Belo Escândalo

Mo estava sentado no bar do hotel Whitaker, bebendo bourbon e água, repassando suas anotações. Ele havia pedido o jantar e estava aproveitando a oportunidade para relaxar e esvaziar a mente depois de mais um dia caótico.

Restavam dois dias. Seu estômago roncou. Ele tinha comido um bagel murcho na tenda de *catering* no café da manhã e não se lembrava de ter almoçado. O *set* da avenida Chatham estava um caos, enquanto Hattie, Cass e até Trae corriam contra o relógio para terminar a reforma.

Ele voltou ao hotel várias vezes desde a noite em que havia deixado o iPad de Trae. Afeiçoou-se ao lugar. Gostava do ambiente amigável, da comida e da excelente seleção de bourbons. Mas, principalmente, gostava de não ter que comer a comida pavorosa que ele preparava.

Para surpresa de Mo, sua afeição por Savannah também começou a crescer, apesar de seus melhores esforços para resistir aos encantos da cidade. O calor, a umidade e os malditos maruins ainda eram insuportáveis. Mas a cidade em si — com suas ruas largas rodeadas de carvalhos cobertos de musgo, as tranquilas praças verdejantes cercadas por elegantes casas do século XIX, o ritmo lânguido e a peculiar cordialidade da maioria dos moradores — conquistou seu coração, ele tinha que reconhecer.

E quanto a Hattie Kavanaugh? Ele se afeiçoou mais a ela do que gostaria de admitir. Ele se pegava com os olhos vidrados nela antes e depois das gravações. Era obstinada, determinada, engraçada, inteligente e, sim, sexy. E, à noite, olhava de novo as imagens do dia, principalmente para ver Hattie. A maneira como ela remexia no rabo de cavalo, sem perceber, quando estava ansiosa, como mordia o lábio inferior quando estava concentrada em algo. Achava tudo nela ligeiramente inebriante. Mas o programa terminaria em poucos dias. E, então, como seria? Poderia levar meses até que a emissora decidisse fechar uma nova temporada de *Destruidores de Lares*, e, enquanto isso, ele precisava começar a pensar em um conceito para outro programa.

Mo estava dividido. Estava farto de *Destruidores de Lares*, de todos os problemas e da quantidade esmagadora de trabalho. Mas e se a emissora estivesse gostando do resultado? E se pedisse outra temporada? Talvez ele ficasse em Savannah para ver se as coisas evoluíam com Hattie.

Mo agitou os cubos de gelo no copo e olhou para a televisão instalada no fundo espelhado do bar. Quando ele havia chegado, o aparelho estava sintonizado no canal de notícias local, mas agora ele reconheceu a vinheta de abertura do *Headline Hollywood*.

A televisão estava sem som, mas o coapresentador, Antonio Sorrels, ex-quarterback dos Oakland Raiders, parecia noticiar a separação de um poderoso casal do ramo do entretenimento, enquanto eram exibidas fotos com um efeito especial, como se estivessem rasgando ao meio. Em seguida veio uma matéria policial de uma ex-estrela mirim dos anos 1990, presa por agredir um segurança em uma boate da moda, em Manhattan.

E então Jada Watkins surgiu na tela, sentada em uma das cadeiras de diretor do *Hollywood Headline*, seguida pela foto granulada de Trae Bartholomew e Hattie flagrados se beijando durante um jantar apenas algumas semanas antes. E outra, que Mo reconheceu como uma das fotos publicitárias feitas pela emissora.

Estrela de Destruidores de Lares vive drama na vida real, dizia o letreiro na barra no inferior da tela.

Em seguida, veio um vídeo com imagens da casa da avenida Chatham, feitas por uma câmera com lentes de longo alcance ou, o mais provável, um drone, mostrando o furgão do legista do condado de Chatham estacionado ao lado da fossa séptica, com uma nova chamada passando na barra inferior — assassinato misterioso no set da hptv.

— Ei, senhorita! — chamou Mo. — Poderia aumentar o volume da televisão, por favor?

A bartender apontou o controle remoto para a televisão e clicou, afastando-se para atender outro cliente.

Mo se inclinou para frente, para ouvir.

— *O caso do desaparecimento da professora de uma escola particular de Savannah, na Geórgia, foi reaberto na semana passada depois de anos sem solução, quando seus restos mortais foram descobertos em uma casa que está sendo reformada para o novo programa da HPTV,* Destruidores de Lares — disse Jada Watkins, em um tom baixo e solene. — *O programa reúne o galã Trae Bartholomew, mais conhecido por seu programa de sucesso* Gênios do Design, *com a novata Hattie Kavanaugh, uma empreiteira de Savannah que trabalha em uma empresa especializada em restaurações históricas.*

Jada cruzou as pernas longas e esbeltas.

— Lanier Ragan desapareceu em uma noite tempestuosa há 17 anos, deixando o marido e a filha de 3 anos em luto. Mas, na semana passada, seu túmulo foi descoberto no buraco de uma fossa séptica desativada na casa onde está sendo gravado Destruidores de Lares, *e o mistério ganhou contornos ainda mais dramáticos.*

Ela se virou para Sorrels, sentado na cadeira de diretor ao lado da dela.

— Antonio, esse novo programa da HPTV tem mais voltas e reviravoltas do que as escadas sinuosas das famosas mansões históricas de Savannah.

— É o que parece — respondeu Sorrels.

— Que tosco — murmurou Mo. — E quem escreveu esse monte de merda clichê deveria ser demitido.

— O assassinato abalou o set de Destruidores de Lares. *Segundo relatos, Trae e Hattie, que se envolveram romanticamente durante as filmagens do programa, recentemente se desentenderam sobre os rumos do design na reforma da casa —* disse Jada.

— Fontes internas me disseram que a descoberta do corpo é apenas o último de uma série de incidentes que tumultuaram o set em Tybee Island. As autoridades locais notificaram a empresa de Hattie Kavanaugh por diversas violações às normas urbanísticas e leis de ruído, e um incêndio de origem suspeita causou grandes danos à casa de praia histórica e centenária. As autoridades policiais trabalham com a hipótese de incêndio criminoso.

— Uau, um incêndio, um cadáver, o que mais falta acontecer? — disse Sorrels, tentando transmitir preocupação, mas só conseguindo parecer um babaca com prisão de ventre.

— Bem, segundo nossas fontes, há um intenso atrito entre Trae Bartholomew e o criador do programa, Mauricio Lopez, que teve sua última série da HPTV, Garagem Animal, *cancelada após uma temporada desastrosa.*

— Desastrosa? — gritou Mo. — Quem está repassando esse monte de merda para esses dois?

Uma jovem franzina de cabelos escuros, sentada a dois bancos dele, olhou para Mo e rapidamente desviou o olhar.

— Desculpe — murmurou Mo. Mas na realidade não dava a mínima para os outros aos seu redor.

— Enquanto isso, os executivos da emissora estão alarmados com as novas revelações sobre a família de Hattie Kavanaugh. O Headline Hollywood *descobriu, com exclusividade, que o pai da apresentadora, Woodrow Bowers, que já foi um proeminente banqueiro de Savannah, foi condenado em 2002 por desviar milhões de uma organização sem fins lucrativos local que presidia na época.*

— Minha nossa — disse Sorrels.

Jada cruzou e descruzou as pernas novamente.

— *No julgamento, Bowers admitiu ter desviado recursos da instituição de caridade, dinheiro destinado às crianças doentes e famílias desabrigadas, para financiar férias sofisticadas e comprar um apartamento para a amante, que trabalhava no mesmo banco.*

— Jesus! — exclamou Mo. Pelo canto do olho, Mo viu a jovem pegar a bebida enfeitada com guarda-chuva e se mudar para uma mesa perto da janela.

— *Hmmm* — disse Antonio Sorrels. — *E o que a emissora tem a dizer sobre essas notícias?*

— *Eu conversei com a vice-presidente de programação da HPTV, Rebecca Sanzone, hoje cedo, e ela se recusou a comentar especificamente sobre as revelações que envolvem Hattie Kavanaugh, mas sabemos que membros do elenco de programas como* Destruidores de Lares *costumam assinar algo conhecido como cláusula moral, que possibilita que a emissora rescinda o contrato por justa causa caso sejam acusados de um comportamento que possa gerar vergonha ou constrangimento à emissora* — disse Jada.

— *Rebecca Sanzone declarou que não tinha conhecimento da história familiar de Hattie Kavanaugh* — continuou Jada. — *Antonio, continuaremos acompanhando o desenrolar dos acontecimentos.*

— Não há nada para acompanhar — resmungou Mo. Ele olhou para baixo e viu que o jantar, um cheeseburger malpassado e batata frita salpicada de alho, havia se materializado diante dele, enquanto ele estava absorto, assistindo ao *Headline Hollywood*. Ele empurrou o prato para longe e pediu a conta.

63

Comentários
Indiscretos

Hattie estava cochilando quando Ribsy começou a latir. Havia chegado em casa pouco depois das 21h, suada e exausta, e, depois de tomar banho e jantar um saco de pipoca de micro-ondas, ela se esticou no sofá, com a intenção de continuar lendo *Void Moon*.

Mas, diante da insistência dos latidos de Ribsy, ela cambaleou até a porta e acendeu a luz da varanda da frente. Viu Mo Lopez subindo os degraus de entrada.

Ela destrancou e abriu a porta, esticando a cabeça para fora.

— Mo? Aconteceu alguma coisa? Mais alguma coisa na casa?

— Não é na casa — disse ele. — Posso entrar por um minuto?

Hattie olhou para as próprias roupas. Ela vestia uma regata e uma calça de pijama larga, e seu cabelo estava preso no alto da cabeça.

— Uh, sim. Vou vestir um roupão.

Ribsy seguiu Mo até a poltrona em frente ao sofá e, quando Mo se sentou, ele enfiou o focinho na virilha do visitante.

— Ribsy, não! — repreendeu Hattie, amarrando o cinto do roupão enquanto saía do quarto.

Mo gentilmente afastou o focinho do cão, distraindo-o com um carinho na orelha.

Hattie se acomodou no sofá, em posição de lótus.

— E aí? É meio tarde para uma visita social, não?

— Desculpe — disse Mo. — É, uh, importante. Você assistiu à televisão hoje à noite?

— Não. Só cheguei em casa há uma hora. Por quê? O que aconteceu?

Mo pigarreou.

— Não sei como te dizer isso, então vou ser direto. Lembra daquela repórter do *Headline Hollywood*?

— Jada alguma coisa? O que tem ela? Ela fez outra matéria sobre nós?

— Sim, mas, Hattie, foi um ataque. Ela falou sobre todos os problemas que estamos enfrentando no set de *Destruidores de Lares*. Mencionou o assassinato, as violações de normas urbanísticas e tudo isso. Além de ter falado sobre desentendimentos entre você e Trae, e entre Trae e eu. Não acredito que você não assistiu ou que ninguém tenha ligado para você para contar. Nem a Cass?

— Não sei onde está meu celular — disse Hattie, apalpando as almofadas do sofá. Ela se levantou e ergueu a almofada em que estava sentada. — Não está aqui.

— Eu ligo para você — disse Mo, tirando o próprio celular do bolso. Ele tocou o nome dela em sua lista de contatos, e eles ouviram um leve zunido vindo da direção do quarto.

Hattie seguiu o barulho e saiu do quarto segurando o telefone.

— Deixei no bolso do meu jeans, no chão do banheiro.

Ela estudou o registro de chamadas.

— Oh-oh. Quatro ligações de Cass, uma de Zenobia. — Ela olhou para Mo. — E uma do meu pai, que nunca, nunca me liga. Que merda está acontecendo?

— Alguém contou à Jada sobre seu pai. Sobre o desvio de dinheiro e a prisão.

Hattie franziu o cenho.

— Ela falou do meu pai? Na televisão? O que isso tem a ver com o programa? E como ela descobriu?

Ele se levantou e se sentou ao lado dela no sofá.

— Sinto muito. Se eu soubesse que ela ia fazer algo assim, nunca teria deixado ela entrar no *set*. Juro por Deus, pensei que ela estava trabalhando em uma matéria promocional sobre você e Trae...

— O que mais? Ela falou mais alguma coisa de mim?

Ela olhou de volta para o telefone.

— Espera. Cass me enviou o link do programa.

— Você não vai querer assistir — disse Mo, apressado. — Eu te conto o principal. Jada Watkins aparentemente ligou para Rebecca e perguntou o que ela faria sobre o histórico do seu pai. Por causa da cláusula moral que você assinou no contrato.

— Minha moral está intacta — disse Hattie. — Eu tinha 15 anos quando ele roubou aquele dinheiro. Não tive nada a ver com isso. Por quê, Mo? Por que alguém deliberadamente me atacaria assim?

— Sinceramente, eu não sei.

— Você falou com Rebecca?

— Telefonei para ela no caminho para cá e deixei uma mensagem.

— É sério? A emissora pode me demitir? Eles podem aplicar essa tal cláusula moral?

— Não — disse Mo rapidamente. — Eu sou o único que pode demitir você, e isso não vai acontecer.

— Eles podem cancelar o programa?

— Não vão fazer isso. Eles nos deram a grade no horário nobre e investiram muito dinheiro em *Destruidores de Lares*. Já começaram a ação publicitária na emissora.

— Eu simplesmente não entendo — disse Hattie. — É horrível. Quem faria isso comigo?

Ribsy choramingou, pulou no sofá e começou a lamber o braço da dona na tentativa de consolá-la.

Mo deu um tapinha desajeitado nas costas de Hattie.

— Sei que parece doentio, mas mesmo uma matéria negativa é boa publicidade no que diz respeito à emissora.

— É doentio — disse Hattie. — Vou sair do programa. Nada disso vale a pena. Trae pode terminar a reforma. Talvez depois consigamos vendê-la, e eu possa pagar a você e à emissora o que investiram.

— Não faça isso — disse Mo bruscamente. — Sei que está chateada, mas me escute. Se desistir de *Destruidores de Lares*, as pessoas vão acreditar que tem algo de que se envergonhar. Não dou a mínima para o programa ou a emissora. Mas me importo com você.

— Se importa? — Ela examinou o rosto dele em busca de confirmação. — Sério?

— Sim — disse ele com suavidade, aproximando-se, seus lábios roçando os dela. — De verdade.

— Você tem uma maneira engraçada de demonstrar isso — provocou Hattie.

— Eu estava tentando evitar comentários sobre um suposto teste do sofá. Namorar a protagonista é um clichê do show business. E raramente dá certo em longo prazo.

— Nem sempre — ponderou Hattie. — Tracy e Hepburn, por exemplo?

— É verdade — disse Mo, dessa vez aprofundando o beijo. — E Bogie e Bacall.

— Hmmm, meu casal favorito — disse Hattie, retribuindo o beijo. Ela se afastou por um momento. — Sabe, na outra noite, quando você me trouxe para casa? Pouco antes de você sair, eu poderia jurar que me beijou...

— Porque você me pediu — disse Mo.

— Eu? — Ela parecia perplexa. — Eu estava tão fora de mim que não sabia se tinha sido um sonho.

— Ouvi nitidamente você me pedir para te beijar, então obedeci. — Ele a beijou novamente. — Você queria que fosse um sonho?

— Não — ela admitiu, deslizando o dedo pela barba dele. — Queria que fosse real. E queria mais. — Ela envolveu o rosto de Mo com as mãos. — Você é um cara muito legal, sabia?

— Eu tento.

Ela o beijou profundamente, depois se levantou, estendendo a mão para ele.

— Venha, então. Se vamos fazer isso, quero estar na minha cama confortável e agradável em vez desse sofá velho e deformado.

O rosto de Mo se iluminou.

— Vamos mesmo fazer isso? No seu quarto?

Hattie sorriu e o puxou.

— Muito melhor do que um teste de sofá, não acha?

Ribsy desceu do sofá e os seguiu até a porta do quarto. Hattie se abaixou e afagou o pescoço do cachorro.

— Desculpe, garotão. É hora dos adultos. — Ela gentilmente fechou a porta.

— Hattie?

Mo aproximou os lábios do ouvido dela. Depois que fizeram amor, ela caiu no sono, aconchegada nos braços dele. Ela cheirava àquela loção infantil cor-de--rosa com que as sobrinhas dele gostavam de se encharcar depois do banho, mas que, em Hattie, era tremendamente sexy.

— Hmm? — Ela se mexeu ligeiramente.

— Seu telefone. Está zunindo lá na sala.

A cabeça dela estava aninhada no peito dele, e Mo acariciou seu ombro nu. A sensação era deliciosa. Havia se esquecido de como era dormir de conchinha com um uma mulher depois de fazerem amor.

— Que horas são? Já amanheceu?

Ele pegou o celular na mesa de cabeceira e riu.

— Ainda não são nem 11 horas.

Ela bocejou e se esticou.

— Tudo isso?

— Acho que te dei uma canseira.

Ela levantou a cabeça e sorriu para ele.

— Acho que nos demos uma canseira. Mas de um jeito bom. Não é?

Ele a beijou.

— Muito bom. Você precisa atender o telefone?

— Acho que sim. — Ela suspirou e se sentou, segurando o lençol sobre os seios. Esfregou os olhos e escrutinou o quarto. — Roupas. Eu sei que estava vestindo roupas quando entramos aqui.

Mo tateou o chão ao lado da cama e encontrou a própria camisa polo e a entregou para Hattie.

— Use a minha.

Ela puxou a camisa sobre a cabeça e se aproximou da porta. Ribsy entrou no quarto e saltou na cama. Aninhou a cabeça no peito de Mo no exato lugar que Hattie acabara de desocupar.

— Acho que ele está com ciúmes — disse Hattie.

Mcmentos depois, Hattie voltou ao quarto com uma expressão chateada. Ela sacudiu o celular.

— Era meu pai de novo. Ele mandou mensagem e telefonou. Está superchateado com a história do *Headline Hollywood*.

Mo se sentou na cama e estendeu a mão para ela. Ribsy rosnou e se moveu alguns centímetros em direção ao pé da cama.

— Você vai ligar para ele?

Hattie sacudiu a cabeça.

— Não tenho nada para dizer. Olha só, ele nunca assiste à televisão. Só descobriu sobre a matéria porque a ex-namorada Amber ligou para ele, furiosa porque Jada se referiu a ela como "sua amante". — Ela se deitou encolhida ao lado de Mo. — Mandei uma mensagem para Cass para contar que já sei sobre a matéria, e ela respondeu que acha que Trae vazou a história para Jada Watkins.

Mo hesitou.

— Eu não ia te contar isso, mas desconfio que ele e Jada dormiram juntos enquanto ela estava na cidade gravando.

— Você desconfia?

— Tá bom, tenho certeza. Trae esqueceu o iPad na tenda de *catering* naquele dia, então eu o levei para o hotel para deixá-lo na recepção. Ao chegar lá, acabei decidindo jantar no saguão e vi Trae e Jada entrando, de braços dados. Um tanto, uh, amigáveis demais. A última coisa que vi foi eles se beijando depois que entraram no elevador.

— Ah.

— Aquele cara é um merda — disse Mo com raiva.

— Você não sabe nem a metade. — Hattie contou sobre Trae se gabar de subornar o inspetor da prefeitura. — Ele estava tão orgulhoso de si — disse ela. — Mas por que ele vazaria uma história como essa para Jada Watkins? Como ele sabia sobre meu pai?

Mo grunhiu e deu um tapa na própria testa.

— Ah, merda! Merda! Merda! Merda! Acho que talvez ele tenha descoberto por algo que eu disse.

Hattie ficou imóvel. Sentiu a raiva fervilhar em suas entranhas.

— Você contou a Trae sobre meu pai?

— Não tudo. — Ele lançou a Hattie um olhar de súplica. — Foi depois que começamos a gravar na casa e ele estava furioso com você, argumentando algo como: *"Por que ela sempre precisa ser tão rigorosa com as regras?"*

Hattie se levantou em um salto e começou a perambular pelo quarto.

— E daí, o quê? Você simplesmente contou tudo que eu te confidenciei sobre meu pai?

— Não! Eu... mencionei que poderia ter algo a ver com seu pai. Porque ele tinha enfrentado algum tipo de problema com a lei quando você era criança. Foi só isso. Eu juro.

— Você falou o suficiente. E agora todos no país inteiro sabem que meu pai é um criminoso que roubou dinheiro de viúvas, crianças doentes e pessoas sem-teto.

Ela agarrou a bainha da camisa polo e a puxou sobre a cabeça, jogando-a em Mo com pontaria e fúria impressionantes.

Hattie parou no meio do quarto, os braços cruzados sobre os seios nus.

— Isso foi um erro. É o que Tug sempre me diz: "Hattie, onde se ganha o pão, não se come a carne" ou "Não se mistura vida pessoal e profissional". E quer saber? Ele tem razão.

— Hattie — suplicou Mo. — Sinto muito. Eu nunca quis te magoar. Foi um erro estúpido. Por favor, acredite em mim. — Ele pegou a mão dela, mas ela a afastou.

— É melhor você ir — disse Hattie, apontando para a porta.

64

Plano de
Sucessão

Tug telefonou para Hattie na manhã seguinte, quando ela estava entrando na caminhonete.

— Como você está, querida? — perguntou o sogro.

— Eu estou me sentindo... dilacerada. Presumo que você tenha visto o *Headline Hollywood* ontem à noite?

— Eu não vejo esse lixo, mas outras pessoas viram. Onde você está?

— Estou de saída para o trabalho.

— Não saia daí. Comece a fazer o café. Nancy fez salsicha e biscoitos.

— Tug, não! Eu preciso ir até a casa. Já estamos atrasados demais.

— Cass pode lidar com isso. Fique onde está e prepare um café.

Vinte minutos depois, o sogro entrou pela porta da frente com um pacote embrulhado em papel alumínio que cheirava a biscoitos quentes e salsicha temperada com sálvia.

— Venha aqui — disse ele, abrindo os braços grossos e envolvendo-a em um abraço. Ela era meia cabeça mais alta do que o sogro, mas, de alguma forma, seu vigor de urso a fez se sentir segura e voltar a ser criança.

Ele a soltou sem dizer uma palavra, e Hattie lhe serviu uma caneca de café com duas colheres de chá de açúcar e uma generosa porção de creme, e os dois se sentaram à mesa da cozinha.

Hattie abriu o pacote e mordiscou um dos biscoitos de Nancy, limpando o mel que pingava do canto dos lábios.

— Você teve notícias do seu pai?

A pergunta dele a surpreendeu.

— Ele me telefonou. Duas vezes. Está bravo principalmente porque a matéria se referia a Amber como amante dele.

Tug riu e tomou um gole de café.

— Você ligou de volta?

— Não. Acho que ele só queria desabafar. Ele não tem muitos amigos.

— Que coisa terrível aquela mulher fez, desenterrando algo do seu passado do qual você não tinha controle.

— Sim, bem, agora está na boca do povo. De novo.

— Era sobre isso que eu queria falar com você. Não quero que essa porcaria te desestabilize ou te deixe envergonhada. Você não fez nada de errado. Na verdade, você fez tudo certo.

— Não, mesmo? — perguntou Hattie, balançando a cabeça com veemência.

— A casa, esse programa idiota, Trae Bartholomew? Foi tudo um erro. Você tentou me avisar, mas eu não quis ouvir.

— Você estava certa em não me ouvir. Tenho sido muito duro com você. Ouça, na casa da avenida Chatham, o que você, Cass e nossos operários fizeram lá não é nada menos que um milagre. Eu resisti em aceitar, mas estava errado. Não se cresce e aprende fazendo o que sempre fez no passado. Às vezes é preciso dar um salto de fé, como você fez com *Destruidores de Lares*.

Hattie mordiscou a pontinha do biscoito.

— Ownn, que meigo.

— Droga, não me chame de meigo — protestou Tug. — A única vergonha em cometer erros é não reconhecer e aprender com eles. Você me ensinou isso, Hattie. Estou orgulhoso de você.

— Eu?

Ele pegou um biscoito e deu uma mordida, mastigando lentamente enquanto migalhas rolavam em cascata por seu macacão surrado.

— Sou apenas um velho teimoso e sei disso. Talvez seja hora de me aposentar e passar o negócio para você e Cass.

— Você não pode se aposentar, Tug. Não vou permitir. Você é a Kavanaugh & Filho. Só o que já esqueceu sobre construção e reforma de casas antigas já é mais do que eu jamais saberei. É em você que nossos operários e clientes confiam. É você que respeitam.

— Não. Você conquistou o respeito deles, Hattie. Além disso, não posso continuar trabalhando assim para sempre. Nancy quer viajar, antes que ela tenha que me empurrar em uma cadeira de rodas. Diz que eu preciso reformar nossa casa, em vez das de outras pessoas. — Ele mergulhou a borda do biscoito no café e olhou para cima. — Talvez precisemos elaborar algum tipo de cronograma, como é mesmo o nome disso?

— Você quer dizer um plano de sucessão?

— Isso. Já posso me aposentar, mas pensei em esperar até os 65 anos. Enquanto isso, você pode começar a negociar diretamente com os clientes, enquanto Cass cuida do cronograma. E, claro, Zenobia gerencia o escritório. Ela é realmente o cérebro da operação, mas não se atreva a contar a ela que eu disse isso.

— Tug, não sei se terei dinheiro, mesmo daqui a 3 anos, para comprar sua parte. As caminhonetes, os equipamentos, o escritório? Aquela propriedade em Midtown, na rua Bull, está em alta agora. Nem consigo imaginar o valor hoje.

Ele deixou escapar um sorriso presunçoso.

— Vou te contar um segredinho. Não tenho só o imóvel do nosso escritório. Sou dono de todas as lojas da rua, comprei por uma pechincha nos anos 1970. De qualquer forma, o preço é irrelevante porque não vou vendê-las.

— Não devia mesmo. São suas reservas de aposentadoria.

— Vou doá-las para você — anunciou Tug.

A caneca de café fez um barulho alto quando atingiu a mesa.

— Para mim?

— E para quem mais vou deixar? Para os sobrinhos inúteis da Nancy? Para minha sobrinha? Que nem se deu ao trabalho de enviar um cartão de pêsames quando Hank morreu?

— Eu nem sei o que dizer — começou Hattie.

Tug terminou o biscoito e se levantou.

— Não diga nada. Você é nossa família! Desde o dia em que Hank te trouxe para nossas vidas. E, em uma família, todos se cuidam.

— Obrigada — disse Hattie, lutando contra as lágrimas. — Eu nunca vou esquecer a maneira como você e Nancy cuidaram de mim todos esses anos.

— Agora, vai — disse Tug, apontando para a porta. — Vá para Tybee. Termine o trabalho como sei que é capaz. Mantenha a cabeça erguida e não aceite desaforo de ninguém. Especialmente daquele designer metido a besta.

— Especialmente dele — concordou Hattie.

65

O Desprezo
Supremo

Trae Bartholomew atacou no minuto em que Hattie estacionou a caminhonete na entrada da antiga casa dos Creedmore.

Ele abriu a porta do lado do motorista e estendeu a mão para ajudá-la.

Hattie recuou.

— Não me toque. Tenho que trabalhar com você até terminarmos essa reforma, mas, a menos que as câmeras estejam rodando, eu não quero que você fale nem olhe na minha direção. Você morreu para mim. Entendido?

— Eu não tive nada a ver com aquela matéria do *Headline Hollywood* — tentou Trae. — Eu não tinha ideia de que Jada sabia da história de sua família. Que diabos, eu não sabia de muita coisa.

— Certo — disse Hattie, batendo a porta da caminhonete. — Você está me dizendo que não dormiu com Jada Watkins quando ela estava na cidade, para gravar a matéria? Essa foi sua ideia de conversa de travesseiro?

O rosto bonito de Trae corou sob a pele bronzeada.

— Como você...?

— Não importa — disse ela. — Nada do que você diz importa para mim. Porque agora eu sei que, se seus lábios estão se movendo, você está mentindo.

— Uôu! — retrucou ele, correndo para acompanhar Hattie enquanto ela caminhava até a casa. — Além de, repito, não ter contado nada para Jada sobre seu pai, por favor, explique por que você acha que eu faria qualquer coisa que afetasse negativamente esse programa? Precisamos que ele seja um sucesso, Hattie. Nós dois precisamos.

Hattie parou e respirou fundo.

— Na verdade, Trae, essa manhã percebi que não preciso desse programa para ter sucesso. Quero terminar esta casa, fazer dela o meu melhor trabalho para que eu possa vendê-la e seguir em frente com a minha vida. Mas, mesmo que a emissora odeie, ficarei bem.

— Continue dizendo isso para si mesma até se convencer — disse ele baixinho. Então se afastou apressado.

Cass estava à espera da amiga na varanda da frente.

— O que você disse para o Trae agora? Vi a expressão no rosto dele. Ele fugiu de você como um gato escaldado.

— Digamos que temos um novo acordo — disse Hattie.

— Algo me diz que era sobre a matéria do *Headline Hollywood*. Você recebeu minhas mensagens ontem à noite?

— Sim — disse Hattie, envergonhada. — Me desculpa por não ter te ligado. Adormeci no sofá logo depois de chegar em casa e, quando consegui me arrastar para a cama e vi que você havia ligado, imaginei que já estaria dormindo.

O relato da noite anterior não era de todo mentira, racionalizou Hattie. Ela apenas escolheu omitir a parte em que Mo se juntou a ela na cama, antes de acusá-lo de traí-la e mandá-lo embora.

— Está tudo bem — disse Cass. — Mas é uma droga. Você deveria ter ouvido o que mamãe disse sobre aquela vadia da Jada Watkins. Minha nossa!

— Ninguém mexe com as meninas de Zenobia, certo? Então, o que está acontecendo lá dentro?

— Trae deve ter ficado até tarde terminando o chão da cozinha, e, se ele não fosse tão galinha, eu diria a ele que ficou ótimo. Odeio admitir, mas a cozinha está perfeita. A ilha, as lanternas de bronze, tudo. A cola das cartas náuticas já secou, então pendurei o espelho quando cheguei de manhã, e o eletricista está lá dentro, instalando as arandelas agora mesmo, então podemos riscar isso da lista. O quintal já foi gramado. Nem sinal da fossa séptica. Já temos jardim! E os carpinteiros começaram a demolir a velha casa de barcos. As coisas estão avançando.

— Isso é incrível, Cass — disse Hattie, entrando na sala de estar.

— Mo chegou antes de mim — contou Cass. — Perguntou se eu sabia onde você estava. Ele quer gravar você e Trae falando sobre a cozinha, esta manhã. Lisa está esperando para fazer seu cabelo e maquiagem.

Hattie franziu a testa.

— Não há nada sobre isso na ordem do dia. Eu deveria mostrar a casa para a corretora de imóveis, Carolyn Meyers, para falar sobre o preço de venda.

— Você verificou seu e-mail esta manhã? Mo enviou uma ordem do dia revisada à 1h32. Acho que ele teve insônia.

Hattie se conteve.

Lisa deixou o cabelo de Hattie enrolado em bobes térmicos enquanto aplicava o delineador e a máscara de cílios em Trae. O silêncio na sala era ensurdecedor.

— Falta pouco agora, não? — disse Lisa, olhando para as duas estrelas do programa. — Só mais dois dias?

— É o que parece — disse Hattie.

— Eu realmente vou sentir falta desse trabalho — comentou Lisa. — E de Savannah.

— De onde você é? — perguntou Hattie, principalmente para preencher o silêncio no ambiente gélido.

— Sou natural de Los Angeles. Mas há tanto trabalho na área de cinema na Geórgia agora, que meu namorado e eu nos mudamos para Atlanta há alguns anos. Ele é engenheiro de som. Eu não me importaria de ficar aqui, em Tybee. Tem só uma coisa da Califórnia de que sinto falta. A praia... Vocês acham que a emissora vai querer uma segunda temporada do programa?

— Não sei — disse Hattie.

Lisa olhou para Trae, que apenas deu de ombros.

A porta do trailer se abriu, e Leetha enfiou a cabeça para dentro.

— Dez minutos, pessoal.

— Estou pronto — disse Trae. E, então, saiu apressado.

— Parece que as coisas se acalmaram entre você e Trae, não? — perguntou Lisa.

— Sim.

— Uh, eu vi aquela matéria desagradável do *Headline Hollywood* ontem à noite — disse Lisa, removendo os rolos do cabelo de Hattie. — Não suporto essa Jada Watkins. E odeio aqueles apliques horrendos que ela usa. Eles precisam demitir o responsável pelo cabelo dela.

Ela deu um tapinha no ombro de Hattie.

— Não se preocupe com o que ela disse sobre seu pai. Ninguém se importa com algo que aconteceu há 20 anos. Que diabos, meu pai fez coisas muito piores do que isso. Uma vez ele ateou fogo no trailer da minha madrasta. Com ela lá dentro!

Hattie deu uma risada tépida.

— Obrigada pelo apoio. — Ela olhou no espelho. — Estou pronta? Acho que Mo está de mau humor e não quero me atrasar para minha gravação.

Lisa pegou um batom.

— Falta uma corzinha em seus lábios.

Eles estavam no terceiro ensaio da cena da cozinha, e os ânimos estavam acirrados.

— Vamos lá, pessoal, está mais insosso que refrigerante choco — retrucou Mo. — Vocês têm que fingir que gostam um do outro, pelo menos enquanto a câmera está rodando. Quero mais energia!

— É só um piso de cozinha — disse Hattie. — Não *A Última Ceia*.

— Sim, é apenas um fabuloso piso pintado à mão com um estilo único que exigiu 18 horas do meu trabalho árduo — rebateu Trae. — E não se esqueça de como era esse cômodo antes de eu agitar minha varinha mágica. Estava encardido, escuro, truncado...

— Não vamos esquecer que a cômoda antiga da ilha era minha, assim como as lanternas de navios antigas — lembrou Hattie. — Tudo aquilo que emprestou personalidade à cozinha foi ideia minha.

— Diga isso — orientou Mo. — Mas faça com que seja engraçado. Hattie, menospreze o trabalho árduo de Trae, mas de um jeito brincalhão, e Trae, você responde o que acabou de dizer com um gracejo. Agora, vamos. Não temos o dia todo para essa cena.

Cass insistiu com Hattie no almoço.

— O que tá acontecendo entre você dois?

Hattie havia se servido de uma tigela de salada e estava comendo à sombra da varanda da frente, longe do resto da equipe.

— Não sei do que você está falando.

— Você e Mo. Até onde eu sabia, vocês estavam em clima de Príncipe Encantado e a Bela Adormecida. Agora, estão em guerra. Eu reconheço tensão sexual quando vejo, Hattie Kavanaugh, então nem se dê ao trabalho de mentir para se esquivar.

Hattie olhou ao redor para se assegurar de que não seriam ouvidas. Um enorme furgão de entrega se aproximava lentamente pelo acesso de veículos em direção à casa.

— Graças a Deus. Tomara que sejam os móveis do Trae.

— Desembucha — repetiu Cass.

— Mo foi até minha casa ontem à noite, depois de assistir a matéria do *Headline Hollywood*. Disse que sabia o quanto eu ficaria chateada.

— E?

328 Mary Kay Andrews

— E ele me disse que tudo que importava para ele era eu. E, como sou uma idiota, caí nessa como um patinho.

— E?

— Use sua imaginação — disse Hattie. — Eu estava chateada, vulnerável.

— E com tesão.

Hattie não negou.

— Depois, ele me disse que tinha visto Trae e Jada Watkins se beijando no saguão do hotel de Trae e subindo no elevador. Claro, eu presumi que Trae havia contado a Jada sobre meu pai, mas não conseguia entender como Trae sabia disso, porque eu com certeza não saio por aí falando sobre isso.

— Quase nunca — concordou Cass.

— E então Mo admitiu que "poderia" ter mencionado algo sobre isso para Trae, quando começamos a trabalhar no programa.

— Nãããão. Por que ele faria isso?

— Ele afirma que foi apenas um comentário indireto e que ele não contou a Trae nenhum detalhe. Mas de que outra forma Trae saberia?

— Você confrontou Trae a respeito disso?

— Assim que cheguei aqui. Ele nega tudo, mas ambas sabemos o grande mentiroso que ele é. Quem mais sabe tanto sobre o enorme e o terrível esqueleto no armário da minha família?

Cass cutucou a testa com o dedo indicador.

— Ah, não sei. Talvez alguém que viveu em Savannah a vida toda? Alguém que sente um profundo rancor de você? Alguém que provavelmente nos denunciou para a prefeitura e jogou toda a merda sobre seu pai no ventilador? Quem adoraria enlamear seu nome só por diversão?

— Ah. Oh, meu Deus — disse Hattie. — Acho que tem razão. Aposto que foi Mavis Creedmore. Merda, merda, merda. Dessa vez, Trae estava realmente dizendo a verdade.

— O que significa que provavelmente nada disso foi culpa de Mo — concluiu Cass.

— Eu sou uma idiota — concluiu Hattie.

— Tirou as palavras da minha boca. O que você vai fazer a respeito?

— Não posso fazer nada sobre isso agora — disse Hattie. Ela apontou para a reluzente Mercedes SL branca conversível que entrou logo atrás do furgão. A motorista estacionou perto da varanda. — Carolyn Meyers chegou — anunciou Hattie. — É hora do show.

66

O Preço
Justo

Carolyn Meyers tirou as sandálias de salto e as deixou na porta da frente. Ela vestia calça de seda branca e uma blusa preta que deixava os braços bronzeados à mostra, com os óculos escuros Gucci prendendo o cabelo platinado para trás.

— Espere — disse ela, recuando para tirar uma foto da porta. — Vou mandar nosso fotógrafo profissional, mas costumo fazer uma lista dos pontos de onde quero fotos. Hattie, não acredito que é a mesma casa.

— Nem eu — confessou Hattie, abrindo a porta para permitir que a corretora entrasse.

— Colocamos papelão no chão para que os carregadores não estraguem o piso que acabamos de reformar.

— Fez bem — disse Carolyn. — Todas as madeiras são originais, de alto a baixo?

— Sim — disse Hattie.

— Eram os móveis, no furgão que acabou de chegar?

— Espero que sim. Trae, nosso designer, está quase tendo um ataque... porque a emissora adiantou nosso prazo em uma semana. Ele não sabe se toda a mobília chegará a tempo.

A corretora franziu a testa.

— Vai ficar muito melhor com a mobília, então talvez seja melhor esperarmos para fotografar a casa depois que estiver mobiliada e decorada.

— Nossa, ficou simplesmente deslumbrante — disse Carolyn, ao fim da visita. Elas estavam na cozinha, que, Hattie nunca admitiria em voz alta, havia passado pela maior transformação. — Você fez um trabalho magnífico aqui. Essa casa é clássica, mas tem um frescor, é o equivalente a um bom vestido chemise branco, nunca sairá de moda. Essa cozinha é a cereja do bolo. Meu Deus, esse piso é lindo de morrer.

— Ideia e obra de Trae — disse Hattie. — Então, vamos ao que interessa. Por quanto acha que podemos anunciar?

Carolyn tirou uma grande pasta de sua bolsa e pegou uma planilha impressa.

— Aqui estão os imóveis similares. Para sua sorte, não há muitos concorrentes para uma casa à beira-mar agora. A casa de Liz Demos ainda demora alguns meses para ficar pronta, mas foi anunciada por 1,2 milhão, e ela já aceitou uma oferta.

Os olhos de Hattie se arregalaram.

— E aquela casa nem sequer tem um píer como a nossa. Vamos terminar a casa de barcos hoje, e vai ficar realmente espetacular.

Carolyn suspirou e apontou para a janela.

— A casa de Liz também não tinha um corpo enterrado no quintal. Não vou dourar a pílula, Hattie. Essa coisa com Lanier Ragan atraiu muita publicidade, e receio que isso vai assustar muitos potenciais compradores. As pessoas não gostam da ideia de ter uma tumba em sua propriedade.

— Sei disso — disse Hattie. Ela havia previsto algo assim, mas ouvir a corretora dizer em voz alta foi como um soco no estômago. — Mas esse terreno é muito maior. E a casa...

— É única. Você fez um trabalho incrível, como sempre. Só quero que você esteja preparada para alguma relutância dos compradores. Em outras circunstâncias, estou confiante de que a casa seria facilmente avaliada em 1,4 milhão.

— Mas nas atuais circunstâncias?

Carolyn brincou com o fino cordão de ouro que pendia em seu decote.

— Acho que devemos ser ousados e listar por 890 mil, mas devemos estar preparados para negociar.

— Ok — disse Hattie com os ombros caídos.

— Alguém me disse que você a comprou por um valor muito barato depois da interdição da prefeitura. Mesmo a esse preço, você terá um bom lucro.

— Compramos por um ótimo preço, mas investimos muito tempo, dinheiro e esforço nela. Tenho empréstimos a pagar, e as contas estão se acumulando...

— Mas você não vai perder dinheiro, vai? Quem sabe? Talvez meus instintos estejam errados. Com toda a atenção que seu programa está recebendo, as pessoas estão fascinadas por este lugar e pela história por trás dele. Talvez, depois de decorá-la e postarmos as fotos do anúncio, possamos ter uma disputa de ofertas. Já vi isso acontecer antes.

— Aham. — Hattie engoliu em seco. — Vamos anunciar por 890 mil, então.

Carolyn sorriu.

— Tenho todos os documentos para o anúncio no meu carro. Sei que você está com um prazo apertado. Por que não preenche tudo depois e os deixa no meu escritório? E me avise assim que pudermos enviar o fotógrafo.

A porta da cozinha se abriu, e Trae entrou, seguido por dois homens, cada um carregando pacotes embrulhados em plástico.

— Com licença — pediu. Ele parou por um momento e lançou seu sorriso mais sedutor na direção da corretora loira. — Olá.

O sorriso de Trae era realmente sua arma mais poderosa. Os dentes eram alinhados e incrivelmente brancos. Hattie ainda se constrangia com os próprios dentes ligeiramente tortos. Ela estava prestes a usar aparelho ortodôntico quando era adolescente quando seu pai foi para a prisão...

— Trae, esta é Carolyn Meyers, a corretora de imóveis. Carolyn, este é Trae Bartholomew, o designer...

— Oh, eu sei quem você é — disse Carolyn, estendendo a mão. — Amei você em *Gênios do Design*. Soube que esta cozinha é obra sua. Ficou espetacular.

— Obrigado, Carolyn — disse Trae, tirando uma mecha de cabelo do rosto. Ele gesticulou em direção aos pacotes que os carregadores haviam acabado de colocar no chão e piscou. — Espere até ver as fabulosas banquetas de vime que comprei para colocar em volta da ilha.

— Carolyn já estava de saída — disse Hattie abruptamente.

— Mal posso esperar para ver tudo pronto — disse Carolyn, reconhecendo sua deixa.

— Isso foi muito rude — comentou Trae. — Até mesmo para você. — Ele se virou para os carregadores, que aguardavam instruções. — Podem colocar esses aqui, mas depois comecem a trazer o resto das coisas pela porta da frente, ok?

Quando eles se foram, Trae começou a rasgar a embalagem das banquetas.

— É apenas um reflexo para você, não é? — perguntou ela.

— O quê? — Ele amassou o papel e passou para a próxima banqueta.

— Dar em cima de mulheres bonitas. Aposto que você nem percebe o que está fazendo.

— Ah, entendi. Você conhece o velho ditado, não? Quem não arrisca não petisca. — Ele olhou para cima e abriu aquele sorriso novamente. Por um breve instante.

— Não desperdice energia comigo — disse Hattie. — É tarde demais. Me fale mais sobre os móveis. Chegou tudo o que você pediu?

O sorriso desapareceu.

— Não. Ainda não fiz um inventário, mas muitas coisas ainda estão atrasadas. Quero dizer, os móveis e os estofados chegaram. A mobília da sala de estar e jantar e a maioria da mobília do quarto e os artigos têxteis. Mas ainda não tenho luminárias, obras de arte, tapetes nem qualquer outro acessório. E, já que tudo isso é emprestado de fornecedores que estão me fazendo um favor, não posso telefonar para eles e reclamar sobre o que não me enviaram. Então, estou bem ferrado.

Uma parte de Hattie queria tripudiar sobre a desgraça dele. Mas não havia tempo. Eles tinham apenas mais um dia antes que a equipe de Mo gravasse a revelação, e a única maneira de a casa ficar pronta era trabalharem juntos.

— Ok, vamos arrumar o que já temos em cada cômodo. Você tem uma lista do que ainda precisa? Os tamanhos dos tapetes?

— Posso fazer uma lista — disse Trae. — Mas de que vai adiantar?

— Existem dois brechós incríveis em Savannah, e eu sou amiga dos donos de ambos. Vou ligar para eles e ver se estariam dispostos a nos emprestar alguns itens para a gravação.

Ele olhou para Hattie com óbvia suspeita.

— Você não acabou de me dizer esta manhã, de forma bastante clara, que eu nunca mais deveria falar ou olhar para você? Por que iria querer me ajudar assim?

Hattie respirou fundo.

— Como Carolyn acabou de me lembrar, quanto mais rápido conseguirmos decorar, fotografar e anunciar esta casa, mais rápido consigo recuperar meu dinheiro. Então só me faça a droga da lista, ok? E deixe Carolyn em paz. Ela é casada. Além disso, acho que te devo desculpas pelo lance da Jada Watkins. Parece que tirei uma conclusão precipitada.

— Espera. — Trae colocou a mão em concha na orelha. — Você pode repetir essa última parte? Um pouco mais alto? Quero ter certeza de ter ouvido corretamente, pois tive a impressão de que você estava admitindo um erro.

Hattie se inclinou na direção dele.

— Eu disse: "Foda-se, Trae. Vai à merda."

Cinco minutos depois, ela seguiu Trae enquanto ele levava uma cama box e um colchão escada acima.

— Acho que podemos conseguir tudo o que precisamos na Clutter. E Leetha quer enviar a equipe de filmagem junto, para gravar algumas cenas extras. Daqui a quanto tempo você pode ir até lá?

— Sair daqui? Você está louca? Mal começamos a descarregar o furgão. Vou demorar pelo menos mais 2 horas.

— Não dá — disse Hattie. — Eles geralmente fecham às 17h, às sextas-feiras, mas Lynn concordou em esperar um pouco mais, em troca de créditos no programa. É agora ou nunca. Se você quiser, posso ir sem você.

— Você? — A expressão dele era de incredulidade.

— Sim, eu! Decoro casas há anos, Trae. Mas, se você não está disposto a confiar no meu gosto, tudo bem. — Ela começou a descer as escadas.

— Espera! — Ele apoiou a cama box no fim da escada. — Ok, estou sem opções. A lista está em cima da ilha, na cozinha. Me mande fotos do que pretende trazer, ok?

— Cavalo dado não se olha os dentes, Trae. Você vai ter que confiar em mim.

67

O Truque do
Desaparecimento

O detetive Makarowicz parou na garagem da casa da avenida Chatham quando Hattie estava prestes a sair para a rua. Ele recuou até que a janela do lado do motorista estivesse paralela à dela.

— O que aconteceu com o policial de prontidão? — perguntou Hattie, gesticulando para a frente da casa, onde a viatura ficava estacionada nos dias anteriores.

Ribsy, sentado no banco do passageiro, subiu no colo da dona e enfiou a cabeça pela janela, para cumprimentar o policial.

— Oi, garotão — disse Makarowicz.

— Este é Ribsy — apresentou Hattie. — E o policial?

— Estamos no verão. Época turística. O chefe quer todo mundo de plantão, o que significa que não podemos abrir mão de ninguém para ficar aqui. De qualquer forma, parece que os curiosos perderam o interesse.

— Era por isso que estava vindo me ver?

— Não — disse Mak com a expressão perturbada. — Seu amigo está desaparecido.

— Que amigo?

— Davis Hoffman. Tentei encontrá-lo para interrogatório, mas ele sumiu. Não está na joalheria nem na casa dele. Já nem sei mais onde procurar.

Hattie sentiu a nuca formigar.

— Você falou com a ex-mulher dele?

— Elise Hoffman afirma que também está à procura do ex-marido. Ele não está atendendo o telefone.

— E a mãe dele? Quando o vi há alguns dias, ele falou que a mãe havia pedido para ele cortar a grama da casa de praia.

A expressão de Makarowicz era de descontentamento.

— A Sra. Hoffman não foi exatamente cooperativa no que diz respeito ao paradeiro do filho.

— Sim, isso é típico da Sylvia.

— Pensei em vir até aqui e ver se você tem alguma ideia de onde ele possa estar — disse o detetive.

Hattie apontou em direção à propriedade cinza-claro a duas casas de distância.

— Já checou o Titanic?

— A Sra. Hoffman se recusou a me dar permissão para entrar na casa, mas, antes de vir para cá, fui até a garagem, só para ver se o carro dele estava lá. Dei uma olhada no quintal. Nenhum sinal dele.

Ela sentiu outra onda de pavor.

— Até ir procurá-lo para vender meu anel de noivado, eu tinha perdido contato com Davis nos últimos anos. Ele era mais amigo do Hank do que meu. Não tenho ideia de onde ele possa estar.

Makarowicz assentiu.

— Alguma chance de ele ter fugido depois que vocês conversaram no outro dia?

— Não sei — admitiu. — Tentei parecer indiferente depois de ver aquelas queimaduras na mão e no peito dele, mas talvez ele tenha percebido o quanto eu estava assustada. Você pode dar uma busca na casa dele ou algo assim?

— Não sem um mandado, e não conseguirei um até que tenha causa provável suficiente. Mas a ex-mulher dele tem uma chave, e ela diz que não há nada fora do lugar na casa.

— Davis sabe que você quer falar com ele, certo?

— Deixei mensagens para ele na joalheria e no celular — disse Mak.

— Você acha que ele é, tipo, perigoso?

— Não o conheço. Me diz você.

Hattie mordeu o lábio inferior.

— Estou começando a pensar que também nunca o conheci de verdade. Davis sempre foi um cara legal. Estava sempre... por perto. Não no centro dos acontecimentos, era mais dos bastidores. Cass diz que ele estava sempre assistindo, esperando por uma chance de atacar, mas eu nunca enxerguei isso nele.

Ela ouviu uma buzina e olhou pelo espelho retrovisor.

— Oh, Mak, é a minha equipe de filmagem. Estamos indo para a cidade.

— Me avise imediatamente se vir ou souber algo de Hoffman — pediu Makarowicz.

— Pode deixar — prometeu Hattie. Ela sentiu o arrepio brotando na nuca novamente, mas então Leetha, na caminhonete com a equipe de filmagem, buzinou novamente.

Lynn, a proprietária da Clutter, percorria os corredores apertados do brechó, pegando luminárias e quadros das prateleiras, com Leetha e sua equipe de filmagem espremida entre uma montanha de tapetes orientais enrolados.

Estava muito quente para deixar Ribsy na caminhonete, então ele estava sentado perto da porta da frente, observando a movimentação com grande interesse, abanando o rabo toda vez que Hattie falava.

— Só não deixe a porta aberta — avisou Hattie. — Ele adora fugir.

Ela apontou para um par de enormes luminárias de jarros de porcelana azuis e brancos.

— Quero essas para o aparador da sala de estar.

Lynn desenrolou a ponta de um tapete persa Heriz com tons terrosos, e Hattie deu um sinal de positivo.

— Vai ficar ótimo na sala de jantar. O que você tem para a sala de estar? Trae quer algo grande e ousado, que cause impacto.

Com o bico do sapato, Lynn apontou para um monte irregular de vermelho, verde e azul.

— Esse é um Kashan gigantesco. A franja está desgastada, mas não vai aparecer sob o sofá.

— Vamos levar — disse Hattie, consultando a lista. — Também precisamos de tapetes de quarto. Em tons de azul e verde, e um em tons terrosos um pouco maior, de 2,70 por 3,60. Você tem algum *dhurrie*?

— Ali — disse Lynn, apontando para a parede da frente da loja. — Vou pedir ao Johnny para levá-los para o estacionamento, para que você possa desenrolar e escolher quais vai querer.

— Ok. Agora, os quadros. Preciso de uma peça grande e chamativa para a lareira, e talvez quatro ou cinco outras peças para a sala de estar.

— Arte contemporânea? Abstrata? Tradicional? — Lynn gesticulou em direção às pinturas e gravuras penduradas, ao estilo de uma galeria, que cobriam cada centímetro das paredes do brechó.

— Conhecendo Trae, talvez algo bem grande e contemporâneo para a lareira.

— Acabamos de receber uma enorme paisagem de pântano de Bert John — disse Lynn, apontando para uma tela encostada no balcão do caixa. — É realmente encantadora.

— Se fosse para a minha casa, eu compraria essa — disse Hattie. Ela se virou para Leetha. — Os rapazes podem filmar isso? É minha peça favorita até agora.

— Já gravamos — disse Leetha.

— Que tal um agrupamento dessas colagens de Chuck Scarborough? — perguntou Lynn. — Ele pinta em tela, depois adiciona efêmeras colecionáveis. A nova série tem uma temática praiana.

— Sim, essas três peças vão ficar ótimas na sala de jantar — concluiu Hattie, abaixando-se para examinar uma delas.

— Eu tenho um grande Bellamy Murphy com folhas de palmeira — disse Lynn, apontando para uma tela em grande escala pendurada na parede dos fundos da loja. — Acabou de chegar.

— Fabuloso — disse Hattie. — Algum dia eu vou ter uma das peças de Bellamy em minha casa.

— O que mais? — perguntou Lynn. — Acessórios?

— Eu preciso de muitos livros. Com capa de couro, se possível, mas aceito o que tiver. Livros decorativos. Hum. Talvez alguns corais gigantes ou grandes conchas? Castiçais? Talvez alguns pratos decorados azuis e brancos para as paredes acima das estantes de livros?

Hattie leu a lista de Trae, e, em uma hora, elas reuniram uma enorme pilha de mercadorias e riscaram quase tudo da lista.

— São 18h30 — anunciou Lynn. — Hora de fechar e ir para casa.

Hattie deu um abraço rápido na dona da loja.

— Você é um anjo. Conhece Zenobia, nossa gerente, certo? Pode, por favor, enviar para ela um inventário de todos os itens que pegamos emprestados?

— Por 30 dias, não é? Não posso me dar ao luxo de ceder tantas peças por mais tempo, Hattie.

— Espero que a casa seja vendida muito mais rápido do que isso, mas, sim, tudo estará de volta até o final do mês que vem.

A viagem de volta a Tybee levou quase uma hora. Durante esse tempo, Hattie pensou em como tinha sido injusta com Mo na noite anterior. Mas, por mais errada que estivesse em presumir que ele havia deixado escapar a história sobre o pai dela, ela decidiu que estava certa em se arrepender de ter ido para a cama com ele.

Se a emissora contratasse ou não uma segunda temporada de *Destruidores de Lares* era irrelevante. Ela não tinha ideia se deveria repetir a experiência. Dormir com um colega de trabalho sempre foi uma má ideia. Mesmo que esse colega fosse gentil, engraçado, leal e que beijasse bem. Especialmente se beijasse bem, porque, aí, sim, você poderia ficar tentada a continuar dormindo com ele e cometer o mesmo erro repetidamente.

O celular estava no console da caminhonete. Pensou em telefonar para Mo. Ela poderia admitir que estava errada em acusá-lo de falar mais do que deveria. Seria muito mais fácil do que dizer isso na cara dele. Assim que ela pegou o celular, ele tocou.

338   Mary Kay Andrews

Maldição. Era Mo.

Ela hesitou, depois apertou "aceitar".

— Ei — disse ela.

— Ei. Onde você está?

— Voltando para a casa, com o resto das coisas que Trae precisa terminar. Leetha e a equipe estão atrás de mim. Por quê? O que aconteceu?

— Nada demais. Eu só queria falar com você sobre a noite passada. Mas, toda vez que olhava para você, havia gente demais ao seu redor.

Hattie olhou no espelho retrovisor e viu que a van com Leetha e a equipe estava dois carros atrás.

— Agora estou sozinha!

— Em primeiro lugar, eu nunca faria nada com a intenção de te magoar.

— Eu acredito em você.

— Acredita?

— Sim. Mo, sinto muito por ter chegado a uma conclusão tão estúpida. Eu deveria ter imaginado.

— Bem, que ótimo. Fico feliz que esclarecemos isso.

— Mais alguma coisa que você queira me dizer? — Hattie percebeu que estava prendendo a respiração, esperando pelo assunto inevitável.

— Seria melhor se eu pudesse te dizer isso pessoalmente — respondeu Mo.

— Devo chegar daqui uns 15 minutos, a menos que o trânsito piore.

— Sim, mas estou a caminho do aeroporto. Rebecca decidiu me surpreender e vir para cá esta noite. Ela quer estar por perto para a revelação de amanhã.

— Ah. — Sua voz ecoou no ar.

— Esse momento é uma espécie de *avant-première* do programa. Provavelmente não teremos muito tempo para conversar em particular amanhã, mas... eu só queria te dizer que eu não me arrependo por ontem. Sei que você acha que foi uma má ideia, e sinto muito que pense assim, porque para mim foi muito bom. Mesmo que tenha sido só dessa vez, não me arrependo. Acho que você e eu poderíamos dar certo...

— Não — interrompeu Hattie. — Não somos Spencer Tracy e Katharine Hepburn. Somos muito diferentes. Queremos coisas diferentes.

— Não somos tão diferentes assim — insistiu Mo. — Sou apaixonado pelo meu trabalho. Sou teimoso como uma mula, mas sou leal e nunca mentirei para você. — Ele suspirou alto. — Olha, não podemos resolver isso por telefone. Te vejo pela manhã. Enquanto isso, pense no que eu disse. Por favor?

— Tenho que desligar — disse Hattie, apressando-se para apertar o botão de encerrar.

68

Uma Linda
Casa

Assim que a van parou atrás da caminhonete de Hattie, Leetha saltou do volante e instruiu a equipe de filmagem a começar a gravar.

— A luz está ótima agora — anunciou entusiasmada.

Trae havia recrutado um dos carpinteiros para ficar e ajudar a descarregar a caminhonete e a van, e o designer estava nitidamente ansioso para criticar tudo que Hattie havia escolhido.

— Esse tapete está muito desbotado — protestou, enquanto o ajudante o desenrolava na sala de estar.

— Esse é o visual de Tybee — disse Hattie. — Desbotado e desgastado, mas bonito.

— Como eu — brincou Leetha dos bastidores.

Hattie pegou as luminárias de porcelana azuis e brancas e as colocou no aparador na outra extremidade da sala.

— Obviamente não são antigas — disse Trae. — Mas são bonitas.

— Me ajude com isso — ordenou ela a Trae, pegando uma extremidade do enorme quadro abstrato de Bert John e apoiando-o na cornija da lareira.

— Ok, os quadros são ótimos. Este em especial. Vamos deixá-lo assim, inclinado. Fica mais casual.

Ele pegou um par de lamparinas de vidro-bolha que Hattie havia descarregado da van e as pousou em ambos os lados do quadro, depois recuou para admirar o efeito.

— Certo — disse ele. — Sim. Agora estou captando a visão. Você se saiu bem, Hattie Mae.

Hattie ergueu uma sobrancelha.

— Bem?

— Certo, muito bem. Agora vamos deixar este lugar mais elegante.

— Onde está Cass? — perguntou Hattie.

— Eu a mandei para a cidade para buscar móveis para a varanda. Os itens que encomendei não vieram no furgão, então combinamos de pegar algumas peças emprestadas da casa da mãe dela.

— Boa ideia — disse Hattie. — A Zenobia tem uma coleção incrível de móveis de vime pintados de verde-escuro. Cass vai voltar para cá hoje à noite?

— Não. Ela disse que estaria aqui, bem cedo, amanhã. Vai passar na floricultura na avenida Victory e pedir emprestadas algumas palmeiras e plantas para enfeitar a varanda.

Assim que a van alugada foi esvaziada, Leetha encerrou a gravação.

— Temos muito mais imagens do que precisamos — disse ela. — Trae, revelação amanhã bem cedo, ok?

Trae deu um grande bocejo.

— Impossível. Temos persianas para pendurar, as estantes têm que ser decoradas, e ainda falta arrumar a cozinha, o banheiro, os quartos e as varandas, além das camas. Se você já encerrou, vou encerrar também. Já passou da hora da minha diversão.

— Eu ainda tenho um pouco de energia — retrucou Hattie. — Se você especificar onde quer as coisas, posso terminar antes de ir embora.

— Não fique até muito tarde — advertiu Leetha. — Você tem uma gravação amanhã, às 8h. — Ela estalou os dedos. — Droga. Quase esqueci. Eu tinha que mandar fotos do progresso de hoje para Mo. Você pode fazer isso antes de sair?

— Provavelmente ele quer impressionar a Rebecca durante o jantar.

Leetha fez uma careta.

— Argh, nem me lembre daquela mulher.

Com a casa só para ela, Hattie ligou sua *playlist* Pandora, uma mistura de rock clássico dos anos 1990 e música country atuais. Ela perambulou pela casa com Ribsy em seus calcanhares, decorando as estantes de livros, pendurando quadros, fazendo as camas e desempacotando pratos e acessórios de cozinha. Documentou seu progresso, fotografando cada cômodo. Já passava das 22h quando ela desabou em uma das banquetas de vime e olhou em volta.

Carolyn Meyers disse que só a cozinha já era capaz de vender a casa, e, apesar de Hattie achar que as varandas, especialmente a do andar de cima, com vista para o rio, eram os atributos favoritos da casa, ela tinha que admitir que a cozinha tinha ficado sensacional.

Já sentia um leve arrependimento por ter sacrificado aquela cômoda antiga na ilha da cozinha. E provavelmente nunca mais encontraria um par de lanternas de navios de bronze tão grandes quanto aquelas.

Era sempre assim quando Hattie terminava a restauração de uma casa antiga; uma mistura de orgulho, exaustão e arrependimento. Ela deu de ombros e lembrou a si mesma que haveria mais casas antigas para reformar e mais peças únicas para descobrir.

Hattie pegou o celular e começou a enviar as fotos da casa para Mo. Então, Ribsy foi até a porta dos fundos e começou a arranhá-la.

— Ah, sim — concluiu ela. — Acho que você precisa fazer xixi. Vamos fazer isso e encerrar nosso expediente. Grande dia amanhã, certo, amigo?

Ela encontrou a guia retrátil e a prendeu na coleira. O celular tocou quando ela estava abrindo a porta dos fundos. Era Mo.

— Ei. Você não está na casa ainda, está?

Ribsy puxava a guia, desesperado para sair.

— Sim. Espere um pouco. Só vou levar o Ribsy lá fora para fazer xixi. — Ela fechou a porta dos fundos e caminhou pela varanda, liberando a guia o suficiente para permitir que o cão chegasse até o carvalho mais próximo.

Já era tarde da noite. Uma brisa agitava as folhas de carvalho e fazia as folhas de palmeira-serra farfalharem. Ao inspirar, o cheiro de maresia e lodo do pântano encheu seus pulmões. A lua estava quase cheia, e Hattie parou por um momento, saboreando a visão da esfera prateada refletida nas águas escuras do rio Back. Ela estava tão ocupada nas últimas semanas que não teve tempo de parar e apreciar a beleza radiante desse trecho da ilha. Mas a vista não impressionou Ribsy, que farejava atentamente algo no canteiro de azáleas ao pé do carvalho.

— As fotos ficaram fantásticas — disse Mo.

— Espero que Rebecca tenha aprovado.

— Ela não as viu. Eu a deixei no hotel e fui direto para minha casa, porque recebi uma ligação de um cara de Los Angeles. — Mo hesitou. — Estou trabalhando em uma proposta para outro projeto.

— Que bom para você. — Hattie não estava interessada em ouvir sobre o novo projeto de Mo Lopez. Isso significava que ele estaria no próximo voo para a Califórnia assim que terminassem *Destruidores de Lares*.

— Trae ainda está aí com você?

— Está de brincadeira, *né*? Ele foi embora junto com os outros. Disse que já tinha passado da hora da diversão dele.

— Idiota — perguntou Mo. — Então você está aí sozinha? Jesus! São quase 23h. Você tem gravação logo cedo, amanhã. Mas eu queria falar sobre uma coisa com você.

De repente, Ribsy ergueu a cabeça, farejou o ar e correu em direção ao galpão.

— Uôu! — gritou Hattie, quase derrubando o celular. — Te ligo de volta mais tarde. Ribsy está fugindo.

69

O Poço e o Pêndulo

Ribsy puxou a guia, e Hattie cedeu um pouco mais de folga. Era típico de Ribsy. Se ela o soltasse pelo quintal, ele se contentaria em dar uma voltinha e fazer o que tinha que fazer. Mas bastava prendê-lo na guia para ele começar a perambular e explorar, especialmente na praia, onde havia tantas coisas estranhas e atraentes para descobrir.

— Vamos lá, garoto — chamou Hattie. — Acabe logo com isso. Mamãe está louca para cair na cama.

Ribsy ergueu o focinho e farejou, eriçando as orelhas ao mesmo tempo. E, então, partiu em disparada, puxando até o limite da guia retrátil enquanto Hattie corria para acompanhar.

— Ribsy! NÃO! Para, para!

O cão a ignorou, correndo em direção ao quebra-mar e arrastando Hattie em seu rastro.

— Ribsy! Ribsy! — gritou ela. À frente, viu um flash de algo branco se movendo sob o enorme canteiro de samambaias e percebeu que seu cão estava na trilha de um dos muitos gatos ferais que povoavam a ilha. — Ribsy! Ribsy! — gritou. Uma pessoa sã teria soltado o cão, mas Ribsy, quando motivado, era rápido como uma flecha e um caçador nato, e ela não suportava pensar no que aconteceria se ele alcançasse sua presa.

Então ela aguentou firme, ofegando e praguejando enquanto ele corria para o norte ao longo da faixa gramada adjacente ao quebra-mar. Ele atravessou o arbusto de oleandros que demarcavam a fronteira entre sua propriedade e a vizinha, e Hattie fez o mesmo, tentando se esquivar quando as folhas em forma de lança chicotearam seu rosto. Ribsy se afastou do quebra-mar, aproximando-se do vulto da casa inacabada. Pilhas de madeira, blocos de concreto e paletes de tijolo estavam empilhados em um pedaço arenoso de terra que havia sido demarcado em preparação para um pátio ou talvez até para uma piscina.

Então, Ribsy parou. Ficou imóvel, com o focinho apontado para o ar, e Hattie parou também, grata pelo descanso. Seus braços doíam, e seus pulmões ardiam.

— Vamos, garoto, você já se divertiu. Vamos para casa — insistiu ela. Mas, no segundo seguinte, ele disparou novamente, correndo para a escuridão do vão do alicerce, que ainda não havia sido fechado.

O cachorro havia desaparecido de vista agora, mas começou a latir furiosamente, puxando a guia com mais força, os latidos se tornando gritos agudos. Ele encurralou o pobre gato lá embaixo? Ela puxou com força e percebeu, pela movimentação da guia, que o cão estava avançando em algo.

— Ribsy! — chamou ela, aproximando-se. Agora ela estava diretamente abaixo da casa e teve que se esforçar para enxergar em meio à escuridão. Do canto, obscurecido por outra pilha de tijolos, Ribsy soltou um rosnado baixo e gutural. A nuca de Hattie se arrepiou com um calafrio. Ela estava tateando o bolso em busca do celular para acionar a lanterna quando a voz de um homem a interrompeu.

— Oi, Hattie.

Davis Hoffman saiu de trás de uma pilha de blocos de concreto. Ele tinha uma pequena lanterna, que apontou para ela e então pousou cuidadosamente no topo da pilha.

— Jesus, Davis! — exclamou Hattie, levando a mão no peito. — Você me assustou.

A luz fraca revelou um homem que ela mal reconhecia. O conhecido Davis Hoffman, aquele do ensino médio, estava sempre imaculadamente vestido e arrumado. Mas os cabelos escuros desse estranho estavam oleosos e desgrenhados, o queixo recoberto pela barba grisalha por fazer. Seus olhos eram vazios, e ele vestia uma camiseta cinza suja e jeans.

Ribsy estava sentado a um metro de distância, os olhos fixos no estranho, orelhas eretas, em alerta.

O coração de Hattie estava acelerado, e a boca, seca. Ela ainda segurava a guia de Ribsy, mas suas mãos estavam úmidas e escorregadias.

— O que você está fazendo aqui? — resmungou ela.

Davis olhou em volta.

— O que acha que estou fazendo?

— Eu não sei.

— Vamos, Hattie. Você sabe que estou me escondendo. Você mandou a polícia ir atrás de mim depois do que a Elise te falou. Quando nos encontramos na casa da minha mãe, você viu minhas queimaduras. — Ele olhou para a mão enfaixada.

— Foi você — sussurrou. — Você incendiou a caçamba. E foi você que matou Lanier Ragan.

— Foi um acidente. Eu só queria conversar com ela. Ela ia se encontrar com Holl Junior, na casa de barcos. Eu o vi caminhando pelo píer mais cedo naquela noite, no meio da tempestade, com uma lanterna. Aquele maldito psicopata! Eu queria avisá-la, mostrar para ela quem ele realmente era. Estendi a mão para segurá-la, e ela começou a gritar. Tapei a boca de Lanier para acalmá-la, mas algo aconteceu. Estava chovendo muito. O pé dela deve ter escorregado. Ela caiu e bateu a cabeça no concreto. Tinha muito sangue, mas ela ainda estava gritando. Fiquei com medo de que Holland a ouvisse.

— Davis — disse Hattie, sua voz era uma súplica —, você tem que procurar a polícia. Conte o que aconteceu. Que foi um acidente, como você disse.

— Não. Eles vão me mandar para a cadeia. Sabe o que isso faria com minha garotinha? Sabe como é, não é, Hattie? Todos comentando, apontando para você. A humilhação. A vergonha. Não posso deixar que Ally passe por isso.

Ele deu um passo em direção a Hattie, e Ribsy rosnou em aviso. Davis sacou uma pistola do bolso de sua calça jeans e olhou para ela como se a visse pela primeira vez. Com as mãos trêmulas, ele primeiro levou a arma à cabeça e depois apontou para ela.

— Davis, não! — gritou Hattie.

Ribsy saltou na direção de Davis, e a guia voou das mãos de Hattie. Ele avançou no estranho, com um latido frenético e agudo. Davis golpeou o cão com a mão livre, e Ribsy o mordeu, deu a volta e pulou sobre as costas dele, rasgando sua camisa. Davis acertou o flanco do cão, sem muito efeito, mas Ribsy deu a volta, lançando o corpo sobre seu agressor furiosamente.

Davis cambaleou brevemente, os pés emaranhados na guia enrolada em torno de suas pernas, mas recuperou o equilíbrio e, em seguida, bateu no cão com a arma. Hattie gritou novamente, e Ribsy cravou os dentes na mão enfaixada do agressor. Davis gritou de dor e, como se estivesse em câmera lenta, tropeçou e caiu no chão.

Hattie observou horrorizada quando Davis se sentou, levantou a arma e apontou para Ribsy. Ela olhou freneticamente ao seu redor. Havia um carrinho de mão com sacos de mistura de concreto nas proximidades, com uma pá no topo da pilha. Ela agarrou a ferramenta e o golpeou cegamente com as costas da pá, distribuindo golpes na cabeça, nos ombros e no abdômen. Quando ele tentou proteger o rosto com os braços, ela o atingiu de novo. Davis gemeu, e a pistola voou pelo recinto, aterrissando a alguns metros de Hattie.

Ela se lançou na direção da arma, depois se levantou e a apontou para ele.

— Não toque no meu cachorro de novo.

— Ribsy, vem! — disse Hattie. Ele estava agachado aos pés de Davis, rosnando. O cachorro olhou para ela, hesitou, depois trotou para o lado da dona. Ela estendeu a mão e acariciou as orelhas de seu defensor, mantendo a arma apontada para Davis.

As pernas de Hattie bambearam. Ela avistou um balde vazio de mistura de rejunte perto do carrinho de mão, desabou sobre ele e pegou o celular.

Davis gemia baixinho, embalando a mão ensanguentada perto do peito.

— O que está fazendo?

— Chamando o detetive que está te procurando.

Mas, antes que ela pudesse fazer isso, o celular tocou. Era Mo.

— Você não me ligou de volta — disse ele. — Fiquei preocupado. Você está bem?

— Agora estou — disse ela, sua voz entrecortada de emoção. — Mas preciso desligar e chamar a polícia.

— Hattie? Onde você está?

— Na casa vizinha. Te ligo mais tarde. Eu juro.

— Ligue para a polícia. Estou indo para aí.

Ela encerrou a ligação, mas, em vez de ligar para a emergência, telefonou para Makarowicz.

— Ei — disse ela, mantendo a arma apontada para Davis. — Encontrei seu fugitivo.

— Você quer dizer Hoffman? Encontrou Davis Hoffman? Onde você está? Ele ainda está aí? Você está bem?

— Estou naquela casa ao lado da minha. A que está em construção. Acho que ele estava escondido aqui. Enfim, ele apontou uma arma para mim, mas depois Ribsy o atacou, e eu o acertei com uma pá. O Davis, quero dizer, não Ribsy... Em quanto tempo consegue chegar aqui?

— Estou a caminho — disse Makarowicz.

— Eu nunca teria atirado em você — disse Davis. — Você me conhece, Hattie. Eu nunca faria isso.

Hattie o encarou. Seus pensamentos voltaram aos primeiros anos de adolescência. Ela se lembrou dos alegres dias de verão na praia ou no barco de Davis, só os três, Hattie, Hank e Davis.

— Não. Eu não te conheço. Achei que a gente era amigo. Você, eu e Hank.

346   Mary Kay Andrews

— Sinceramente? Nunca foi por causa do Hank. Eu só queria estar perto de você, Hattie.

— E quanto a Elise? — perguntou ela.

— Elise sempre foi o prêmio de consolação. Ela sabia, eu sabia. Ela queria um filho, nós dois pensamos que consertaria as coisas. Não funcionou. Nada pode me consertar porque eu não tenho solução. — Os olhos castanhos de Davis se moviam, inquietos e suplicantes. — Eu vim aqui para me matar. Mas havia muitas pessoas por perto. Então me escondi. Estava esperando a hora certa. Seria hoje à noite. Você deveria ter me deixado fazer isso.

— Deixar você pegar o caminho mais fácil? Sem chance — disse ela. Suas mãos tremiam tanto que ela teve que apoiar os cotovelos nos joelhos e segurar a pistola com as duas mãos. — Posso te perguntar uma coisa? — indagou.

Ele esfregou a testa com a mão saudável. Mesmo na penumbra, ela podia ver um enorme calombo se formando.

— Depende do que você quer saber.

— Como você sabia sobre a fossa séptica?

— Quando tínhamos 9 ou 10 anos, Holl Junior e eu costumávamos brincar de exército. Éramos melhores amigos, brincávamos juntos o tempo todo, quando eu estava na casa da minha avó, e ele estava na dele. Isso foi antes de eu perceber o psicopata que ele era. A avó dele tinha contratado um pessoal para drenar a fossa. Holl me enganou. Disse que eu seria o soldado norte-americano e que deveria me esconder na trincheira. Ele seria o nazista, e então eu surgiria lá de dentro e o atacaria. Mas, assim que entrei, ele arrastou um enorme compensado de madeira e cobriu a fossa. Fiquei preso. Não conseguia abrir. Estava calor, eu chorei e implorei para ele me deixar sair e, o tempo todo, eu podia ouvi-lo lá em cima, morrendo de rir. Não sei quanto tempo ele me prendeu lá. Talvez por uma hora. Até que finalmente me deixou sair. Mas me disse que, se eu contasse aos meus pais, ele entraria na minha casa e cortaria minha garganta com uma faca. Naquela época, ele já era um monstrinho, que cresceu e se tornou um adolescente pervertido e ainda mais doentio.

Hattie sentiu uma pontada de empatia por Davis, aos 9 anos, sendo intimidado por Holland Junior. Mas então ela se lembrou do destino de Lanier Ragan e sentiu uma fúria latente queimando em seu estômago.

— Se foi um acidente, como o crânio de Lanier foi esmagado? Você disse que ela estava gritando depois que caiu. A queda não a matou.

Davis ficou em silêncio. Ele apoiou a cabeça nos joelhos, e ela viu os ombros sacudirem enquanto ele chorava.

Ela esperou.

Quando ele levantou a cabeça, lágrimas brilharam em suas bochechas.

— Eu tinha medo de que ele a ouvisse. Holland. Ele estava sinalizando para ela com aquela lanterna estúpida. "Depressa. Depressa." Aprendemos código semafórico em um livro antigo que encontramos. Conhece?

— Você não respondeu minha pergunta. Como você a matou?

— Havia uma pedra grande, parecia um pedaço de coral ou algo assim. Eu acho que enlouqueci. Agarrei a pedra e bati nela. E então ela ficou quieta.

— Você quer dizer que ela morreu, Davis. Você a matou. E depois? Só fugiu e se escondeu?

— Não! Eu estava tentando descobrir o que fazer depois. Estava chovendo muito. Voltei para nossa casa e esperei que a tempestade passasse. Depois de um tempo, voltei para lá. Vi a mãe do Holland. Ela tinha uma lanterna e encontrou o corpo. Eu me escondi atrás dos oleandros perto do quebra-mar e esperei. Logo, o velho Creedmore apareceu. Eu os vi pegando uma lona no galpão do quintal. Eles a embrulharam nele e a colocaram no barracão. Depois partiram, levando o carro da Lanier, que estava estacionado na garagem.

— Quando você moveu o corpo?

— Assim que amanheceu. Holland deve ter saído mais cedo. Vi que o carro dele havia sumido. Temia que os Creedmore voltassem e chamassem a polícia. Pensei que, se ninguém encontrasse o corpo de Lanier, poderiam pensar que ela tinha fugido. Então eu vi a grande tampa de bueiro de metal lá atrás. A chuva havia lavado parte da terra de cima dela. Encontrei um pé de cabra no galpão e, de alguma forma, consegui abri-la. Eu a coloquei lá, peguei um ancinho e alisei a terra em cima, depois voltei para a casa da minha avó. Ainda tinha um pouco de maconha e encontrei vodca, então fiquei bêbado e chapado e acho que adormeci.

À distância, eles ouviram uma sirene da polícia aproximando-se. Ribsy ergueu o focinho e começou a uivar.

Davis baixou a cabeça até os joelhos e tapou os ouvidos com as duas mãos.

70

Mais uma Visita
da Polícia

As luzes azuis intermitentes de quatro viaturas iluminaram a noite de Tybee. Makarowicz leu os direitos de Davis. Um oficial uniformizado o conduziu, algemado.

— Eu preciso de um médico — protestou Davis. — Minhas mãos estão sangrando, e acho que estou com uma concussão.

— Assim que nos der uma declaração, vamos levá-lo ao pronto-socorro — explicou Makarowicz. Ele olhou para Hattie, que ainda segurava a guia de Ribsy. — Sei que já está tarde e que talvez você esteja em choque ou algo assim, mas preciso do seu depoimento também.

— Hattie? — A voz de Mo ecoou pela escuridão enquanto ele se aproximava pelo quebra-mar. Mo correu na direção de Hattie, que se lançou com gratidão em seus braços. — Você está bem?

— Sim — conseguiu dizer. — Cansada, mas estou bem.

Mo olhou para o detetive.

— Posso levá-la para casa agora?

— Receio que não. Ela precisa me acompanhar até a delegacia.

Hattie se permitiu descansar a cabeça no ombro de Mo por um momento.

— O que ele disse? — perguntou Mo. — Ele admitiu alguma coisa?

Hattie ofereceu um sorriso fraco.

— Ele confessou tudo, inclusive ter matado Lanier Ragan e jogado o corpo na fossa séptica. E ele estava armado.

— Ele machucou você?

— Não. Depois eu te conto os detalhes. — Ela se inclinou e acariciou as orelhas do cachorro. — Esse carinha aqui vai ganhar o maior bife que eu conseguir encontrar.

— Mas enquanto isso... — disse Mak, apontando para a viatura. Hattie fechou os olhos e suspirou. Mo envolveu a cintura dela com o braço. — Posso te acompanhar até a delegacia? Não vou dizer nada. Só não quero que você fique sozinha.

Ela olhou para Makarowicz em busca de aprovação, e o policial assentiu.
— Pode. Seria muito bom — disse ela.

Horas depois, Mo bateu suavemente no ombro dela.
— Ei. Chegamos.
Ela se esforçou para abrir as pálpebras pesadas e bocejou.
— Esta é a segunda vez nesta semana que você teve que me socorrer, Mo.
— O prazer é todo meu.

Horas depois, ela se sentou e olhou aflita para o relógio de cabeceira. Já passava das 9h. Ribsy estava dormindo aos pés da cama, e a luz do sol brilhava através das finas lâminas da persiana de bambu. Hattie cambaleou até o banheiro e jogou água fria no rosto. Sua aparência era caótica.
— Ei. — A voz de Mo ecoou do lado de fora da porta.
— Você está bem?
— Perdi a hora da minha gravação — disse ela, abrindo a porta e espiando para fora. — Você passou a noite aqui?
— Sim. Não podia deixar você sozinha. Aliás, esse seu sofá é uma droga.
Ele lhe entregou uma caneca de café.
— Falei com seu chefe, que seria eu, no caso, sobre a gravação desta manhã e expliquei tudo. Seu horário foi adiado, só dessa vez. Está com fome?
— Faminta. Mas eu tenho que ir até a casa. Ainda há muito o que fazer.
— Deixe Trae cuidar disso. Ele está em dívida com você. Que tal café da manhã?
— Primeiro vou tomar um banho. Você pode soltar o Ribsy e depois lhe dar comida?
— Com uma condição.
— Qual?
— Depois de tomar banho, você me empresta uma escova de dentes.

Eles dirigiram para Tybee na caminhonete de Hattie e esperaram na fila do Breakfast Club por 10 minutos antes de se acomodarem nos dois últimos bancos do balcão.
Quando Mo pediu camarão com mingau de aveia, Hattie fingiu choque.
— Finalmente conseguimos te transformar em sulista, Mo Lopez?

— Comemos mingau de aveia na Califórnia — disse ele. — Mas não tem o mesmo gosto. — Ele a fitou com o canto dos olhos. — Quer me contar sobre a noite passada?

Entre goles de café, ela fez um resumo dos eventos da noite anterior.

— E agora, o que vai acontecer?

— De acordo com Makarowicz, Davis será acusado de homicídio doloso, incêndio criminoso e tentativa de sequestro. E qualquer outra coisa que o promotor possa reunir contra ele.

— Falei com Rebecca ao telefone enquanto você estava no chuveiro — disse Mo. — Makarowicz deu uma coletiva de imprensa esta manhã para anunciar a prisão de Davis Hoffman. É claro que Becca já está imaginando uma forma de transformar isso tudo em audiência. Ela quer um episódio extra, uma espécie de epílogo, com uma pitada de documentário de crimes reais.

Com cuidado, Hattie colocou a caneca de café no balcão.

— Ok, mas eu quero aprovação do roteiro. Faremos isso do meu jeito ou não faremos.

— É sério?

— Muito sério. Já passei por um drama na minha vida. Não quero que essa história seja mais sensacionalista do que já foi. E só farei isso se Emma Ragan der sua bênção. Não vou explorar o sofrimento dela.

A comida chegou, e Mo atacou o café da manhã com uma fome voraz. Hattie cutucou a omelete e mordiscou um pedaço de torrada.

— E então?

— Ok — disse Mo. — Parece justo.

71

Hora do
Show

Hattie parou no jardim da frente da casa dos Creedmore e sorriu.
— Nem parece a mesma casa. Não tenho palavras.

À luz do dia, a transformação era surpreendente. A varanda, antes deteriorada e caindo aos pedaços, parecia imponente com uma fileira de cestos com samambaias verdejantes pendurados entre as colunas; enormes floreiras de ferro cobertas de gerânios vermelhos e hera flanqueavam a porta da frente recém-pintada. As lanternas de bronze haviam sido polidas e brilhavam à luz do sol.

Ela se virou e olhou para a câmera.

— Na primeira vez que vi essa casa, depois que a prefeitura a interditou, ela estava coberta de tapumes. Essa construção centenária entregava a idade.

Cass se juntou a ela na varanda da frente, e Hattie se virou na direção da amiga.

— Cass, você teve uma reação bastante drástica à casa, não foi?

— A princípio, eu nem desci da caminhonete. O lugar estava muito decrépito. O mato estava tão alto que nem dava para ver que havia uma casa lá atrás. Eu falei para Hattie que era impossível recuperar essa casa.

— Era um pavor — disse Trae, fingindo um calafrio exagerado.

— O segundo andar estava inclinado — disse Hattie, enquanto subiam juntos os degraus da varanda. — Parecia uma velha senhora usando um chapéu torto.

— Olhe para isso — disse Trae, abrindo a porta. — Lembra daquele carpete horrendo que revestia a sala de parede a parede? Eu realmente não pensei que poderia haver algo que valesse a pena salvar aqui.

— Mas eu sabia que havia um piso de madeira embaixo. A maioria desses chalés de praia antigos de Tybee eram de madeira de pinus. Lixar e repintar esses pisos exigiu muito suor, mas veja como valeu a pena — disse Hattie, gesticulando para as salas de estar e jantar. — Olhem como a lareira ficou maravilhosa.

352 Mary Kay Andrews

— Eu amei o acabamento de pátina branca que usamos para suavizá-la e deixá-la parecida com os tijolos cinza típicos de Savannah — acrescentou Trae.

— E aquela enorme viga de carvalho que você aproveitou da árvore caída ficou sensacional na lareira.

As câmeras os seguiram enquanto se moviam de um cômodo a outro, detalhando o processo de restauração da casa de praia antiga. Finalmente, Hattie e Trae chegaram à cozinha.

— Esse ambiente parecia ter saído de um filme de terror — disse Trae.

— Eu esperava que pudéssemos salvar alguns dos armários originais, mas, no final, o único elemento original aqui é o piso de madeira — explicou Hattie.

— Que eu lixei, desenhei e pintei com esse lindo design de tabuleiro de xadrez — disse Trae, esfregando as mãos nas costas. — Fiquei literalmente destruído. Claro que esse piso é a minha parte favorita da cozinha. Hattie, acho que já sei qual é a sua parte favorita.

Hattie apontou para a ilha, decorada com uma tigela rústica de madeira com limões Meyer colhidos de uma árvore que ela havia descoberto no quintal e uma jarra de vidro lapidado cheia de limonada.

— Minha favorita é essa ilha. Durante anos guardei uma antiga cômoda que era de uma loja de roupas na rua Broughton, no centro da cidade. Colocamos um novo tampo de mármore e, então, seguindo o tema vintage de Savannah, penduramos essas velhas lanternas de bronze como luminárias. Sabe, Trae, nossa corretora de imóveis, Carolyn Meyers, diz que essa cozinha será decisiva na venda da casa.

Essa foi a deixa para Carolyn entrar na cozinha, segurando uma pasta de couro.

— Mal posso esperar para anunciar essa preciosidade. A casa está linda, e eu realmente acredito que não teremos problemas em conseguir o valor da avaliação. Na verdade, já prevejo uma guerra de ofertas.

Trae manteve a porta dos fundos aberta, e o trio saiu pela varanda dos fundos.

Hattie apontou para a vista através das árvores. O novo gramado era de um verde intenso. À distância, a luz do sol refletia sobre a água, e os pelicanos nadavam em sincronia.

— Aí está a verdadeira estrela — revelou Hattie. — A vista do rio Back e de Little Tybee. Ela é a essência do estilo de vida praiano. Não dá para imaginar um passeio de caiaque em um dia de primavera? Ou se sentar com uma vara de pesca ou uma armadilha de caranguejo na beira do píer?

— Que tal apenas relaxar na casa de barcos, desfrutando um delicioso drink enquanto grelha a pesca do dia? Tem uma sala de refeições completa — disse Trae. — E esse terreno enorme pode acomodar uma piscina e uma casa de hóspedes, caso o comprador queira um ambiente ainda mais perfeito.

Hattie avistou Mo parado atrás do operador da câmera. Ele assentiu e sinalizou com o polegar para ela.

Ela entrelaçou o braço no de Trae.

— E agora, Trae, nosso trabalho por aqui está terminado. Essa casa de praia antiga está pronta para se tornar o lar de outra pessoa. Obrigada pela audiência.

— Tchau, pessoal! — Trae acenou.

— Corta! — Mo saiu de trás da câmera. — A festa de encerramento começa em 30 minutos!

Um *food truck* do Papa's Barbecue estava estacionado nos fundos da casa para a festa de encerramento de *Destruidores de Lares*. Membros da equipe de produção e operários se espalharam pelo interior e pelas varandas da casa, comendo carne de porco desfiada, salada de repolho e de batata, ensopado de Brunswick e pudim de banana. Havia *coolers* cheios de cervejas artesanais locais mergulhadas no gelo e jarras com chá gelado.

Rebecca se sentou em uma cadeira dobrável na varanda da frente, enxugando a testa suada com um guardanapo de papel e olhando, com desgosto, para o prato de churrasco que acabara de receber.

— E aí, pessoal? — disse ela, olhando para Hattie, Cass, Mo e Trae. — Ficou bom, vocês não acham?

— Bom? — Mo tomou um gole de sua garrafa de cerveja. — Isso não é um grande elogio, não é mesmo?

— Não me entenda mal — disse Rebecca. — Tenho certeza de que você fará maravilhas com o programa na pós-produção, mas achei que a grande revelação foi... Não sei. Meio insossa?

— Pegamos uma casa caindo aos pedaços e em menos de 6 semanas a transformamos em uma casa de revista — disse Mo, seu tom de voz aumentando à medida que seu aborrecimento crescia. — As imagens do antes e depois serão incríveis. Tivemos uma bela dose de drama nessa temporada, Hattie comprando a casa em um leilão selado, depois a descoberta da carteira...

— Nós literalmente encontramos um esqueleto *e* desvendamos um caso de assassinato não resolvido por décadas, Becca — acrescentou Trae.

— Bem, sim, acho que isso acrescenta suspense — admitiu Rebecca.

— E não se esqueça do nosso tempestuoso romance — disse Trae, apontando para Hattie. — Pense em toda a publicidade que gerou para o programa. Não consigo sair do meu hotel no centro de Savannah sem que alguém me aborde para perguntar quando Hattie e eu ficaremos noivos.

— Essa é fácil: nunca — Hattie se apressou em dizer.

Cass apontou a garrafa de cerveja para Rebecca.

— Gente, pela energia que captei, ela está tentando nos dizer algo. E não é nada bom. Certo, Rebecca?

Rebecca mergulhou uma colher de plástico no potinho de pudim de banana e raspou o excesso na borda antes de provar.

Ela soltou a colher e fez uma careta.

— Por que tudo é tão doce aqui no sul? Estou surpresa que vocês não entrem em coma diabético só de olhar para a comida.

— Então, Rebecca? — insistiu Mo. — Por que está aqui? Tony viu as imagens brutas que tenho te enviado?

— Eu esperava que pudéssemos discutir isso em um lugar mais privado — disse Rebecca, olhando em volta para os rostos que a fitavam.

— Obviamente, Cass tem razão. Você tem más notícias. Diga logo. Para nós. Todos nós temos algo em jogo nesse programa. Qual é o problema?

— Tony assistiu a algumas filmagens iniciais. Ele está ocupado demais agora. O que posso dizer é que ele não ficou muito empolgado. Falei para ele esperar, que a equipe de Mo tinha feito um trabalho incrível com a casa, mas ele não está botando muita fé. O fato é que não temos certeza se esse conceito atrairá o público que procuramos.

— E o que isso significa? — exigiu Mo.

— Bem, vamos honrar nosso contrato de seis episódios, então, quanto a isso, não se preocupem. — A expressão de Mo relaxou um pouco. — Mas não na quarta-feira à noite. Tony deu uma olhada no novo programa de Byron, *Refúgios Assombrados*, e, sinceramente, Mo, ele tem todos os requisitos para atender às novas diretrizes da emissora. É sombrio, realista, vai atrair o difícil público masculino de 18 a 30 anos e traz um novo tipo de narrativa. Estamos muito empolgados.

Mo fechou os olhos e recostou a cabeça por um momento enquanto digeria a bomba despejada por Rebecca. E, então, inclinou-se para frente, com a mandíbula tão tensa que se contraiu.

— *Refúgios Assombrados*? O nome da emissora não é Home Place TV? Que merda é essa, Rebecca? Você acha que o idealizador de *Arrasando Bayonne* vai criar o campeão de audiência das noites de quarta-feira? O que vocês andaram fumando?

Rebecca se levantou, alisou o tecido de sua saia-lápis justíssima e jogou o prato descartável na lixeira de plástico.

— Eu sabia que você não aceitaria muito bem, mas Tony insistiu que eu deveria te dar a notícia pessoalmente. Como eu disse, honraremos nosso

Destruidores de Lares 355

compromisso. Agora, o plano é fazer exibições teste assim que terminar a pós--produção. Exceto se tivermos grandes surpresas, reservamos um horário para *Destruidores de Lares* na programação de domingo à tarde.

— O quê? Depois das reprises de *Reformando Trailers*? Ou como captador de audiência para *Vendas de Garagem Insanas*?

A grande bolsa preta de crocodilo de Rebecca começou a emitir uma série de bipes insistentes. Ela enfiou a mão lá dentro e olhou para o celular. Momentos depois, um luxuoso sedã preto surgiu na entrada em direção à casa.

— Minha carona chegou. Podemos discutir isso mais tarde. Hattie, Cass? Maravilhoso trabalho. Nosso pessoal de marketing já tem algumas ideias para alguns eventos promocionais em que vocês podem divulgar *Destruidores de Lares*. Feiras comerciais, festas regionais, coisas do tipo. Entraremos em contato. Trae, te vejo na semana que vem. Certo?

Trae sorriu.

— Eu te acompanho até o carro para me despedir.

Hattie observou os dois caminhando em direção ao carro.

— Festas regionais? — protestou Hattie, tirando os cílios postiços. — Nem morta.

Cass estendeu a mão e começou a soltar os apliques que Lisa prendera com tanto trabalho naquela manhã.

— Feiras comerciais? De jeito nenhum.

Mo tomou outro gole de cerveja, depois jogou a garrafa na lixeira.

— Sinto muito por isso. Todos nos dedicamos de corpo e alma a esse programa. E acabamos de ser oficialmente sabotados. Acho que eu devia ter desconfiado.

— Mas ela disse que *Destruidores de Lares* ainda vai ao ar. Então é uma boa notícia, certo? — perguntou Hattie.

— Sim, mas o horário da programação que estão nos dando é um cemitério — disse Mo. — Em termos realistas, a menos que façamos algum tipo de milagre, parece que *Destruidores de Lares* será um programa de uma temporada só.

— Lá se vai minha carreira no show business — disse Cass, desabotoando a blusa de gola redonda com apliques de renda fornecida pelas figurinistas, para revelar uma regata preta com as palavras MAMA TRIED estampadas na frente. Ela jogou a blusa no encosto da cadeira de balanço da varanda. — Quem quer mais pudim de banana?

72

Adeus,
Amor

Hattie e Mo se sentaram nas cadeiras de balanço de vime emprestadas de Zenobia na varanda telada. Estavam sozinhos na casa. A última van cheia de equipamentos de filmagem alugados havia partido horas atrás. Os membros da equipe se abraçaram, trocaram números de celular e prometeram manter contato. Cass e Trae se despediram com um frio aceno de cabeça antes de partirem em direções opostas.

Depois de pegar uma garrafa de vinho das sobras da festa, Hattie e Mo subiram as escadas para a varanda do andar superior.

O sol estava se pondo sobre o rio Back, riscando o céu com suaves tons de cobalto, violeta, cobre e amarelo, acentuando a silhueta das copas das árvores de Little Tybee.

— O que acontece agora? — perguntou ela.

— Você quer dizer conosco? — Ele estendeu a mão, mas ela só entrelaçou o mindinho com o dele.

— Eu quis dizer com o programa.

— Ah. Começamos a pós-produção em Los Angeles, na semana que vem. E, depois, já tenho alguns projetos em andamento... A HPTV não é a única emissora que faz meu tipo de programação. Na verdade...

— Preciso vender esta casa — interrompeu Hattie. — Eu acordo no meio da noite pensando nisso, em pânico.

— Você vai conseguir. Aposto que será vendida antes que o primeiro episódio de *Destruidores de Lares* vá ao ar. Mas... você não respondeu minha pergunta. E quanto a nós?

Hattie tomou um gole de vinho para ganhar tempo. Esse era o momento que ela temia desde o fim das gravações, horas atrás. Por que ela não foi embora junto com os outros? Por que ficar para trás e se sujeitar a perguntas desconfortáveis e cenários impossíveis? Ela tentou elaborar uma resposta diversiva.

— Você vai estar em Los Angeles, idealizando um novo projeto, e eu ficarei aqui, em Savannah, reformando outro banheiro velho e fedorento e rastejando sob o chão podre de uma cozinha.

Mo deslizou os dedos pelos dela, que não os moveu.

— Talvez eu te faça mais uma visita inesperada.

Demorou um momento para ela entender a referência ao desastroso encontro na casa da rua Tattnall. Hattie soltou uma risada melancólica.

— Parece que foi há uma eternidade.

— Dois meses se passaram. Muita coisa aconteceu — recordou Mo. — Vamos ver aonde isso nos leva. Tá bem? O aluguel da casa do Airbnb ainda não acabou, o que me dá alguns dias de folga. Eu estava pensando que...

— Não — disse Hattie.

— Me deixe ao menos terminar — protestou ele. — Poderíamos passar algum tempo juntos. Só nós dois. Talvez sair dessa fornalha que vocês chamam de verão aqui, em Savannah. Fiz umas pesquisas. Podemos ir para as montanhas da Carolina do Norte. Para a região de Cashiers. Ouvi dizer que é muito mais fresco. Encontrei uma pousada, tem spa e ótima comida. Você gosta de fazer trilha? Eles aceitam animais de estimação, então poderíamos levar Ribsy.

Ela largou a mão dele e observou o céu escuro, com os braços cruzados sobre o peito, um mecanismo defensivo, como se precisasse proteger o coração da possibilidade de entregá-lo para esse estranho que literalmente despencou em sua vida.

Finalmente, ela se virou para ele.

— Você acabou de dizer que vai voltar para Los Angeles. Como foi mesmo que se referiu a *Destruidores de Lares*? Programa de uma temporada só? Será assim conosco, também, Mo. Um romance passageiro.

Mo se levantou tão depressa que sua cadeira balançou violentamente antes de tombar para trás.

— O que está acontecendo, Hattie? Você é a pessoa mais medrosa que já conheci. Vi você lidar com podridão seca, cupins, fiscais desonestos, restos mortais enterrados no quintal, incêndios e vândalos. Ontem à noite você desarmou um psicopata sozinha. Então, por que é tão covarde quando se trata de ficar comigo?

— Não sou covarde! — protestou ela.

— Então prove. Venha comigo.

Ela balançou a cabeça.

— Por quê?

Ele levantou a cadeira de balanço caída.

— Eu me importo com você e acho que você se importa comigo. Por isso. Mas você prefere nem nos dar uma chance.

— Porque não temos chance — disse Hattie com tristeza. — Nossas vidas estão literalmente a um continente de distância. E mesmo que viajássemos por um fim de semana? O que acontece depois disso? Você tem um negócio e uma família em Los Angeles. Inevitavelmente voltará para lá. Eu, não. Minhas raízes, toda minha vida, estão aqui, em Savannah. Tug me contou essa semana que pretende passar a empresa para mim nos próximos 2 anos. Não sou como você. Não posso simplesmente "fazer uma reunião" em Nova York em um dia e voar para Los Angeles no dia seguinte.

Ele se ajoelhou no chão na frente dela e agarrou as duas mãos.

— Eu não estou pedindo que você faça nada disso. De verdade, não estou. Tenho uma ideia maravilhosa e acho que posso fazê-la funcionar, mas só se você fizer parte dela.

Hattie mordeu o lábio e olhou para ele. Ela desejava correr os dedos pelos cabelos escuros dele, saborear mais beijos, fazer longas caminhadas ao pôr do sol na praia e depois passar uma manhã de domingo na cama com ele, mas sabia que tudo isso não passaria de momentos fugazes.

Desistir de Mauricio Lopez pode ser a coisa mais difícil que ela já teve que fazer. Perder Hank foi a pior, mas ela não teve escolha, não é? Ele foi tirado de sua vida em um instante. Ela levou 7 anos para encontrar um homem tão bom, decente e gentil quanto Hank Kavanaugh. E agora precisava deixá-lo partir.

— Eu não posso — disse ela, soltando as mãos. — Você diz que trabalha com reality shows? Mas ambos sabemos que tudo é uma grande mentira. Designers de interiores que usam jeans de grife e só pegam em uma marreta para as câmeras. Gambiarras em instalações elétricas. Romances encenados. Essa é a sua realidade. Mas não pode ser a minha.

Ela se levantou da cadeira de balanço e deu uma última olhada no céu ao longe. Agora, apenas tênues riscos cor de laranja eram visíveis no horizonte.

— Volte para Los Angeles, Mo — disse ela, cansada.

— Eu vou, mas vou voltar, Hattie — disse ele. — E, quando eu fizer isso, você terá que me ouvir.

73

Uma Semana
Depois

Hattie fechou a tampa do notebook e esfregou os olhos. Tinha passado a manhã toda olhando anúncios de imóveis à venda, mas as opções eram escassas.

— Encontrou alguma coisa? — perguntou Zenobia, passando para deixar uma pilha de notas fiscais na mesa dela.

— Nada dentro do nosso orçamento — disse Hattie. Ela folheou as notas fiscais. — Droga. Todos esses fornecedores querem receber pelo trabalho na casa dos Creedmore o mais rápido possível.

— São mais de 12 mil só para as janelas — comentou Zenobia. — Mais 8 mil para a madeira, e isso depois que convenci o Guerry a nos dar um desconto melhor. Scotty Eifird também quer receber.

— Achei que os aparelhos de climatização seriam oferecidos em permuta por publicidade — protestou Hattie.

— Sim, mas a equipe do Scotty não trabalha de graça, e só os aparelhos foram doados. A tubulação, não. Então são mais 6 mil.

— Merda — disse Hattie.

O celular tocou, e ela atendeu. Era Al Makarowicz.

— Oi, Al — saudou Hattie. — Como estão as coisas em Tybee? Alguma nova onda de crime?

— Ah, sim, estamos enfrentando gangues de pedestres que atravessam fora da faixa e perigosos ladrões de bicicleta. Ontem prendi um cara que tentou fugir correndo do mercado com um fardo de cerveja enfiado na calça de moletom. Estou indo para Savannah e pensei em te convidar para um passeio.

Hattie olhou ao redor do escritório. Era quase meio-dia. Tug estava em sua sala, com a persiana abaixada. Provavelmente tirando uma soneca, supôs ela.

— Pode me adiantar do que se trata? — perguntou ela.

— Você verá.

Ela estava esperando na calçada em frente ao escritório quando Makarowicz encostou a viatura.

— Quanto tempo! — disse ela, deslizando para o banco da frente. — Alguma novidade no caso? Vi a matéria de Molly Fowlkes para o *Morning News*, no domingo. É uma boa notícia que Davis vai se declarar culpado, não é?

— Isso significará uma bela economia para o condado e para a cidade — disse Makarowicz. — E ele evitará a pena de morte. O promotor público está pedindo prisão perpétua sem condicional.

— Parte de mim espera que ele apodreça na prisão. Mas ainda me sinto mal pela filha dele — admitiu Hattie. — E quanto aos Creedmore?

— Big Holl e Dorcas se retrataram do depoimento assim que prendemos Davis Hoffman. Mas tenho as gravações, e Hoffman assinou um depoimento juramentado, declarando que os viu mover o corpo de Lanier Ragan. Se depender de mim, eles vão responder por seus crimes.

— E quanto a Holland Junior? Ele simplesmente fica livre?

— Eu não gosto disso mais do que você, mas o melhor que podemos fazer é esperar que o juízo de pronúncia acate a denúncia por ocultação de cadáver e obstrução de justiça junto com os pais. A ocultação tem pena prevista de 10 anos, e a obstrução, de 12 meses.

Hattie olhou pela janela da viatura. Eles se deslocavam na direção sul, pela rua Bull. Ele virou à esquerda na rua Cinquenta e Sete, cruzou a rua Abercorn e, no quarteirão seguinte, encostou em frente a um chalé de tijolos vermelhos com barras de ferro forjado nas janelas e uma estátua de gesso da Virgem Maria na varanda da frente.

— O que estamos fazendo aqui? — perguntou Hattie.

— Achei que poderíamos fazer uma visita a Mavis Creedmore — disse Makarowicz. — Eu só quero esclarecer alguns últimos detalhes que têm me incomodado.

— O que faz você pensar que aquela bruxa horrenda vai falar com você? — questionou Hattie.

Makarowicz apontou para o distintivo preso ao cinto.

— A geração dela costuma ter algum respeito, ainda que relutante, pela polícia.

O detetive tocou a campainha e esperou.

— Quem é? — A voz da idosa foi abafada pela grossa porta de madeira.

— Polícia de Tybee, Srta. Creedmore.

Uma fresta se abriu na porta, e Mavis espiou para fora, com uma expressão austera e olhos pretos como grãos de café atrás de óculos de lentes grossas.

— Eu não moro em Tybee e não chamei a polícia.

— Não, senhora, mas é sobre a antiga propriedade de sua família.

— E o que tem isso? — Mavis abriu mais a porta, mas fechou a cara assim que viu a outra visitante.

Ela apontou um dedo ossudo para Hattie.

— Essa aí tomou a casa de praia da minha família. Ela não deveria sequer pisar na minha varanda. Falarei com você, mas não com ela.

— Eu tenho tanto direito de estar aqui quanto você quando invadiu minha propriedade — revidou Hattie. — Você tem sorte de eu não ter chamado a polícia naquela noite.

Mavis Creedmore fez uma careta, mas abriu a porta e saiu para a varanda de alvenaria. Seu ralo cabelo branco tinha sido puxado em uma espécie de coque que revelava partes do couro cabeludo rosado. Vestia uma blusa branca de manga curta, calça azul-marinho e tênis pretos.

— O que você quer? — perguntou ela a Makarowicz. — E seja rápido. Não quero que meus vizinhos pensem que sou algum tipo de criminosa como meus malditos primos.

— É sobre a carteira de Lanier Ragan — disse Makarowicz.

— Nunca conheci aquela mulher.

— Mas você encontrou a carteira dela na casa de praia, não foi, Srta. Mavis?

— Não direi nem que sim nem que não.

Makarowicz balançou a cabeça.

— Srta. Mavis, isso é assunto sério para a polícia, envolve um homicídio que ocorreu na propriedade de sua família. Então, vai responder minhas perguntas aqui ou prefere que eu a algeme, coloque-a na viatura, na frente de todos os seus vizinhos, e a leve para Tybee para um interrogatório na delegacia?

Mavis deu um passo para trás.

— Você não pode fazer isso. Pode?

Ele bateu as algemas no cinto.

— Está disposta a descobrir?

— Tudo bem — retrucou a senhora. — Sim. Encontrei a carteira. Acho que foi um ano ou mais depois que a garota desapareceu.

— E você não pensou em denunciar isso às autoridades?

— Não.

— E por quê?

— Eu a encontrei na casa de barco quando estava procurando uma armadilha de caranguejo. Holland e a família sempre deixavam uma bagunça depois de saírem. Meu avô ficaria furioso se visse o estado em que deixaram aquela casa. Como eu podia saber como tinha ido parar lá? Não fazia ideia do que significava. Eu levei até a casa para ver de quem era, mas então apareceram Big Holl e aquela inútil com quem ele se casou. Dorcas. Nem era o fim de semana deles. Não queria que eles vissem o que eu tinha encontrado, então eu a guardei na fenda do banheiro. E não pensei mais nisso.

Makarowicz a encarou, incrédulo.

— Você não se lembrou disso nem depois que Lanier foi descoberta? Não se perguntou como aquele corpo foi parar lá e quem foi o responsável ou como alguém poderia saber sobre aquela fossa séptica desativada há tanto tempo?

Mavis olhou para os sapatos, que de repente pareceram mais atraentes do que o olhar de desaprovação do detetive.

Hattie não conseguiu se conter.

— Dezessete anos, Mavis! Por dezessete anos, a filha de Lanier Ragan sofreu sem saber o que tinha acontecido com a mãe. E, durante quase todo esse tempo, você sabia. Você é uma pessoa horrível, sabia? E tão desprezível quanto os seus malditos primos. Como consegue se olhar no espelho todas as manhãs?

— Saia da minha varanda — disse a velha com um grunhido.

Com o bico do sapato, Hattie tombou a estátua da Virgem Maria, que se partiu em quatro ou cinco pedaços grandes.

— Oops.

Hattie estava sentada no banco da frente da viatura, ainda espumando de raiva, quando Makarowicz voltou minutos depois.

— Você deveria ter arrastado o traseiro ossudo dessa bruxa para a cadeia com o resto daquela maldita família — disparou Hattie, enquanto Mak ligava o carro e ajustava o ar-condicionado no nível máximo.

— Eu admito, teria sido ótimo, mas a verdade é que nenhum juiz ou júri desta cidade condenaria uma senhora branca octogenária por ser uma bruxa velha e rabugenta. Às vezes temos que aceitar apenas saber a verdade.

— Como você faz isso? — perguntou Hattie, olhando para a postura calma do detetive.

— Você quer dizer lidar com pessoas como ela?

— Sim. Com tudo isso. Pessoas roubando, mentindo, estuprando, matando. Como você preserva a sanidade?

— Nem tudo é ruim. Há dias que eu recupero a bicicleta roubada de um garoto ou prendo um canalha que agride a esposa. O básico da ação policial.

— Ele olhou para Hattie. — Você tem tempo para mais uma parada? Não é longe.

— Claro.

Eles pegaram os copos de café gelado no balcão do Foxy Loxy, depois saíram para o pátio. A jovem estava sentada em uma mesa, sob um guarda-sol, lendo um livro. Era pequena, loura e tatuada.

— Detetive Mak — disse ela, levantando-se para abraçá-lo.

Makarowicz corou e apontou para Hattie.

— Emma Ragan, essa é Hattie Kavanaugh.

Hattie subitamente se sentiu encabulada.

— Oi, Emma — disse ela. — É um prazer finalmente te conhecer.

— Não, o prazer é todo *meu* — respondeu Emma. — Ouvi dizer que você conhecia minha mãe.

— Ela era minha professora favorita — disse Hattie, sentando-se à mesa. Então inclinou a cabeça. — Você se parece com ela, sabia?

— Sempre ouço isso.

Makarowicz entregou a Emma um envelope pardo. A garota o abriu, tirou algumas fotos e as espalhou sobre a mesa. Uma era obviamente uma foto escolar de uma garotinha usando um vestido azul com babados, outra era uma foto de família, um belo e jovem casal e sua filha.

— Essa sou eu, usando meu vestido favorito — disse Emma, tocando na foto. Ela passou as fotos. — Eu no balanço, no nosso quintal. — Outra foto mostrava Lanier Ragan embalando uma criança em um cobertor de bebê.

— Essa eu nunca tinha visto — acrescentou ela.

— São cópias, e não estão muito boas — disse Makarowicz, desculpando-se. — Não posso te dar as fotos originais que estavam na carteira dela até que o caso tenha sido julgado.

Emma assentiu.

— E a aliança de casamento da minha mãe? — disse ela esperançosa.

— Não deve demorar muito. O advogado de Davis Hoffman quer poupar a família do espetáculo de um julgamento longo e moroso.

— Mas todos eles vão para a prisão pelo que fizeram com minha mãe, certo? — perguntou Emma. — Até mesmo os Creedmore?

— O promotor me garantiu que vai pedir a pena máxima para todos eles, mas a sentença caberá ao juiz. Você está disposta a fazer a declaração de impacto à vítima, não é?

364 Mary Kay Andrews

Emma ergueu o queixo.

— Com certeza. Meu pai fará também. — Ela se virou para Hattie. — Agora que tudo acabou, vamos fazer um funeral apropriado. Ele quer estar mais presente. Você acha que devo permitir?

Hattie pensou na conturbada relação com o próprio pai, como tinha se tornado mais fria e distante com o passar dos anos. Será que as coisas teriam sido diferentes se ele a tivesse procurado antes? Se expressasse remorso? Ela provavelmente nunca saberia. Sua última visita reforçou a amplitude do abismo que o separava. Era tarde demais.

— Eu não sei, Emma — respondeu Hattie à garota. — Ele é a única família que te resta, não é?

— Sim.

— Eu não posso te dizer o que é certo ou errado. Mas, se ele quer manter contato, e você acha que ele é capaz de mudar ou que você pode encontrar uma forma de perdoá-lo, talvez devesse lhe dar outra chance.

Emma colocou as fotos de volta no envelope.

— Foi o que minha terapeuta falou. — Ela olhou para Makarowicz. — Obrigada. Não tenho muitas fotos dela. Ou de nós juntos, como uma família.

O policial pigarreou.

— Sabe, só porque você perdeu alguém que amava, não significa que tem que deixar de viver.

— Eu entendo isso agora — disse Emma com suavidade. Ela se levantou para sair, guardando o livro e o envelope na mochila.

— Se cuida, está bem? — disse Mak — E mantenha contato.

Hattie sentiu uma pontada de culpa enquanto observava a filha de Lanier partindo.

— Emma?

A garota se virou para a mesa e esperou.

Hattie tirou a bolsinha de moedas de dentro da bolsa, abriu o zíper e removeu o escapulário verde.

— Isso estava na carteira da sua mãe, junto com as fotos. Eu sabia que era errado, mas, por algum motivo, em vez de entregá-lo à polícia, eu o guardei.

Ela estendeu o objeto para a garota.

— Pegue. É seu.

Emma pegou o escapulário e o pressionou na mão de Hattie, dobrando suavemente os dedos de Hattie sobre o colar.

— Fique com ele. Você me devolveu minha mãe. Acho que é uma troca justa.

74

Alguém Tem que Ceder

Duas semanas se passaram. Hattie estava de volta à sua mesa na Kavanaugh & Filho, tentando encontrar outra casa antiga para restaurar. Cass deslizou a cadeira até a mesa de Hattie.

— Podemos conversar?

— Sim. Sobre o quê?

— Algumas coisas. Primeiro, fui ao gabinete do promotor hoje e dei uma declaração de impacto à vítima. Sobre Holland Creedmore Junior e, você sabe, o que ele fez comigo.

— Isso é ótimo, Cass — disse Hattie. Ela olhou para Zenobia, que estava ao telefone, e baixou a voz. — Como foi?

— Não se preocupe com a minha mãe. Eu finalmente contei tudo a ela ontem à noite. A princípio, ela ficou brava por eu ter escondido tudo isso dela por todos esses anos, mas depois reconheceu que eu era uma adolescente e que adolescentes fazem coisas idiotas. Nós duas choramos.

— Estou feliz que finalmente tenha contado para ela.

— Foi ideia do meu terapeuta. Enfim, hoje eu conheci uma promotora especializada em crimes sexuais. Ela é muito bacana. Tem mais ou menos a nossa idade e não tem aquele ar de julgamento. A má notícia é que o crime prescreveu, porque eu não o denunciei dentro do prazo de 7 anos contados da agressão sexual. Então Junior não pode ser processado pelo que fez comigo.

— Que droga — disse Hattie.

— Tudo bem. O promotor do caso de Lanier disse que minha declaração pode ser anexada aos autos enviados ao juiz. Pode não fazer diferença, mas pelo menos eu fiz a minha parte. E quer saber? No minuto em que saí daquele escritório, senti como se um enorme fardo tivesse sido tirado dos meus ombros. Chega de culpa ou vergonha. Eu literalmente me senti mais leve.

Hattie abraçou a melhor amiga.

— Estou tão orgulhosa de você.

— Eu também estou orgulhosa de mim.
— A gente devia fazer uma noite de garotas hoje, para comemorar — sugeriu Hattie. — Podíamos pedir comida mexicana, e, se você se comportar, entre as margaritas, deixo você me ajudar a terminar de assentar os azulejos da minha cozinha.
— Você está trabalhando na sua cozinha de novo? Por que isso agora?
— Tédio, talvez? Fiquei tão orgulhosa da cozinha que fizemos na avenida Chatham que pensei: o que me impede de fazer igual na minha própria cozinha? Tínhamos algumas caixas de azulejo sobrando, e eu já tinha o granito para minhas bancadas, está guardado no quintal desde...
— Desde que Hank morreu — completou Cass com a voz suave. — O tempo parou na sua casa no dia em que ele morreu.
— De certa forma, sim — concordou Hattie. — Eu não via nenhum sentido em reformar a casa apenas para mim. Mas na semana passada senti uma inusitada onda de energia criativa. De qualquer forma, topa ir lá para casa hoje à noite, certo?
— Na verdade, pode ser que eu já tenha planos.
— Pode ser? Que tipo de planos?
— Depende. Tem um cara que estou, uh, meio interessada, e ele me convidou para sair, mas eu precisava conversar com você primeiro.
— Comigo? Eu não sou sua mãe. Você não precisa da minha permissão para ir a um encontro.
— Dessa vez eu meio que preciso — disse Cass, parecendo culpada. — O cara é o Jimmy.
— Jimmy Cates? O construtor de telhado?
— O seu ex Jimmy Cates — disse Cass. — Não vou se...
— Claro que você vai — disse Hattie. — Nós saímos juntos por, quanto tempo, 5 segundos? Jimmy é legal, mas ele era um tanto...
— Afoito demais?
Ambas riram.
— Nunca ia dar certo para nós — disse Hattie. — Mas vocês dois? Já posso até imaginar vocês juntos.
— Não se importa mesmo?
O celular da Hattie tocou. Ela olhou para o identificador de chamadas.
— É Carolyn Meyers — disse ela. — Tomara que ela tenha boas notícias.

— Hattie! — saudou alegremente a corretora. — Temos uma oferta pela sua casa.

— Ah, obrigada, meu Deus — disse Hattie. — Estou no escritório com Cass e Zen. Vou colocar no viva-voz para que elas possam ouvir.

— Oi, meninas — disse Carolyn. — Temos uma oferta em dinheiro na casa da avenida Chatham. O que significa que não precisamos contratar um avaliador nem esperar a aprovação do financiamento. É uma venda rápida.

— Qual é a oferta? — perguntou Hattie.

— Oitocentos e setenta e cinco mil — anunciou Carolyn. — Sei que é menos do que esperávamos, mas eles pretendem fechar negócio imediatamente, sem outras condições.

— Eles conhecem a... uh... história da casa?

— Sim, e não se importam — disse Carolyn, rindo. — Eles moram em Michigan agora, mas o marido cresceu aqui. Ele é primo de Holland Creedmore.

— Ahhh, os odiados primos de fora do estado — disse Hattie.

— Exatamente. Ele desistiu de lidar com Mavis e Big Holl à distância. E ficou furioso quando descobriu que a prefeitura havia interditado a propriedade e a vendido para você. Ele tem acompanhado a reforma pelas redes sociais. Ele me ligou depois de ver as fotos do anúncio.

— Isso é incrível — disse Cass.

— Acabei de ter uma longa conversa com ele pelo telefone — explicou Carolyn. — Ele e a esposa ficaram extasiados de poder recuperar a casa da família. Adoraram como você devolveu a vida ao lugar, e o que amaram ainda mais é nunca mais ter que lidar com os primos de Savannah novamente. Então, o que me diz?

Hattie estava tomando notas durante a conversa, sublinhando o preço de venda e adicionando pontos de exclamação.

— A resposta é sim. Com certeza. Eu aceito a oferta.

— Ótimo. Vou redigir o contrato e o enviarei por e-mail agora mesmo. É só assinar e me enviar de volta. Qual é uma boa data de assinatura para você?

— Que tal amanhã?

Carolyn riu.

— Talvez seja um pouco prematuro. Sei que eles planejam vir para cá no fim de semana. Vou checar se podemos fazer a vistoria e assinar o contrato na próxima sexta-feira.

— Por mim, tudo bem — disse Hattie.

Hattie desligou e agarrou as mãos de Cass.

— Vendida, vendida, vendida! — cantarolou Hattie, enquanto dançava uma valsa desajeitada ao redor do escritório. — Vendemos a casa! Vendemos a casa! — Elas dançaram até Zenobia e a persuadiram a se juntar a elas. — Vendida! Vendida! Vendida!

— Tudo bem, pessoal, já chega de tolices para mim — disse Zen, finalmente livrando-se das duas mulheres. — Tenho trabalho a fazer.

— Prometa que você vai me ligar amanhã de manhã — sussurrou Hattie para Cass. — Quero saber tudo sobre o seu encontro com Jimmy.

— Parece que seremos só nós dois de novo, Ribsy — disse Hattie. Ela deu a ele um pedaço de carne desfiada do burrito que havia comprado no restaurante mexicano favorito na avenida Victory e tentou não sentir pena de si mesma.

— Antes só do que mal acompanhada, não é mesmo? — perguntou Hattie ao cachorro, que balançou o rabo em resposta.

Ela passou a mão sobre a bancada de granito, que havia convencido dois de seus pintores a levar até sua casa e instalar no início daquela tarde. Era branca com manchas cinzentas e reluzia sob a intensa luz da lâmpada nua acima.

— Eu deveria ter guardado aquelas lanternas de bronze para minha cozinha — resmungou ela. — Mas, ei, agora eu tenho uma desculpa para procurar outra. — Ela pegou um azulejo da caixa sobre a bancada e terminou a fileira que havia começado. — Hora da argamassa, certo, garoto?

Em vez de responder, Ribsy eriçou as orelhas e correu pela casa em direção à porta da frente, latindo.

Assim que ela abriu a porta, Ribsy se lançou nos braços do visitante. Mo riu e se agachou no chão da varanda enquanto o cachorro se contorcia, abanava a cauda e lambia o rosto dele com uma série de latidos extasiados.

Então Mo olhou para Hattie.

— Pelo menos alguém está feliz em me ver.

Ela ficou momentaneamente sem palavras.

— Mo? O que está fazendo aqui?

— Tenho novidades. Tentei telefonar, mas, como sempre, não fui atendido. Você ao menos sabe onde está seu celular?

— Ah, merda. Acho que o deixei no bolso da calça novamente quando fui tomar banho — admitiu ela.

— Eu te avisei que eu voltaria — disse Mo. — Não vai me convidar para entrar?

— Quer comer alguma coisa? — perguntou ela, apontando para o recipiente de papel alumínio no balcão da cozinha. — Tem feijão preto, arroz e tortilhas com guacamole.

— Não, obrigado — disse ele, olhando ao redor da sala. — Parece que na casa do ferreiro finalmente estão fazendo espetos de verdade.

— Sim — disse ela, sentindo-se repentinamente tímida. — Eu não podia desperdiçar aquele azulejo que sobrou da avenida Chatham. E adivinhe só? Vendemos a casa. Carolyn ligou para me contar esta tarde.

— Isso é ótimo! — disse Mo. — Você conseguiu o preço que pediu?

— Chegamos perto — disse Hattie. — Perto o suficiente para eu aceitar. É uma oferta em dinheiro... Assinamos o contrato na sexta-feira.

Ele ergueu uma sobrancelha.

— Que rápido! Eles sabem sobre o corpo?

— Sim. Acontece que o comprador é, na verdade, o odiado primo do Big Holl que mora fora do estado. Carolyn me contou que o sentimento é mútuo.

Mo se recostou na bancada. Ele vestia jeans azul desbotado e uma camiseta dos Dodgers que já tinha visto dias melhores. Precisava de um corte de cabelo, e havia profundas olheiras sob seus olhos, mas ele abriu um sorriso lento e preguiçoso enquanto deixava seus olhos vaguearem pelo corpo dela, e Hattie sentiu um inesperado frio na barriga.

— Senti sua falta, Hattie — disse ele.

Aja naturalmente, ordenou ela a si mesma.

— Quer algo para beber? Uma cerveja ou uma taça de vinho?

Ele inclinou a cabeça.

— Eu esperava que você dissesse que também sentiu minha falta.

Ela pegou uma garrafa de vinho da geladeira e serviu duas taças, esperando que suas mãos trêmulas não a denunciassem. Entregou uma taça para ele e tentou demonstrar convicção.

— Não senti.

Ele colocou a taça na bancada e a puxou para perto. Envolveu a cintura dela e a beijou.

— Mentirosa — acusou Mo. Ele envolveu o rosto dela entre as mãos, depois a beijou novamente, separando os lábios dela com a língua. Seus beijos eram quentes e doces, e ela percebeu que tentar resistir a Mo Lopez era inútil.

— Ok, talvez eu tenha sentido um pouco a sua falta. — As mãos dele vagavam por baixo da camisa dela, e Hattie sentiu o corpo estremecer.

— Eu queria ligar para você assim que recebi a notícia da venda da casa hoje.

— Mas não fez isso. Por quê?

— Isso nunca vai dar certo...

Ele parou de beijá-la.

— Você poderia simplesmente me ouvir? Primeiro, eu pensei muito sobre toda aquela bobagem de "não comer a carne onde se ganha o pão". Muitos casais de sucesso trabalham juntos. Que diabos, você trabalha com seu sogro, sua melhor amiga e a mãe dela.

— Isso é diferente. Eles são minha família.

— Não é *tão* diferente assim. Além disso, a gente trabalha bem juntos, Hattie. Admita. Às vezes a gente se irrita um com o outro, mas isso acontece em qualquer projeto criativo.

Mo pressionou os lábios na bochecha dela. Beijou a pontinha da orelha e depois se moveu lentamente pelo pescoço, demorando-se quando seus lábios pousaram na clavícula.

— Você sabe o que nos torna tão bons juntos? — Ele conseguiu soltar o sutiã, e seus polegares roçaram os mamilos dela. — A tensão sexual. Você não pode negar. Está sempre no ar quando estamos juntos. Como aqueles malditos maruins.

Seus dedos desenharam lentos círculos em torno dos mamilos de Hattie, e então ele a beijou novamente.

Ela tentou encontrar uma razão para se afastar, quando tudo o que mais queria era colar o corpo no dele.

— E quais eram as suas novidades? — conseguiu dizer.

Ela sentiu os lábios dele se alargarem em um sorriso. Ele encostou a testa na dela.

— Se lembra da minha proposta de programa original, logo depois de nos conhecermos, na rua Tattnall?

— *Salvando Savannah?*

— Sim. A HPTV não quis, mas eu sabia que era um ótimo conceito. Durante todo o tempo em que trabalhamos em *Destruidores de Lares*, continuei trabalhando na proposta, e meu agente e eu a enviamos para outra emissora. Eu queria te contar depois da festa de encerramento, mas você não me deixou. Me mandou voltar para Los Angeles.

— E aqui está você de novo.

— Sorte sua, sou um cara muito persistente. No início dessa semana, nos reunimos com o chefe de programação da Apple. Hattie, eles toparam! — Ele agarrou os ombros dela. — Eles querem comprar *Salvando Savannah*.

— Então... você vai gravar outra série aqui? Em Savannah?

Ele revirou os olhos.

— Ora, sim, não vai funcionar se filmarmos em Omaha — brincou Mo.

— Eu não sabia que a Apple fazia reality shows — disse Hattie.

— Vão fazer agora. E tem mais. Não será apenas uma série de *streaming* semanal. Eles querem um podcast semanal, e talvez alguns vídeos de *spin-off* ao estilo faça você mesmo durante o programa. Chama-se integração vertical. Vou precisar de uma apresentadora, alguém que viva e respire a preservação histórica. E que realmente entenda sobre Savannah. Conhece alguém assim?

— Conheço, sim, mas duvido que possa pagar o salário dela.

Mo tocou o queixo de Hattie.

— Ouvi dizer que ela é cara, mas vale cada centavo. E aí, o que você me diz? Está disposta a misturar sua vida profissional com a pessoal? Aceita trabalhar comigo?

— Com você?

— Como parceira. Você seria a apresentadora e receberia crédito como produtora executiva. Teríamos total controle criativo sobre *Salvando Savannah* e um belo orçamento. Chega de Rebeccas mexendo os pauzinhos. E Cass pode ser a coapresentadora do programa. Eles gostam da ideia de incluir Tug também, se ele estiver confortável com a ideia.

— Nada de designers de Los Angeles? Nada de romances encenados?

— Definitivamente nada de designer de Los Angeles. E o único romance será o nosso. — Ele a beijou novamente.

— O que vai acontecer com *Destruidores de Lares*?

— Eu sou o dono da franquia — disse Mo. — Se por acaso ela sobreviver à primeira temporada, e a HPTV quiser renovar a série, eles terão que comprá-la. A menos, é claro, que você queira matar a saudade de Trae Bartholomew.

Hattie forçou um calafrio.

— Não, obrigada.

Hattie pegou a taça de vinho e tomou um gole.

— Posso pensar?

— Você realmente gosta de me fazer sofrer, não é? — resmungou Mo.

— Eu dirijo de Los Angeles até aqui para te contar as novidades, e você ainda precisa pensar?

— Você *dirigiu* até aqui?

— Parecia uma boa ideia na hora, mas admito que, quando cheguei a Amarillo, comecei a ter dúvidas. Fiz uma pausa em uma parada de caminhões e dormi por 5 horas. Eu pretendia parar em Oklahoma City, mas renovei meu fôlego e continuei.

— Isso é loucura! Por que fez isso? Você nem sabia se eu aceitaria. E ainda nem aceitei.

— Preciso que você acredite em mim, Hattie. Tenho fé em nós. Pode fazer isso?

Ela se afastou, precisando de alguma distância daquele homem que de alguma forma continuava a enredá-la em seus sonhos e planos.

— Eu gostaria de poder — disse ela. — Mas e se nada disso funcionar? Mo, finalmente cheguei ao ponto em que acho que posso ser feliz com a vida que tenho. Hoje cedo, Cass me disse que o tempo parou nesta casa no dia em que Hank morreu, e ela está certa.

Mo olhou ao redor da sala, para o balde de mistura de argamassa no chão e para a caixa de azulejos na bancada de granito da cozinha de granito.

— Da última vez que estive aqui, você tinha bancadas de compensado. Isso é progresso, não?

— Sim. Provavelmente nunca deixarei de sentir falta do Hank, mas cansei de viver de luto. Tenho meu trabalho, meu cachorro, meus amigos. Isso é o suficiente para mim. Mas nunca será suficiente para você. Depois de mais um programa, você vai sair em busca de um próximo grande projeto. E eu estarei aqui, sozinha, paralisada no tempo novamente. — Ela balançou a cabeça com veemência. — Não quero fazer isso de novo. E não vou.

Ele deslizou as mãos pelos cabelos, depois agarrou a mão dela.

— Ok, já chega. Você vem comigo.

— Para onde? — perguntou Hattie, alarmada, enquanto ele a conduzia pela sala de estar, com Ribsy seguindo-os, latindo de alegria. Mo abriu a porta e apontou para o cachorro. — Você fica.

Eles passaram pela varanda e chegaram à rua, onde um Audi prata estava estacionado. Mo abriu a porta do passageiro, e a luz do teto acendeu.

Hattie se inclinou para a frente para espiar. O assento estava lotado de caixas fechadas com fita adesiva. A bolsa transversal estava largada no chão, ao lado de uma pilha de pares de tênis. Ele apontou para o banco de trás, que estava cheio de tacos de golfe, malas, uma capa de terno, mais caixas e uma palmeira levemente murcha.

— O que é tudo isso?

— Aproximadamente metade da minha vida ou tudo que coube no carro. O resto está no depósito. Aluguei meu apartamento para um cara, com opção de compra. — Ele estendeu a mão para ela, deslizando os braços em volta da cintura dela. — Este sou eu, dizendo a você, Hattie Kavanaugh, que o que eu mais quero é uma vida com você. Sou eu prometendo que não haverá mais dramas inventados e tempo parado. Sou eu prometendo discussões, prazos ainda mais impossíveis, mas também mais diversão. E mais sexo maravilhoso. — Ele beijou a testa, a ponta do nariz, e, então, finalmente, seus lábios encontraram os dela de novo.

Hattie pensou no que Makarowicz havia dito a Emma Ragan sobre amor, perda e encontrar uma maneira de seguir em frente. Ela enganchou os polegares no passante da calça de Mo como se fosse a coisa mais natural do mundo e cedeu. Parada diante da casa que compartilhou com seu primeiro amor perdido, ela descobriu, para seu espanto, que o amor estava novamente bem na sua frente.

— Ok — disse ela, quando pararam de se beijar, ao ouvir Ribsy dentro de casa, latindo desesperado para participar. Ela entrelaçou os dedos entre os dele.

— Eu também quero uma vida com você.

Agradecimentos

Escrever e pesquisar um romance é sempre um trabalho árduo, mas fazê-lo durante uma pandemia pareceu uma tarefa impossível. Por isso sou muito grata às seguintes pessoas pelos conselhos e contribuições: G. M. Lloy; Dra. Carol Terry, legista-chefe do Condado de Gwinnett; Gordon Center, Billy Winzeler e Bob Timm, Anita Corsini, Alyssa Kaufman Kopp, Brittany Bailey, Scott Efird e Carolyn Stillwell. Quaisquer erros ou equívocos na interpretação de fatos são exclusivamente meus.

O ano de 2022 marca o meu trigésimo ano como autora publicada, e *Destruidores de Lares* é o meu trigésimo livro. Sou imensamente abençoada por ter me enveredado nessa carreira e por todo o apoio que recebi da minha família, dos meus amigos e da minha equipe de publicação.

Stuart Krichevsky ainda é o melhor agente literário do planeta, e sou imensamente grata a ele e a seus colegas de trabalho na SKLA. Meg Walker da Tandem Literary é uma super-heroína de marketing e uma querida amiga/irmã. Sou eternamente grata por toda a equipe da St. Martin's Press, liderada pela incansável Jennifer Enderlin, que tenho a sorte de ter como editora; pelo talento publicitário de Jessica Zimmerman e pela expertise de marketing de Erica Martirano; e, claro, por mais uma capa fabulosa de Michael Storrings.

Meus agradecimentos às minhas irmãs da *Friends and Fiction*, Patti Callahan Henry, Kristin Harmel e Kristy Woodson Harvey, que me socorreram quando as coisas ficaram difíceis, e a todos os 60 mil membros de nossa comunidade *Friends and Fiction*.

Dizer que o último ano foi um desafio seria um imenso eufemismo. Eu não conseguiria ter feito nada disso sem o amor e o apoio da minha incrível família. Tom Trocheck é minha rocha e meu refúgio, e Katie e Mark, Griffin e Molly e Andy são sempre a luz da minha vida.

E obrigada, como sempre, aos meus queridos leitores, por permitirem que meus sonhos de infância se tornassem realidade e por me possibilitarem continuar contando histórias durante esses 30 anos.